HEYNE <

Das Buch

Seit ewigen Zeiten verbirgt sich das kleine Volk der Fuchsreiter vor den Augen der Welt. Doch nun sieht die junge Jinnarin die Zeit gekommen, den geschützten Wald zu verlassen. Denn seitdem ihr Gefährte Farrix verschwunden ist, wird sie von seltsamen Träumen gequält, in denen sie ein geheimnisvolles Kristallschloss, einen hellgrünen Ozean und ein bedrohliches schwarzes Schiff sieht. Nur einer kann ihr helfen, die magischen Orte aus ihren dunklen Visionen zu finden: der Elfen-Kapitän Aravan, der mit seinem Schiff seit Äonen die Meere Mithgars befährt. Gemeinsam mit Aravans treuer Besatzung und dem Magier Alamar begeben sich die Fuchsreiterin und der wagemutige Elfen-Kapitän auf eine Fahrt, die das Schicksal der ganzen Welt besiegeln soll ...

Dennis L. McKiernans MITHGAR-Romane:

Bd. 1: Zwergenkrieger
Bd. 2: Zwergenzorn
Bd. 3: Zwergenmacht
Bd. 4: Elfenzauber
Bd. 5: Elfenkrieger
Bd. 6: Elfenschiffe
Bd. 7: Elfensturm
Bd. 8: Magiermacht
Bd. 9: Magierschwur
Bd. 10: Magierkrieg
Bd. 11: Magierlicht

Der Autor

Dennis L. McKiernan, geboren 1932 in Missouri, lebt mit seiner Familie in Ohio. Mit seinen Romanen aus der magischen Welt Mithgar gehört er zu den erfolgreichsten Fantasy-Autoren der Gegenwart.

DENNIS L. McKIERNAN

ELFEN SCHIFFE

Roman

Deutsche Erstausgabe

WILHELM HEYNE VERLAG
MÜNCHEN

Titel der amerikanischen Originalausgabe
VOYAGE OF THE FOX RIDER – PART 1
Deutsche Übersetzung von Christian Jentzsch

FSC
Mix
Produktgruppe aus vorbildlich bewirtschafteten Wäldern und anderen kontrollierten Herkünften

Zert.-Nr. SGS-COC-1940
www.fsc.org
© 1996 Forest Stewardship Council

Verlagsgruppe Random House
FSC-DEU-0100
Das FSC-zertifizierte Papier *München Super*
für Taschenbücher aus dem Heyne-Verlag
liefert Mochenwangen Papier.

Deutsche Erstausgabe 09/2006
Redaktion: Natalja Schmidt

www.heyne.de
Printed in Germany 2006
Titelillustration: Arndt Drechsler
Umschlaggestaltung: Nele Schütz Design, München
Satz: C. Schaber Datentechnik, Wels
Druck und Bindung: GGP Media GmbH, Pößneck

ISBN-10: 3-453-53247-3
ISBN-13: 978-3-453-53247-2

Für meine Schwester
Donna Lorraine,
die ein wundervolles Geschöpf ist

Ein Teil

Nordmeer
Kairn
Rwn
Arbor
Atala
Anster
Gelen
Thol
Dalara
Jütland
Gothon
Tugal
Basq
Westonischer Ozean
Portho
Vancha
Castilla
Kistan
Straße von Kistan
Khalish
Hyree
Talakgebirge

Mithgar

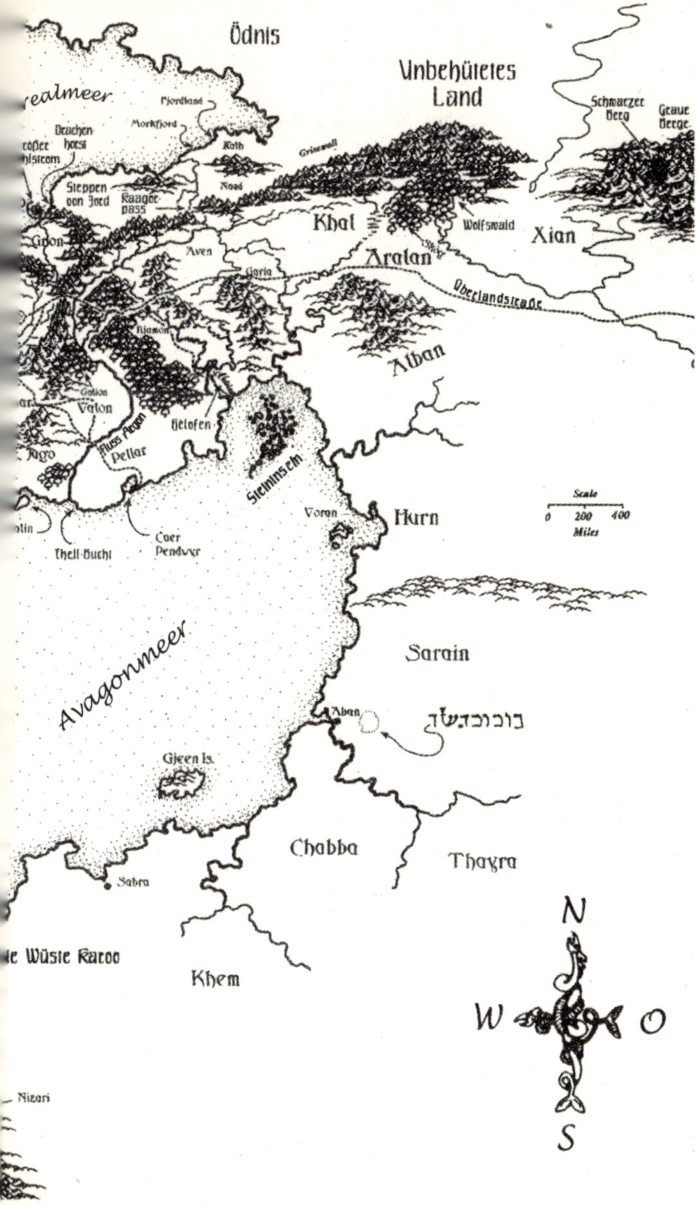
Ödnis
Unbehütetes Land
Schwarzer Berg
Graue Berge
Fjordland
Morkfiord
Drachenhorst
Rath
Grimwall
Noad
Steppen von Jord
Raagor-pass
Khal
Wolfswald
Xian
Aralan
Aven
Garia
Überlandstraße
Riamon
Alban
Gotlon
Valon
Fluss Argon
Pellar
Jugo
Steininseln
Voran
Hurn
Caer Pendwyr
Thell-Bucht
Scale
0 200 400
Miles
Sarain
Avagonmeer
Gjeen Is.
Chabba
Thayra
Sabra
Wüste Karoo
Khem
Nizari
N
W
O
S

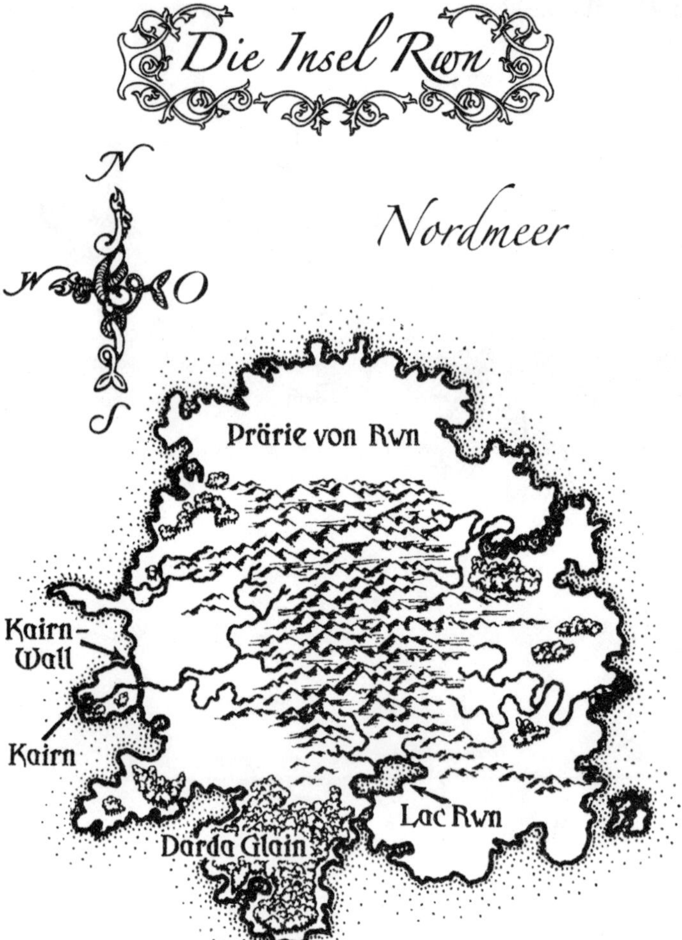

Die Insel Rwn
N
W
O
S
Nordmeer
Prärie von Rwn
Kairn-Wall
Kairn
Lac Rwn
Darda Glain
meilen
0
25
Westonischer Ozean
Map S.S. Palmer

Vorwort

Vor der Separation ... Das ist eine Wendung, die in meinen auf Mithgar spielenden Geschichten mehr als einmal auftaucht.

Vor der Separation.

Das hat mit einer anderen Wendung zu tun: *Es war einmal.*

Sehen Sie, wenn die alten Geschichten stimmen, dann *war es einmal*, dass auf diesem Planeten Völker der Sage und Wesen der Fabel gelebt haben. Neben der Menschheit haben diese fantastischen Wesen existiert – Nymphen und Feen, Elfen und Kobolde, Chimären und Wurzelgnome und die Sphinx ... und was einem sonst noch einfällt.

Es war einmal ... vor der Separation.

Sehen Sie, es *muss* eine Separation gegeben haben, denn die sagenhaften Völker und mystischen Wesen sind nicht mehr da, und ich bin sicher, dass wir sie nicht ausgerottet haben – dafür sind sie viel zu schlau, viel zu magisch –, also *müssen* sie einfach fortgegangen sein.

Aber wohin sind sie gegangen?

Irgendwohin! Nach Nimmerland! Ins Zwielicht! In den Morgen!

Warum? Warum sind sie gegangen?

Ich habe eine Theorie:

Irgendwann hat die arrogante Menschheit die ganze Welt und das Recht für sich beansprucht, mit ihr zu tun, was ihr beliebt. Sie war unersättlich und hat sich vermehrt und vermehrt und vermehrt, scheinbar ohne Grenzen. Und wohin der Mensch auch ging, schändete er das Land und vergiftete den Boden, die Luft und die Gewässer der Welt. Und langsam und allmählich wurden die legendären Wesen und Völker in immer kleinere Enklaven zurückgedrängt. Ständig haben sie gehofft, die Menschheit werde sich ändern, den Schaden sehen, den sie anrichtet, und die Zerstörungen rückgängig machen. Lange haben sie geglaubt, die Menschheit werde endlich anfangen, die Erde zu verehren, die sie am Leben erhält. Doch es sollte nicht sein, denn die Menschheit setzte ihren Weg der mutwilligen Zerstörung fort.

Und so kam der Tag, als der Schaden einen Punkt erreichte, an dem die Völker der Legende sich nicht mehr damit abfinden konnten, was die Menschheit getan hatte und auch weiterhin tat. Also nahmen sie die Fabelwesen mit sich und gingen, trennten sich von der zerstörerischen Bestie namens Mensch. Sie verließen diese Welt und gingen an einen Ort ohne Menschen.

Das war die *Separation.*

Sie mögen sich fragen: »Ob er das wohl wirklich glaubt?«

Meine Antwort lautet. »Schauen Sie sich um. Sehen Sie irgendwo Fabelwesen oder legendäre Völker? Oder sehen Sie vielmehr überall die Verwüstungen der Menschheit?«

Vielleicht eines Tages, wenn die Menschheit vernünftig wird und ihr etwas an dieser Welt liegt, wenn sie damit beginnt, die Zerstörungen rückgängig zu machen, die sie angerichtet hat, wenn sie Erde, Luft und Wasser säubert und Wälder, Wiesen, Berge und die Wildnis wieder zu dem macht, was sie einmal waren, wenn sie Maßnahmen ergreift, um ihre Zahl zu reduzieren, wenn sie all das tut, könnte es vielleicht sein, dass die Völker der Legende und die Fabelwesen zurückkehren.

Ich würde es jedenfalls hoffen, denn die Welt ist ohne sie ein traurigerer Ort.

Vor der Separation.

Das sind Worte, bei denen mir die Tränen kommen.

Dennis L. McKiernan

ANMERKUNGEN DES AUTORS

Die in diesem Buch erzählte Geschichte findet vor der Separation und vor dem Großen Bannkrieg statt, und daher können die *Rûpt* nicht nur in der Nacht, sondern auch am Tage frei umherstreifen, obwohl es heißt, dass sie ihre Missetaten lieber in der Dunkelheit anstatt im Licht der Sonne begehen.

Diese Geschichte wurde aus den Fragmenten eines Logbuchs des Elfenschiffs *Eroean* rekonstruiert. An mehreren Stellen habe ich die Lücken mit Einschüben aus anderen Quellen gefüllt, aber im Wesentlichen hält die Geschichte sich minutiös an die Vorlage.

Wie in anderen Werken von mir habe ich transkribiertes Altgriechisch benutzt, um die Sprache der Schwarzmagier darzustellen, und Latein für alle anderen Magier.

In vielen Fällen reden unter dem Druck des Augenblicks Pysk, Zwerge, Menschen, Magier, Elfen und andere in ihrer Muttersprache. Um jedoch lästige Übersetzungen zu vermeiden, habe ich, wo erforderlich, ihre Worte in Pellarion aufgeschrieben, der Umgangssprache Mithgars. Einige Worte und Redewendungen eignen sich jedoch nicht für die Übersetzung, und diese habe ich unverändert gelassen. Darüber hinaus mögen verschiedene Wörter falsch aussehen, sind tatsächlich aber korrekt – so ist zum Beispiel DelfHerr nur ein einzelnes Wort, obwohl mitten im Wort ein großes H steht.

Die Elfensprache Sylva ist sehr altertümlich und förmlich, aber im Interesse der Lesbarkeit sind die meisten altertümlichen Ausdrücke und Redewendungen eliminiert worden.

Die Sprache der Kinder des Meeres ist mit Zirp-, Schnalz-, Pfeif- und Klick-Lauten durchsetzt. Zwei dieser Laute sind durch die Zeichen »!« und »¡« dargestellt, ein »Tick« durch »!« und ein »Tock« durch »¡«.

Für die Neugierigen: Das *w* in Rwn wird wie *uu* ausgesprochen (w ist schließlich nichts anderes als ein doppeltes u). Rwn wird also nicht *Renn* ausgesprochen, sondern *Ruhn.*

Fuchsreiter, Fuchsreiter
Wohin willst du geschwind?

Meine Liebe zu finden,
ich durchstreife die Welt

wo es ihn auch hält
und zieh mit dem Wind

Träume sind manchmal nur bunte Bilder
in einem unbeständigen Schattenland.

1. Kapitel

NORDLICHT

Winter, 1E9572-73
[Zweiundzwanzig Monate zuvor]

Farrix stand im hüfthohen Schnee unter dem winterlichen Himmel auf der Kuppe des Hügels und beobachtete das Schauspiel des Nordlichts, dessen Farben willkürlich zwischen den verschiedenen Schattierungen von Karmesin und Safran, Jade, Indigo und Lavendel hin und her wechselten.

Plötzlich ... »Heda, Jinnarin, hast du das gesehen?«

»Was denn?«

Farrix wandte sich der Frau neben ihm zu. »Das Nordlicht. Es kam mir so vor, als hätte ich einen Blitz gesehen und eine Wolke aus Licht, eine große Wolke, die nach Süden strebt, dorthin« – Farrix zeigte zum Osthorizont – »und nach unten. Ich bin sicher, dass ich mich nicht getäuscht habe.«

Jinnarin schüttelte den Kopf. »Ich habe nicht hingesehen.«

»Hm. Ich frage mich ...«

»Was fragst du dich?«

»Ich frage mich, ob diese Magier etwas im Schilde führen. Ich meine, ich beobachte das Nordlicht schon mein Leben lang, aber noch nie ...«

»Ach, Farrix, du glaubst *immer*, dass die Magier etwas im Schilde führen.«

»Trotzdem, Jinnarin ...«

»Mein Liebster«, unterbrach ihn Jinnarin, »ich sage, wir vergessen die Sache und kehren zurück zu ...«

»He! Da war schon wieder eine«, rief Farrix. »Sie ist nach Süden gestoben, so wie die erste.«

Jinnarin drehte sich um und betrachtete lange den Nordostrand des nächtlichen Himmels ... ohne Erfolg, denn keine andere Wolke löste sich aus dem sich windenden Vorhang gespenstischen Lichts – zumindest keine, die sie gesehen hätte.

Farrix starrte ebenfalls suchend durch das winterlich kahle Geäst der ehrwürdigen Bäume Darda Glains, ohne etwas zu finden.

Im Laufe des nächsten Monats sah Farrix noch öfter leuchtende Wolken vom Nord- zum Osthorizont fliegen, wenn er das Nordlicht beobachtete. Schließlich kam er zu Jinnarin – mit einem Rucksack auf dem Rücken, seinem Bogen in der Hand und einem gefüllten Köcher auf dem Rücken – und sagte: »Liebste, ich ziehe los, um den Wolken zu folgen. Ich muss wissen, wohin sie fliegen.«

Jinnarin sah sein nach vorn gerecktes Kinn und erkannte, dass sie ihn nicht von seinem Entschluss abbringen konnte, dieses Phänomen zu ergründen, was immer sie auch vorbringen mochte. Also umarmte und küsste sie ihn schweren, aber nicht übermäßig schweren Herzens ... denn sie und Farrix waren bereits seit einigen Millennien Gefährten, und Jinnarin hatte sich mit seinen Eigenarten abgefunden.

Mit einem Pfiff schwang Farrix sich auf Rhu und ritt in nordöstlicher Richtung durch Darda Glain, während Jinnarin vor dem hohlen Baum stand, in dem sie wohnten, und ihrem Liebsten zum Abschied zuwinkte.

2. Kapitel

EIN NÄCHTLICHER BESUCHER

Anfang Frühjahr, 1E9574
[Sechs Monate zuvor]

In einer kleinen Kate in den Ausläufern Kairns, der großen Stadt auf der Insel Rwn, hörte ein älterer Mensch – das heißt, mit seinen weißen Haupt- und Barthaaren sah er wie ein älterer Mensch aus – ein leises Klopfen an seiner Tür. Er wandte den Blick nicht von seinem Apparat, sondern murmelte weiter vor sich hin, während er am Astrolabium entlang durch die offene Dachluke und in den nächtlichen Frühjahrshimmel spähte.

Wieder klopfte es an die Tür.

»Geht weg!«

Leise, ganz leise, hallte noch ein Klopfen durch den dunklen Raum.

»Ich sagte, *geht weg!* Ich bin beschäftigt!«

Wieder das beharrliche Klopfen.

»Ach, verflixt!« Verärgert beschrieb der ältere Mensch eine Geste, und ein weicher blauer Schein nahm vor ihm Gestalt an. »Schon gut, schon gut, ich komme!«, rief er übellaunig, während er eine Notiz in sein Tagebuch kritzelte, das aufgeschlagen vor ihm auf dem Stativ für das Astrolabium lag.

Der ältere Mann schlug das Tagebuch zu, glitt von dem hohen Hocker, auf dem er saß, und humpelte durch den

Raum, während er vor sich hinmurmelte: »Nicht genug, dass einem die Herdfeuer und Straßenlaternen aus der Stadt in die Quere kommen, nein, es muss auch noch irgendein *Schwachkopf* vorbeischauen und ...«

Nachdem er die Tür aufgerissen hatte und in unfreundlichem Tonfall anhub, »Nun was wollt Ihr ...?«, verstummte der Mann abrupt, denn auf seiner Schwelle stand eine winzige Person, nicht größer als zwölf Fingerbreit. Sie war in verschiedene Grautöne gekleidet und trug einen winzigen Bogen und einen Köcher mit Pfeilen auf dem Rücken. Die Haare waren mausbraun, die Augen waren kobaltblau, und hinter ihr stand ein schwarzfüßiger Rotfuchs.

Die kleine Frau sah den Mann an, dessen Gesicht vom blauen Schein erleuchtet war und in dem gespenstischen Licht unheimlich leuchtete. Dennoch straffte sie die Schultern und fragte: »Seid Ihr Alamar der Magier?« Obwohl sie eine hohe Stimme hatte, klang ihre Stimme weich.

»*Ahem!* Ich hätte nie gedacht, eine Pysk auf *meiner* Türschwelle zu sehen.«

»Seid Ihr Alamar der Magier?«, wiederholte die Frau.

Als der Mann nickte, breitete sich ein Ausdruck der Erleichterung auf ihrem Gesicht aus. »Ach, ich bin ja so froh. Ich heiße Jinnarin« – sie zeigte auf den Fuchs – »und Rux und ich sind weit gereist, um Euch zu finden. Ihr müsst wissen, dass Farrix verschollen ist.«

3. Kapitel

KRÄUTERTEE UND WILDER HONIG

Anfang Frühjahr, 1E9574
[Sechs Monate zuvor]

Während Jinnarin einen Gurt des Geschirrs löste und dem Fuchs das Gepäck abnahm, wühlte Alamar in einem Schrank herum und murmelte: »Kräutertee. Kräutertee. *Ha!* Ganz hinten - verwünschte Mäuse.«

Ein Lächeln huschte über Jinnarins Gesicht. *Farrix hat gesagt, dass Alamar ein verschrobener Gelehrter ist, aber er kann doch nicht ernsthaft glauben, dass die Mäuse sich gegen ihn verschwören und seinen Tee verstecken.* Sie stellte ihr Gepäck unweit des Herdes ab und wählte dann Zweige aus der Kiste mit den Holzscheiten daneben aus, die sie auf die matte Kohlenglut legte.

Alamar humpelte zum Herd. »Ihr werdet auch einen Tee trinken wollen, oder?«

»O ja, bitte«, antwortete Jinnarin, die Reisig auf die aufflackernden Flammen legte, während Rux sich vor dem Herd zusammenrollte.

Alamar hakte einen kleinen Kupferkessel ins Kesseleisen und drehte ihn so, dass er über dem Feuer hing. Ohne ein weiteres Wort kehrte der Magier auf seinen Hocker vor dem Astrolabium zurück und starrte wieder durch die geöffnete Dachluke zu den Sternen empor. Einen Augenblick später entfuhr ihm ein empörtes »*Verwünscht!*«. Er warf einen grimmigen Schulterblick auf das flackernde Feuer und riss murmelnd an der Kette der Dachluke, die daraufhin mit lautem Knall zufiel. Rux sprang auf und schaute sich erschrocken um. Jinnarin war ebenfalls verdutzt.

Mit einer wegwerfenden Handbewegung kritzelte Alamar noch eine letzte Notiz in sein Tagebuch und murmelte dabei, »*Pest!* Ich habe es verpasst«, um sich dann von seinem Hocker zu erheben, während Jinnarin Rux beruhigte, der den Magier argwöhnisch beäugte.

Alamar humpelte zu einem großen, unaufgeräumten Schreibtisch mit Rolljalousie und legte das Tagebuch zwischen Schriften, dicken Wälzern und verstreuten Papieren ab, um dann ein Pergament aus einer Lade zu ziehen. Einen Moment lang starrte er mit finsterer Miene darauf, nur um es dann wieder zusammenzurollen und in die Lade zurückzustopfen.

Der Kessel fing an zu pfeifen, und das unerwartete Geräusch brachte Rux wieder auf die Beine. Der Fuchs stellte sich zwischen Jinnarin und den Magier, die Nackenhaare gesträubt und die scharfen Reißzähne gebleckt.

Alamar funkelte das Tier lediglich an und humpelte zum Kessel, während Jinnarin Rux wieder beruhigte, wodurch sich die Nackenhaare des Tiers langsam wieder legten.

Alamar schaufelte derweil Kräuter in eine Porzellankanne und sah Jinnarin finster an. »Habt Ihr einen Becher?« Der Magier füllte die Kanne mit dampfendem Wasser.

Jinnarin suchte in dem Gepäck, das Rux getragen hatte, und holte eine ausgehöhlte Eichel heraus, an der seitlich ein Henkel und unten ein gerader Boden angebracht war.

Alamar kehrte zu seinem Schrank zurück, machte sich darin zu schaffen, und holte eine irdene Tasse und ein kleines Tongefäß mit Honig heraus. Er lugte in die Tasse, drehte sie um – wobei er »Verwünschte Mäuse!« murmelte – und schlug mit dem Rand gegen die Tischkante. Dann lugte er noch einmal hinein, was Rux veranlasste, sich neuerlich zu erheben.

»Hört her, Pysk, Ihr solltet etwas deswegen unternehmen – wegen Eurem Hund. Du meine Güte, er ist nervös wie ein wildes Tier.«

»Rux *ist* ein ›wildes Tier‹, Alamar ... und er ist *kein* Hund! Und wenn Ihr nicht solchen Lärm machen würdet ...«

Augenblicke später rührte Alamar einen Klecks Honig in das dampfende bernsteinfarbene Getränk, das vor ihm stand, und richtete dann den Blick aus seinen grünen Augen auf den Besuch, der mit untergeschlagenen Beinen auf der grob gezimmerten Tischplatte saß. »Also gut, was hat es damit auf sich, dass Farrix verschollen sein soll?«

Jinnarin betrachtete den alten Menschen – oder war er ein Elf? Seine Augen standen etwas schräg, und seine Ohren waren ein wenig spitz, aber beide Merkmale waren weniger ausgeprägt als bei den Elfen. Farrix hatte gesagt, Magier seien so – weder Mensch noch Elf, sondern etwas dazwischen, und nun konnte Jinnarin sich selbst davon überzeugen. Alamar trug ein blaues Gewand und ein goldenes Armband mit einem matten roten Stein am linken Handgelenk.

»Wollt Ihr nur dasitzen und mich anstarren, oder werdet Ihr mir stattdessen von Farrix erzählen?«

Jinnarin schüttelte den Kopf, um sich von allen Ablenkungen zu befreien, und begann dann.

»Im Winter vor dem letzten meinte Farrix, etwas Eigenartiges im Nordlicht gesehen zu haben – große Lichtwolken, die nach Osten trieben. Nicht in jeder Nacht, aber er hat es mehrfach gesehen, als er das Nordlicht beobachtet hat ...«

»Lichtwolken? Die nach Osten zogen?«

»Nun, von Norden nach Osten.«

Alamar zog seine buschigen weißen Augenbrauen in die Höhe. »Hm, also östlich von Darda Glain. Wie weit östlich?«

»Wie weit?« Jinnarin zuckte die Achseln. »Das weiß ich nicht.«

»Ach, kommt, Pysk, war es sehr nah oder weit weg?«

Jinnarin drehte die Handflächen nach oben. »Ich habe nichts gesehen – ich habe nicht danach Ausschau gehalten –, aber Farrix meinte, es sei ein- oder zweihundert Meilen entfernt.«

»Ha! Also auf der anderen Seite von Rwn.« Mit einer Geste forderte er sie auf, ihren Bericht fortzusetzen.

Jinnarin trank einen Schluck aus ihrer Eicheltasse. »Ungefähr zwei Monde, nachdem er sich auf die Suche gemacht hatte, kehrte Rhu, sein Fuchs, mit einer Nachricht von Farrix heim.« Jinnarin griff in ihre Weste und holte ein hauchdünnes Pergament heraus, das sie entfaltete und Alamar reichte.

Der alte Magier starrte blinzelnd auf das winzige Schriftstück. »Nein. Zu klein. Das kann ich nicht lesen.« Er gab Jinnarin das Pergament zurück. Die Pysk nahm die Nachricht und glättete sie auf dem Tisch vor sich.

»Meine Liebste«, begann sie ...

Meine Liebste,

ich stehe hier am Ufer einer Insel, und die Wolken treiben weiter nach Osten. Es hat jedoch den Anschein, als flögen sie abwärts und landeten nicht weit entfernt von hier in der See. Ich habe mir ein Kanu gebaut und beabsichtige, ein Stück aufs Meer zu paddeln, um festzustellen, wo sie auftreffen – nicht weit hinter dem Horizont, glaube ich.

Ich habe Rhu aufgetragen, eine Weile zu warten, einen Tag oder so. Wenn er ohne mich zurückkehrt, weißt du, dass ich mich wieder in eines meiner Abenteuer gestürzt habe.

Ich liebe dich
Farrix

Jinnarin faltete das Pergament zusammen und schob es wieder in die Innentasche ihrer Weste zurück. »Rhu hat mir die

Nachricht gebracht. Der Frühling kam und dann der Sommer, und Farrix ist nicht wieder zurückgekehrt. Im Herbst sind Rux und ich dann Rhu dorthin gefolgt, wo er Farrix zuletzt gesehen hatte: zu einer Halbinsel an der Südostküste von Rwn ...«

»Hm!«, brummte Alamar nachdenklich. »Woher habt Ihr gewusst, dass er Euch zur richtigen Stelle führt? Ich meine, sie sind nicht gerade sonderlich schlau. Wir reden hier über *Füchse*! Woher wisst Ihr also, dass er Euch überhaupt *in die Nähe* geführt hat?«

Vor Empörung stieg Jinnarin die Röte ins Gesicht. »Sie sind unsere Gefährten! Und vertrauenswürdig obendrein! Farrix' Rhu würde bei einer so wichtigen Angelegenheit keinen Fehler machen.« Sie warf einen Blick auf Rux, der vor dem Feuer schlief, als wolle sie sich vergewissern, dass er diese ... diese *Beleidigung* des Fuchsvolks nicht gehört hatte. »Überwindet Eure Zweifel, Alamar – Rhu hat uns ganz gewiss an die richtige Stelle geführt.«

Alamar warf ebenfalls einen – grimmigeren – Blick auf Rux und richtete seine Aufmerksamkeit dann wieder auf die Pysk. »Und ...?«

»Und nichts. Da war keine Spur von Farrix.«

Wieder schaute Alamar Jinnarin finster an. »Also ...?«

»Also bin ich zu Euch gekommen. Farrix hat immer gesagt, falls wir einmal in Schwierigkeiten geraten würden, könnten wir uns immer auf die Hilfe von Alamar dem Magier verlassen. Schließlich hat Farrix Euch vor dem wilden Eber gerettet und ...«

»Ach *der* war es also!«, entfuhr es Alamar. *»Farrix!«* Der gereizte Ausdruck verschwand von seinem Gesicht und machte offenkundiger Freude Platz. Er nahm den Kessel und goss Tee in Jinnarins Eicheltasse nach, die prompt überlief, sodass die Pysk aufsprang und sich von der rasch größer werdenden Lache entfernte. Ohne das Missgeschick überhaupt zu bemerken, ließ Alamar einen großen Klecks Honig in die winzige Tasse fallen, der weitere Flüssigkeit überschwappen ließ. »Nun, Frau ... Frau ...«

»Jinnarin.« Sie betrachtete ihre Tasse mit einiger Bestürzung.

»Ah, ja, Jinnarin. Nun, Frau Jinnarin, warum habt Ihr das nicht gleich gesagt? Jeder Freund von Farrix ist auch ein Freund von mir.«

»Wie kann das denn sein, Alamar? Ich meine, es hat den Anschein, als hättet Ihr nicht einmal seinen Namen gekannt.«

»Den kannte ich auch nicht!«, rief der alte Magier. »Aber mein Lebensretter, das war schon ein Pysk – hat den Eber mit einem seiner winzigen Pfeile erlegt, ja, das hat er. Aber angesichts meiner Schmerzen ... nun ja, den Namen habe ich jedenfalls gar nicht mitbekommen. Er hat sich länger als eine Woche um mich gekümmert, und als es mir wieder so gut ging, dass ich alleine im Lager zurechtkam, hat er Hilfe geholt. Als dann die Hilfe kam, hat er sich versteckt, und so hatte ich keine Gelegenheit, ihm zu danken.«

»Und seinen Namen habt Ihr die ganze Zeit nicht gewusst?«

Alamar schüttelte den Kopf. »Ich nannte ihn Pysk. Das schien damals zu reichen. Dann war er verschwunden, und da war es dann zu spät ... aber ich habe mich immer gefragt, wer dieser Pysk wohl war ...«

Ein Ausdruck der Entrüstung zeigte sich auf Jinnarins Gesicht. »Er war Farrix! Der beste Fuchsreiter überhaupt! Und es ist ein Wunder, dass er jemandem geholfen hat, der so ungehobelt ist, wie Ihr es seid. Man stelle sich vor, nicht einmal den Namen seines Wohltäters zu kennen! Und dann habt Ihr auch noch seinen Fuchs beleidigt!« Jinnarin verschränkte die Arme und kehrte dem Magier empört den Rücken zu.

Bevor Alamar ein Wort des Erstaunens äußern konnte, forderte Jinnarin ihn auf: »Und macht diese Schweinerei sauber, die Ihr mit dem Tee angestellt habt.«

Alamar funkelte einen Moment ihren Rücken an und schien kurz vor einer Erwiderung zu stehen, aber sie schaute ihn nicht an. Schließlich biss der Magier die Zähne zusammen, nahm die Eichel, spülte sie gründlich aus und wischte den Tisch trocken. Achtsam füllte er dann ihr winziges Gefäß mit Kräutertee und fügte einen winzigen Tropfen wilden Honigs hinzu, um ihn zu süßen.

Mittlerweile schämte Jinnarin sich ob ihres Ausbruchs, und so setzte sie sich mit gesenktem Haupt und weigerte sich, den Magus anzusehen. Alamar wiederum hatte sich beruhigt und inzwischen die Wahrheit in ihren Worten erkannt.

So saßen sie eine Weile schweigend da, weil niemand bereit war, etwas zu sagen.

Alamar spielte mit seinem Armband, doch schließlich – »*Ahem*« – räusperte er sich. »Ist Farrix früher schon einmal verschwunden?«

»O ja«, antwortete Jinnarin leise. »Mehrfach in den Millennien, seit ich ihn kenne.« Sie hob den Kopf und sah den Magier an, und ihre Augen waren von Freude erfüllt. »Farrix ist, nun ja – er steckt voller Neugier und kann anscheinend erst Ruhe geben, wenn er die Antwort auf das gefunden hat, was er wissen will.«

»Hm. Dann wäre er ein guter Lehrling ... Mag das sein, wie es will, bei diesen anderen Gelegenheiten, Py... ich meine: Jinnarin, war er da lange fort?«

»O ja. Manchmal sogar viele Jahre. Du meine Güte, einmal war er sogar zweiundsiebzig Sommer unterwegs.«

Alamar runzelte seine buschigen weißen Brauen und drehte die Handflächen nach oben. »Aber dann verstehe ich Euch nicht, Jinnarin. Diesmal ist er gerade mal seit etwas über einem Jahr unterwegs. Warum seid Ihr also zu mir gekommen?«

»Das sagte ich schon: Farrix hat immer gesagt, wenn es Schwierigkeiten gäbe, sollte ich zu Euch gehen.«

»Und was bringt Euch zu der Annahme, dass es diesmal Schwierigkeiten gibt?«

Jinnarin holte tief Luft. »Nun, Alamar, diesmal habe ich diese Träume, müsst Ihr wissen.«

4. Kapitel

TRÄUME UND ZEICHEN

Anfang Frühjahr, 1E9574
[Sechs Monate zuvor]

»Träume?« Alamar richtete seinen stechenden Blick auf die Pysk. »Was für Träume?«

Jinnarins Augen umwölkten sich, da ihre Gedanken sich nach innen richteten. »Träume von einem Kristallschloss hoch über einem hellgrünen Meer.«

»Hm.« Alamar strich sich einen Moment den Bart, dann stand er auf und schlurfte an Rux vorbei, während der Fuchs argwöhnisch ein Auge öffnete und die Schritte des Magiers wachsam verfolgte. Alamar machte sich an der Feuerholzkiste zu schaffen, warf ein Scheit ins Feuer und stocherte mit einem Schürhaken in der Kohlenglut herum. Dann wandte er sich wieder der Pysk zu. »Träume sind manchmal nur bunte Bilder in einem unbeständigen Schattenland. Was bringt Euch auf den Gedanken, dieser Traum könnte etwas anderes sein?«

Jinnarin ließ nicht lange mit der Antwort auf sich warten. »Die klaren und deutlichen Bilder, die ich darin sehe ... aber noch wichtiger ist, dass ich Farrix Aura darin erkennen kann.«

Alamars Augen weiteten sich. »Es ist aber keine Letzte Botschaft, oder?«

»Letzte Botschaft?«

»Das ist bei den Elfen Brauch.«

»Nur weiter, Herr Magier, denn ich weiß wenig über die Welt jenseits der Grenzen meines Darda Glain.«

Alamar legte den Schürhaken beiseite, kehrte zu seinem Sessel zurück, nahm die Teekanne und füllte seine Tasse auf. »Wenn ein Angehöriger der Elfen stirbt, kann er auf irgendeine Weise einem anderen Mitglied seiner Rasse die Nachricht von seinem Tode senden.«

Jinnarin schauderte. »Ach, du meine Güte, was für eine furchtbare, zweischneidige Gabe! Fluch und Segen zugleich.«

Alamar nickte. »Das ist sie, Jinnarin. Das ist sie ... Aber was Euren Traum angeht ...«

»O nein, Alamar, mein Traum ist keine Letzte Botschaft. Wir besitzen diese Gabe nicht ... oder diesen Fluch.«

Alamar löffelte Honig in seine Tasse und betrachtete die Pysk dabei. »Ich hatte mich das schon lange gefragt. Es gibt viele Ähnlichkeiten zwischen den Elfen und den Verborgenen. Sehr viele eigentlich.«

Jinnarin grinste. »Aber die Größe gehört gewiss nicht dazu.«

»Ha!«, lachte Alamar, was Rux erneut auf die Beine brachte. »Nein, Pysk, Größe gehört nicht dazu, aber Gewitztheit schon.«

Rux funkelte den Magier an, spürte aber keine üble Absicht in ihm, woraufhin er Anstalten machte, sich wieder vor dem Feuer niederzulassen, obwohl sich das verstimmte Tier dabei diesmal lange um die eigene Achse drehte und auf den Boden unter seinen kreisenden Füßen starrte, als denke es darüber nach, ob es einen Sinn habe, sich in Anwesenheit dieses lauten Alten noch einmal hinzulegen.

Jinnarin schwenkte den Tee in ihrer Eicheltasse und starrte tief hinein, als wolle sie darin Geheimnisse jenseits der Grenzen von Raum und Zeit erkennen. »Aber selbst wenn wir diese ... Gabe hätten, Alamar, könnte mein Traum keine Letzte Botschaft sein, denn ich habe ihn schon oft geträumt, und für mich klingt es so, als bekäme man eine solche Nachricht nur einmal. Nein, es ist keine elfische Botschaft. Vielmehr kommt es mir vor wie eine ... eine Kunde, eine ...«

»Eine Sendung?«, warf Alamar ein.

Jinnarin sah den Magier an. »Ja. Genau. Als wolle Farrix mir etwas mitteilen.«

Alamar spielte mit dem goldenen Armband an seinem linken Handgelenk, in das ein matter roter Stein eingelassen war, während seine Augen ins Leere starrten. »Etwas über ein Kristallschloss, das über einem hellgrünen Meer liegt?«

»Und über ein schwarzes Schiff«, fügte Jinnarin hinzu.

»Ein schwarzes Schiff?« Die Überraschung in Alamars Stimme ließ Rux' Kopf hochfahren, aber nach einem leisen Pfiff von Jinnarin legte er sich wieder hin.

»Ja, Alamar, ein schwarzes Schiff, jedenfalls glaube ich das.«

Der Magier kippte seinen Sessel nach hinten, sodass er nur noch auf zwei Beinen stand. »Vielleicht, meine Kleine, solltet Ihr mir Euren Traum vollständig erzählen.«

Das Feuer knisterte und prasselte, und Rux döste weiter, während Jinnarin an ihrem Tee nippte und sich sammelte. Der Magier löffelte mehr Honig in seine Tasse und probierte vorsichtig. Zufrieden mit dem Ergebnis legte er den Löffel beiseite und richtete seinen gewohnheitsmäßig stechenden Blick auf die Pysk.

»Der Beginn ist immer unterschiedlich«, murmelte sie mit leiser Stimme.

»Bitte? Was habt ihr gemeint?«

»Ich sagte« – Jinnarin hob die Stimme – »mein Traum beginnt immer anders. Aber wo er auch anfängt, mit der Zeit wiederholen sich die Bilder der vorherigen Nächte immer – als würde der Traum wieder in vertraute Bahnen gelenkt.

Und das lässt ihn wie eine ... eine Sendung erscheinen: die stete Wiederkehr derselben Bilder.«

Alamar kniff ein Auge zu. »Hm. Das Schattenland ist ein wilder, grenzenloser Ort, an dem unendlich viele verstrickte Pfade durch ungewöhnliche Landschaften ohne Zahl führen ... dort immer wieder am gleichen Bestimmungsort einzutreffen, ist äußerst bemerkenswert, bedeutungsschwer und lässt nicht auf eine Laune, auf eine Unwägbarkeit des Geistes schließen, sondern vielmehr auf eine absichtliche Führung ... dieser Bestimmungsort ... erzählt mir von ihm.«

Jinnarin zuckte die Achseln. »Da gibt es nicht so viel zu erzählen. Ganz egal wo mein Traum auch anfängt, irgendwann kommt immer der Punkt, wo ich durch Wolken fliege. Ich weiß, dass ich fliege, weil ich tief unter mir das Wasser des hellgrünen Meeres sehen kann. Die Wolken ballen sich zusammen und werden dann schwarz, und ich weiß, dass sich ein furchtbares Unwetter zusammenbraut. Die Nacht bricht herein, und ich sehe mich nach einem Unterschlupf um. Es fängt an zu blitzen und zu donnern, Regen peitscht hernieder, riesige weiße Blitze zucken über den schwarzen Himmel und schlagen ins Meer unter mir. Und unten auf den wogenden Wellen jagt etwas, das ich für ein schwarzes Schiff halte, unter vollen Segeln über das sturmgepeitschte Wasser. Der Mast wird immer wieder von den gewaltigen Blitzen getroffen, doch es wird nicht von ihnen beschädigt, sondern segelt immer weiter, und zwar auf eine Insel zu, eine Klippe, die aus dem wogenden Meer ragt.

Zu dieser Insel fliege ich, weil mich etwas oder jemand dorthin zieht – Farrix, glaube ich. Plötzlich befinde ich mich in einer Kristallkammer in luftiger Höhe, und mein Blick fällt auf das Meer. Ich weiß – ohne zu wissen, woher –, dass ich in einem Kristallschloss auf dieser Klippe bin, während tief unter mir, am Fuß eines steilen Felsens, sturmgepeitschte Wellen gegen unnachgiebiges Gestein branden und ins Meer zurückgeschleudert werden. Und die ganze Zeit kann ich das schwarze Schiff in der Ferne sehen, das die wogenden Wellenberge erklimmt und dann in die tiefen Täler stürzt, während ein Blitzstrahl nach dem anderen in seine bebenden Masten einschlägt ...

So endet mein Traum. So endet die Sendung.«

5. Kapitel

KAIRN

Anfang Frühjahr, 1E9574
[Sechs Monate zuvor]

Alamar warf die Hände in die Luft. »Das ist alles? Mehr seht Ihr nicht? Ihr wacht einfach auf?«

Jinnarin holte tief Luft. »Da gibt es noch eine Sache, aber ich sehe nicht, wie ...«

»Überlasst mir die Beurteilung, Pysk. Worum handelt es sich bei dieser Sache?«

Wiederum holte Jinnarin tief Luft. »Nur um Folgendes, Alamar: Während ich dieses Schiff beobachte, das auf mich zusegelt, habe ich dieses ... dieses Gefühl der Furcht, als werde etwas Schreckliches geschehen ... als komme etwas Grässliches näher. Und ich fliehe ... wohin? Das weiß ich nicht – ich fliehe einfach. Und dann wache ich auf, vor Furcht zitternd, schweißgebadet und mit Herzklopfen.« Mit zitternden Händen hob Jinnarin ihre winzige Tasse an den Mund und trank.

Alamar schüttelte den Kopf. »Kein gutes Zeichen, Eure Furcht.« Er stand auf, legte noch ein Scheit ins Feuer und wandte sich dann wieder der Pysk zu. »Doch hört gut zu: Nicht alle Bilder in einem Traum sind, was sie scheinen. Dieses schwarze Schiff könnte für etwas ganz anderes stehen ... ebenso wie das Kristallschloss, das Gewitter und alles andere ... sogar Eure Furcht. Was all das wirklich zu bedeuten hat, kann ich nicht sagen ... Wenn Aylis hier wäre, anstatt durch die Welt zu stromern ... sie wüsste es wohl.«

Jinnarin sah den Magier an. »Aylis?«

Der Alte ging wieder zu seinem Sessel. »Meine Tochter. Sie ist eine Seherin.«

»Eine Seherin? Was ist eine Seherin?«

Alamar hob eine Augenbraue und schüttelte langsam den Kopf, während es aus Jinnarin hervorbrach: »Na, ich habe Euch doch gesagt, dass ich nicht viel über die Welt jenseits der Grenzen von Darda Glain weiß.«

Der Alte zuckte die Achseln. »Eine Seherin ist ..., nun ja, eine Art Magierin, die viel über verborgene Dinge herausfinden kann.«

»Könnt Ihr das nicht auch? Ich meine, haben denn nicht alle Magier die gleichen Fähigkeiten?«

»Ha!«, schnaubte Alamar. Rux öffnete ein Auge und schloss es gleich wieder. »Lachhaft! Alle Magier sollen gleich sein? Ihr macht wohl Witze. Sind alle Verborgenen gleich? Sind alle Fuchsreiter gleich? Was ist denn überhaupt gleich?«

»Regentropfen«, konterte Jinnarin. »Zwillinge. Sterne.«

»Seid nicht albern!«, schnauzte Alamar mit funkelndem Blick. »Selbst Ihr wisst um die Falschheit Eurer Worte.«

Ein Ausdruck des Zorns huschte über Jinnarins Gesicht, und Magier und Pysk saßen lange Augenblicke in wütendem Schweigen da, bis es schließlich von Jinnarin gebrochen wurde. »Ich nehme an«, sagte sie, »dass Regentropfen wohl nicht alle gleich sind, denn es gibt große und kleine, warme und kalte, und manche sind weich und andere hart. Auch bei Zwillingen gibt es Unterschiede, sonst könnten nicht einmal sie selbst einander unterscheiden. Und die Sterne ...«

»Die Sterne«, unterbrach Alamar sie, »können hell sein und dunkel, manche sind kaum sichtbar, während andere auch für das bloße Auge hell strahlen. Manche sind verschwommen und andere ganz scharf umrissen. Und sie sind rot und grün und blau und gelb und nehmen auch sonst alle Farben an. Während die meisten fest am Firmament zu stehen scheinen, bewegen sich einige über die Himmelskuppel. Dann gibt es jene, die über das Firmament rasen, die aus dem Nichts kommen, hell leuchten und rasch verglühen. Andere leuchten plötzlich in der Dunkelheit auf, wo zuvor noch kein Stern gestanden hat, um dann allmählich wieder zu verblassen. Und es gibt jene, die aus derselben Schwärze kommen und Nacht um Nacht glühen und leuchtende Schweife hinter sich herziehen, die Unheil und Böses bringen.«

Alamar verstummte, und Jinnarin schauderte scheinbar völlig ohne Grund. Schließlich fragte sie: »Und die Magier?«

»Magier«, murmelte der Alte, »sind wie Regentropfen und Zwillinge und Sterne. Es gibt Ähnlichkeiten, und doch sind alle verschieden.«

»Schneeflocken«, murmelte Jinnarin.

»Hm?«

»Schneeflocken, sagte ich«, antwortete Jinnarin. »Alle gleich, alle verschieden.«

»Genau«, sagte Alamar missgestimmt, »und vergesst das ja nicht.«

Jinnarin biss auf ihre Unterlippe und entgegnete: »Seid unbesorgt, Herr Magier, unwissend mag ich sein, doch ich lerne rasch.«

Wiederum legte sich ein zorniges Schweigen über sie. Schließlich holte Jinnarin tief Luft und fragte: »Und nun, Alamar? Ich habe Euch von Farrix' Suche berichtet, von seinem Brief, von meinem Traum. Wohin gehen wir von hier aus?«

»Nach Kairn«, antwortete der Magier.

»In die Stadt?«

»Wo sollten wir sonst eine Bibliothek finden?«

»Eine Bibliothek?«

»Gibt es hier ein Echo?«

Jinnarin sprang auf. »Ihr seid der gemeinste alte Starrkopf, den ich je ...«

»Und Ihr seid die Unverschämtheit in Person!«, schrie Alamar.

Rux sprang auf, trottete knurrend zur Tür und zog sie mit der Pfote auf. Mit einem gereizten Schulterblick schlich der Fuchs in die Nacht hinaus.

Jinnarin brach in Gelächter aus, während Alamar auf die Stelle starrte, wo soeben noch der Fuchs gelegen hatte. »Genug, Magier«, kicherte die Pysk, »denn mein Fuchs ist weggelaufen, weil er vor unserer Streiterei nicht die Ohren verschließen konnte.

Lasst uns neu anfangen. Was werden wir in der Bibliothek in Kairn suchen?«

Alamar stand auf, ging zur Tür, lugte nach draußen und sah nichts von dem Fuchs. Er schloss die Tür, um die nächtliche Kälte auszusperren. »Wo sonst«, fragte er auf dem Rückweg zu seinem Sessel, »würden wir wohl etwas über ein hellgrünes Meer, ein Kristallschloss und ein schwarzes Schiff herausfinden?«

»Und wo genau ist diese Bibliothek in der Stadt Kairn?«

»Auf der Insel im Fluss Kairn, wo auch die Akademie ist.«

»Und diese Akademie, Alamar, was genau lehrt sie?«

Der Magier trank seinen Tee aus. »Dort studieren Magier, Jinnarin. Dort verbessern wir unsere Kunst.«

Jinnarins Augen weiteten sich. »Eine Universität für Magier?«

Alamar nickte. »Und wir haben eine der besten Bibliotheken auf ganz Mithgar. Ihr und ich, wir werden am morgigen Tag in aller Frühe dorthin aufbrechen und sehen, was wir dort finden können.«

»O nein, Alamar«, protestierte Jinnarin. »Ich kann bei Tageslicht nicht unter den Augen der Menschen wandeln. Nachts sehen sie mich nicht, aber am Tage ...«

Alamar seufzte. »Dann gehen wir eben morgen Abend.«

»Warum nicht schon jetzt? Es bleiben noch einige Stunden bis zum Morgengrauen.«

»Seid nicht albern, Pysk«, murmelte Alamar. »Auch ein Magier muss schlafen.«

Ohne ein weiteres Wort stand Alamar auf, ging zu seiner Bettstatt und ließ Jinnarin einfach auf dem Tisch sitzen. Nach einer kurzen Weile trank sie ihren Tee aus und kletterte nach unten, um sich vor das Feuer zu setzen und nachdenklich in die langsam erlöschende Glut zu starren.

Die Nacht legte sich über das Land, und in der kristallklaren Luft erschienen die Sterne einer nach dem anderen am violetten Himmel. Alamar stapfte den gewundenen Weg entlang, von dem aus die Lichter von Kairn in der Ferne zu sehen waren. Neben ihm ritt Jinnarin auf Rux, der lautlos durch die Düsternis tappte.

Früher am Tag hatten sie ein paar Dinge zusammengepackt, wobei Jinnarin ihre Satteltaschen und den Rucksack mit frischen Vorräten gefüllt hatte. In dieser Zeit hatten sie und der Magier nicht viele Worte gewechselt. Alamar hatte die meiste Zeit an seinem Schreibtisch gesessen und Notizen in sein Tagebuch geschrieben. Er hatte Jinnarin jedoch gebeten, eine Skizze vom schwarzen Schiff anzufertigen, und sie hatte dieser Bitte entsprochen. Wenngleich die Zeichnung winzig ausgefallen war, schien der Magier doch damit zufrieden zu sein. Rux war wie üblich auf die Jagd gegangen und hatte seinen Hunger in Wald und Flur gestillt. Der Tag hatte sich in die Länge gezogen, während Jinnarin ruhte, und als in der Ferne die zahlreichen Glocken von Kairn schließlich den Sonnenuntergang verkündeten – wie sie auch für den Sonnenaufgang geläutet hatten –, war Alamar aufgestanden, hatte seinen Rucksack geschultert und ungeduldig wissen wollen, worauf sie noch warteten, woraufhin sie zur Stadt aufgebrochen waren.

Und nun waren sie in der zunehmenden Düsternis unterwegs, jeder in seine eigenen Gedanken versunken.

»Alamar«, fragte Jinnarin, die schließlich das Schweigen brach, »glaubt Ihr wirklich, dass wir etwas über das schwarze Schiff oder das hellgrüne Meer oder das Kristallschloss herausfinden können?«

»Was für eine alberne Frage, Pysk«, knurrte der Magier. »Natürlich können wir das. Habe ich nicht gesagt, dass es die beste Bibliothek auf ganz Mithgar ist?«

»Ich dachte, Ihr hättet gesagt, sie sei eine der besten.«

»Hört auf, Haare zu spalten! Haarspaltereien sind ein Zeichen von Unreife.«

Jinnarin fiel die Kinnlade herunter. *Haarspaltereien sind ein Zeichen von ...* Sie fing an zu lachen.

»Was erheitert euch denn so?« Die Worte des Alten klangen scharf.

»Nichts, Alamar. Gar nichts«, erwiderte sie, während sie vergeblich ihr Gelächter zu unterdrücken versuchte.

Sie gingen schweigend weiter und entfernten sich von Alamars Hügel, und Jinnarin konnte die hellen Lichter von Kairn zwei oder drei Meilen weit entfernt sehen. Während Magier, Fuchs und Pysk dem sanft bergab führenden Weg folgten, fragte Jinnarin: »Und wie gelangen wir zur Universität, wenn sie auf einer Insel mitten im Fluss errichtet worden ist?«

»Mit der Fähre«, antwortete Alamar.

»Oh.«

Schließlich erreichten sie das Ende des Hangs, wo der gewundene Pfad auf eine Ost-West-Handelsstraße traf, der sie nach Westen in Richtung Kairn folgten. Hinter ihnen verschwand die Straße im Osten in der Finsternis, wo sie der Länge einer schmalen Landzunge folgte und dann zum entfernten Kriegswall führte – einem steinernen Verteidigungsbollwerk, das sich über die gesamte Breite der Halbinsel zog –, und dahinter lag das Innere der Insel.

Im Norden hörte Jinnarin das Rauschen des nahen Flusses, dessen Wasser im entfernten Zentralmassiv entsprang, die halbe Insel durchquerte und schließlich dem Vorgebirge folgte und durch die Stadt floss, wo es über einen Abhang schoss und aus großer Höhe ins Meer donnerte.

Sie gelangten an ein kleines Rinnsal neben der Straße, dessen klares Wasser einer steinernen Umfassung entsprang. »Wir rasten hier, Pysk«, sagte Alamar, während er sich auf einen Baumstumpf setzte. »Meine Beine sagen mir, dass ich mich ausruhen muss.«

Jinnarin stieg von Rux ab und näherte sich der Quelle. Während der Fuchs trank, betrachtete Jinnarin den Bogen aus gemauerten Steinen, durch den der Bach plätscherte. »Was ist das hier, Alamar?«

»Das wird hier *Elwydds Quelle* genannt. Es ist ein Schrein am Straßenrand.«

»Meine Güte«, rief Jinnarin. »Er sieht aus, als würde sich niemand darum kümmern. Adons Tochter hat etwas Besseres verdient.« Die winzige Pysk machte sich daran, einzelne Blätter aufzusammeln, die auf dem Felsen lagen. Als sie zwei Hände voll zusammen hatte, fegte sie damit den Quellstein sauber, dann trat sie ein paar Schritte zurück und begutachtete ihr Werk. Sie schaute sich um, pflückte eine winzige blaue Frühlingsblume und legte sie auf den Steinbogen. »So, jetzt ist es besser.«

»Macht Ihr so etwas oft?«, fragte Alamar.

»Was denn?«

»Schreine ausfegen«, antwortete der Magier.

Jinnarin schüttelte den Kopf. »O nein. So etwas gibt es bei uns in Darda Glain gar nicht.«

»Und doch verehrt Ihr Elwydd.«

Jetzt nickte die Pysk. »Wir verehren sie, ja. Aber nicht in Schreinen aus Stein. Vielmehr spreche ich zu ihr, wenn ich auf einer sonnigen Lichtung bin oder an einem Bachlauf im Wald. Ich rede besonders gern mit ihr, wenn ich einen Ring aus Pilzen finde.«

Alamars gewohnheitsmäßig missmutige Miene wurde weicher. »Einen Feenring.«

Jinnarin grinste. »Manche nennen ihn so.«

»Tanzt Ihr dann in dem Ring?«

Jinnarin drehte eine Pirouette und knickste. »Manchmal.«

Alamar durchstöberte seinen Rucksack und holte einen Zinnbecher heraus. »Würdet Ihr mir etwas zu trinken holen?«

Während die Pysk den Becher füllte, fragte sie: »Sagt, Alamar, wie kommt es, dass Elwydd nur selten antwortet?«

»Hm?«

Jinnarin erhob sich, hob den Becher auf die Arme und trug ihn, wie ein Mensch ein Fass geschleppt hätte. »Es heißt, vor langer Zeit seien sowohl Adon als auch Elwydd in der Mittleren Ebene gewandelt. Doch nun sind sie nicht mehr hier - meistens zumindest. Und wenn wir zu ihnen sprechen - zu Adon und Elwydd und den anderen -, antworten sie nur selten. Daher frage ich Euch, Alamar ... wie kommt das?«

Der Magier nahm Jinnarin den Becher ab, trank ihn aus und winkte ab, als sie die Hände danach ausstreckte, um ihn noch einmal zu füllen. Während er ihn wieder in seinem Rucksack verstaute, fragte er: »Jinnarin, habt Ihr je darüber nachgedacht, wozu es führen könnte, wenn die Götter uns antworten würden?«

»Wie meint Ihr das, Alamar?«

Der Alte breitete die Hände aus. »Vielleicht würde es schreckliche Folgen haben.«

»Wenn die Götter uns antworten würden, wäre das schrecklich?«

Alamar zuckte die Achseln. »Es könnte so sein. Vor langer Zeit gab es eine große Debatte in Adonar. Zur Debatte stand die Einmischung der Götter in das Leben der niederen Lebewesen, sowohl der sterblichen als auch der unsterblichen. Die beiden mächtigsten Götter – Adon und Gyphon – stritten erbittert, wobei Adon die Ansicht vertrat, die Götter würden jene zerstören, die sie beherrschten, und Gyphon dagegenhielt, es sei das Recht der Götter zu tun, was ihnen beliebt. Einige der Götter stellten sich auf Gyphons Seite, aber die meisten verbündeten sich mit Adon, darunter auch seine Tochter Elwydd, denn Elwydd war es, die das Leben in die Hohe und Mittlere Ebene gebracht hatte.«

»Was ist mit der Unterwelt, Alamar?«, fragte Jinnarin. »Was ist mit Neddra?«

Alamar schüttelte bedauernd den Kopf. »Na, meine Kleine, Gyphon hat die *Spaunen* erschaffen – die Rucha, Loka, Ghûlka, Trolle und andere *Rûpt*.«

Ein leises *Oh* entfuhr Jinnarins Lippen, dann fügte sie hinzu: »Ich habe immer gewusst, dass Elwydd die Verborgenen erschaffen hat, aber das mit den *Rûpt* habe ich nicht gewusst.«

Jinnarin sah den Alten an. »Was ist mit den Magiern, Alamar? Wer hat Euer Volk erschaffen? Und auf welcher Welt?«

»Wir glauben, dass es Elwydd war. Was die Welt betrifft, so stammen wir weder von der Hohen, Mittleren oder Unteren Ebene ... sondern vielmehr von der ... Äußeren Ebene, so könnte man es nennen, von einer Welt namens Vadaria.«

Jinnarin staunte. »Ihr meint, es gibt mehr als drei Ebenen?«

»Gewiss«, raunte Alamar. »Das weiß doch jeder.«

Jinnarin spürte, wie sie vor Wut rot anlief, doch sie verbiss sich die scharfe Erwiderung, die ihr auf den Lippen lag. Schließlich gelang es ihr zu sagen: »Nun, *ich* habe es nicht gewusst.«

Der Alte nahm seinen Rucksack und schwang sich die Riemen über die Schultern. »Pysk, es gibt mehr Ebenen, als wir glauben, aber die meisten sind uns unbekannt, denn um zwischen ihnen zu wandeln, muss es einen hohen Grad der Übereinstimmung zwischen den Welten geben. Beispielsweise gibt es nur hier auf der Insel Rwn einen bekannten Übergang zwischen Mithgar und Vadaria. Nur auf Rwn.«

Alamar erhob sich und sagte abrupt: »Lasst uns weitergehen.«

Jinnarin pfiff Rux zu sich und stieg auf. Als sie sich wieder in Marsch gesetzt hatten, nahm Jinnarin den ursprünglichen Gesprächsfaden wieder auf. »Alamar, mein Eindruck ist, wenn ein Gott niemals antwortet, liegt Ihm ganz einfach nichts daran.«

»Denkt nach, Kind«, antwortete Alamar. »Vielleicht liegt gerade dem Gott, der nicht antwortet, am meisten daran.«

»Wie kann das sein? Ich meine, Ihr habt mir noch immer nicht erklärt, warum es schrecklich wäre, wenn die Götter jenen antworteten, die sie um Hilfe bitten.«

»Kind, ich habe nicht gesagt, es *wäre* schrecklich. Ich sagte lediglich, es könnte schreckliche *Folgen* haben.

Hört mich an: Wenn Euer Gott jedes Mal, wenn Ihr in Not seid oder Zweifel habt, Eure Probleme für Euch lösen würde, was würde dann aus Eurem Mut und Eurer Tatkraft werden, frage ich Euch? Warum sich bemühen, wenn es unnötig ist? Aber würde das nicht dazu führen, dass Euer Gott jeden Aspekt Eures Lebens beherrscht? Und wenn das geschehen würde, was böte das Leben dann noch an Herausforderungen?

Und ich will Euch auch noch Folgendes fragen: Wenn Euer Gott nicht gütig wäre, sondern vielmehr egoistisch und eifersüchtig, würdet Ihr dann wollen, dass er jeden Aspekt Eures Lebens beherrscht? Und wärt Ihr bereit, Euren freien Willen aufzugeben, selbst wenn Euer Gott gütig und liebevoll ist? Würdet Ihr auf Eure Eigenständigkeit verzichten wollen, um in der Behaglichkeit eines goldenen Käfigs zu leben? Was wäre dann noch von Euch übrig? Was wäre aus Euch geworden?«

Jinnarin schüttelte den Kopf. »Und all das würde daraus entstehen, dass man zu einem Gott spricht und eine Antwort erhält?«

»Vielleicht, Jinnarin. Vielleicht. Denn wer weiß, wohin selbst unschuldige Wünsche führen können?«

»Ich finde es schwer zu glauben, dass sie zu einem solchen Verhängnis führen könnten, Alamar.«

»Dann will ich Euch eines fragen, Jinnarin: Was ist das Wesen des Bösen?«

Jinnarin fiel die Kinnlade herunter. »Du meine Güte, Alamar, das weiß doch *jeder.*«

»Ach? Verhält es sich so? Nun denn, Pysk, erzählt es mir.«

»Das Böse ist schlecht«, erwiderte Jinnarin.

»Seid nicht albern«, entgegnete Alamar verdrossen. »Zu sagen, das Böse ist schlecht, ist dasselbe, wie zu sagen, das Böse ist böse. Oder das Gute ist gut. Oder Großes ist groß. Etwas aus sich selbst zu erklären, ist töricht.«

Jinnarin fuhr bei Alamars Antwort erneut auf, erkannte aber gleichzeitig die Wahrheit seiner Worte. Sie ritt eine Weile stumm neben ihm her und meinte schließlich: »Das ist keine leichte Frage, nicht wahr?« Sie neigte nachdenklich den Kopf zur Seite »Ich glaube zwar, dass ich etwas Böses erkenne, wenn ich es sehe, aber zu sagen, was es ausmacht ...«

Wiederum verstummte die Pysk und überlegte. Rux hielt derweil mühelos Schritt mit dem Magier, da der Alte nur langsam ging. Wieder war es Jinnarin, die das Wort ergriff. »Wie kann es sein, dass etwas, das ich immer für ganz simpel gehalten habe, sich bei genauerem Nachdenken als so kompliziert erweist? Jede Schlechtigkeit kann gleichzeitig auch eine Tugend sein: Farrix hat einen Eber getötet, um Euch das

Leben zu retten, aber es wäre falsch gewesen, den Eber nur zum Vergnügen zu töten ... Es gibt keine einfache Antwort, Alamar, oder?«

Der Alte brummte bestätigend und fügte dann hinzu: »Über das Wesen des Bösen denkt man seit Millennien nach, und Ihr habt Recht, Jinnarin, es gibt keine *einfache* Antwort ... aber es *gibt* eine Antwort, obwohl auch sie Einschränkungen unterliegt.«

»Verratet sie mir noch nicht, Alamar. Lasst mich noch etwas darüber nachdenken.«

Alamar warf einen überraschten Blick auf die Pysk, und ein anerkennendes Funkeln stahl sich in seine Augen.

Sie strebten weiter den Lichtern Kairns entgegen, die langsam näher rückten. Schließlich erreichten sie die ersten Gebäude, und Jinnarin und Rux glitten in den Schatten, wo sich die Dunkelheit um die Pysk und den Fuchs zu konzentrieren und sie einzuhüllen schien, und sogar der Magier hatte Probleme, sie im Dunkeln auszumachen.

Die Straße, der sie folgten, verlief weiter nach Westen, parallel zum Fluss und dessen steinigen Ufern. Sie passierten Häuserreihen und überquerten ab und zu Seitenstraßen, von denen manche gepflastert waren und andere kaum mehr als Trampelpfade. Ständig begegneten sie anderen Leuten, die von hier nach da eilten oder auch nur müßig dahinschlenderten oder irgendwo saßen. Doch obwohl viele von diesen Alamar ansahen oder ihm aus dem Weg gingen, schien niemand Jinnarin und den Fuchs zu bemerken, die sich stets im Schatten bewegten – es war, als seien die beiden für gewöhnliche Augen unsichtbar, obwohl Alamar hin und wieder einen Blick auf sie erhaschen konnte.

Sie passierten eine Brücke über den Fluss, die von Laternen erleuchtet und von im Wasser treibenden Pontons gestützt wurde. Ein Stück weiter flussabwärts, doch nicht weit entfernt, konnte Jinnarin eine Insel mitten im Fluss ausmachen, auf der sich mehrere Türme erhoben. Genau dorthin waren sie, Rux und Alamar unterwegs. Als sie auf der Höhe der Nordspitze der Insel angelangt waren, hatten sie endlich auch die Anlegestelle der Fähre erreicht, auf deren von Fackeln erleuchteten Kai drei Menschen hockten.

Alamar betrat den steinernen Pier. »Fährmeister, ich möchte übersetzen.«

Einer der Menschen erhob sich und gab den beiden anderen ein Zeichen. »Das macht ein Kupferstück, der Herr.«

Alamar fischte eine Münze aus seinem Beutel und bezahlte, dann betrat er ebenso wie die drei Männer das Floß.

Als das Trio das Führungsseil ergriff, das zwischen den beiden Anlegestellen gespannt war, huschte ein kleiner Schatten an Bord und postierte sich hinter dem am Heck stehenden Magier.

Da die Menschen in die andere Richtung schauten, bemerkten sie den Schatten nicht.

»Zieht! und *Zieht!* und *Zieht! ...«,* skandierte der Fährmeister, während die Menschen die Fähre an dem Seil, das durch im Bug und Heck befestigte Ringe lief, langsam und allein durch Muskelkraft über den Fluss zogen. Kurze Zeit später stieß das Floß gegen den Inselkai, und ein Fährmann rief plötzlich, »Heda!«, als ein Schatten vorbeihuschte und gleich darauf verschwunden war. *»Was war das denn?«*

Die Menschen reckten den Hals, während sie etwas zu sehen versuchten. Alamar schritt langsam an ihnen vorbei, und an Land angekommen, fassten sich die Fährleute hochachtungsvoll an den Mützenschirm. Ihre Stimmen folgten ihm auf dem Weg zu den Türmen, die voraus lagen.

»Ich sage, das ist ein Magier, und das war gerade sein *Vertrauter.*«

»Das mag schon sein, aber was *war* es?«

»Nichts Natürliches, darauf könnt ihr euch verlassen.«

»Eine *Schattenkatze*, würde ich meinen, mit sechs Beinen und grausamen Reißzähnen …«

Als sie diese Worte hörte, lächelte Jinnarin bei sich und beobachtete in aller Ruhe, wie Alamar sich näherte und sich dabei nach links und rechts umdrehte in dem Versuch, sie und Rux zu erspähen, die sich unter einem Busch verborgen hatten. Als er sie passierte, sagte sie leise, »Hier sind wir«, und ließ Rux loslaufen.

Verblüfft funkelte der Magier sie an. Doch dann nahm sein Gesicht einen Ausdruck grüblerischer Neugier an. »Eines Tages müsst Ihr mir verraten, wie Ihr das anstellt, Pysk.«

»Was denn?«

»Na, wie Ihr Euch so gekonnt in Schatten hüllt.«

»Ach, das ist doch leicht, Alamar, obwohl ich nicht genau weiß, wie es funktioniert.«

»Wie bitte? Ihr wisst es nicht?«

»Nun ja. Ich konnte es schon immer. Alle meine Artgenossen können es auch. Es ist eine angeborene Fähigkeit. Man könnte sie vergleichen mit … ach, ich weiß nicht … mit …«

»Mit dem Vogelflug«, warf der Magier ein.

»Ganz genau, Alamar. Es liegt in der Natur der Vögel, zu fliegen. Es liegt in der Natur unserer Art, sich in Schatten zu hüllen. Ob das auch andere lernen können, kann ich ebenso wenig sagen, wie ich weiß, ob andere Wesen fliegen können.«

»Ha!«, schnaubte Alamar. »*Den* Trick haben einige von uns längst gemeistert.«

»Ihr könnt *fliegen*?« Jinnarin war mehr als verblüfft.

»Oh, ich habe nicht gesagt, *ich* könnte fliegen«, erwiderte Alamar, »aber ich würde doch sagen, dass ich eine Menge Tricks auf Lager habe.«

Sie gingen weiter zu den Türmen, die von Laternen erhellt und im Sternenlicht gut sichtbar waren. Mittlerweile konnte Jinnarin erkennen, dass es sechs waren: fünf, die weit auseinander standen und ein Pentagramm um den sechsten in der Mitte bildeten. »Wohin gehen wir?«, fragte sie.

»Zum Mittelturm. Dort finden wir die Bibliothek.«

»Was hat es mit den anderen Türmen auf sich?«

»Sie stehen für die verschiedenen Studienrichtungen«, antwortete Alamar, indem er auf jeden der Türme zeigte und sie dabei benannte: »Erde. Luft. Feuer. Wasser. Äther.«

Nun stießen Magier, Pysk und Fuchs auf kleinere Gebäude und gingen zwischen ihnen hindurch. »Und diese, Alamar. Was sind das für Häuser?«

»Lagerräume«, antwortete der Alte. »Für die Vorratshaltung und andere weltliche Dinge.«

Ab und zu blieben die drei stehen, um Fremde vorbeizulassen, die in einiger Entfernung ihren Weg kreuzten. Und zweimal verbargen sich Rux und Jinnarin im dunkelsten Schatten, als sich zwei Gruppen von Passanten näherten, die Alamar im Vorbeigehen grüßten, ohne dabei ihre eigenen Gespräche zu unterbrechen, um eine Unterhaltung mit dem alten Magier zu beginnen.

Die drei erreichten einen ausgedehnten gepflasterten Platz, in dessen Mitte sich der Bibliotheksturm erhob, und dort warteten sie, bis niemand zu sehen war. Dann setzten sie sich in Bewegung, und der Fuchs blieb so nah bei dem Magier, dass er dessen Gewänder streifte.

Schließlich betraten sie das Gebäude, und Rux trug Jinnarin durch den Eingang und in die Düsternis dahinter.

Im Inneren, hinter der Eingangshalle, stießen sie auf die ersten Bücherstapel. Die Regale waren um einen Mittelbereich mit Tischen, Stühlen, Pulten und Bänken angeordnet, an denen verschiedene, in ihre Studien vertiefte Personen saßen. Alamar bedeutete Jinnarin und Rux, zwischen den Bücherregalen zu warten, und ging selbst in den Mittelbereich. Jinnarin stieg ab, behielt den Fuchs aber nah bei sich. Hin und wieder wurde ein Stuhl gerückt, wenn jemand aufstand, um ein Buch zu suchen. In diesen Fällen zogen sich Fuchs und Pysk in tiefere Schatten zurück und wechselten von einer Reihe zur anderen, um nicht gesehen zu werden.

Schließlich kehrte Alamar zurück. »Zwei Etagen höher«, murmelte er und ging voran, während Jinnarin sich wieder auf Rux schwang.

Über eine Steintreppe führte der Weg nach oben, und davor blieb der Alte stehen, um sich zu beklagen: »Natürlich musste man sie in den oberen Etagen unterbringen.«

»Was unterbringen, Alamar?«

»Die Bücher, die wir suchen«, antwortete er missmutig.

»Oh.«

Der Magier seufzte tief und machte sich dann an den Aufstieg, wobei er ab und zu innehielt, um zu verschnaufen. Rux eilte die zwei Treppen voraus, da Jinnarin nicht unnötig lange auf der exponierten Treppe bleiben wollte. Schließlich erreichte Alamar die zweite Etage und begab sich zwischen die Regale. Lange suchte er, bis er schließlich das Buch fand, das er wollte, einen dicken Wälzer mit dem Titel *Maria Orbis Mithgarii*. »Aha! Jetzt werden wir ja sehen.«

Alamar ging zu einem Tisch und setzte sich auf einen Stuhl im spärlich besetzten Mittelbereich. Kaum hatte er Platz genommen, als eine schlanke, junge Menschenfrau – oder war sie eine Elfe? – mit rabenschwarzen Haaren durch die Regale schritt und neben seinem Tisch stehen blieb. »Alamar?«

Der Alte schaute blinzelnd zu ihr auf. Schließlich sagte er: »Drienne?«

Sie nickte lächelnd. »Wie ist es dir ergangen, mein Lieber?«

Alamar lehnte sich zurück. »Ich komme voran, Dree. Ich komme voran.«

»Das sehe ich.« Sie setzte sich ihm gegenüber. »Wird es nicht langsam Zeit, dass du auf die andere Seite gehst? Du kannst nicht mehr viel Energie übrig haben.«

Alamar seufzte. »Aye, da hast du Recht. Es wird Zeit, dass ich mich ausruhe. Aber was ist mit dir, Dree? Als ich dich das letzte Mal gesehen habe, warst du selbst eine Greisin. Aber jetzt – na, sieh dich doch an. Du siehst genauso aus wie damals auf Faro.«

Sie lächelte wieder, und dabei hellte sich ihre ganze Miene auf. »Die Hütte im Wald, Alamar. Daran habe ich nicht mehr gedacht seit ...« Ihre braunen Augen bekamen einen nachdenklichen Ausdruck, und grüne Lichter funkelten in ihnen. Schließlich sagte sie. »Ich wollte, wir wären jetzt dort. Aber nicht in deinem jetzigen Alter, weil ich sicher bin, dass ich dich umbringen würde.«

»Das würdest du vielleicht wirklich tun, Dree, aber vielleicht auch nicht. Aber egal, in deinen Armen zu sterben, wäre es wert.«

»Warum gehst du nicht nach Vadaria, und wenn du zurückkehrst ... nun ja ...«

»Verführerisch wie eh und je, Dree. Aber im Moment kann ich nicht. Ich habe noch etwas zu erledigen. Danach gehe ich, und bei meiner Rückkehr ziehen wir uns in diese Hütte im Wald zurück und kommen vielleicht Jahre nicht wieder daraus hervor.«

Drienne lächelte, und ihr Blick verlor sich in angenehmen Erinnerungen. Doch dann seufzte sie und kam wieder zu sich. Plötzlich schaute sie wie suchend unter den Tisch und dann zu den Regalen. »Ich dachte, ich hätte einen Fuchs bei dir gesehen. Du hast aber doch gewiss keinen Fuchs als Vertrauten angenommen.«

»Das ist nur ein Bekannter, Dree, der mir im Moment folgt.«

»Gut. Ich glaube nicht, dass Füchse gute Gefährten sind. Sie sind zu wild. Nicht so wie Katzen.«

»Oder Eulen«, warf Alamar ein.

Drienne verdrehte die Augen. »Wie ich schon sagte, nicht so wie Katzen mit ihrer tröstenden Art. Und wie ich dir schon einmal gesagt habe, Alamar, mit Eulen kann man nicht schmusen.« Sie warf einen Blick auf den dicken Wälzer. »Was suchst du denn? Vielleicht kann ich von Nutzen sein?«

»Drei Dinge, Dree: ein hellgrünes Meer, ein schwarzes Schiff und ein Kristallschloss.«

»Das klingt sehr mysteriös.«

»Alle drei sind Bestandteile eines Traums.«

»Ach so, dann kann ich dir nicht helfen. Aber wenn es um Sterne ginge ...«

»Wenn es um Sterne ginge, Dree, könnte ich das Rätsel allein lösen.«

Drienne nickte und sagte dann: »Warum lässt du nicht Aylis ...«

»Sie weilt im Augenblick nicht auf Rwn.«

»Ach so. Nun gut. Aber vielleicht kann ich trotzdem etwas tun. Welche Bücher brauchst du noch? Ich hole sie dir.«

Alamar fischte einen Zettel aus der Tasche. Er betrachtete ihn einen Moment und sagte dann: »Sieh mal nach, ob du *De Castellis Singularibus* und *De Navibus Notis* findest.«

Während Drienne suchte, blätterte Alamar in dem Wälzer vor sich, wobei er ab und zu innehielt, um etwas zu lesen. Er war noch nicht weit gekommen, als Drienne mit zwei weiteren Büchern zurückkehrte. Alamar sah sie an. »Such nach einem Kristallschloss und einem schwarzen Schiff.«

»Hm. Ein Kristallschloss sollte nicht so schwer zu finden sein, das heißt, wenn es eines gibt. Aber ein schwarzes Schiff? Davon dürfte es viele geben, würde ich meinen. Was denn für ein schwarzes Schiff?«

Alamar holte Jinnarins Zeichnung aus der Tasche und reichte sie Drienne. Sie starrte blinzelnd darauf. »Du meine Güte, Alamar, wer hat denn dieses winzige Ding gemalt? Ein Libellenreiter?«

»Eine Bekannte.«

Drienne sah ihn erstaunt an und widmete sich dann wieder der Zeichnung. »Eine Karacke oder Galeone, würde ich sagen. Schwarz?« Auf Alamars Nicken gab Drienne ihm den kleinen Zettel zurück und öffnete dann eines der Bücher.

Aus dem Schatten beobachtete Jinnarin, wie Drienne es Alamar nachtat und das Buch durchblätterte. Einige Zeit verstrich, in der die lastende Stille nur durch das leise Rascheln des Umblätterns durchbrochen wurde. Ab und zu erhob sich einer der anderen Anwesenden im Mittelbereich und verließ die Etage, oder es kam jemand die Treppe empor und machte sich zwischen den Regalen zu schaffen, aber sie befanden sich auf der anderen Seite des Stockwerks, und Jinnarin und Rux blieben, wo sie waren. Rux lag mit dem Kopf auf den Vorderpfoten da, doch er hatte die Augen geöffnet und die Ohren gespitzt, und Jinnarin wusste, dass er auf der Hut war. Also machte Jinnarin es sich auf dem untersten Regalbrett zwischen einigen staubigen Büchern gemütlich, wartete ... und döste ein. »Hier ist eins«, erklang plötzlich Driennes Stimme. »Nein, warte, es ist verbrannt, während es im Hafen von Arbalin vor Anker lag. Während der Rebellion.« Drienne blätterte weiter, den Blick starr auf die Seiten gerichtet, und Jinnarin lehnte sich wieder mit dem Rücken an ein schräg stehendes Buch.

Wie lange sie gedöst hatte, wusste sie nicht, aber das Kratzen von Stuhlbeinen am Boden weckte Jinnarin wieder. Ein Blick verriet ihr, dass Alamar und Drienne sich erhoben. Mehrere Bücher lagen vor ihnen auf dem Tisch, und es war offenkundig, dass sie in allen nach Hinweisen gesucht hatten. Alamar richtete sich ächzend auf und streckte sich, und Drienne sagte: »Mein Lieber, du *musst* ganz schnell nach Vadaria.«

»Aber nicht jetzt, Dree. Zuerst muss ich das Rätsel dieses Traumes lösen. Eine Verpflichtung aus der Vergangenheit.«

»Stur wie eh und je«, murmelte Drienne und sammelte dann die Bücher ein. Doch dann hielt sie inne und sah Alamar direkt ins Gesicht, während ihr Blick von stummem Flehen und unvergossenen Tränen kündete. »Hör mich an: Übertreibe es nicht, Alamar. Ich will dich lebendig und jung wiedersehen, nicht alt und schon gar nicht tot.«

Alamar nahm ihr herrliches Gesicht in die Hände und küsste sie sanft. »Ich gehe jetzt, Dree. Aber ich verspreche dir, sobald ich diese Traumgeschichte gelöst habe, wechsle ich auf die andere Seite. Dann komme ich zurück, und wir können ... wo werde ich dich finden?«

»Versuche es zuerst hier, Alamar, hier in der Stadt der Glocken. Im Augenblick bin ich Disputationsleiterin der Akademie.«

»Die Grand Dame?«

Drienne nickte lächelnd.

»Was werden die Lehrlinge sagen, wenn ich dich entführe?«

»Was sie schon immer gesagt haben, würde ich meinen.«

Alamar blieb einen Moment gedankenverloren stehen. Schließlich sagte er: »Vielleicht bin ich eine Weile fort. Sollte es länger dauern, wo finde ich dich dann?«

»Wenn nicht hier«, antwortete Drienne, »dann auf der Insel der Lady in meiner Hütte im Wald.«

»Faro«, hauchte Alamar, dann lächelte er, nahm ihre Hände und drückte sie sanft. »Ich muss gehen.«

Drienne küsste ihn auf die Wange und ließ ihn los, und Alamar wandte sich ab und ging zur Treppe, mit kraftvolleren Schritten als zuvor. Und zwischen den Regalen schwang Jinnarin sich auf Rux, und der Fuchs trabte durch die Schatten, erreichte den Absatz, als der Alte sich gerade auf den Weg nach unten machte, und folgte dem Magier. Auf halbem Weg nach unten hörte Jinnarin ein Ächzen hinter sich, und als sie sich umschaute, stand Drienne an der Treppe, die

Augen vor Staunen weit aufgerissen. Jinnarin lächelte und winkte und hüllte sich dann in Dunkelheit, während der Fuchs weiter die Treppe hinuntereilte.

»Nichts? Ihr habt nichts gefunden?« Sie standen hinter den Gebäuden, und Jinnarin sah den Magier konsterniert an.

»Genau«, knurrte Alamar gereizt.

»Aber Ihr habt gesagt, das hier wäre die beste Bibliothek ...«

»Ich habe gesagt, es wäre *eine* der besten«, knirschte der Magier.

»Ich dachte, Ihr mögt keine Haarspaltereien!«, fauchte Jinnarin.

»Ich spalte keine Haare!«, schrie Alamar.

Stille trat ein. Dann sagte Alamar etwas leiser. »Vielleicht finden wir nie heraus, wo es ein hellgrünes Meer gibt oder ein Kristallschloss und wo ein schwarzes Schiff segelt. Habe ich nicht gesagt, dass Traumvisionen oft nicht das sind, was sie zu sein scheinen? Und schließlich ist es nichts als ein Traumgespinst ...«

»Eine Sendung!« Jinnarin knirschte vor Wut mit den Zähnen.

Alamar seufzte.

Eine ganze Weile äußerte sich keiner von beiden, dann sagte Jinnarin: »Lasst uns nicht streiten, Alamar. Stellen wir uns vielmehr die Frage, was wir jetzt tun können? Wohin können wir gehen, und wen können wir aufsuchen, um einen Hinweis zu bekommen, eine Spur? Wer kennt sich mit Schiffen und Meeren und Inseln aus ...?«

»Matrosen!«, entgegnete Alamar. »Schiffskapitäne. Navigatoren. Kartografen. Alle Seeleute.«

»Nun gut«, sagte Jinnarin, »dann lasst uns zu diesen Seeleuten gehen. Aber wenn sie es nicht wissen, wen sollen wir dann fragen?«

Alamar stand einen Moment stumm da, während er mit seinem Armband spielte. Schließlich sagte er: »Nun, meine winzige Pysk, wenn sie es nicht wissen, suchen wir die Kinder des Meeres auf.«

Jinnarin und Rux warteten, Schatten im Schatten, während nicht weit entfernt der Kairn am Ende der Halbinsel über die Klippe und hundert Fuß und mehr in die Gischt des Westonischen Ozeans stürzte. Auf der anderen Straßenseite war die Taverne *Zum nassen Schaf*, die laut Alamar sowohl von Gehilfen und Lehrlingen als auch von Seeleuten besucht wurde. Der Magier war eingekehrt, hatte einen Krug oder zwei geleert und unterhielt sich mit Matrosen und Kapitänen gleichermaßen. Das *Schaf* war die dritte Taverne dieser Art, die Alamar in der Hafengegend aufsuchte, nachdem er sein Glück zuvor im *Goldenen Anker* und im *Kielwasser* versucht hatte.

Jinnarin begann gerade zu argwöhnen, Alamar könne sie vergessen haben, als der Magier in der Tür erschien. *»Pysk, Pysk«*, zischte er lauthals. *»Psst!* Wo seid Ihr, Jinner... Jinn... Pysk?«

Der Magier überquerte schwankend die Straße und suchte dort im Gebüsch, eine Hand erhoben, an deren Fingerspitzen blaues Licht leuchtete. *»Pysk ...!«*

»Still, Alamar!«, schnauzte Jinnarin. »Und löscht dieses Licht!«

»Ach, *da* seid Ihr, Jin-Jin. Ich dachte schon ...«

»Alamar, Ihr seid betrunken!«

Der Magier richtete sich empört auf und protestierte mit undeutlicher Stimme. »Ich? Betrunken? Du meine Güte, ich lasse Euch gerne wissen ...«

»Alamar, ich habe gesagt, dass ihr das Licht löschen sollt.«

Alamar starrte auf seine leuchtende Hand, murmelte ein paar Worte und sah dann zu seinem Erstaunen das Licht heller werden. Er murmelte mehr Worte. Nichts geschah. Schließlich vergrub er die Hand unter seinem Mantel und wickelte Stoff darum. »Achtet nicht auf das verwünschte Licht. Wir müssen uns beeilen. Ich habe eine Schiffspassage für uns gebucht. Wir segeln noch heute Nacht nach Arbalin.«

»Schiffspassage? Arbalin? Noch heute Nacht? Warum?«

Alamar zog die Hand unter dem Mantel hervor und sah sie an. Sie leuchtete immer noch. Er verhüllte sie wieder. »Weil wir dort Aravan finden, Jin-Jin, ihn und sein Elfenschiff. Wenn *irgend*jemand weiß, wo das hellgrüne Schloss liegt oder das Kristallschiff oder das schwarze Meer, dann ist es Aravan.«

»Ach, Alamar, Ihr seid nicht in der Verfassung, um solche Entscheidungen zu treffen. Wie können wir ... wie kann *ich* sicher sein, dass dies das Richtige ist? Ich meine, ich habe natürlich von Aravan gehört - schließlich ist er ein Freund ... er hat Tarquin das Leben gerettet -, aber gleich nach Arbalin zu segeln, nun ja ...«

»Das ist si-icher das Richtige, Jin-Jin«, behauptete Alamar. »Und wir müssen uns beeilen. Die *Schwal-Schwalbenfisch*, das verwünschte Schiff segelt mit der Nachtflut. Außerdem, wie wollen wir sonst Farr ... Pysk ... Rix, den Ebertöter finden?«

Trotz ihrer ernsten Bedenken nickte Jinnarin schließlich. *Ja, wie sonst?*

Die Besatzung der *Schwalbenfisch* sah mit einiger Verwunderung zu, wie der alte Mann über die Laufplanke an Bord schwankte und dabei einen äußerst unwilligen Fuchs an einer langen Leine hinter sich herzog. Das Tier knurrte den Alten an, schnappte nach der Leine und wehrte sich dagegen, manchmal warf er sich sogar zu Boden und ließ sich dann auf der Seite liegend mitschleifen. »Dassis mein Vertrauter Ruxie«, sagte der alte Mann undeutlich.

Als Alter und Fuchs sicher in ihrer Kabine untergebracht waren, wandte sich ein Matrose an einen anderen und fragte: »Adons Blut, hast du das gesehen?«

»Klar, Kumpel«, sagte der andere, »der Fuchs war verdammt wild.«

»Nein, nein, du Trottel, den Fuchs meine ich gar nicht!«

»Na was denn dann?«

»Seine Hand.«

»Seine Hand?«

»Ja! Ich will verdammt sein, aber ich glaube, seine Hand stand in Flammen!«

6. Kapitel

AUF SEE

Anfang bis Mitte Frühjahr, 1E9574
[Fünf Monate zuvor]

Alamar schwankte in die Kabine und zerrte den sich immer noch wehrenden Fuchs hinter sich her. Als sich die Tür geschlossen hatte, ließ der Magier seinen Rucksack auf die Deckplanken fallen – *»Au!«*, ertönte ein gedämpfter Aufschrei daraus. Der Alte achtete nicht darauf, sondern ließ sich in seine Koje sinken und starrte dann auf dem Rücken liegend seine leuchtenden Finger an. »Aus, verwünschtes Licht!«, befahl er mit schwerer Zunge. *»Exi, Lumen! Exstingue! Fiat lux!* Hoppla!« – wieder wurde das Licht heller – *»Peri... perite ... perde lumen ...«* Nichts schien zu funktionieren. Der Rucksack auf dem Boden geriet in Bewegung und gab gedämpfte Verwünschungen von sich, während eine winzige Hand zwischen den Schnüren auftauchte und sich daran machte, die Schleifen zu lösen. Der Fuchs winselte und leckte ihre kleinen Finger, und der Magier auf der Koje murmelte vor sich hin. Schließlich war der Sack offen, und Jinnarin kroch heraus, vor Wut schäumend und mit Feuer in den Augen.

»Alamar!«, rief sie. »Ihr verflixter alter Trunkenbold ...!«

Ein Schnarchen antwortete ihr.

Der Magier war bereits eingeschlafen.

Aber wenigstens leuchtete seine Hand nicht mehr.

»Uhh«, ächzte der Magier, als er die blutunterlaufenen Augen aufschlug und sich umsah. »Wo ... ah, mein Kopf.«

Niemand antwortete ihm, aber er konnte das Knarren von Holz und ein entferntes Schwappen von Wasser hören. Helles Tageslicht fiel durch ein rundes Fenster, und der Raum schien langsam zu schaukeln. Er hob die rechte Hand und starrte auf seine Finger. Er versuchte, sich an etwas zu erinnern, wusste jedoch nicht genau woran. Alamar richtete sich mühsam zu einer sitzenden Haltung auf und zuckte dabei mehrfach zusammen.

Auf dem Boden auf der anderen Seite des Raums saß Jinnarin an den schlafenden Rux gelehnt und funkelte ihn an.

Als er mit den Lippen schmatzte und seine eigene Zunge schmeckte, verzerrte sich Alamars Gesicht zu einer Maske des Ekels. *»Bah!«*

»Geschieht Euch recht«, knirschte Jinnarin.

»W-wo sind wir?«

»An Bord der *Schwalbenfisch.*«

Alamars Augenbrauen ruckten in die Höhe. *»Schwalbenfisch?* Auf einem Schiff?« Er sah sich um und wurde nun auch aus dem sanften Schaukeln schlau. »Was im Namen der Hèl haben wir an Bord eines Schiffs verloren?«

»Ihr könnt Euch tatsächlich nicht mehr daran erinnern, oder?«

Alamar starrte sie verständnislos an. »Ich kann mich erinnern, dass ich mit einem Kapitän über« – er schloss die Augen in dem Bemühen, seine Erinnerung aufzufrischen – »über das Elfenschiff gesprochen habe«, sagte er schließlich.

»Aravans Schiff, die *Eroean.*«

»Ja, so heißt es. *Eroean.*« Plötzlich weiteten sich Alamars Augen, und er erhob sich ächzend und hielt sich mit der einen Hand den Kopf, während die andere nach der schaukelnden Wand tastete, um sich abzustützen. »Schnell, Jinnarin, wir müssen von diesem Schiff herunter, bevor es ablegt.«

»Ach, dann heiße ich jetzt also wieder ›Jinnarin‹, ja? Letzte Nacht war ich noch ›Jin-Jin‹.«

»Wovon Ihr auch redet, Pysk, wir haben keine Zeit dafür«, schnauzte Alamar und zuckte angesichts der Lautstärke seiner eigenen Stimme zusammen.

»Alamar, ich habe Neuigkeiten für Euch: Wir haben bereits vor zwölf Stunden abgelegt.«

Als hätten sich seine Knie plötzlich in Wasser verwandelt, fiel Alamar rückwärts auf seine Koje. »Vor zwölf ...?«

Jinnarin nickte und erhob sich nun ebenfalls. Rux öffnete ein Auge und schloss es dann wieder.

»Wie konntet Ihr das nur zulassen, Pysk?«, ächzte Alamar.

»Es schien mir eine gute Idee zu sein«, antwortete sie.

»Idee? Wessen Idee? Wohin sind wir unterwegs?«

»Nach Arbalin«, erwiderte Jinnarin. »Wegen eines Zusammentreffens mit ...«

Alamar ächzte wieder. »Mit Aravan. Ich erinnere mich.« Er warf Jinnarin einen kummervollen Blick zu. »Wie konntet Ihr Euch so einen albernen Plan ausdenken?«

»Ich? Ich?«, schäumte Jinnarin. »Wie *ich* mir so einen albernen ...«

»Genau das habe ich gefragt, Pysk«, bellte Alamar. »Es ist unnötig, die Frage zu wiederholen.«

»Alamar, Ihr seid ein Esel. *Ihr* habt Euch den albernen Plan ausgedacht!«, schrie Jinnarin mit durchdringender Stimme. Alamar fasste sich leidend mit beiden Händen an den Kopf.

Rux erhob sich knurrend, drehte sich einmal im Kreis und legte sich dann wieder hin, während er die beiden vorwurfsvoll ansah.

Mit einem lauten Ächzen erhob Alamar sich wieder von seiner Koje, wobei er dem Blick der schäumenden Jinnarin geflissentlich auswich. »Tja, da kann man nichts machen«, murmelte er. »Ich muss zum Kapitän und ihn zur Umkehr bewegen.«

Doch als er die Kabinentür erreichte, rief Jinnarin scharf: »Wartet!« Und als der Magier sich umdrehte und sie ansah, fuhr sie fort: »Setzt Euch, Alamar. Ich habe Euch etwas zu sagen.«

»Hört her, Pysk, mit jedem Augenblick entfernen wir uns weiter von ...«

»Ich sagte: *Setzt Euch!*«, fauchte Jinnarin.

Mit einem Seufzer ließ Alamar sich wieder auf die Koje sinken und fiel ein wenig in sich zusammen. Nach einem Augenblick der Stille forderte er: »So redet schon! Das Schiff segelt inzwischen immer weiter.«

»Ruhe!«, befahl sie. »Ich sammle meine Gedanken.«

Jinnarin ging zu Rux, setzte sich auf den Boden und lehnte sich dabei an den Fuchs.

Alamar schüttelte aufgebracht den Kopf ... blieb aber stumm.

Schließlich sah Jinnarin ihn an. »Alamar, vielleicht ist dieser Plan gar nicht so albern. Ich meine, stimmt es denn nicht, dass Aravan durch die ganze Welt gesegelt ist? Und wenn das stimmt, wer wäre besser geeignet, um ihn zu fragen? Wer könnte eher ein hellgrünes Meer kennen? Wenn man bedenkt, dass Aravan tatsächlich über alle Meere Mithgars gesegelt ist, könnte er dann nicht auch ein Kristallschloss besucht haben? Und das schwarze Schiff kennen? Alamar, habt Ihr eine bessere Idee, wen wir aufsuchen könnten? Gibt es außer Aravan noch jemanden, der uns helfen könnte, Farrix zu finden?«

Alamar schaute Jinnarin lange an. Schließlich sagte er: »Aber das setzt voraus, dass wir zunächst Aravan finden.«

»Ihr habt gesagt, dass er in Arbalin ist.«

»Ich habe gesagt, dass dies sein Heimathafen ist. Das heißt aber nicht, dass er sich auch dort aufhält. Tatsächlich ist es mehr als wahrscheinlich, dass er sich *nicht* dort aufhält.«

»Wenn nicht dort, Alamar, wo dann?«

»Auf seinem Schiff. Auf der *Eroean*«, sagte Alamar missmutig. »Schließlich segelt er beständig auf den Meeren, wie Ihr selbst wisst, immer auf der Suche nach Abenteuern, Schätzen und lohnender Fracht.«

Jinnarin nickte. »Ja, das weiß ich in der Tat. Aber früher oder später bringt er diese lohnende Fracht nach Arbalin, neh?«

»Aber das könnte Jahre dauern, Kind«, protestierte Alamar.

»Oder auch nur Tage«, hielt sie dem entgegen.

Sie saßen stumm da, und die Stille wurde nur durch die Geräusche der Wellen unterbrochen, die gegen den Rumpf schlugen. Schließlich sagte Alamar: »Also gut, Jinnarin, wir segeln nach Arbalin. Dort suchen wir Aravan, und wenn er nicht da ist, werden wir versuchen herauszufinden, wann er wohl zurückkehrt oder wo wir ihn wohl finden können. Wir warten sechs Monate, nicht länger ...«

»Ein Jahr«, warf Jinnarin ein.

»Sechs Monate«, wiederholte Alamar mit funkelndem Blick.

»Ein Jahr«, beharrte Jinnarin. »Schließlich sind wir eigentlich hinter Farrix her, Alamar. Ihr erinnert Euch doch an ihn, oder? An Farrix den Ebertöter?«

Alamar zuckte zusammen. »Das war ein Tiefschlag, Pysk ... Also gut. Ihr habt gewonnen. Ein Jahr.«

Die *Schwalbenfisch* war ein Dreimaster, ungefähr achtzig Fuß lang und achtundzwanzig breit, ein kleines, schnelles Frachtschiff, das die Route zwischen Arbalin und Rwn befuhr, eine Fahrt von sieben bis neun Wochen Dauer bei günstigen Winden. Achtern hatte sie Lateinersegel und am Bug Rahsegel – bis auf den Klüver. Der Kapitän hieß Dalby, und die Besatzung zählte siebzehn Personen: zwei Maate, ein Koch, ein Zimmermann und Böttcher, ein Kalfaterer, ein Schiffsjunge, ein Bootsmann sowie zehn gewöhnliche Matrosen. Sie hatte einen Heckaufbau, aber keinen im Bug, und im Heck gab es drei Kabinen – die des Kapitäns, die des ersten Maats und die des zweiten Maats. Letztere war von Alamar belegt, denn wenn Passagiere an Bord waren, schliefen der zweite, und wenn nötig auch der erste Maat bei dem Rest der Mannschaft unter Deck in den Mannschaftsquartieren.

Alamar speiste mit dem Kapitän und nahm bei jeder Mahlzeit eine kleine Portion mit in seine Kabine. »Für meinen Fuchs, wisst Ihr?«, pflegte er zu sagen, und Dalby staunte über die Vielfalt der Nahrung, die dieser Meister Reineke zu sich nahm: Gemüse und Suppe, Brot und Süßigkeiten und sogar Trockenobst, aber auch kleine Häppchen Fisch und Geflügel sowie andere Fleischsorten. Und obwohl der Kapitän keine Einwände dagegen hatte, dass der Alte die Häppchen mitnahm, fand er es doch seltsam. Seine Einladung, den Fuchs doch mitzubringen und ihn gleich mitessen zu lassen, hatte der Magier mit dem Argument abgelehnt, Rux sei zu ungezähmt und wild. Trotz der angeblich wilden Natur des Fuchses konnte man Alamar des Nachts oft an Deck erleben, wie er sich die Beine vertrat, und dann war auch der Fuchs nicht weit. Anders als bei seiner Ankunft auf dem Schiff lief das Tier nun frei herum, ohne Leine.

Doch obwohl sich die Mannschaft an den Anblick von Alamar und dem Fuchs gewöhnte, versammelten sich die Matrosen dennoch manchmal und spekulierten über den Magier und seinen Fuchs, wenn auch nicht in Hörweite der beiden. Denn seitdem die beiden an Bord gekommen waren, schienen eigenartige Dinge auf der *Schwalbenfisch* vorzugehen.

Manchmal sah ein Besatzungsmitglied des Nachts einen Schatten im Augenwinkel, der sich dann bei genauerem Hinsehen aufzulösen schien.

Der Zimmermann schwor, der Fuchs sei ein Gestaltwandler, und der Schiffsjunge behauptete, er habe Alamar in seiner Kabine mit dem Fuchs reden gehört, *und der Fuchs habe geantwortet!*

»Ich wollte dem Kapitän gerade Tee bringen, als ich es gehört habe. Eine hohe Stimme war es, und sie haben sich unterhalten ... heftig gestritten. Worüber weiß ich nicht, und ich bin auch nicht stehen geblieben, um zu lauschen. Ihr könnt mir glauben, ich bin so schnell gelaufen, wie ich konnte. Und habe dabei nicht einen Tropfen vom Tee des Kapitäns verschüttet.«

»*Brr!* Da läuft's mir wirklich kalt den Rücken runter. Aber ich glaube dir, mein Junge, weil's schon so sein muss, dass alle sprechenden Füchse eine hohe Stimme haben.«

»Tja, mich überrascht das nicht, weil ich schon immer geglaubt habe, dass Füchse mehr sind, als man glaubt. Ich meine, überlegt doch mal, wie schlau die sind und alles. Und die Augen, nicht wie die von einem anständigen Hund, sondern mehr wie die geschlitzten Pupillen von diesen leisetreterischen Katzen.«

»Ja, das stimmt schon. Aber wer will eigentlich sagen, dass es nicht einer von den Dämonen ist, mit denen sich Zauberer umgeben?«

»Ach, hört schon auf. Dieser Rux ist vielleicht der Vertraute eines Zauberers und kann vielleicht auch sprechen, aber ich finde ihn gar nicht so schlecht. Und lasst euch gesagt sein, ein Dämon ist er nicht. Ich will euch mal was fragen: Habt ihr viele Ratten gesehen, seit er an Bord ist? Der ist besser als 'ne Katze, wenn's um Ratten geht, sage ich. Eure Mahlzeiten sind auch besser, weil die Ratten, die sonst daran nagen und kauen, mittlerweile wohl alle längst tot sind, von Meister Reineke erledigt. Das glaube ich, wenn ihr meine ehrliche Meinung hören wollt.«

»Das mag schon sein, Schiffskoch, aber ich weiß nur, dass ich froh bin, wenn wir Meister Rux und seinen Zauberer im Hafen von Arbalin abgeliefert haben ...«

Während die Karavelle durch den Westonischen Ozean in Richtung Avagonmeer segelte, blieb Jinnarin bei Tage in der Kabine, aber in der Nacht streifte sie über das Deck und genoss den Salzgeruch der frischen Ozeanluft. In Schatten gehüllt, war sie für die Augen der Menschen meistens unsichtbar, obwohl das eine oder andere Besatzungsmitglied hin und wieder einen flüchtigen Blick auf sie erhaschen konnte. Bei diesen Ausflügen wurde sie von Rux begleitet, und es dauerte nicht lange, bis der Fuchs sich mit dem gesamten Schiff vertraut gemacht hatte. Doch am Tage, wenn Jinnarin in Alamars Kabine eingesperrt war, jagte Rux normalerweise unter Deck Ratten. Und obwohl Rux keine Angst vor den Menschen an Bord hatte, machte er einen ebenso großen Bogen um sie wie sie um ihn, während sie einander doch ein wenig misstrauisch beäugten.

Wenn sie am Tag nicht schlief, verbrachte Jinnarin einen Großteil ihrer Zeit im Gespräch mit Alamar, denn der alte Magier war ein Ausbund an Wissen, wenn er nicht gerade ärgerlich oder verstimmt war.

Eines regnerischen Tages fragte Jinnarin: »Sagt mir, Alamar, was hat Drienne gemeint, als sie sagte, Ihr müsstet ganz schnell nach Vadaria?«

Alamar sah sie anklagend an. »Ihr habt eine private Unterhaltung belauscht?«

»Ach, nichts für ungut!«, gab Jinnarin zurück und sah nicht im Mindesten verlegen aus.

Eine Kühle jenseits des klammen Wetters erfüllte die Kabine, während Jinnarin ihren Bogen und ihre Pfeile überprüfte und Alamar an einem kleinen Tisch saß und arkane Symbole auf ein Blatt Papier malte.

»Ich tausche«, sagte er schließlich.

»Ihr tauscht?«

»Pysk, manchmal habe ich den Verdacht, dass Euch Euer Gehör im Stich lässt.«

Jinnarin biss sich auf die Unterlippe. »Und manchmal weiß ich ganz genau, Magier, dass Euch Eure Manieren abhanden gekommen sind!«

Wiederum legte sich eine eisige Stille über sie, während das Schiff über die Wellen schaukelte und sie hörten, wie der Bootsmann den Männern zurief, die Segel zu setzen. Schließlich fragte Jinnarin: »Was meint Ihr damit, Ihr tauscht? Was wollt Ihr wogegen tauschen?«

»Information gegen Information, Pysk. Was sonst?«

»Soll heißen ...?«

»Ihr wollt wissen, warum Drienne mich gebeten hat, nach Vadaria zu gehen, und ich will wissen, was es mit diesen Pfeilen auf sich hat, welche die Fuchsreiter verschießen. Ich meine, ich möchte das Geheimnis lüften, wie so ein winziger Pfeil einen wilden Eber fällen kann.«

Jetzt funkelte Jinnarin Alamar an. »Jetzt wollt Ihr also die Geheimnisse der Verborgenen ergründen, wie?«

»Schwarzer Kessel, schwarze Kanne«, erwiderte Alamar.

»Was?«

»Gans und Ganter«, lautete die Antwort.

»Alamar, mir wäre lieber, Ihr hieltet Eure Zunge im Zaum, anstatt in Rätseln zu sprechen. Ich wollte lediglich wissen, was so wichtig daran ist, nach Vadaria zurückzukehren, aber dafür wollt Ihr die Geheimnisse der Fuchsreiter erfahren.«

»Ihr wollt die Geheimnisse der Magier erfahren, Pysk.«

»Oh. Tja, wenn es ein Geheimnis ist ...«

»Nicht gerade ein Geheimnis, Jinnarin. Aber eben auch nicht allgemein bekannt.«

»Ob allgemein bekannt oder nicht, Alamar, ich tausche nicht. Sollte das Geheimnis der Fuchsreiterpfeile in die falschen Hände geraten ...«

Alamar seufzte, und wieder senkte sich Schweigen über sie, während gleichzeitig ein Wolkenbruch auf das Schiff niederging. Doch schließlich sagte Alamar: »Der Grund ist folgender, Jinnarin. Das Wirken von Zaubern fordert einen schrecklichen Tribut: Jugend und Energie werden verbraucht, und je größer der Zauber, desto höher der Preis. Kleine Zauber wie magisches Licht, magische Sicht oder Feuermachen haben einen geringen Preis. Aber große Zauber – Gewitter erzeugen, Leben spenden und so weiter – fordern einen hohen Preis ... es sei denn, man kann anderweitig Energie gewinnen, um das Gleichgewicht zu wahren.«

»Anderweitig?«

»Hauptsächlich durch schändliche Mittel«, antwortete Alamar. »Durch Opfer. Tod und Folter. Furcht. Durch alles, was eine Seele aufschreien lässt.«

Jinnarin schauderte vor Abscheu und verfiel ins Grübeln. Nach einer Weile fragte sie. »Was ist mit großer Freude, Alamar, oder mit Liebe? Erzeugt das nicht auch Energie?«

Alamars Lippen verzogen sich zu einem seltenen Lächeln. »Ach, ich muss sagen, Ihr würdet einen guten Gehilfen abgeben, Jinnarin.

Doch um Eure Frage zu beantworten: Ja. Freude. Liebe. Kummer. Hass. Alle großen Gefühle können die für einen Zauber erforderliche Energie liefern. Aber in ihrer Abwesenheit verwelkt die Jugend des Wirkenden.

Hört gut zu: Mein Volk ist wie Eures – normalerweise bleiben wir vom Alter verschont. Trotzdem können wir alt werden ... aber nur, wenn wir die uns innewohnenden Kräfte anwenden, um die Energien rings um uns zu beherrschen und zu formen, nur, wenn wir der Wirklichkeit eine andere Gestalt geben und die Welt verändern, nur, wenn wir das wirken, was andere *Magie* nennen, wenn wir zaubern ... Wenn wir das nicht tun, bleiben wir ewig jung.«

»Aber warum hat Drienne Euch dann gedrängt, nach Vadaria zu gehen?«

»Wenn wir auf Vadaria auf eine bestimmte Weise ruhen, können wir uns von den Folgen der Zauberei erholen – wir können unsere Jugend zurückgewinnen.«

»Wenn Ihr nur Ruhe braucht, warum ruht Ihr nicht hier auf Mithgar?«

Alamar lächelte wieder. »Sehr gut, Jinnarin. Ihr würdet in der Tat einen guten Magier-Gehilfen abgeben, wenn Ihr die Gabe dazu hättet. Ihr habt wieder eine intelligente Frage gestellt, die eine Antwort verdient:

Auf Mithgar dauert es viele, viele Jahrhunderte, um sich von den Auswirkungen der Zauberei zu erholen, doch auf Vadaria nur ein Zehntel – nein! – ein Hundertstel dieser Zeit.«

»Ach so«, sagte Jinnarin. »Jetzt verstehe ich.«

Wiederum senkte sich Stille über die beiden. Doch diesmal war es Jinnarin, die wieder das Wort ergriff. »Zwei Dinge, Alamar:

Erstens, die Pfeile sind mit einer Paste überzogen, einer Mischung aus der Rinde eines gewissen Baumes, dem Saft einer gewissen Blume sowie einem bestimmten Gesteinsstaub. Mehr sage ich dazu nicht.

Zweitens habt Ihr angedeutet, dass mein Volk nicht die Kraft hat, Zauber zu wirken, aber ich sage Euch Folgendes: Unter den Verborgenen gibt es viele, die Magie wirken können und dies auch tun, und dazu zählen auch einige Fuchsreiter.«

Die *Schwalbenfisch* erreichte schließlich das Avagonmeer, und Kapitän Dalby hielt einen Ostnordost-Kurs bei vollen Segeln, sodass die Karavelle das Beste aus dem leichten Rückenwind machte. Das Wetter blieb die meiste Zeit anständig, obwohl es hin und wieder regnete. Das Schiff fuhr ohne Zwischenfälle durch die Straße von Kistan, obwohl der Ausguck einmal die kastanienfarbenen Segel eines kistanischen Piraten erspähte, was jedoch folgenlos blieb, und so segelten sie weiter in Richtung Arbalin.

In Alamars Kabine verkündete Jinnarin eines Tages: »Ich habe über die Frage des Bösen nachgedacht, und obwohl ich zu keinem endgültigen Urteil gelangen konnte, bin ich doch weiter gekommen.«

Alamar schaute von dem Papier auf, das er bekritzelte, und drehte seinen Stuhl dann so, dass er Jinnarin geradewegs ansah. »Nur zu, Jinnarin. Ich bin gespannt, was Ihr zu sagen habt.«

»Nun, Alamar, mein Eindruck ist der, dass vieles von dem, was ich für böse halte, sich daraus ergibt, dass jemand versucht, aus rein eigensüchtigen Gründen die Herrschaft über andere zu erlangen. Diese Herrschaft kann viele Formen annehmen, aber immer ist es eine Herrschaft, welche die Wünsche des Beherrschten außer Acht lässt. Im Extremfall könnte das Opfer sogar getötet werden, nur um die absolute Herrschaft unter Beweis zu stellen. Macht, Autorität, Herrschaft, Befehlsgewalt, Kontrolle, Gehorsam – alles nur zum Vergnügen dessen, der sie hat oder bekommt: Das sind wahrhaft böse Dinge.«

Alamar lächelte. »Lasst uns über diese Dinge reden, die Ihr genannt habt, Jinnarin: Macht, Autorität, Herrschaft, Kontrolle, Gehorsam. Sind das nicht die Vorrechte eines Königs oder sogar einer jeden Person mit Autorität?«

»Ja, Alamar, das sind sie. Doch ein König sollte sie mit großer Umsicht ausüben und dabei immer das Wohl seiner Untertanen vor Augen haben. Wenn er seine Macht nur zu seinem eigenen Nutzen einsetzt, dann ist er böse, würde ich sagen.«

»Hm«, sann der Magier. »Was ist mit, sagen wir, dem Leitwolf in einem Rudel – ist dieser nicht böse? Schließlich zwingt er den anderen Wölfen seinen Willen auf.«

Jinnarin schüttelte verneinend den Kopf. »Aber das tut er nicht zu seinem Vergnügen. Vielmehr führt er das Rudel, um dessen Fortbestand zu sichern. Die Tatsache, dass er das Leittier ist, macht ihn noch nicht böse. In diesem Fall bedeutet es lediglich, dass er der beste Anführer ist.«

»Was ist mit Lügnern, Betrügern, Dieben?«

»Alamar, ich würde sagen, dass es verschiedene Abstufungen des Bösen gibt. Manche Dinge sind schlimmer als andere. Lügen, Betrügen, Stehlen, wenn das nur aus eigennützigen Motiven geschieht, weil die Lügner, Betrüger und Diebe keine Rücksicht auf die Gefühle jener nehmen, denen sie Unrecht tun, dann handeln sie böse.

Aber nehmt den Fall an, dass jemand stiehlt, um seine Familie zu ernähren. Oder lügt, um seinen König zu schützen. Oder stiehlt, um anderen das Leben zu retten. Dann glaube ich, dass es vielleicht nicht böse ist, obwohl in diesen Fällen der Täter tatsächlich ein Unrecht begeht ...

Ist das möglich, Alamar? Ist es möglich, absichtlich ein Unrecht zu begehen, ohne etwas Böses zu tun?«

»Ach, Jinnarin, das ist eine Frage, die Philosophen schon sehr lange beschäftigt: In welchem Grad kann ein edles Motiv ein Unrecht entschuldigen? Aber ich werde Euch selbst nach der Antwort suchen lassen, denn es ist eine sehr tiefsinnige Frage, die angestrengtes Nachdenken verdient hat.

Lasst mich Euch stattdessen eine andere Frage stellen, Pysk: Was ist mit der Herrschaft, die wir über Missetäter ausüben? Wir sperren sie ein. Manchmal verurteilen wir sie zu Zwangsarbeit oder anderen Strafen. Ist es nicht böse, andere Wesen in diesem Maß zu beherrschen?«

Jinnarin dachte lange nach, ehe sie antwortete. »Wir tun diese Dinge, weil wir uns um unseresgleichen kümmern, wie sich der Leitwolf um sein Rudel kümmert. Einen Missetäter frei in unserer Mitte zu dulden, hieße, ein Raubtier mitten in unserer Herde zu dulden. Daher darf man so etwas nicht gestatten.«

»Gut gesprochen, Pysk. Aber nun frage ich Euch dies: Was ist mit der Herrschaft über Kinder? Dürfen wir ihr Leben beherrschen?«

»Alamar, die Kinder sind ein Sonderfall. Wenn sie jung sind, wissen sie wenig oder gar nichts, und in dem Fall muss man auf sie aufpassen und sie anleiten. Wenn sie älter werden, kann und sollte man ihnen mehr Freiheiten lassen, denn schließlich nähern sie sich dem Erwachsenwerden. Wenn man sie anleitet, sich ihre eigenen Gedanken zu machen, und wenn man ihnen gestattet, Erfahrungen zu sammeln, die ihnen im Leben gute Dienste leisten werden, können sie sich mehr und mehr wie die unabhängigen Personen verhalten, die sie unserer Ansicht nach werden sollen. Und natürlich kommt irgendwann immer der Moment, wenn wir sie loslassen müssen, damit sie ihre eigene Wahl treffen können.

Also ist die Herrschaft über Kinder nicht an und für sich böse, es sei denn, die zugrunde liegende Absicht ist es, über ein anderes Wesen zu herrschen.«

Alamar nickte zustimmend. »Dann sagt mir eines, Jinnarin. Worin liegt nun das Wesen des Bösen?«

Jinnarin erhob sich und marschierte auf und ab. »Jeder von uns sollte Herr über sein Schicksal sein. Nur unter ganz besonderen Umständen sollten wir einen eng begrenzten Teil dieser Herrschaft an andere abtreten, wenn es zum Beispiel darum geht, einen gemeinsamen Feind abzuwehren, unter Umständen, in denen einer führt und alle anderen folgen müssen. Doch ansonsten sollte es niemandem gestattet sein, sich willkürlich in das Leben anderer einzumischen.

Böse ist es, wenn eine Person oder auch mehrere versuchen, uns zu ihrem eigenen Wohl die Kontrolle über unser Schicksal zu entreißen, uns unserer Wahlfreiheit zu berauben, uns körperlich, seelisch oder geistig verletzen.

Und das, Alamar, ist das Wesen des Bösen: Macht, Autorität, Herrschaft, Befehlsgewalt, Unterdrückung der Freiheit, Fremdbestimmung – all das zum Wohle des Herrschenden.«

Alamar lächelte und schüttelte langsam den Kopf. »Bei Adons Weisheit, Ihr würdet wirklich einen wunderbaren Gehilfen abgeben.«

Jinnarin errötete. »Dann nehme ich an, dass ich das Wesen des Bösen recht gut definiert habe?«

Das Lächeln verschwand von Alamars Gesicht, und er entgegnete: »Bildet Euch nichts ein, Pysk. Es ist ein Anfang. Mehr nicht. Nur ein Anfang.«

Jinnarin richtete sich zu ihrer vollen Größe von zwölf Fingerbreit auf. »Was habe ich ausgelassen?«, wollte sie wissen.

»Du meine Güte, eine Menge, Kind, eine Menge.«

»Wie zum Beispiel ...?«

»Nun, zum Beispiel habt Ihr davon gesprochen, das Recht der Selbstbestimmung unter ›besonderen Umständen‹ abzugeben und die Herrschaft über Euer Leben jemand anderem zu übertragen, jemandem, den Ihr ›Anführer‹ genannt habt. Aber Ihr habt nicht erwähnt, dass Ihr damit äußerst unsicheren Boden betretet, denn was für den einen besondere Umstände sind, mag für den anderen unnötige Einmischung sein. Man muss immer fragen: ›Wer nennt dies einen besonderen Umstand?‹ und: ›Sind diese Umstände tatsächlich so furchtbar, dass ich meinen freien Willen dem Urteil anderer unterordnen muss? Und wenn ja, dann wem?‹

Das ist nur ein Problem. Hier sind noch andere:

Ihr habt zwar Lügen, Betrügen und Stehlen erwähnt, nicht aber Wollust, Gier, Habsucht, Völlerei, Sucht und ähnliche Dinge. Sind das an und für sich böse Dinge? Was ist mit Verschwendung im Angesicht der Bedürftigkeit, mit Vernachlässigung: Sind diese Dinge immer böse oder gibt es Ausnahmen? Was ist mit Hass, Furcht, Neid, Trägheit, Eifersucht und so weiter? Und was ist, wenn jemand kaltblütig einem anderen das Leben nimmt? Ist das jemals gerechtfertigt, oder ist es hier böse und da gut? Und was ist mit Religionen oder Gesellschaften, die versuchen, das alltägliche Leben bis ins kleinste Detail zu beherrschen – natürlich zum Wohle aller, jedenfalls werden sie das immer behaupten –, ist das prinzipiell böse? Und die Debatte zwischen Adon und Gyphon – war eine Seite gut und die andere böse? Waren beide Seiten gut? Beide böse?

Und schließlich, Pysk, kehren wir damit zu unserer ursprünglichen Frage zurück: Was ist mit Göttern, die niemals antworten, und mit solchen, die immer antworten? Mit Göttern, die ihre Schöpfungen ignorieren, mit solchen, die sich nur selten einmischen, und jenen, die sich beständig einmischen? Sind wir wie Kinder, die göttlicher Anleitung bedürfen, oder sind wir Erwachsene, die man in Ruhe lassen sollte, denen es gestattet sein sollte, eigene Entscheidungen zu treffen und mit den Folgen dieser Entscheidungen zu leben?

Deckt Eure Definition der Natur des Bösen all diese Fälle und noch mehr ab?«

»Aber, Alamar«, protestierte Jinnarin, »Ihr verlangt von mir praktisch, dass ich die gesamt Religion und alle Philosophie erkläre!«

Alamar nickte. »Das weiß ich, Jinnarin, doch gebt gut Acht: jede Erklärung muss für alle Fälle überprüft und verändert werden, wenn sie an irgendeiner Stelle mangelhaft erscheint.« Alamar lächelte traurig. »Vielleicht kehrt Ihr am Ende sogar zu Eurer ursprünglichen Definition des Bösen zurück und zieht den Schluss, dass das Böse einfach *schlecht* ist.«

Sechsundfünfzig Tage nach ihrer Abfahrt aus Kairn legten sie mitten in der Nacht im Hafen von Arbalin an. Alamar verabschiedete sich von Kapitän Dalby und der Schiffsbesatzung, und der Magier verließ das Schiff mit seinem Rucksack auf dem Rücken und seinem Vertrauten im Schlepptau: buchstäblich, denn der Fuchs lag auf der Seite und polterte den Laufgang hinunter, während er beständig knurrte und nach der an seinem Geschirr befestigten Leine schnappte.

»Lumme, hast du das gesehen?«

»Was denn?«

»Er hat sich mit seinem Rucksack unterhalten.«

»Was? Was hat er denn gesagt?«

»Ich glaube, er meinte, dass er froh ist, keine Fuchslosung mehr aufkehren zu müssen.«

Alamar mietete eine abgelegene Hütte am Waldrand. Der Magier ließ außerdem verlauten, dass Rux sein Vertrauter sei ... und auf der ganzen Insel Arbalin wurde die Fuchsjagd jäh und beinah augenblicklich zu einer vergessenen Kunst.

Alamar war schon bald eine wohlbekannte Persönlichkeit im Hafen, denn er kam jeden Tag in die Stadt und erkundigte sich nach Neuigkeiten über Aravan und sein Elfenschiff. Doch niemand wusste, wann mit der *Eroean* zu rechnen war, nicht einmal ihre sonstigen Anlaufhäfen waren bekannt. Sie konnten lediglich sagen, dass es durchaus schon vorgekommen war, dass das Schiff jahrelang fortblieb. Zum letzten Mal in Arbalin gesehen worden war es vor zwei Jahren, und da hatte es nur eine Woche im Hafen gelegen, bevor es wieder losgesegelt war. Doch wann das Schiff wieder in diesem Hafen vor Anker gehen mochte ... tja, darüber konnten alle nur Vermutungen anstellen.

So wartete Alamar in der Hütte am Waldrand und machte sich Sorgen, denn Jinnarins Traum suchte sie immer noch heim – ein Traum von einem Kristallschloss in luftiger Höhe über einem hellgrünen Meer, in dem ein schwarzes Schiff beständig von Blitzen getroffen wurde ... und von etwas *Schrecklichem*, das näher kam.

In den nächsten Monaten ging der alte Magier des Nachts oft vor der Hütte auf und ab, starrte dabei auf den entfernten Hafen oder zu den funkelnden Sternen empor und murmelte laut:

»Wo bist du, Elfenschiff, du und dein Kapitän Aravan?«

7. Kapitel

DAS ELFENSCHIFF

Sommer, 1E9574
[Die letzten drei Monate]

Aravan wandte den Kopf hierhin und dorthin, während er versuchte, die Richtung auszumachen, aus der das leise Plätschern kam, das vom dichten Nebel gedämpft wurde. Über ihm hingen die Seidensegel der *Eroean* schlaff herab, da sich kein Lüftchen regte, während das Schiff langsam in der schwachen Strömung des Flusses trieb, dessen Mündung sich eine ungewisse Strecke weiter östlich befand. Irgendwo in der Nähe befanden sich die Drachenfänge, scharfe Klippen, die aus dem Meer ragten, und Aravan wusste, dass er bald entweder den Anker werfen oder Beiboote aussetzen musste, welche das Schiff ins Schlepptau nahmen, um der treibenden *Eroean* das Schicksal zu ersparen, an diesen in Nebel gehüllten Felsen zu zerschellen ... aber noch nicht, noch nicht, denn eine andere tödliche Gefahr näherte sich.

Aravan gab Bokar ein stummes Signal, und der mit einer Axt bewaffnete Zwerg trat neben den elfischen Kapitän. Bokar war mit seinen vier Fuß und sechs Fingerbreit erheblich kleiner als Aravan, obwohl der Zwerg in den Schultern um die Hälfte breiter war.

Ohne ein Wort zeigte Aravan nach steuerbord. Bokar nickte und schritt dann die Reihe der zwergischen Krieger und menschlichen Matrosen ab, um ihnen die Stelle zu zeigen, auf die Aravan ihn aufmerksam gemacht hatte. Bis an die Zähne bewaffnet warteten sie – die Zwerge in ihren Brustharnischen aus gehärtetem Leder und den dunklen Helmen mit Nasen- und Wangenschutz, die zusätzlich mit Hörnern, Stacheln oder Metallflügeln verziert waren, die Menschen ohne Rüstung, aber mit Säbeln bewaffnet.

Eine Woche zuvor hatte der schwarzhaarige Kapitän mit seinem Elfenschiff samt Mannschaft im Hafen von Janjong festgemacht und die bislang aus Porzellan bestehende Ladung durch Muskatnüsse und Zimt ergänzt. Nach Süden und ganz leicht nach Westen waren sie gesegelt und mit günstigem Wind weiter durch das Jingameer. Die *Eroean* hatte alle Segel gesetzt – vom Großsegel über das Bram- und Königssegel bis hin zum Himmelssegel – und bis zur piratenverseuchten Straße von Alacca, jenem langen, schmalen Durchlass zwischen den Küsten von Jüng und den felsigen Klippen von Lazan, ein weißes Kielwasser hinter sich hergezogen ... und bei Alacca hatte es eine völlige Flaute gegeben. Eine Nacht hatten sie vor Anker gelegen und auf das Aufkommen von Wind gewartet. Doch dann war der Morgen gekommen, und mit ihm war der Nebel aus dem Dschungel gekrochen, so dicht, dass man kaum fünf Schritte weit sehen konnte.

In diesem Nebel hatten sie eine Stimme gehört, die über das Wasser hallte – den scharfen Fluch eines Mannes, der jäh verstummt war. Rasch und lautlos hatte Aravan den Anker gerade so weit gelichtet, dass das Schiff frei treiben konnte, sodass es in der schwachen Strömung träge die Position änderte. Und die gesamte Mannschaft hatte sich bewaffnet, denn es war klar, dass sich Piraten näherten.

Jatu, der Erste Offizier des Elfenschiffs, ein großer dunkelhäutiger Mensch, kam aus der Takelage, ging zu Aravan und flüsterte: »Kapitän, in dem Nebel kann ich nichts von ihrem Schiff erkennen, aber sie haben einen Mann im Ausguck, der aus dem Nebel ragt, und der führt sie, weil er unsere Takelage über der Nebelbank erkennen kann.«

»*Vash!*«, zischte Aravan leise. »Wie weit sind sie entfernt? Und in welcher Richtung?«

Jatu zeigte nach steuerbord und einen Strich oder zwei nach achtern abweichend. »Vielleicht eine Viertelstunde bei dieser Geschwindigkeit.«

»Dann bleibt uns nichts weiter übrig, als zu kämpfen. Seid Ihr gesehen worden, Jatu? Nein? Gut, dann glauben sie vielleicht, dass sie uns überraschen können, und wissen nicht, dass wir von ihnen wissen. Nehmt zwei Mann und lasst leise den Anker herunter.«

Aravan ging die Reihe entlang zu Bokar, der grimmig unter seinem geflügelten Helm hervorschaute. »Waffenmeister, macht die Enterleinen bereit und auch einen Corvus oder zwei. Wir tragen den Kampf zu ihnen.«

Durch seinen roten Bart grinste Bokar grimmig, während seine Augen funkelten, dann gab er den Befehl an seine Zwergenkämpfer und die Menschen weiter. Auf der Steuerbordseite wurden Taue aus ihren Halterungen gelöst, und Krieger und Matrosen ergriffen die Seile. An drei verschiedenen Stellen wurden breite Laufplanken, die in langen, gekrümmten Schnäbeln ausliefen, an der Reling der *Eroean* befestigt. Sie waren so konstruiert, dass sie wie eine Zugbrücke herabfallen und sich die Eisenhaken am Ende in das andere Schiff verbeißen konnten. Jede Planke war ein Corvus zum Entern eines gegnerischen Schiffs.

Wieder schritt Aravan die Linie ab. »Haltet Euch unterhalb der Reling versteckt, sie sollen längsseits gehen und denken, wir schlafen noch.«

Augenblicke verstrichen, und jetzt konnten alle das gedämpfte Eintauchen von Ruderblättern ins Wasser hören. Durch die Ablauföffnungen sahen sie eine vage Form dunkel aus dem Nebel auftauchen und neben die größere *Eroean* gleiten.

Schließlich schälte sich eine erkennbare Silhouette aus dem Nebel: Es handelte sich um eine zweimastige Dschunke mit hohem Heck, flachem Bug und gehissten Luggersegeln vorn und achtern.

»Wartet«, flüsterte Aravan dem zwergischen Waffenmeister zu.

Die Dschunke war nun längsseits, und auf einen leisen Befehl wurden die Ruder eingezogen und aus der Hand gelegt, da die Ruderer sie gegen Waffen tauschten. Auf dem Deck der Dschunke waren undeutlich Gestalten zu erkennen, die sich zum Entern bereitmachten.

Mit einem hohlen Geräusch stieß der Rumpf der Dschunke an die *Eroean.*

»Wartet«, befahl Aravan noch einmal im Flüsterton.

Tunk. Ein mit Stoff umwickelter Enterhaken wurde über die Reling geworden, dem rasch drei weitere folgten, und die Dschunke wurde dichter an das Elfenschiff herangezogen und daran festgemacht.

»Jetzt!«, zischte Aravan. »Jetzt!«, brüllte Bokar. *JETZT!*, schrie die ganze Mannschaft – und mit donnerndem Krachen fielen die drei Enterbrücken auf das Deck des Piratenschiffs, und ihre langen Eisenkrallen bohrten sich in das Holz und hielten das Piratenschiff fest. Und mit dem alten zwergischen Schlachtruf *»Châkka-shok! Châkka-cor!«* auf den Lippen – ein Schrei, der von allen Zwergen beantwortet wurde – stürmte Bokar mit erhobener Axt über die in Nebel gehüllte Brücke, den riesigen Jatu im Rücken, während Aravan sich in seiner grauen Lederkleidung und mit funkelndem Stahl in der Hand wie ein Geist an einem Tau hinüberschwang und gleichzeitig die zwergischen Krieger und menschlichen Seeleute mit der Waffe in der Hand über die Brücken stürmten oder sich einfach im Nebel über die Reling schwangen, um das jüngarische Schiff anzugreifen.

Bokar prallte auf eine Gruppe bestürzter Piraten, und seine doppelschneidige Axt schlug nach rechts und links und verspritzte Blut, während Jatus Streitkolben Gegner beiseite fegte, Schädel einschlug und Knochen brach. Wie ein in Nebel gehüllter Dämon kam Aravan aus dem Nebel geflogen und landete geschmeidig auf dem Achterdeck. Von wirbelnden grauen Nebelschwaden umgeben, zuckte sein Schwert vor und fällte den Steuermann. Der Elf fuhr herum und wehrte den pfeifenden Hieb eines Krummsäbels ab, den ein fluchender, dunkelhäutiger Mensch in einer Lederweste mit aufgenähten Kupferplatten schwang. Stahl klirrte auf Stahl, und Aravan drängte den Piraten nach hinten, bis er brüllend über die Reling kippte und ins Meer fiel.

Die Besatzung der *Eroean* strömte an Bord der Dschunke und drang auf die Piraten ein, die von Zwergenäxten niedergemacht und von den Säbeln der Menschen getroffen wurden. Der Kampf war praktisch vorbei, kaum dass er begonnen hatte, da die Seeräuber auf den Decks erschlagen oder über Bord gedrängt wurden, um entweder im Nebel unterzutauchen oder um schreiend und um sich schlagend zu ertrinken.

Als die Dschunke vom Feind gesäubert war, rief Aravan: »Kümmert Euch um unsere Verwundeten.« Bokar wiederholte seinen Befehl mit grollender Stimme, und die Menschen und Zwerge machten nach dem überstandenen Kampf eine Bestandsaufnahme.

Nur fünf Besatzungsmitglieder des Elfenschiffs waren überhaupt zu Schaden gekommen, und von denen bedurfte nur einer mehr als oberflächlicher Hilfe. »Hegen, in einem halben Mond seid Ihr wieder auf den Beinen und steht am Ruder«, sagte Aravan, der daneben stand und zusah, wie der Schiffsarzt Nadel und Faden weglegte und eine durchsichtige Flüssigkeit über die Wunde in Hegens Seite goss, der daraufhin scharf durch zusammengebissene Zähne einatmete.

»Aye, Kapitän«, knirschte Hegen, »in zwei Wochen oder noch weniger, würde ich sagen.«

Während Fager die vernähte Wunde mit sauberem Stoff verband, kam Jatu zu Aravan. Der Mensch war riesig und überragte Aravans sechs Fuß um gute sieben Fingerbreit. Er war an die dreihundert Pfund schwer, doch kein Gramm davon war Fett. Seine Haut war so schwarz, dass sie bläulich zu schimmern schien, ein Farbton, der seinen braunen Augen gänzlich fehlte. Er trug dunkles Leder und braune Stiefel aus Ziegenfell an den Füßen. Er räusperte sich – ein tiefes Grollen – und sagte dann: »Nicht viel Beute, Kapitän: etwas Seide, ein paar Kupferutensilien, ein paar Waffen, alle minderwertig ... ach ja, und das aus dem Mohn gewonnene Pulver, das man rauchen kann, aber nicht sehr rein.«

Aravan wandte sich an den Menschen, und der Blick seiner blauen Augen war grimmig. »Verbrennt es.«

»Den Mohn?«

»Das ganze Schiff, Jatu. Verbrennt alles.«

Jatu grinste. »Aye, aye, Kapitän. Aber sollten wir nicht ablegen, bevor wir es anzünden?«

Aravan lachte kehlig aus vollem Halse. »Aye, Jatu. Verbrennt es erst, wenn wir wieder Wind in den Segeln haben.«

Der Nebel hielt sich beinah einen halben Tag und löste sich dann am späten Vormittag auf. Wind kam dennoch nicht auf, und so lagen das Elfenschiff und seine Prise in sicherer Entfernung von den Drachenfängen vor Anker. Die Flaute hielt auch noch bis in die Nacht hinein an, aber kurz vor Morgengrauen blähten sich die Seidensegel der *Eroean* nach außen und kündeten vom Aufkommen eines Lüftchens. Ein leichter Ostwind wehte durch die Meerenge.

Jatu schaute zu dem sich spannenden Segeltuch empor und lächelte. »Bootsmann, pfeift die Mannschaft an Deck. Und Tink soll den Käpt'n wecken.«

»Aye, aye, Herr Jatu«, antwortete der Bootsmann, ein Tugalier namens Rico.

Augenblicke später kam Aravan aus seiner Kabine, die achtern lag, und hielt das Gesicht in den Wind. Er trat ans Steuer und grinste seinen Ersten Offizier an. Der riesige Schwarze erwiderte das Grinsen. »Jatu, lasst das Besansegel setzen, damit wir besser beidrehen können. Setzt es nach backbord und dann hoch mit dem Anker.« Im Sternenlicht beäugte Aravan die Klippen, die in einiger Ferne aus dem Wasser ragten. »Uns steht einiges Lavieren bevor.«

»Aye, Kapitän«, erwiderte Jatu. »Und die Dschunke? In Brand setzen und abstoßen, richtig?«

Aravan nickte grimmig. »Aye. Sie wird keine Schiffe mehr überfallen.«

Jatu gab die Befehle an Rico weiter, und der Bootsmann blies in seine Pfeife und gab der Mannschaft mit einigen Signalen die entsprechenden Anweisungen. Männer rannten hierhin und dorthin, lösten Taue und zogen daran, und das alles mit einem Ziel vor Augen – die Rahen zu schwenken, um die Segelstellung zu verändern, während der Besan allein für ein langsames Beidrehen sorgte, da das Schiff noch vor Anker lag.

Die Dschunke wurde von den Zwergen nach achtern gezogen. Bokar und noch ein Zwerg gingen an Bord und gossen Öl über das Deck, dann erklommen sie eine Strickleiter und kehrten auf das Elfenschiff zurück. Fackeln wurden angezündet und über die Reling auf das Piratenschiff geworfen, und als die Flammen in die Höhe schossen, wurde das Schiff losgemacht, und die Brise blähte die bereits brennenden Segel und trieb es von der *Eroean* weg.

Aravan warf nur einen einzigen Blick darauf und schaute dann weg. Er wollte die Dschunke nicht als Prise ins Schlepptau nehmen, denn es würde nur sein eigenes Schiff aufhalten. Und er konnte es in diesen Gewässern nicht einfach ankern lassen, weil es sonst wieder von Piraten in Besitz genommen würde. Also ließ er es verbrennen, sah aber nicht zu, denn er hatte die ganze Zeit ein vages Schuldgefühl, als habe er sich eines Unrechts schuldig gemacht.

Als die *Eroean* im Wind lag und sich die Ankerkette spannte, befahl der Elf: »Anker lichten.«

Rico pfiff das Signal, und Matrosen im Bug drehten die Winde, bis der große Bronzehaken sich vom Meeresboden gelöst hatte. Während sich die Ankerkette stetig um die Winde wickelte, nahm das Elfenschiff langsam Fahrt auf.

Sie mussten im Wind lavieren, bis sie schließlich zwischen den aus dem Wasser ragenden Klippen und in einer sicheren Fahrrinne waren. Dann schwenkten sie wieder nach backbord und an den letzten gezackten Klippen vorbei. Nun lag das offene Meer vor ihnen, da die Meerenge sich verbreiterte. Und die *Eroean* nahm Fahrt auf und schnitt durch die Wellen westwärts, die Segel gesetzt und gebläht, während das Licht des Morgengrauens auf ihr weißes Kielwasser fiel.

Und achtern, in weiter Ferne und jenseits der Klippen, brannte ein Schiff, dessen orange Flammen den Himmel erleuchteten.

Noch vor Mittag dieses Tages verließ das Elfenschiff die Straße von Alacca und kreuzte westsüdwest und westnordwest gegen den Westwind. Nach einer Nacht und einem weiteren Tag schlug es einen südwestlichen Kurs ein, sodass der auffrischende Wind nun von steuerbord kam und die *Eroean* schneller durch das indigoblaue Wasser des tiefen, großen Sindhumeeres pflügte.

Sie segelten weiter nach Südwesten zu den Breitengraden mit stärkerem Wind, der Rumpf über der Wasserlinie von der Farbe des Meeres und die Segel von der Farbe des Himmels. Und als der Wind sie ein wenig auf die Seite legte, wurde auch ein Teil des silbernen Bodens sichtbar, an dem sich keine Muschel festklammern und kein Unkraut wachsen konnte. Doch der Wind war nicht stark genug, um sie herauszufordern, also segelte sie aufrecht weiter nach Süden. Während die *Eroean* durch die Wellen pflügte, machten sie ihre Farben für andere Schiffe in der Ferne praktisch unsichtbar.

Es würde eine lange Fahrt nach Süden durch die wechselnden Monsunwinde und die äquatorialen Kalmen voraus, hinter denen die Südwinde warteten, zuerst die Passatwinde und dann die Polarwinde mit einigen Flauten dazwischen. Das Elfenschiff war zum Kap unterwegs, wo wilde Stürme tobten, ein Ziel, das Luftlinie gut fünftausend Meilen entfernt war – für das Schiff jedoch weiter, weil es unterwegs kreuzen musste. Dann würde sie durch den Westonischen Ozean wieder nach Norden und zum Avagonmeer segeln, denn ihr Ziel war die Insel Arbalin, wo ihre kostbare Fracht – Muskatnuss, Zimt und Porzellan – Spitzenpreise erzielen würde.

Danach wäre es wieder an der Zeit für ein Abenteuer, für die Suche nach Mythen und Sagen. Es spielte keine Rolle, ob die Legenden stimmten oder nicht, denn die Suche war der wesentliche Bestandteil des Spiels. Hätten sie nur Reichtum gewollt, wären sie Kauffahrer geworden, denn mit nur wenigen Fahrten des Elfenschiffes hätte jeder von ihnen ein Vermögen verdienen können.

Doch Bequemlichkeit und Reichtümer behagten Aravan nicht und auch nicht seiner handverlesenen Besatzung. Daher hatte die *Eroean* nur selten Waren für den Markt geladen und das auch nur, um ihre Abenteuerfahrten zu bezahlen und ein wenig für die Zeit auf die Seite zu legen, wenn sie dem Meer den Rücken kehren und ein ruhigeres Leben führen würden. Doch das war etwas für später und nicht für jetzt, denn diese Crew fühlte sich immer noch von Legenden und Fabeln angezogen wie von einer lieblichen

Stimme, die sie lockte. Und so flog das Elfenschiff weiter über das Meer.

Und bei vollem Laderaum war Geschwindigkeit entscheidend, denn je eher die Ladung verkauft wurde, desto eher waren sie frei, frei, zu ihrer eigentlichen Bestimmung zurückzukehren.

Und es war dieses Schiff, dieses wunderbare Schiff, was ihnen dies gestattete, ein Schiff, das von einem elfischen Geist ersonnen, aber von Zwergen aus den Roten Bergen gebaut worden war. Nie zuvor hatte die Welt so ein Schiff gesehen, und wahrscheinlich würde sie niemals ein zweites dieser Art sehen, da seine Geheimnisse in den Herzen jener, die es im Nebel der Zeiten gebaut hatten, vergraben lagen. Beinah drei Millennien bereiste es schon unter dem Kapitän die Meere, der es erbauen ließ, dem Elf namens Aravan.

Die *Eroean* war ein Dreimaster mit einer Vielzahl von Segeln, wendig und schnell. Ihr Bug war schmal und scharf wie ein Messer, um durch die Wellen zu pflügen, dann verbreiterte sich der schnittige Rumpf, um sich schließlich wieder zu einem runden Heck zu verjüngen. Zweihundertzwölf Fuß maß sie vom Bug bis zum Heck. Es gab keine Aufbauten, und sie maß nur sechsunddreißig Fuß an der breitesten Stelle, und ihr Tiefgang betrug voll beladen dreißig Fuß. Ihr Hauptmast erhob sich einhundertsechsundvierzig Fuß hoch über das Deck, und die Hauptrahe maß achtundsiebzig Fuß von Spitze zu Spitze. Bug- und Besanmast waren nur unwesentlich kleiner, die Rahen kaum schmaler.

Das waren die Dinge, welche andere Kapitäne und Seeleute sehen konnten, und sie fragten sich, warum das Schiff nicht einfach kenterte und sank, so wie es durch die Wellen pflügte. Bei so einem messerscharfen Bug würde bereits eine einzige hohe Welle das Schiff versenken, und deshalb war es Torheit, etwas anderes als einen runden Bug zu haben. Jeder wusste, dass ein gutes Schiff so konstruiert war, dass es auf den Wellen und über sie hinweg ritt: »Kopf wie ein Kabeljau, Schwanz wie eine Makrele«, lautete die Weisheit der Schiffsbauer – der runde Kabeljaukopf schlug in die Wellen und ritt über jeden Berg, und das schmale Heck hinterließ ein sauberes Kielwasser ohne Turbulenzen, alles sicher und vernünftig. Aber das Elfenschiff war anders, die Konstruktion töricht, ja verrückt: messerscharfer Bug und das Heck stumpf wie eine Keule – vollkommen verkehrt herum gebaut! Und dann die vielen Segel! Eine Bö, und alle Masten würden brechen wie Späne, wurde anfänglich vermutet. Viele behaupteten sogar, es sei ein reines Wunder, dass die *Eroean* die See überlebt habe, so wie sie durch die Wellen schneide und jede Woge über ihr Deck rolle. Ein nasses Schiff, und eines Tages werde es bei starkem Wind und hoher See untertauchen und nie wieder hochkommen, so sagten manche jedenfalls.

Doch es gab andere, die behaupteten, sie werde trotz ihrer verrückten Konstruktion niemals sinken, denn in ihren Rumpf sei Magie eingewirkt, und *die* halte sie über Wasser und erspare ihr den furchtbaren Tod unter den wogenden Wellen, und solange die Magie Bestand habe, werde sie niemals kentern und niemals untergehen.

Aus diesem Grund hatte niemals jemand versucht, ein anderes Schiff wie die *Eroean* zu bauen, denn Magie allein war es, die sie über Wasser hielt, und niemand wusste, mit welchen Zaubern sie in der Werft belegt worden war.

Doch ihre einzigartige Konstruktion war nicht der einzige Gesprächsstoff, den die *Eroean* lieferte, denn da war ja noch ihre Besatzung. Und eine sonderbare Crew war es in der Tat, die das Elfenschiff bemannte – vierzig Menschen und vierzig Zwerge. Dabei wusste doch jeder, dass Zwerge *niemals* zur See fuhren. Und dann behaupteten einige, dieser Kapitän Aravan nehme oft auch Angehörige des kleinen Volks an Bord, also diejenigen, welche sich selber Wurrlinge nannten.

Wozu diese kleinen Kerle gut sein mochten, konnte sich niemand so recht vorstellen.

So hielten sich in den ganzen drei Millennien beharrlich die Gerüchte.

Und immer noch trotzte das Elfenschiff allen Vorhersagen seines drohenden Untergangs.

Und immer noch war kein anderer so verrückt oder so weise, sich am Bau eines ähnlichen Schiffes zu versuchen.

Zwei weitere Tage segelte die *Eroean*, in denen die Winde allmählich wechselten und nun aus Nordosten kamen und sie vorwärts trieben. Doch am dritten Tag ...

Der Erste Offizier Jatu hielt eine kleine Sanduhr in der Hand. »Macht die Logleine bereit«, rief er.

»Bereit, Herr Jatu«, erwiderte Artus, der Matrose, der die Trommel hielt.

»Leine auswerfen.«

Rico hievte das Holz über die Reling und warf es ins Kielwasser. Artus wickelte die Leine bis zum ersten Knoten ab, dann klemmte er die Trommel fest, sodass das Holz nun hundert Fuß hinter ihnen schwamm.

»Alles bereit, Herr Jatu«, meldete Artus.

»Fertig?«, rief Jatu.

»Fertig!«, erwiderte Artus. »Fertig!«, meldete auch Rico.

»Dann los!«, rief Jatu, während er die Sanduhr umdrehte.

Artus löste die Bremse an der Trommel und behielt sie dann im Auge, um sich zu vergewissern, dass sie sich auf der geölten Achse ungehindert drehen konnte. Rico sah zu, wie sich die Leine abwickelte, und zählte dabei die Knoten: *»Un. Dis. Tis ...«* Der Tugalier zählte in seiner Muttersprache, obwohl er sich normalerweise der an Bord gesprochenen Gemeinsprache bediente.

Augenblicke später rief Jatu, »Stop!«, da der Sand aus dem oberen Glas vollständig in das untere gerieselt war. Artus zog die Bremse an der Trommel fest und hielt die Leine damit an.

»*Ancé nutos* – elf Knoten – und etwas«, sagte Rico.

»Pah!«, sagte Jatu verächtlich. »Wie ich mir gedacht habe: Der Wind legt sich. Wir nähern uns den Mittelflauten.«

Im Laufe der nächsten Tage wurde das Schiff immer langsamer und dann noch langsamer, während der Wind zu einer schwachen Brise abflaute. Obwohl alle Segel gesetzt waren, hielten die Kalmen die *Eroean* fest wie eine Honigfalle die Fliegen. Sie überquerten den Äquator im Schlepp der Gigs, mit welchen die Mannschaft das Elfenschiff nach Süden ruderte. Menschen und Zwerge wechselten sich an den Rudern ab. Die Sonne brannte unbarmherzig in diesen trockenen Sommertagen, und ihre sengenden Strahlen brannten sich durch die stickige, stehende Luft und wurden von der kupferfarbenen Lava des Wassers unter ihnen reflektiert.

Doch die Mannschaft ruderte unbeirrt weiter, bei sengender Tageshitze ebenso wie in stickiger Nachtluft. Die Menschen sangen dabei Shantys, während die Zwerge Kriegsgesänge anstimmten.

Vier Tage ruderten sie, in denen Aravan den Himmel beobachtete und die Position der *Eroean* schätzte. Er war nicht nur der Kapitän des Schiffs, er war auch sein Navigator ... denn wie alle Elfen hatte er die Gabe, den Himmel zu kennen und immer genau zu wissen, wo die Himmelskörper standen – Sonne, Mond und Sterne –, und so war er als Navigator unübertroffen.

»Wir nähern uns der Südgrenze«, sagte er in der vierten Nacht zu Rico. »Morgen finden wir den Wind wieder.«

»Aye, Kapitän«, erwiderte der Bootsmann, während er sich über die Stirn fuhr. »*¡Diantre!* Ich bin froh, wenn endlich wieder Wind aufkommt. Jetzt hängen wir hier auf der Mittelbreite fest. Ich hätte nie gedacht, dass ich das einmal sagen würde, aber ich werde die Polarwinde und die Kälte und all das wirklich begrüßen. Aber um diese Jahreszeit ist der Wind in diesen Breiten südlich des Äquators genauso unberechenbar wie nördlich. Trotzdem – ob Südwestwinde oder Südostwinde, wir sind bereit.«

Am nächsten Tag blähten sich die Segel des Elfenschiffs ein wenig, da die Ruderer es endlich in eine leichte Südwestbrise geschleppt hatten. Rasch wurden die Gigs wieder an Bord geholt, während der Bootsmann die Segel für die Fahrt nach Süden und in die launischen Monsunwinde setzen ließ.

Die *Eroean* fuhr drei Tage nach Süden, in denen der Wind ständig wechselte, und zu Beginn des dritten Tages geriet sie endlich in den Bereich der Südost-Passatwinde. Mit dem Wind vorne an backbord drehte sie nach Südwesten zum Kap der Stürme, und je weiter sie nach Süden kamen, desto mehr frischte der Wind auf.

Dreihundert Meilen pro Tag segelte sie, dreihundert Meilen von Sonnenaufgang zu Sonnenaufgang, insgesamt fünf Tage lang, aber dann geriet sie dort in den südlichen Breitengraden in die Kalmen der Ziege. Immerhin wehte noch ein laues Lüftchen, und die Mannschaft hatte bei diesen wechselnden Winden viel mit den Segeln zu tun, aber nach dreieinhalb Tagen erreichte das Schiff die Zone der vorherrschenden Westwinde jenseits der südlichen Kalmen. Von dort aus segelte die *Eroean* weiter nach Südwesten und nahm Kurs auf das Polargebiet, in dem sich das Kap der Stürme befand.

Die Windstärke nahm stetig zu, je weiter sie nach Süden fuhren, und die länger werdenden Nächte wurden kalt und immer kälter, während es an den kurzen Tagen nicht mehr richtig warm wurde. Die Geschwindigkeit des Schiffs nahm zu, und manchmal fuhr die *Eroean* sechzehn oder siebzehn Knoten und legte an drei Tagen hintereinander mehr als dreihundertfünfzig Meilen am Tag zurück. Das Wetter verschlechterte sich, Regen peitschte das Schiff, und die Wellen schlugen immer höher, während die *Eroean* durch das Wasser pflügte und ihr Deck mit salziger Gischt überspült wurde.

Im unsteten Licht der Laternen schaute Aravan über den Tisch hinweg Jatu und seinen Zweiten Offizier Frizian an. Das kalkweiße Gesicht des kleinen Gelenders stand in krassem Gegensatz zu dem des schwarzen Tchangers. Vor ihnen ausgebreitet lagen Aravans kostbare Seekarten, in denen die Winde und Strömungen der Ozeane auf der ganzen Welt vermerkt waren. Im Schatten stand Tink, einer der Schiffsjungen auf dieser Fahrt, ein flachshaariger Bursche aus dem fernen Rian. Es klopfte an die Tür, und Tink eilte durch den kurzen Korridor, um sie zu öffnen. Mit Wind und Gischt kamen Rico und Bokar herein, denen Reydeau folgte, der zweite Bootsmann der *Eroean*. Alle drei trugen ihre Schlechtwetterkleidung, Stiefel und Regenmäntel mit Kapuze.

Tink nahm ihnen die tropfenden Regenmäntel ab und hängte sie an Wandhaken in der Ecke auf. Alle versammelten sich um den Kartentisch, auch der Schiffsjunge.

Aravans Finger zeigten auf eine Stelle auf der Karte. »In ein paar Tagen erreichen wir die Gewässer um das Kap, und wir sollten die Mannschaft noch einmal daran erinnern, was uns dort erwartet.«

»Stürme«, hauchte Tink. Dann hielt er sich eine Hand vor den Mund, erschrocken über seine eigene Kühnheit.

Aravan lächelte den Jungen an. »Aye, Tink, Stürme. Noch dazu Sommerstürme.«

Bokar grollte: »Diese verdammten Jahreszeiten im Süden. Genau andersherum.«

Jatu lachte. »Ach, Bokar, andersherum oder nicht, das Polargebiet ist immer eisig, obwohl die Sonne manchmal den ganzen Tag am Himmel steht.«

Rico nickte und fügte hinzu. »Ein schlimmer Ort, dieses Kap. Setzt der Mannschaft schwer zu, egal zu welcher Jahreszeit. Wenn es schneit, überziehen sich Segel und Takelage mit Eis und werden schwer. Im Herbst kann es graupeln, es kann aber auch einen Eisregen geben, und so ist es auch im Frühling. Sogar mitten im wärmsten Teil des Jahres ist es nicht viel anders: Meistens geht eiskalter Regen auf das Schiff nieder. Aber in der kalten Jahreszeit, also jetzt, bringt ein Sturm immer Schnee und Eis, und die Wellen schlagen hoch: hundert Fuß von Berg zu Tal.«

Aravan starrte auf die Karte. »Der Winter entlässt die Polargebiete nur selten aus seinem eisigen Griff.«

Tink starrte ebenfalls auf die Karte. »Und die Winde, Herr Käpt'n, was ist mit den Winden? Werden sie so sein wie bisher?«

»Aye, es sind dieselben Lüftchen – Westwinde und beständig in Sturmstärke oder beinah Sturmstärke. Diese Winde flauen selten ab, und die *Eroean* fährt mitten hinein.« Aravan betrachtete die Gesichter ringsumher. »Ich will, dass Ihr alle der Mannschaft noch einmal klar macht, womit wir es zu tun haben: steife Winde, Frost, eisiger Regen, kurze Tage und lange Nächte, durch all das müssen wir uns vorwärts kämpfen. Jeder Matrose muss aufpassen, dass er nicht über die Reling gespült wird, denn wenn hier ein Mann über Bord geht, ist er sehr wahrscheinlich verloren. Erinnert sie daran, dass sie in der Takelage grundsätzlich Sicherungsleinen anlegen sollen ... und Rico, Reydeau, bringt die zusätzlichen Rettungsleinen an Deck an, denn sie werden ganz sicher gebraucht werden.«

»Die Segel, Herr Käpt'n«, sagte Reydeau, dessen dunkle Augen im Laternenlicht funkelten. »Habt Ihr dazu besondere Anweisungen?«

»Die Beisegel sind bereits eingeholt worden«, erwiderte Aravan. »Wahrscheinlich holen wir auch das Himmelssegel herunter, sobald wir in die Nähe des Kaps gelangen ... und die Oberbramsegel. Ich schätze, dass wir das Kap nur mit Stag, Klüver und Großsegel umrunden, und auch die werden wir ein wenig reffen.«

»Und den Besan auch, oder nicht, Herr Käpt'n?«, warf Tink ein.

Aravan lachte ebenso wie Jatu und Reydeau. »Aye, Tink«, antwortete der Elf, indem er die Hand ausstreckte und dem Schiffsjungen den flachsfarbenen Lockenkopf zerzauste, »und den Besan auch.«

»Kapitän«, sagte Rico, »ich meine, Ihr solltet mit der Mannschaft reden wegen der Fahrt ums Kap. Die Dinge direkt von Euch zu hören, würde ihnen ganz sicher gut gefallen.«

Rund um den Tisch wurde zustimmend gemurmelt.

»Aye, Rico, das wollte ich ohnehin. Versammelt die Menschen, und Ihr, Bokar, versammelt auch die Drimma. Sagen wir morgen Mittag, bei Antritt der dritten Tagwache?«

Regen ging auf das Schiff nieder, während unten im Bugquartier Aravan auf einer Seekiste stand und zur Besatzung der *Eroean* sprach, weil das Wetter zu schlecht war, um die Versammlung an Deck abzuhalten. Während das Schiff durch die Wellen pflügte und Meerwasser über das Deck gespült wurde, versammelten sich alle Menschen und Zwerge um ihren elfischen Kapitän. Alle bis auf die drei, die oben geblieben waren – Boder, der Steuermann, sowie Geff und Slane, zwei Matrosen.

Aravan redete über das Kap und erinnerte sie alle an das Wetter um diese Jahreszeit, denn jeder von ihnen hatte diese Fahrt zwar schon einmal gemacht, aber sie lag zwei Jahre zurück und hatte in einer anderen Jahreszeit stattgefunden. Außerdem hatten sie die Umrundung von Ost nach West gemacht, also mit dem Wind, und diesmal würden sie in die andere Richtung fahren, also in den Wind hinein. Aravan sprach über das Eis, das sich auf den Tauen bilden würde, von dem treibenden Schnee, der sie blenden und die Segel beschweren würde. »Aber«, sagte er schließlich, »wir haben diese Fahrt schon einmal überstanden. Die *Eroean* ist ein robustes Schiff, und Ihr seid eine gute Mannschaft. Ich habe keine Bedenken, dass wir in etwa einer Woche den Westonischen Ozean erreichen. Trotzdem fordere ich Euch auf, besonders vorsichtig zu sein, denn sollte jemand über Bord gehen, werden wir das Schiff nicht schnell genug wenden können, um ihn rechtzeitig aus diesem eisigen Wasser zu fischen. Außerdem würde so ein Manöver das ganze Schiff gefährden. Also bindet Euch fest, wenn Ihr in der Takelage seid, denn ich will Euch alle noch an Bord haben, wenn wir das Kap hinter uns haben.

Gibt es noch Fragen?«

Menschen und Zwerge traten von einem Fuß auf den anderen und sahen einander an. Schließlich hob ein Matrose die Hand – Hogar, der Gehilfe des Kochs, der erst seit zwei Jahren zur Mannschaft gehörte. Auf ein Nicken des Elfs erhob sich der Mann. Nervös drehte er seine Mütze in der Hand. »Herr Käpt'n, warum segeln wir nicht ostwärts durch das Südpolarmeer und am Silberkap vorbei? Ich meine, Herr Käpt'n, nichts gegen Euch und Eure Fähigkeiten und alles, ich hab mich nur gefragt, warum wir gegen den Wind segeln und nicht mit ihm?«

Aravan lächelte. »Um diese Jahreszeit ist das Silberkap praktisch unpassierbar, Hogar. Es gibt viele Klippen, die Wellen sind turmhoch und voller Eisschollen, und der Wind hat immer Sturmstärke. Das Kap der Stürme ist hart, aber das Silberkap ist tödlich.«

Hogar nickte und setzte sich wieder. Aravan sah sich um. »Sonst noch Fragen?«

Ein Zwerg erhob sich, Dask, einer von Bokars Offizieren, und sagte mit einer Handbewegung, welche die anderen versammelten Zwerge einbezog. »Kapitän Aravan, wir haben diese Fahrt schon in beide Richtungen unternommen, und sie war nie einfach. Das Wetter wird grimmig sein und kalt, und die Wachen werden verkürzt, damit die Männer sich nicht unterkühlen. Wenn das Wetter so ist, wie wir es kennen, werden zweifellos alle gebraucht, Menschen und Châkka gleichermaßen. Ich sage das nur, um Euch daran zu erinnern, dass wir Châkka bereit sind.«

Ein zustimmendes Gemurmel durchlief die Versammlung, und Aravan grinste und tippte sich mit zwei Fingern zum Salut an die Stirn. Als wieder Stille eingekehrt war, sah Aravan sich nach anderen Fragestellern um. Als er keinen fand, sagte er: »Jatu, eine Extraportion Rum für alle, angesichts der schweren Zeiten vor uns.«

Lauter Jubel hallte durch das Quartier, und der elfische Kapitän sprang von der Seekiste und mischte sich unter die Besatzung, während Jatu Rum aus einem Fass in die begierig hingehaltenen Becher füllte.

Zwei Tage später erreichte die *Eroean* die Kapspitze. Im Laufe dieser zwei Tage hatte die Windstärke beständig zugenommen, und mittlerweile fuhr das Elfenschiff durch einen heulenden Sturm. Hohe graue Wellen mit Schaumkronen brachen sich am Bug, und ungezählte Tonnen von Wasser krachten auf das Deck, schlugen nach Holz und Tauen, nach Beschlägen und Segeln und schienen alles mitreißen und unter Wasser ziehen zu wollen, was lose oder locker war.

Im Angesicht des Sturms wurden alle Segel bis auf Klüver, Bram und Großsegel eingeholt. Die Crew kämpfte sich über das nasse Deck, und schaumige Wellen holten sie von den Beinen und versuchten sie über Bord und ins eisige Meer zu spülen, doch die Sicherheitsleinen hielten, und die Mannschaft schaffte es in die Takelage, wo der eisige Wind heulend und pfeifend an ihnen zerrte und sie wegzureißen versuchte. Doch die Menschen erwehrten sich der Elemente, holten die seidenen Segel ein und banden sie fest, während ringsumher die Fallleinen im Wind heulten, als würden riesige Harfensaiten vom Sturm angerissen.

Bis zur nächsten Wache hatte die Windstärke weiter zugenommen, und wieder musste die Mannschaft an Deck und in die gefährlichen Wanten, diesmal auf Frizians Befehl, und alle Klüver wurden eingeholt und das Großsegel weitgehend gerefft. Das Schiff war nun mit weniger als einem Drittel der vollen Leinwand betakelt.

Bei der nächsten Wache übernahm Aravan das Kommando, und nach einer Stunde nahm der Sturm weiter zu, und der elfische Kapitän ließ die Mannschaft antreten, um das Großsegel völlig einzuholen.

»*¡Diantre,* Kapitän«, überschrie Rico den Wind, »wenn das so weitergeht, segeln wir bald ganz ohne Seide.«

Aravan grinste den Bootsmann an. »Vielleicht, Rico. Vielleicht. Aber ohne Seide segeln wir rückwärts.«

Tink kam durch die Luke in das winzige Ruderhaus. Er brachte ein Tablett mit dampfenden Teetassen. Dass es ihm gelang, das Tablett über das schaukelnde Schiff zu tragen, ohne einen Tropfen zu verschütten, sprach Bände hinsichtlich seiner Behändigkeit und seines Geschicklichkeit. Mit einem Grinsen reichte er das Tablett Aravan, Boder und Rico und verschwand dann wieder unter Deck.

Aravan nahm einen Schluck von dem willkommenen Getränk und sagte dann: »Boder, beantwortet mir dies: Während die Kombüse wegen der schweren See geschlossen ist und kein Feuer brennt, wie schaffen es Trench und Hogar da, heißen Tee zu kochen?«

»Tja, Herr Käpt'n«, erwiderte Boder, »ich würde das die Magie des Kochs nennen.«

Während Tonnen eisigen Wassers auf die *Eroean* niedergingen, hallte lautes Gelächter durch das Ruderhaus.

Aravan hatte kaum seinen Becher geleert und stellte ihn gerade beiseite, als wie durch Zauberei Tink auftauchte, die Becher einsammelte und wieder ging. Aravan schaute auf die geschlossene Luke und sagte: »Ich nehme an, wir haben gerade die Magie des Schiffsjungen erlebt.«

Wieder hallte lautes Lachen durch das Ruderhaus und übertönte sogar das Heulen und Kreischen des Windes für einen Moment.

Aravan wischte Reif vom Fenster und schaute auf die tobende See. »Pfeift die Mannschaft an Deck, Rico«, rief er, während er mit einer Hand das Ruder hielt und Boder die Speiche auf der anderen Seite. »Wir müssen nach steuerbord lavieren.«

In dem Augenblick, als Rico die Luke öffnete, um nach unten zu gehen und die Mannschaft zu holen, wurde die *Eroean* in eine blendend weiße Wand eingehüllt. Das Kap der Stürme machte seinem Namen alle Ehre, als das Elfenschiff in stürmisches Schneetreiben fuhr.

Elf Tage dauerte es, das Kap zu umrunden, in denen die tapfere *Eroean* manchmal rückwärts zu stampfen schien und manchmal geradezu vorwärts schoss. Ständig zerrte der Sturm an ihr, während die Wellen sich alle Mühe gaben, sie in die Tiefe zu reißen. Schnee und Eis lasteten schwer auf ihrer Takelage, und Menschen und Zwerge wurden hinaufgeschickt, um die Laufrollen vom Eis zu befreien, damit die Taue genug Spiel hatten. Gegen den Westwind kreuzend, indem sie abwechselnd nach Südwesten und Nordwesten segelten, bestimmte Aravan den Kurs nach Gefühl, denn in den langen Nächten waren weder Mond noch Sterne zu sehen, ebenso wenig wie die Sonne an den kurzen Tagen. Und er sah auch das Polarlicht nicht, das sich weit jenseits der Dunkelheit über ihnen befand und vielfarbiges Licht auf den eisigen Himmel warf.

Von Wind und Wellen gebeutelt, brauchte das Schiff volle elf Tage, bis das Kap endlich hinter ihm lag, und es einen klaren Nordwestkurs einschlagen konnte. Aravans Orientierungssinn hatte sie nicht im Stich gelassen, und die ausgezeichnete Mannschaft hatte keinen einzigen Mann an die See verloren. Dennoch waren alle nach dieser anstrengenden Passage müde und ausgelaugt, auch der Kapitän, was äußerst selten vorkam. Doch schließlich kehrte die Schiffsroutine wieder zur Normalität zurück, obwohl der Wind immer noch heftig blies. Doch er traf sie stetig von backbord, und nachdem die *Eroean* den Westonischen Ozean erreicht hatte und wieder alle Segel gesetzt worden waren, flog sie, wie die Logleine anzeigte, mit neunzehn Knoten über die Wellen.

Eine Woche später erreichte sie die Kalmen der Ziege, diesmal auf dem Weg nach Norden. Das Schiff hatte alle Segel gesetzt, bewegte sich aber dennoch langsam in dem lauen Lüftchen. »An den Hörnern des alten Ziegenbocks vorbei«, wie Frizian es ausdrückte. Sie brauchten drei Tage, um die Kalmen zu durchqueren, bis der Wind, der nun von achtern kam, wieder auffrischte. In nordnordwestlicher Richtung jagten sie durch die Küstengewässer des riesigen Reichs von Hyree.

Fünf Tage segelten sie unter vollen Segeln bei stetem, aber mäßigem Wind nach Norden, bis sie die Mitteleisen erreichten, wo sie wie zuvor die Beiboote zu Wasser ließen, um die *Eroean* durch die windstillen äquatorialen Gewässer zu schleppen.

Schließlich kehrten die Winde zurück, die aus nordöstlicher Richtung bliesen, und mit denen segelten sie durch den Spalt zwischen Hyree im Süden und Tugal im Norden, um schließlich durch die Straße von Kistan ins Avagonmeer einzulaufen. Bei guter Fahrt passierten sie die Meerenge oberhalb der großen, dschungelbedeckten Insel Kistan, die eine Brutstätte für die Piraten aller Meere war.

Nach einem Tag nahm der Himmel eine düstere graue Farbe an, und nun lag Vancha im Norden, aber im Süden befand sich immer noch Kistan.

»Segel am Horizont, kastanienfarben!«, rief der vordere Ausguck. »Segel voraus, an backbord!«

Frizian suchte den Horizont vorne links ab und verhielt plötzlich. Einen Moment später sagte er: »Holt den Käpt'n, Reydeau, und haltet Euch bereit, die Mannschaft nach oben zu pfeifen.«

Reydeau blies ein Signal auf seiner Bootsmannspfeife, und ein Schiffsjunge sprang vom Deck auf und rannte zu Aravans Kabine. Augenblicke später eilte der Elf mit dem Schiffsjungen im Schlepptau zum Ruder.

»Wo denn, Frizian?«

»Da vorne, Herr Käpt'n«, erwiderte der Gelender, indem er in eine Richtung zeigte.

Am Horizont war gerade noch ein kastanienfarbenes Lateinersegel zu erkennen. Das Schiff kam mit dem Wind auf die *Eroean* zu.

»Reydeau, Kurs Südwest, sodass wir diesen Piraten direkt auf der Backbordseite haben.«

»Aye, aye, Herr Käpt'n.«

Aravan wandte sich an den Steuermann. »Hegen, ändert den Kurs wie angegeben.«

»Aye, Herr Käpt'n.«

»Tivir, hol Bokar.«

»Aye, Herr Käpt'n«, erwiderte der Schiffsjunge und lief los.

Während die *Eroean* den Kurs änderte, kam Bokar zum Ruder. Der Zwerg war bereits für den Kampf gerüstet. »Wo ist der Pirat?«

Aravan zeigte es ihm.

Bokar schaute lange und gründlich hin, dann warf er einen Blick nach oben auf die hellblaue Elfenseide vor dem grauen Himmel. Der Zwerg wandte sich an den Schiffsjungen. »Tivir, sag den Châkka, sie sollen an Deck kommen. In einem halben Glas werden wir wissen, ob dieser Pirat klug oder dumm ist.«

Wieder lief der Junge los, und Augenblicke später strömten gut gerüstete und bewaffnete Zwerge auf das Deck, die Stellung an den Ballisten bezogen und diese schussbereit machten.

Das kistanische Schiff fuhr weiterhin schnurgerade mit dem Wind nach Westsüdwesten, und die *Eroean* hielt ebenso schnurgerade nach Südosten, weg von dem Seeräuber. Die Zeit kroch dahin, und der Pirat folgte seinem Kurs weiter ebenso unbeirrt wie das Elfenschiff.

»Jetzt langsam wieder zurück auf unseren alten Kurs, Reydeau.«

»Aye, Herr Käpt'n.«

»Hegen?«

»Aye, Herr Käpt'n. Ich bin auch bereit.«

Allmählich schwenkte die *Eroean* wieder in den steifen Wind und auf ihren alten Ostkurs. Das kastanienfarbene Segel hielt unbeirrt weiter nach Südwesten und passierte das Elfenschiff achtern.

Schließlich ließ Aravan wieder den Kurs nach Arbalin einschlagen.

»Ha!«, blaffte Bokar. »Alles Feiglinge. Sie hatten Angst vor uns.«

Aravan schüttelte den Kopf. »Nein, Waffenmeister. Ich glaube vielmehr, dass sie uns gar nicht gesehen haben.«

Bokar warf wieder einen Blick auf die hellblauen Segel vor dem dunkelgrauen Himmel und dann auf den dunkelblauen Rumpf. Schließlich fiel sein Blick auf seinen zwergischen Kriegstrupp. »Vielleicht habt Ihr Recht, Kapitän, aber vielleicht auch nicht.«

Neun Tage später lief die *Eroean* mitten in der Nacht in den geschützten Hafen der Insel Arbalin ein, und die Einwohner der Stadt wurden von ihren eigenen Ausrufern geweckt, welche die gute Nachricht verkündeten, dass das Elfenschiff sicher und wohlbehalten zurückgekehrt war.

Am nächsten und übernächsten Tag wurde die Fracht ausgeladen und neuer Ballast an Bord genommen, um das fehlende Gewicht des Porzellans auszugleichen, damit die *Eroean* nicht von einem starken Windstoß oder einer höheren Welle zum Kentern gebracht werden konnte. Als das Schiff entladen und der Ballast an Bord war, ließ Aravan es von den Docks zurück in die Bucht schleppen.

Er gab der Besatzung Landurlaub, und da er die Crew gut kannte, wusste er, dass die meisten von ihnen die Zeit an Land ausgiebig nutzen würden.

In der folgenden Nacht klopfte es an Aravans Kabinentür, und als er sie öffnete, stand ein betagter Mensch, nein Elf – nein, Magier! – am Ende einer Reihe nasser Fußabdrücke vor ihm.

Erstaunt trat Aravan einen Schritt zurück.

»Seid Ihr Aravan, der Kapitän?«, blaffte der Alte.

Aravan nickte. »Aye, das bin ich.«

»Steht nicht einfach nur so da, Elf, und haltet Maulaffen feil. Fordert mich auf, einzutreten. Wir haben einiges zu bereden.«

»Eine Verborgene, eine Fuchsreiterin, sagt Ihr?« Aravans Gedanken kehrten in eine frühere Zeit zurück, während seine Hand ein Amulett an seinem Hals berührte, das aus einem blauen Stein gefertigt war.

Alamar nickte und legte die Finger seiner Hände zusammen.

Aravan gab ihm Jinnarins winzige Zeichnung von dem schwarzen Schiff zurück und hob sein Glas mit Branntwein. »Ich kenne keine Kristallschlösser und weiß auch nichts von schwarzen Galeonen auf den Ozeanen dieser Welt, in die der

Blitz einschlägt. Aber für ein hellgrünes Meer gibt es mehrere Kandidaten, da die See an vielen Stellen grün aussieht.«

Der Magier schüttelte den Kopf und schaute dann bedeutungsvoll auf den leeren Kelch vor sich.

Rasch und zum dritten Mal schenkte Aravan etwas ein.

Alamar nahm das mit Branntwein gefüllte Kristallglas, hielt es ins Lampenlicht und starrte tief in die goldbraune Flüssigkeit. »Dennoch werdet Ihr uns helfen, oder nicht?«

»Ich würde es mir um nichts auf der Welt entgehen lassen«, antwortete Aravan mit einem breiten, erfreuten Lächeln.

»Gut!«, tönte Alamar und stürzte die Flüssigkeit herunter. »Wann?«

»Die Mannschaft kommt in einer Woche zurück. Ist das früh genug?«

»Das wird wohl reichen müssen«, knurrte Alamar.

Aravan hob einen Finger. »Aber es gibt eine Bedingung ...«

Der Magier zog eine Augenbraue hoch und begegnete mit seinen grünen Augen dem Blick von Aravans blauen. »Und die wäre?«

Aravan schaute nicht weg. »Nur dies, Alamar: Wenn ich etwas von meiner Mannschaft verlange, erfährt sie immer genau, worum es geht und was ich vorhabe. Auf der *Eroean* glauben wir an die Redewendung: Wissen ist Macht. Indem wir unser Wissen teilen, sind schon viele gute Ideen entstanden – und einige, auf die ich selbst nie gekommen wäre. Also würde ich auch bei diesem Unternehmen meine Mannschaft ins volle Vertrauen ziehen, was bedeutet, dass sie von der Verborgenen hören würden, von ...«

»Von Jinnarin«, half Alamar aus.

»Aye, von Jinnarin. Ich würde diese Fuchsreiterin der Mannschaft vorstellen.«

Alamar erhob sich. »Ich werde sie fragen ... aber bis sie sich einverstanden erklärt hat ...«

»Bis sie ihr Einverständnis gegeben hat«, sagte Aravan, indem er den Magier ansah, »werde ich kein Wort über die Angelegenheit verlauten lassen. Aber bevor sie sich dazu bereit erklärt hat, werde ich meine Mannschaft zu nichts verpflichten, denn ich werde sie nicht ohne ihr Wissen auf eine solche Fahrt schicken.«

Alamar nickte, machte eine Kehrtwendung, ging zur Tür und stieß sie auf.

Aravan hob die Stimme und rief dem Magier hinterher: »Braucht Ihr jemanden, der Euch an Land rudert? Ich lasse ein Boot für Euch zu Wasser.«

Ohne sich umzudrehen, rief Alamar zurück: »Schon gut, Elf. Ich kehre auf dem Weg zurück, auf dem ich gekommen bin.« Einen Moment später schlug die Kabinentür zu.

Aravan saß eine Weile reglos da und starrte auf die geschlossene Tür. Dann trank er seinen Branntwein aus, stand auf und ging an Deck. Von Alamar war nichts zu sehen, und Aravans scharfe Elfenohren hörten auch keine Ruder klatschen.

»Burdun«, rief er, und die Wache kam zu ihm gelaufen.

»Herr Käpt'n?«

»Wo ist das Boot, das den alten Mann hierher gebracht hat?«

Ein verwirrter Ausdruck legte sich auf Burduns Gesicht. »Alter Mann? Boot? Herr Käpt'n, heute Nacht ist kein Boot gekommen. Erwartet Ihr eins? Ich halte danach Ausschau.«

»Nein, Burdun, aber trotzdem vielen Dank für das Angebot.«

Während der Elf in seine Kabine zurückkehrte – *Wenn er nicht mit einem Boot gekommen ist, wie dann? Ist er geschwommen?* –, überlegte Aravan still bei sich, während er sich grinsend vorstellte, wie der Alte durch die Bucht schwamm. *Aber vielleicht ist er auch geflogen oder über das Wasser gelaufen* – wieder lachte Aravan über diese Vorstellung, doch dann fiel sein Blick auf die nassen Fußspuren, die der Magier im Gang zu seiner Kabine hinterlassen hatte.

8. Kapitel

EIDE

Spätsommer, 1E9574
[Die Gegenwart]

»Er will *was?*« Jinnarin sprang auf und stand da, die Hände zu Fäusten geballt und in die Hüften gestemmt. Grünes Feuer leuchtete in ihren Augen.

Alamar seufzte. »Es ist keine unvernünftige Bedingung, Jinnarin. Schließlich reden wir hier über Aravan und seine Mannschaft und nicht über irgendwelche kistanischen Piraten.«

»Aber wenn ich vor die Menschen trete, bestätige ich, dass die Legenden wahr sind, und dann finden die Fuchsreiter keine Ruhe mehr, weil Mann und Frau gleichermaßen die ganze Welt durchkämmen werden, um uns aufzuspüren und Gefälligkeiten von uns zu erbitten. Sie glauben, dass wir ihre Wünsche erfüllen können und nur dazu da sind, um ihre Arbeit zu verrichten, und ... und dass wir in tausenderlei anderer Hinsicht ihren lächerlichen Überzeugungen entsprechen. Das weiß ich, weil es sich schon einmal so zugetragen hat, und so wird es wieder geschehen, sollte ich oder irgendein anderer Fuchsreiter oder auch irgendein Verborgener offen vor sie treten. Nein, Alamar, ich werde mich den Menschen nicht zeigen.«

»Es sind auch Zwerge«, murmelte der Magier.

»Was?«

»Ich sagte«, knurrte er, »es sind auch Zwerge dabei. Aravan hat einen Kriegstrupp Zwerge auf der *Eroean.*«

»Zwerge!« Jinnarin schlug sich mit einer Hand vor die Stirn. »Ihr Götter, Alamar, ich habe gehört, dass sie noch schlimmer sind als die Menschen. ›Heda, Kleine, kannst du mir nicht zeigen, wo ich die reichsten Goldadern finde? Bitte um Verzeihung, kleine Fee, aber könnt Ihr mir nicht sagen, wo ich Silber und Juwelen für meine Schatztruhen finde?‹ Du meine Güte, sie würden mich in ein Loch im Boden oder unter einen Berg schleifen, und ich würde nie wieder das Tageslicht sehen.«

»Ihr übertreibt, Pysk.« Dem Alten war das Blut in die Wangen geschossen, und er hatte das Kinn aggressiv nach vorn gereckt. »Habt Ihr nicht außerdem gesagt, Aravan sei ein – wie habt Ihr Euch ausgedrückt? Ah, ja – Aravan sei ein ›Freund‹? Würde er Euch in diesem Fall solchen ... Unannehmlichkeiten aussetzen?«

Jinnarin unterbrach ihr wütendes Auf-und-ab-Gehen, obwohl sie offensichtlich immer noch vor Wut schäumte.

Rux trottete zur Tür. Der Fuchs machte einen missmutigen Eindruck.

Alamar erhob sich, ging zur Tür und ließ das Tier hinaus. Dann wandte der Magier sich an Jinnarin. »Was wollt Ihr denn, Pysk? Euch in meiner Kabine oder im Laderaum verbergen, während das Elfenschiff über die Meere der Welt segelt und ein hellgrünes Meer, ein schwarzes Schiff und ein Kristallschloss sucht?«

»Das habe ich auf der *Schwalbenfisch* auch getan«, konterte Jinnarin.

»Das war eine kurze Reise!«, brüllte Alamar. »Keine Rundfahrt um die ganze Welt.«

Alamar hielt einen Teekessel unter die Pumpe und pumpte so heftig, dass das Wasser überlief. »Er hat gesagt, er würde seine Mannschaft nicht bitten, einen Auftrag zu übernehmen, ohne ihr die volle Wahrheit darüber zu erzählen, und damit hat er Recht!«

Der Magier knallte den Teekessel auf eine Kochmulde. Dann warf er zwei Holzscheite hinein, gebot *»Incende!«*, und das Holz ging in lodernde Flammen auf.

Er fuhr herum und funkelte Jinnarin an. »Außerdem, Pysk, suchen wir Farrix. Ihr erinnert Euch doch an ihn, nicht wahr, an Farrix den Ebertöter?«

Bei diesen Worten brach Jinnarin in Tränen aus.

Im Dunkel der Nacht klopfte es an die Tür, doch das leise Geräusch weckte Aravan nicht. Wieder wurde geklopft, ohne dass es den Kapitän aus dem Schlaf gerissen hätte, obwohl seine Augen im Schatten seiner Kabine funkelten. Der Riegel klickte, das Schloss öffnete sich von selbst, und die Tür schwang nach innen. Vor dem Lampenschein im Gang zeichnete sich die Silhouette einer Gestalt mit einer sich windenden Last ab. *»Lux«*, ertönte ein leises Wort und ein blaues Licht erschien. Und während der den Fuchs tragende Magier nass in die Kabine trat, wachte Aravan schlagartig auf.

Alamar schlug die Tür mit dem Absatz zu und setzte den sich wehrenden Rux ab. Der Fuchs fauchte ergrimmt und drehte sich aufgeregt und mit anklagendem Blick im Kreis. Der Magier beachtete das Tier gar nicht, sondern verkündete, »Wir würden gern ein Wort mit Euch wechseln, Elf«, während er die Riemen seines Rucksacks abstreifte und das Bündel auf das heruntergeklappte Seitenteil eines Schreibpults legte.

Aravans Blick wanderte zwischen Alamar und Rux hin und her. »Ihr und der Fuchs?«

»Natürlich nicht!«, erwiderte der Alte ungeduldig, während er die Verschlüsse des Rucksacks öffnete. »Und sorgt für ein wenig Licht hier drinnen. Ich bin kein Ersatz für eine Laterne, wisst Ihr?«

Aravan zündete eine Kerze an, und als er sich wieder umdrehte, stand in ihrem goldenen Schein eine Pysk auf dem Schreibpult.

»Ihr müsst Jinnarin sein.«

Die Pysk beäugte ihn argwöhnisch. »Und Ihr seid Aravan.«

»In der Tat.«

»Ich will den Stein sehen.«

Aravan hob eine Augenbraue. »Den Stein?«

»Tarquins Stein.«

»Ach so.« Aravan streifte das Lederband über den Kopf, das durch ein Loch in einem kleinen blauen Edelstein verlief, und hielt es Jinnarin hin.

Sie berührte das Amulett lediglich und nickte zufrieden. »Ein Freund«, sagte sie lächelnd. Wie sie eine bloße Berührung überzeugen konnte, wusste Aravan nicht, doch er nahm an, dass sie etwas von der Kraft des kleinen Juwels spüren musste. Aravan streifte sich das Band wieder über den Kopf, sodass der Stein wieder auf seiner nackten Haut lag.

Jinnarin setzte sich mit untergeschlagenen Beinen auf das Schreibpult. »Ich würde gern über ein paar Dinge mit Euch sprechen.«

Aravan nickte, zog sich einen Stuhl heran und bedeutete Alamar mit einer Geste, ebenfalls Platz zu nehmen. Der Magier setzte sich dem Elf gegenüber.

Als es sich alle bequem gemacht hatten, sagte Jinnarin: »Ihr wollt also, dass ich Eurer Mannschaft gegenübertrete.«

Aravan nickte, sagte aber nichts.

»Die aus Menschen und Zwergen besteht, wie ich höre.«

»Und manchmal auch Waerlinga«, fügte Aravan hinzu, »wenn auch nicht im Moment.«

Jinnarin seufzte, schüttelte langsam den Kopf und sagte dann: »Ich würde Euch gern eine Geschichte erzählen, Freund, und wenn ich damit fertig bin ... nun, dann sehen wir weiter.« Sie hielt inne und sammelte sich.

Aravan erhob sich und wühlte in einer Lade, wo er – »Ha!« – einen Fingerhut aus Porzellan fand. Dann holte er zwei Kristallgläser. In jedes der drei Gefäße goss er dunklen Wein aus Vancha, und Alamar beeilte sich, sein Glas zu nehmen. Als Aravan wieder saß, nahm Jinnarin einen Schluck aus dem Fingerhut und begann dann mit ihrer Geschichte:

»Vor langer, langer Zeit, ehe Menschen, Elfen und andere in diese Welt Mithgar kamen, waren wir noch nicht die *Verborgenen.* Vielmehr nannten wir uns in diesen Zeiten ›Feenvolk‹ und lebten ohne Furcht und frei und offen. Felder, Wiesen, Wälder, Prärien, Ebenen, Wüsten, Berge, Meere, das *Wo* spielte keine Rolle, denn wir waren das einzige Volk hier, obwohl Elwydds Werk noch nicht vollendet war. Wir wussten, dass Sie Ihre Pläne für diese Welt bereits in Gang gesetzt hatte, und zwar schon lange vor unserer Ankunft auf Mithgar. Wisst Ihr, bevor wir zur Mittelwelt kamen, lebten wir an einem anderen Ort – so will es jedenfalls die Legende ...«

Jinnarin brach plötzlich ab und wandte sich dann an den Magier. »Ach, Alamar, ich weiß nicht, warum ich nicht schon eher daran gedacht habe, aber mir kam gerade der Gedanke, dass mein Volk ursprünglich von einer anderen Ebene stammen könnte, so wie die Magier. Vielleicht stimmt die Legende, die Sage über unsere Flucht von Feyer.«

Alamar hob sein Glas und prostete der Pysk zu, dann stürzte er den Inhalt herunter und hielt Aravan mit einem auffordernden Lächeln sein Glas zum Nachfüllen hin.

Während der Elf dem Magier nachschenkte, nahm Jinnarin ihre Geschichte wieder auf.

»Vor vielen Millennien haben wir hier auf Mithgar unbehelligt und zufrieden gelebt. Doch dann kam die Menschheit, Elwydds letzte Schöpfung, und danach wurde alles ganz anders.

Sie nahmen das Land in Besitz, verwüsteten es und brachten uns Krankheiten. Selbst ich kann mich noch an eine

Zeit erinnern, als es fast nur Wälder auf Mithgar gab. Aber betrachtet die Welt jetzt: Ganze Wälder sind abgeholzt, und nur noch ödes Karstland ist dort, wo sie einmal gestanden haben.«

Aravan hob die Hand. »Stellenweise, aye. Doch anderswo, nein. Vielmehr wurde dort fruchtbares Ackerland angelegt. Aber Ihr habt nicht ganz Unrecht, denn der Mensch ist in der Tat ein Zerstörer. Dennoch besteht Hoffnung, dass er mit der Zeit zur Besinnung kommt.« Aravan hielt inne, dann drehte er entschuldigend eine Hand in die Höhe. »Jinnarin, es tut mir Leid. Ich wollte Euch nicht unterbrechen, um über die Menschen zu diskutieren. Bitte fahrt fort.«

Jinnarin neigte den Kopf und akzeptierte Aravans Entschuldigung. »Ich will damit nicht sagen, dass die Absichten der Menschen böse sind« – Jinnarin warf einen Seitenblick auf Alamar, doch der Magier starrte in sein Glas – »nun, da ich besser verstehe, was das Böse eigentlich ist. Aber ob böse oder unschuldig, gedankenlos oder vorsätzlich, die Wirkung der Menschen auf das Feenvolk war schrecklich. Mit der Eroberung des Landes wurde das Feenvolk immer weiter zurückgedrängt, und Orte, wo wir seit Millennien gelebt hatten, wurden von den Menschen in Besitz genommen.

Die Menschen hatten wenig Respekt vor den Kreaturen der Welt, vor dem Land, vor dem Wasser. Alles wurde verwüstet und vergiftet. Oft zog der Mensch weiter, nachdem er den Schaden angerichtet hatte. Und dann kam er dorthin, wo wir uns erneut niedergelassen hatten, und begann von neuem.

Und es gab welche unter den Menschen, die Mitglieder meines Volkes und unseresgleichen einfingen und uns als eine Art Haustier hielten, als Sklaven, als Glücksbringer.

Natürlich konnten sie nicht alle einfangen, denn viele Angehörige des Feenvolks waren zu mächtig – und sind es noch. Als Folge davon kamen die Menschen – oder richtigerweise sollte ich sagen, *einige* Menschen – zu dem Schluss, dass diese Angehörigen meines Volks böse wären, da sie sich nicht dem Willen der Menschen beugten, und so machten sie sich daran, diejenigen aus unserem Volk auszurotten, die sich ihnen widersetzten.« An dieser Stelle zitterte Jinnarins Stimme, und ihr Blick verlor an Schärfe, da sie durch den Abgrund der Zeit grausame, entfernte Erinnerungen betrachtete und das Donnern von Hufen, wilde Rufe und furchtbaren Hörnerschall hörte. »Und sie töteten uns, mähten uns nieder wie Wild, das man jagen und abschlachten konnte.« Jinnarin hielt inne und wischte sich verstohlen einige Tränen von den Wangen, während sie um ihre Fassung rang. »Oft wurden diese bösen Menschen, wenn sie Erfolg hatten, als Helden gepriesen und nicht als die Schurken verurteilt, die sie eigentlich waren.

So zog sich das Feenvolk völlig zurück, versteckte sich und wurde zu den Verborgenen. Wir sperrten die Gegenden, wohin wir uns zurückgezogen hatten, sorgten dafür, dass sie in Verruf gerieten, dass die Menschen sich von ihnen fern hielten. Sie wurden zu Spukwäldern, verwunschenen Bergen, von Geistern heimgesuchten Sümpfen, tödlichen Wüsten und verhexten Höhlen, zu Orten, die alle eines gemeinsam hatten: Sie verhießen allen Menschen Unheil, welche unsere Warnungen missachteten und in diese verbotenen Domänen eindrangen.

Es gab auch welche von uns, die in weit entfernte Länder flohen – zum Westkontinent, zur Insel Rwn, zu Orten, die für Menschen nicht zugänglich oder attraktiv waren, obwohl man mittlerweile auch dort ihre Spuren finden kann.«

Jinnarin verstummte kurz und drehte zitternd ihren Fingerhut hin und her. Schließlich fuhr sie mit bebender Stimme fort: »Und nun wollt Ihr, Aravan, der sich ›Freund‹ nennt, dass ich vor Eure Schiffsbesatzung trete und ein für alle Mal bestätige, dass die Fabeln und Legenden stimmen. Dass es das Feenvolk tatsächlich gibt, dass die Geschichten, die von Müttern und Vätern ihren Söhnen und Töchtern erzählt werden, tatsächlich wahr sind, dass es Wesen gibt, die Böses abwehren, magische Arbeiten ausführen, Gold und Schätze finden können, die ... die ...« Jinnarin ließ ihren Tränen freien Lauf und schluchzte hemmungslos.

Bestürzung zeigte sich auf Aravans Miene, und er wandte den Blick Hilfe suchend zu Alamar, doch dem Alten standen ebenfalls die Tränen in den Augen, und er schüttelte den Kopf und murmelte: »Kann sie nicht mal in die Arme nehmen. Kann sie nicht mal trösten.« Dennoch hob Aravan die Pysk auf, hielt sie an seine Brust, setzte sie sanft in seine Ellenbeuge, eine Hand ganz leicht an sie gedrückt, und flüsterte, »*Schsch,* meine Kleine«, während sie sich an sein Hemd drückte und weinte.

»Setzt mich wieder ab, Aravan«, sagte Jinnarin schließlich, während sie sich mit dem Ärmel die Tränen abwischte. »Auf den Boden, bitte. Rux muss beruhigt werden.«

Der Fuchs war ganz eindeutig verstört, lief leise jaulend auf und ab, die Nase in die Luft gereckt und schnüffelnd, da er nach einem Grund für Jinnarins Tränen suchte. Aravan setzte die Pysk auf den Boden, und Rux war sofort bei ihr. Jinnarin streichelte das aufgeregte Tier und flüsterte ihm etwas ins Ohr, und Rux hörte ihr zu und warf ab und zu einen Blick auf Alamar, als wolle er ihm die Schuld geben.

Der Magier wischte sich mit dem Handrücken die Nässe von den Wangen. »Mehr Wein, bitte«, bat er, und Aravan füllte sein Glas nach.

Eine Weile herrschte Stille in der Kajüte – bis auf das Plätschern des Wassers draußen, das gegen den Rumpf der *Eroean* schwappte –, doch schließlich wandte Jinnarin sich an Aravan und sagte: »Würdet Ihr mich bitte wieder auf den Schreibtisch heben? Rux ist jetzt wieder ruhig, und ich möchte gern meinen Wein austrinken.«

Der Elf hob Jinnarin vorsichtig hinauf, und die Pysk setzte sich mit untergeschlagenen Beinen nieder, nahm den Fingerhut aus Porzellan und trank einen Schluck.

Schließlich räusperte sich Aravan. »Jinnarin, ich weiß nun, dass Euch meine Bedingung sehr bestürzt. Ihr versteckt Euch mittlerweile seit Millennien vor der Menschheit und auch vor allen anderen Wesen. Es liegt weder in Eurer Natur noch ist es Brauch, Euch jenen zu offenbaren, die nicht zu Eurer Art gehören ... oder nicht als Freund gelten. Alles andere verstieße gegen die Lehren Eurer Art.

Doch hört zu, warum ich Euch bitte, der Mannschaft der *Eroean* zu vertrauen. Erstens ist diese Mannschaft handverlesen ... ich selbst wähle jedes einzelne Mitglied persönlich aus. Die meisten sind Söhne von Vätern, die früher schon mit mir gesegelt sind. Und so geht es nun seit fast dreitausend Sommern – die Söhne von Söhnen von Söhnen, durch eine lange Zeit zurück. Sie haben mir einen Eid geleistet und sind mir über alle Maßen treu ergeben.

Sie kennen die Geheimnisse der Elfen, die Geheimnisse der Drimma und die Geheimnisse der Menschheit. Und sie haben auch manches heimliche Wort mit den Waerlinga ausgetauscht. Niemals haben sie ein Geheimnis verraten, und manche sind im Dienst an ihren Schiffskameraden gestorben.

Seht Euch auf diesem wunderbaren Schiff um. Wer kennt seine Geheimnisse außer meiner Besatzung? Niemand, sage ich – nicht eine Seele, die nicht auf ihm gedient hat. Doch viele Kaufleute und Kapitäne würden ihren gesamten Besitz für ein Schiff wie dieses hergeben, doch eines wie dieses wird es nie wieder auf Mithgar geben, denn seine Geheimnisse sind bei mir und meinen Männern gut aufgehoben, und wir werden sie nie verraten. Und das ist nur ein Beispiel für ihre Treue, und die Tatsache, dass ich das Wissen über dieses Schiff mit ihnen teile, zeigt, wie viel ich von ihrer Ehre halte.

Doch jeder Mensch, Zwerg oder wer sonst noch mit mir segelt, wurde nicht nur wegen seiner Loyalität und Ehre ausgewählt, sondern auch aufgrund von Fähigkeiten und Verstand. Schon oft haben mir Besatzungsmitglieder das Leben gerettet, und genauso oft habe ich einen von ihnen gerettet.

Sie sind meine Verwandten, meine Familie, meine Waffenbrüder, und ich würde sie nicht dadurch gefährden wollen, dass ich sie absichtlich in Unwissenheit halte, aber genau das würde ich tun, wenn ich über Wissen verfügte, das ich ihnen vorenthielte. Gleichzeitig würde ich auch nicht Eure Suche dadurch gefährden wollen. Wenn wir Erfolg haben wollen, brauchen wir sehr wahrscheinlich die Fähigkeiten, den Mut und den Verstand aller, und darüber können wir nur verfügen, wenn die anderen im Bilde sind. Wenn sie nicht wissen, was oder *wen* wir suchen und warum, wenn sie nicht wissen, wer Hilfe braucht, wenn sie nichts von Euch wissen, Jinnarin, dann gehen sie wie in Ketten auf diese Reise, da ihnen das Fundament für wichtige Entscheidungen und Pläne fehlt, und das will ich nicht – um Euretwillen ebenso wenig wie um ihretwillen.

Wie ich Alamar bereits erklärt habe, ist Wissen Macht – und die Macht, von der ich hier rede, ist die Macht, Erfolg zu haben.

Lasst mich die Voraussetzungen umkehren, Jinnarin. Würde ich zu Euch kommen, Euch etwas von einer dringlichen Aufgabe erzählen und um die Hilfe Eures Volks bitten, aber nur unter der Bedingung, dass Ihr nicht verratet, wer Euch geschickt hat, wer Euch um Hilfe bittet und worum es geht, was würdet Ihr dann sagen? Würdet Ihr mir raten, meine Aufgabe durch derlei Einschränkungen in Gefahr zu bringen, oder würdet Ihr mir stattdessen raten, Euren ehrenwerten Verwandten ungeachtet meiner Befürchtungen zu vertrauen?

Und während Ihr darüber nachdenkt, Jinnarin, hier noch ein letzter Punkt. Ich werde niemanden mit auf diese Fahrt nehmen, der sich nicht mit einem Eid zur Geheimhaltung verpflichtet – zuerst mir gegenüber und dann Euch gegenüber.«

Aravan verstummte, und Jinnarin starrte eine Weile in ihren Fingerhut und schwenkte den Wein darin. Lange Momente verstrichen, und der schlafende Rux jagte im Traum fliehende Feldmäuse, und seine Pfoten kratzten leise über den Kajütenboden. Schließlich sah Jinnarin auf und betrachtete Aravan.

»Wie wollt Ihr es haben, Jinnarin?«, fragte der Elf leise.

Mit belegter Stimme erwiderte sie: »Es widerspricht zehntausend Jahren der Erfahrung, aber was Ihr sagt, hat viel Gewicht. Wenn sie Euch und mir schwören, bin ich einverstanden – und dann müsst Ihr ihnen alles sagen ... denn ich will Farrix wiederfinden.«

Alamar, der die ganze Zeit geschwiegen hatte, hielt Aravan sein Glas hin. »Schenkt nach, Freund Aravan, denn das muss gefeiert werden.«

Aravan goss mehr dunklen Wein in die Trinkgefäße. »Auf den Erfolg unserer Fahrt. Mögen wir finden, was wir suchen«, sagte er und hob sein Glas.

Jinnarin nahm ihren Fingerhut und fügte nur ein einziges Wort hinzu: »Farrix.«

Stumm leerte Alamar sein Glas.

Sieben Tage später kehrte die Mannschaft der *Eroean* aus dem Hafenviertel zurück. Sie kamen in Gruppen zu dritt oder viert, manche auch allein. Einige waren infolge zu ausgelassenen Feierns in bedauernswertem Zustand und wurden von ächzenden Kameraden an Bord getragen. Zu denen gehörte auch Bokar, der wie ein halb voller Sack Mehl über Jatus Schulter lag. Als Aravan sich über die Reling beugte und sie betrachtete, grinste der große schwarze Mensch so breit, dass weiße Zähne von einem Ohr zum anderen blitzten, während er mit dem bewusstlosen Bokar aus dem Beiboot stieg und das Fallreep erklomm. »Melde mich an Bord zurück, Kapitän«, verkündete Jatu und warf dann einen Blick auf Bokar, »und zwar mit einem Geschenk von den Damen im *Roten Pantoffel*, obwohl es fix und fertig ist, würde ich meinen.«

Aravan lachte laut und erwiderte dann: »Aye, Jatu, das sehe ich, obwohl ich mir vorstellen kann, dass jeder von Euch sein Bestes getan hat, Gleiches mit Gleichem zu vergelten?«

»Aye, Kapitän, das haben wir, das haben wir wirklich ... und obwohl es uns nicht gelungen ist, sie völlig auszulaugen, haben wir sie doch zumindest erschöpft.«

Als Jatu an Deck kam, sagte Aravan: »Wenn Ihr ihn in seiner Koje abgeladen habt, kommt zu mir. Ich habe Euch eine Geschichte zu erzählen.«

Jatu warf einen Blick auf Aravan und dann an ihm vorbei auf das Heck, wo er einen alten Menschen sehen konnte, der sich auf die Reling stützte und die Boote betrachtete, welche die Besatzung der *Eroean* zu ihrem Schiff brachten. Der schwarze Riese hob fragend eine Augenbraue, eine unausgesprochene Frage auf den Lippen, doch sein Blick wurde nur von rätselhaften blauen Elfenaugen erwidert, und Jatu konnte ihnen keine Antwort entnehmen.

So ging es den ganzen Tag weiter: Die Mannschaft traf aus Port Arbalin ein, während Frauen an den Kai kamen, um ihre Matrosen und Krieger zu verabschieden, und Liebende noch eine letzte innige Umarmung wechselten und beim Abschied weinten und Bekannte heiser lachten und ihren Gefährten auf den Rücken schlugen. Bei Sonnenuntergang war die Besatzung vollständig an Bord.

Bei Einbruch der Dunkelheit hatten sich Jatu, Frizian, Reydeau, Rico sowie der mittlerweile wieder muntere Bokar in der Kapitänskajüte zu einer Besprechung versammelt, die bis in die Nachtstunden dauerte. Als Tink Tee servieren wollte, begegnete ihm Bokar, der müde und erschöpft wirkte. Er nahm Tink an der Tür das Tablett ab, ließ ihn aber nicht eintreten. Dennoch erhaschte der Schiffsjunge einen Blick auf einen alten Mann in blauen Gewändern und, *herrje!*

»... Ich habe auch einen Fuchs in der Kajüte gesehen!«

»Ach, hör schon auf damit, Tink. Was sollte wohl ein Fuchs auf der *Eroean*?«

»Ich weiß nicht, Tiv, aber der Fuchs war da. Vielleicht hat er etwas mit dem alten Mann in den blauen Gewändern zu tun.«

Tivir schüttelte nur ungläubig den Kopf, und Tink bedachte ihn mit einem warnenden Blick und sagte dann: »Fuchs oder nicht, Tiv, du hältst auf jeden Fall den Mund deswegen. Was in der Kajüte des Kapitäns vorgeht, ist seine Sache, nicht unsere.«

»Das versteht sich doch von selbst, Tink. Ganz von selbst.«

Und noch vor Mitternacht legte die *Eroean* in der mondlosen Finsternis ab und segelte aus dem Hafen von Arbalin.

Im Morgengrauen hatte die *Eroean* sich schon ein gutes Stück von der Insel entfernt und befand sich mit einer frischen Brise im Rücken auf hoher See. Doch zur Verwirrung der Mannschaft ließ Jatu beidrehen, bis die Segel erschlafften und das Schiff ohne Fahrt im Wasser lag. Dann wurden alle an Deck gerufen, und wilde Gerüchte und Spekulationen machten die Runde unter der Mannschaft. Und unter allgemeinem Gemurmel kam Kapitän Aravan aus seiner Kajüte im Heck und ging zur Kabine des Bootsmanns, um auf deren Dach zu steigen und um Ruhe zu bitten, die rasch einkehrte, bis nur noch das Schwappen der Wellen und das Ächzen der Takelage sowie das Flattern der Segel zu vernehmen waren.

»Matrosen und Krieger, Menschen und Drimma, kommt näher, denn ich habe Euch etwas Wichtiges zu sagen.«

Zwerge und Menschen traten näher und umringten die Kabine. Als alle versammelt waren, hob Aravan die Hand, und es wurde wieder still.

»Männer, ich habe Euch antreten lassen, um über das neue Abenteuer zu reden, das vor uns liegt.«

»Was soll es sein, Herr Käpt'n«, rief eine kräftige Stimme, »eine untergegangene Stadt, Schätze, a tèmpio di òro, che?«

Aravan grinste, als sein Blick auf den Mann fiel. »Nichts von alledem, Vido. Keine untergegangene Stadt, keine verlorenen Schätze und auch keine Tempel aus Gold. Vielmehr suchen wir eine auf rätselhafte Weise verschwundene Person. Eine Person, die unserem Gast hier das Leben gerettet hat.« Aravan drehte sich um und zeigte nach achtern, und ein blau gewandeter, weißhaariger Alter trat vor. »Alamar der Magier.«

Allgemeine Laute der Überraschung wurden geäußert. Hier und da waren die Worte *Magier, Zauberei* und *Wunder* zu hören, während Alamar vortrat, sodass alle ihn sehen konnten. Matrosen und Krieger machten ihm Platz und bildeten eine Gasse, durch die er gehen konnte.

Aravans Stimme forderte wieder ihre Aufmerksamkeit. »So viel ich weiß, warten auf uns am Ende dieses Abenteuers keine Reichtümer, nur das Wissen um eine gut erfüllte Aufgabe. Wir wissen nicht einmal, wohin diese Fahrt uns führen wird, und auch nicht, ob die Reise langweilig oder interessant sein wird. Wir wissen nur, dass Alamars Freund verschwunden ist, doch ob er sich irgendwo verirrt hat, in Gefangenschaft geraten ist oder frei herumläuft, kann ich nicht sagen.

Doch wenn er sich verirrt hat, gilt es, ihn wiederzufinden. Wenn er in Gefangenschaft geraten ist, müssen wir ihn befreien. Wenn er jedoch frei herumläuft, jagen wir vielleicht nur einem Phantom hinterher.«

»Ach«, rief jemand, »wann hätte uns das jemals abgehalten, Herr Käpt'n?«

Brüllendes Gelächter hallte über das Deck.

»Ha, Lobbie«, rief ein anderer, »da hast du wohl Recht.«

Aravan wartete, bis das allgemeine Gelächter abgeklungen war, und sagte dann: »Ja, weil es die Jagd ist, in der Wagnis und Abenteuer liegen.« Und allgemeine Zustimmung antwortete ihm.

Nun ließ Aravan sich auf ein Knie sinken. »Dies ist also unser Ziel: Ob wir in Gefahr, Not oder Überdruss segeln, unsere Aufgabe besteht darin, Alamars Freund zu finden und wenn nötig, zu retten.«

Matrosen und Krieger sahen einander an und zuckten die Achseln. Schließlich rief einer – es war Lobbie: »Hoy, Herr Käpt'n, warum werden wir gefragt? Ich meine, was ist so Besonderes an dieser Mission, außer – nichts für ungut, Meister Magier –, dass es sich um den Freund eines Magiers dreht? Tun wir's einfach.« Seine Worte wurden sowohl von Menschen als auch Zwergen mit einhelliger Zustimmung begrüßt.

Aravan richtete sich wieder auf und hob eine Hand. »Etwas ist tatsächlich außergewöhnlich an dieser Fahrt. Ich will, dass Ihr alle einen Eid der Geheimhaltung schwört: mir und noch jemand anders.«

Einen Eid? Der Geheimhaltung? Que? Jemand anders? Was soll das alles?, murmelten, zischten und flüsterten Stimmen rings um die Kabine des Bootsmanns.

»Mit dem Eid, den ich von Euch verlange, schwört Ihr, ganz gleich was Ihr seht, hört oder tut, niemandem etwas davon zu erzählen, was sich auf dieser Reise zutragen mag. Ihr müsst Eure Zunge im Zaum halten, und zwar trotz Trunkenheit und trotz des Verlangens, Euch in den Augen von Geliebten, Freunden, Familienangehörigen und sonstigen hervorzutun. Unter allen Umständen.«

»Auch im Angesicht des Todes, Herr Käpt'n?«

»Auch dann, Artus.«

»Und im Angesicht der Folter?«, rief jemand anders.

Bevor Aravan diese letzte Frage beantworten konnte, rief Boder: »Herr Käpt'n, was ist, wenn jemand den Eid nicht schwören will? Was dann?«

Ein Murmeln durchlief die Reihen der Versammelten, das sofort verstummte, als Aravan antwortete. »Boder, für jene, die den Eid nicht leisten wollen, segeln wir nach Hovenkeep und setzen sie dort ab, mögen es viele sein oder auch nur einer. Und nach Beendigung unserer Fahrt, werden wir zurückkehren und alle an Bord nehmen, die wieder mit der *Eroean* segeln wollen, denn Ihr seid eine ausgezeichnete Mannschaft, und ich nehme Euch mit Freuden wieder zurück.«

»Pah!«, explodierte Bokar, indem er sich an Aravan wandte und dabei so laut redete, dass alle ihn hören konnten. »Es ist so, wie ich schon letzte Nacht gesagt habe: Dieser Eid unterscheidet sich nicht von dem, den wir geleistet haben, als wir vor langer Zeit zum ersten Mal an Bord der *Eroean* gegangen sind – den Eid nämlich, ihre Geheimnisse auf ewig für uns zu behalten. Und ich sage, dass wir Châkka einer wie der andere auch diesen neuen Eid leisten werden. Und weder Folter noch Trunkenheit noch Tod noch Fieber noch sonst etwas wird uns je unser Wissen um die Suche entlocken.«

Wie mit einer Stimme verkündeten die Zwerge: *Châkka aun!*

»Bokar hat Recht, Herr Käpt'n«, rief Trench, der Koch. »Das ist auch nichts anderes. Ich leiste Euren Eid! Ich leiste auch zwei Eide, frohgemut und feierlich! Wer macht mit?« Und der große Mann ließ sich auf die Knie sinken und legte die geballte Faust auf sein Herz.

Ein allgemeines Gebrüll begeisterter Zustimmung erhob sich nach Trenchs Worten, und alle Männer und Zwerge ließen sich auf die Knie sinken und legten die geballte Faust aufs Herz.

»Dann spreche ich jetzt den ersten Eid vor, den Eid, den Ihr mir leistet«, rief Aravan, der ebenfalls auf die Knie gesunken war und die Faust auf die Brust gelegt hatte. »Was sich auch zutragen mag ...«

Was sich auch zutragen mag ..., skandierte die Mannschaft.

»Ich schwöre bei allem, was mir heilig ist ...«

Ich schwöre bei allem, was mir heilig ist ...

»Bei meiner Ehre und meinem Leben ...«

Bei meiner Ehre und meinem Leben ...

»Und beim Hohen Adon ...«

Und beim Hohen Adon ...

»Dass niemals ein Wort über diese Mission über meine Lippen kommen wird ...«

Dass niemals ein Wort über diese Mission über meine Lippen kommen wird ...

»Was auch geschieht.«

Was auch geschieht.

Aravan erhob sich. »An Bord dieses Schiffes könnt Ihr Euch über alles frei unterhalten, und wenn Ihr allein seid mit anderen, die hier und heute diesen Eid geleistet haben, dürft Ihr es unter dem Siegel der Verschwiegenheit und mit der gebotenen Vorsicht auch woanders, aber sonst darf es niemandem jemals zu Ohren kommen.«

Aye!, riefen alle, erhoben sich dann, wandten sich dem Magier zu und warteten.

Der Alte sah einen Moment erstaunt aus, dann rief er: »O nein, nicht mir sollt Ihr den zweiten Eid der Geheimhaltung schwören. Nein, sondern jemand anders.«

Verblüfft sahen Menschen und Zwerge zuerst einander und dann Aravan an, während sich in ihren Reihen verwirrtes Gemurmel erhob.

Aravan lächelte ebenso wie Jatu, und der Elf nickte dem dunkelhäutigen Menschen zu. Jatu ging zur Kabinentür und öffnete sie. Und Aravan streckte die Hand aus, um jene darin willkommen zu heißen, und rief laut, sodass alle ihn hören konnten. »Matrosen und Krieger, ich stelle Euch diejenige vor, welche tatsächlich hinter dieser Aufgabe steckt: die Lady Jinnarin!«

Das Licht des frühen Morgens fiel auf das Deck des Elfenschiffs, Strahlen in einem diamanthellen Safrangelb. Und in diese goldene Aura schritt ein Fuchs, rot mit schwarzen Beinen. Und auf dem Rücken des Fuchses ritt eine winzige Frau in grauem Leder, einen Bogen auf der Schulter und Pfeile in einem Köcher an der Hüfte. Und durch die hellen Lichtstrahlen ritt sie, blass und blauäugig, mit mausbraunen, offenen Haaren, die ihr bis auf die Schultern fielen. Und nur das Schwappen des Wassers gegen den Schiffsrumpf war in diesem Augenblick zu hören, denn keiner der Anwesenden atmete.

Der Fuchs schritt über das Deck. Männer und Zwerge wichen vor ihr in ehrfürchtiger Scheu zur Seite, während Jatu ihr folgte. Als sie die Kabine des Bootsmanns erreichte, kniete Jatu nieder und streckte eine Hand aus, und sie schwang ein Bein über Rux' Rücken und stellte sich auf Jatus Handfläche. Er hob sie sacht auf das Dach und dann Rux hinterher, und sie sprang wieder auf den Fuchs.

Und die ganze Zeit gab niemand auch nur einen Laut von sich, denn sie waren starr vor Staunen. Doch in diesem Augenblick sprang Aravan vom Dach der Kabine, wandte sich ihr zu und rief laut: »Ein Hoch auf die Lady Jinnarin!«

Lautes Gebrüll erhob sich, als der Bann endlich von verzauberten Herzen und Seelen wich. *Hip-hip-hurra! Hoch lebe die Lady Jinnarin!* Rux stand bei diesem Lärm und Getöse so starr wie eine Statue und zuckte mit keinem Schwanzhaar.

Zwergen und Menschen drängten gleichermaßen vorwärts, um dieses Wunder zu bestaunen, und Jinnarin warf einen Blick auf Alamar, der ihr mit einer Geste bedeutete, ruhig zu bleiben.

Jinnarin holte tief Luft, hob das Kinn, stieg ab und marschierte zum Rand des Kabinendachs, sodass alle sie sehen konnten. Dann blieb sie am vorderen Rand stehen, genau über Aravan, und wartete, bis die Mannschaft sich ihr vollständig zugewandt hatte. Und als alle sich versammelt hatten, sagte sie mit klarer, deutlicher Stimme: »Nun seht Ihr, warum Ihr Geheimhaltung geschworen habt, denn ich gehöre zu den Verborgenen. Ich bin eine Fuchsreiterin.

Ich bin der Stoff, aus dem einige Eurer Legenden sind, der Stoff aus Euren Fabeln und Überlieferungen. Sollte meine Existenz allgemein bekannt werden, würde das schlimme Folgen für mein Volk haben. Wir werden aus gutem Grund die Verborgenen genannt, und Verborgene wollen wir auch bleiben.

Wir wollen Farrix finden, der mein Mann ist. Er ist verschwunden, doch ich glaube, dass sein Schicksal mit einem schwarzen Schiff, einem hellgrünen Meer und einem Kristallschloss verbunden ist. Und deshalb bin ich zu Euch gekommen, denn auf der ganzen Welt gib es keine bessere Mannschaft und kein besseres Schiff als das, auf dem Ihr Dienst tut. Eines weiß ich genau: Wohin das schwarze Schiff auch segelt und wo das hellgrüne Meer auch liegen und das Kristallschloss auch stehen mag, Ihr von der *Eroean* werdet es finden. Und welche Herausforderungen uns unterwegs auch begegnen mögen, diese Mannschaft wird allen gewachsen sein. Und sollten die Ereignisse es erforderlich machen, dass wir meinen Farrix retten müssen, seid Ihr mehr als geeignet, jeder Gefahr zu trotzen, denn Ihr seid die Allerbesten.

Euer hervorragender Kapitän Aravan hat Euch gebeten, einen doppelten Eid zu schwören: ihm und mir, denn ich bin eine Verborgene und brauche Eure verlässliche Zusicherung.«

Ohne ein Wort sanken alle Zwerge und Menschen auf beide Knie, Aravan ebenfalls, und alle ballten beide Fäuste über dem Herzen. Bei diesem Anblick traten Jinnarin Tränen in die Augen. Ihre Stimme verriet ihre Rührung, als sie sagte: »Aber wir wollen Farrix suchen, einen anderen Verborgenen, und deswegen möchte ich Euren Eid zusätzlich besiegeln und Euch bei seinem Namen schwören lassen, über alles Stillschweigen zu bewahren, was sich zuträgt« –

– Doch keiner der dort Knienden kannte Farrix oder hatte ihn auch nur zu Gesicht bekommen, während vor ihnen ein Wesen aus der Legende stand, eine staunenswerte Person, die sie sehen, hören und sogar anfassen konnten, also riefen sie stattdessen: *Für die Lady Jinnarin!* –

Und Alamar nickte und signalisierte der Pysk, dass dieser Eid noch besser sei.

So stand Jinnarin da, während ihr Name laut über das Wasser tönte.

... Doch schließlich hob sie die Hände, und als wieder Ruhe herrschte, bedeutete sie allen, sich zu erheben, und als die Mannschaft wieder auf den Beinen stand, rief sie: »Ich hoffe, wenn all das hier getan und die Aufgabe erfüllt ist und ihr tatsächlich einmal unabsichtlich meinen Namen zu einer Zeit oder an einem Ort rufen solltet, wo er nicht gehört werden darf, dass Ihr ihn dann einfach einem Schiff oder einer Jugendliebe« – sie drehte sich um und zeigte auf Rux – »oder auch einem kleinen« – ihre Stimme senkte sich zu einem lauten Flüstern, das alle hören konnten – »Hund zuschreiben werdet.«

Lautes Gelächter begrüßte ihre Worte, und wieder erklang der Sprechchor: *Für die Lady Jinnarin!*

»Segel am Horizont, Herr Käpt'n«, rief Frizian. »Zwei Strich neben dem Bug!«

»Dreht sie in den Wind, Rico«, befahl Aravan. »Jatu, holt die Lady Jinnarin herunter.«

Während Rico mit der Pfeife die Befehle an die Mannschaft weitergab und Männer in die Wanten kletterten, um die Segel in den Morgenwind zu drehen, streckte der Erste Offizier Jatu die Hände aus und hob den Fuchs vom Kabinendach, der dabei unerwartet ruhig blieb. Jatu griff noch einmal in die Höhe und setzte die Pysk aufs Deck. Jinnarin schwang sich auf den Fuchs, und sie jagten im Zickzack durch die Besatzungsmitglieder, während der schnelle Rux nach achtern zu den Kabinen zurücklief.

»Ausgezeichnet«, sagte der wartende Alamar, als sie in der Kapitänskajüte angelangt war.

»Ach, Alamar, ich hatte weiche Knie. All diese Menschen. Und Zwerge. Und ich habe vor ihnen gestanden, ganz offen, für alle sichtbar. Ich, eine Verborgene ... *Pah!* Schöne Verborgene, was?«

»Trotzdem habt Ihr Eure Sache sehr gut gemacht, Jinnarin.«

Jinnarin legte ihren Bogen ab und wandte sich dann an den Magier. »Tja, wahrscheinlich habt Ihr Recht, und ich habe meine Sache tatsächlich gut gemacht.«

»Werdet nur nicht eingebildet, Pysk!«, grummelte Alamar.

Jinnarin fiel die Kinnlade herunter, und dann ...

Die Tür der Kajüte öffnete sich, und Aravan trat ein, dem Tink folgte. Die beiden gingen durch den kurzen Korridor in die Messe. Der elfische Kapitän lächelte. »Das Schiff ist ein arbalinischer Kauffahrer und bleibt hinter uns zurück jetzt, wo wir wieder im Wind liegen.«

»Gibt nichts auf den Meeren der Welt, was das Mädchen des Käpt'ns einholen könnte«, fügte Tink voller Stolz hinzu.

Alamar räusperte sich. »Wo wir gerade von den Meeren der Welt reden, wohin fahren wir, Aravan? Habt Ihr Euch bereits entschieden?«

Aravan wandte sich an die Pysk. »Jinnarin, ich möchte Euch etwas fragen. Haben noch andere Verborgene in Darda Glain diese ... diese Nordlichtwolken gesehen?«

Jinnarin schüttelte den Kopf. »Nein, Aravan. Farrix hat die schärfsten Augen von uns allen.«

Aravan spitzte die Lippen. »Das ist nicht die Antwort, auf die ich gehofft habe.« Er überlegte kurz und fragte dann: »Habt Ihr eine besondere Sicht?«

Jinnarin zuckte die Achseln. »Vielleicht würdet Ihr es so nennen, obwohl sie mir nicht besonders vorkommt.«

»Inwiefern?«

»Nun, Aravan, wir sehen recht gut, auch wenn es nur einen Funken Licht gibt.«

Tink nickte, als hätte er das schon immer gewusst. »Feensicht«, murmelte er.

Alamar schnaubte. »Besser als Elfenaugen, Aravan, denn selbst einzelne Sterne scheinen Pyskaugen zu reichen, während Ihr Elfen mehr Licht braucht – klares Sternenlicht oder Mondlicht. Aye, die Sicht der Fuchsreiter ist fast so gut wie die Magiersicht ... und manchmal sogar besser.«

Aravan wandte sich an den Alten. »Magiersicht?«

Alamar drehte eine Handfläche nach oben. »Wir benötigen überhaupt kein Licht, um etwas zu sehen. Natürlich bedarf dies eines Zaubers. Außerdem können wir in völliger Dunkelheit damit nicht sehr weit sehen.«

»Besondere Sicht hin oder her«, sagte Jinnarin, »was hat das damit zu tun, wohin wir fahren? Und wohin fahren wir denn nun, Aravan? Habt Ihr das bereits entschieden?«

Aravan legte die Hände auf den Tisch. »Aye«, antwortete er. »Wir verlassen das Avagonmeer und segeln westnordwest über den Westonischen Ozean bis zu den Küstengewässern des Westkontinents, denn dort will ich landen und Tarquin suchen.«

Jinnarins Augen weiteten sich. »Tarquin? Warum Tarquin?«

»Weil ich glaube, Jinnarin, dass wir an den Ort zurückkehren sollten, wo Farrix zuletzt war. Aber das will ich erst tun, wenn wieder das Nordlicht zu sehen ist und vielleicht Wolken in der Nähe Rwns ins Meer fallen. Aber wenn das der Fall sein sollte, müssen wir bis zum Winter warten. In der Zwischenzeit will ich Tarquin besuchen, um mit ihm zu reden und herauszufinden, ob andere Pyskaugen an anderen Orten gesehen haben, wie Licht vom Himmel fiel. Wenn nicht, jagt Farrix vielleicht einer Illusion hinterher. Aber wenn andere diese Wolken ebenfalls gesehen haben, ist Farrix vielleicht einer seltsamen Erscheinung im gesamten Gebiet des Westonischen Ozeans auf der Spur. Aber der Westonische Ozean ist groß, und ich würde die Suche gern eingrenzen. Wenn andere Fuchsreiter die Wolken gesehen haben, können sie uns vielleicht dabei helfen, das Gebiet einzugrenzen, wo Farrix sein könnte. Tarquin könnte der Richtige dafür sein.

Außerdem besteht die Möglichkeit, dass Tarquin etwas über ein schwarzes Schiff, ein Kristallschloss oder ein hellgrünes Meer weiß.«

9. Kapitel

DIE MEERENGE VON KISTAN

Spätsommer-Frühherbst, 1E9574
[Die Gegenwart]

Nachdem sie alle Segel gesetzt hatte, entfernte sich die *Eroean* rasch von dem Kauffahrer, und der Rückenwind trug das behände Elfenschiff förmlich über das Avagonmeer. Das Schiff fuhr in südwestliche Richtung, parallel zur, doch weit vor der zerklüfteten Küste Hovens. Kapitän und Mannschaft waren zur Meerenge von Kistan unterwegs, wo zahlreiche Piraten ihr Unwesen trieben. Ihre Schiffe mit den kastanienfarbenen Segeln durchstreiften die Meerengen nördlich und südlich jenes wilden Landes, denn die große Insel sperrte die Verbindung zwischen Avagonmeer und Westonischem Ozean. Auf der anderen Seite des Kanals im Norden Kistans lagen die Reiche Vancha und Tugal, während sich auf der Südseite des südlichen Kanals die Weiten Hyrees erstreckten. Zu diesen gefährlichen Gewässern war das Elfenschiff unterwegs, das auf die nördliche Meerenge zuhielt, ein Weg, der gefährlicher, aber auch direkter war.

Doch im Augenblick waren sie noch sechs oder sieben Tage davon entfernt, und Bokar und seine Zwergenkrieger nutzten die Zeit, um das Schiff auf einen Kampf vorzubereiten, falls es denn einen geben würde. Die Ballisten wurden ausprobiert und Probeschüsse abgegeben, und sowohl

Speere als auch Feuerbälle rasten über die Wellen und fielen klatschend oder zischend ins Wasser. Die Deckbefestigungen der Ballisten wurden gesäubert und eingeölt, sodass sie in ihren Gelenken mühelos drehbar waren.

Außerdem wurde auch jeder Corvus überholt, indem man Gelenke schmierte, Klauen schärfte und die Reling-Klammern reinigte und ölte.

Die scheue Jinnarin betrachtete all das aus der Ferne, und Bokar sah sie nur aus dem Augenwinkel. Schließlich drehte sich der Waffenmeister zu ihr um und bedeutete ihr, zu ihm zu kommen und sich alles genau anzuschauen. Ein wenig zaghaft kam sie seiner Aufforderung nach, und Rux folgte ihr. Als sie ihn schließlich erreicht hatte, fragte er sie: »Wie wär's mit einer Besichtigung, Lady Jinnarin?«

Ihr Lächeln war Antwort genug.

»Gut!« Bokar nahm seinen geflügelten Helm, setzte ihn auf und schnallte ihn fest, als wolle er Jinnarin damit bedeuten, der Rundgang auf dem Schiff sei ein offizieller Akt.

Bokar und Jinnarin schlenderten über das Deck, und der Zwerg blieb ab und zu stehen, um irgendeine Feinheit im Zusammenhang mit der Bewaffnung und die Kampfstärke der *Eroean* zu erläutern.

»Es gibt zehn Ballisten an Bord: je zwei in Bug und Heck, immer eine backbord und eine steuerbord, deren Hauptzweck darin besteht, weite Bereiche vorne und hinten abzudecken. Die restlichen sechs sind gleichmäßig längsseits verteilt, drei auf jeder Seite. Jede Balliste kann Feuer, Fels oder Speer schleudern, es muss lediglich entschieden werden, was verschossen werden soll – ein Speer aus der Kerbe oder ein Stein oder Feuerball aus der Mulde.«

Jinnarin reckte den Hals und versuchte etwas zu erkennen. »Wie wird so eine Balliste gespannt, Bokar?«

»Mylady, wenn Ihr gestattet«, sagte der Zwerg, und bevor sie Ja oder Nein sagen konnte, saß Jinnarin bereits auf

Bokars Schulter. »Haltet Euch am Helmriemen fest«, sagte er. »Oder an meinen Haaren.«

Jinnarin hielt sich am metallenen Wangenschutz fest, dessen dunkler Stahl kühl war. Dann sah sie zu, wie Bokar ihr den Mechanismus der großen Armbrust erklärte. »Das ist die Kurbel, mit der sie gespannt wird, und das ist der Arm, der den Speer schleudert oder auf dem die Pfanne für Felsbrocken sitzt. Wenn der Arm diese Zähne in der Seitenführung erreicht, greifen sie den Arm und halten ihn beim Kurbeln mit fest, eine Vorsichtsmaßnahme für den Fall, dass man beim Spannen von der Kurbel abrutscht. Das ist der Abzug. Wenn sie gespannt und geladen und auf das Ziel ausgerichtet ist, feuert man sie mit einem Zug an diesem Seil ab. Sie wird von zwei oder drei Châkka bedient, und man könnte sie als riesige Armbrust von der Art bezeichnen, wie sie auch von Kriegern getragen wird. Natürlich dauert bei diesen das Spannen länger, obwohl sie auf größere Entfernung natürlich auch weitaus tödlicher sind.«

Jinnarin kicherte. »Ich musste nur gerade daran denken, dass mein Bogen neben diesem hier aussieht wie ein Zahnstocher neben einem Mammutbaum.«

Bokar grinste. »Lady, Jinnarin, Euer Bogen sieht ohnehin wie ein Zahnstocher aus.«

»Waffenmeister Bokar, ich würde sagen, das hängt von der Größe der Zähne ab, neh?«

Ein Gelächter tief aus dem Bauch und ein vogelartiges Trillern hallten über das Deck der *Eroean*.

In der Abenddämmerung drehte sich der Wind, und bis zum nächsten Morgen wehte er aus südwestlicher Richtung. Wolken ballten sich am Himmel, und der Wellengang wurde stärker. Um die Mittagszeit setzte heftiger Regen ein, kalt und windgepeitscht. Die Beisegel wurden eingeholt, doch alle anderen blieben gehisst, während die *Eroean* gegen den Wind kreuzte.

Unter Deck in der Kabine, die der Pysk und dem Magier zugewiesen worden waren, trat der Schiffszimmermann einen Schritt zurück und begutachtete sein Werk. »Das hätten wir, Lady Jinnarin, alles fertig, und auch gut gelungen, auch wenn Eigenlob sich nicht ziemt.« Der Mann redete zwar mit Jinnarin, aber seine schüchternen Augen schauten überallhin, nur nicht sie an.

»Der kleine Flügel unter Eurer Koje schwingt in beide Richtungen, und durch ihn könnt Ihr und Euer Fuchs jederzeit nach draußen in den Gang und wieder zurück. Diese kleinen Klammern hier könnt ihr drehen, um die Luke zu verriegeln, falls das Meer eindringen will, was schon mal vorkommt, wenn das Wasser bis draußen in den Gang fließt.

Und sobald ich dieses Holz hier befestigt habe« – Finch nagelte mit dünnen Messingnägeln drei ineinander verzahnte Bretter über den Öffnungen fest, die beim Entfernen der Laden unter der Koje entstanden waren. »So. Jetzt habt Ihr hier Eure eigenen abgeteilten Frauengemächer unter dieser Koje, wenn Ihr für Euch allein sein wollt, mit einer Tür nach draußen und einer Tür zur Kabine. Und wer anders als Ihr könnte sie benutzen?«

Finch erhob sich. »Was das Licht betrifft, würde ich meinen, dass eine Wachskerze reichen muss, und hier draußen und da drinnen habe ich diese Öffnungen zur Belüftung angebracht.

Arlo, der Segelmacher, fertigt gerade ein Bett für Euch ... aus weichen Decken. Und auch eines für Euren Fuchs.

Und was Eure persönlichen Bedürfnisse angeht« – Finch errötete heftig – »um Euch zu waschen und zu erleichtern, daran arbeiten gerade Carly und Rolly, unser Böttcher und der Schmied, und ich werde jetzt zu ihnen gehen und ihnen helfen.«

Jinnarin lächelte zu dem großen, bescheidenen Menschen empor. »Ach, ich danke Euch, Meister Finch. Rux und ich werden sehr viel Gefallen an dem finden, was Ihr für uns getan habt. Und« – die Pysk trat behände in die winzige Kammer unter der Koje und kam dann wieder zurück nach draußen – »mein Privatgemach ist einfach perfekt!«

Finch trat von einem Fuß auf den anderen und fasste sich an die Mütze, dann machte er kehrt und eilte aus der Kabine.

Noch vor Ende des Tages lieferten Segelmacher, Zimmermann, Böttcher und Blechschmied Jinnarin das Mobiliar für ihre »Kabine«, sämtlich neu und passend für ihre Statur angefertigt: Bettzeug für sie und Rux; einen winzigen Kerzenhalter aus Messing mit einem Anzünder und geraden, in Pech getauchten Spänen, sowie mehrere Kerzen; einen kleinen Waschtisch mit einem winzigen Metallbecken und einem sehr viel winzigeren Blechkrug für Wasser; eine Miniatur-Seekiste für ihre Kleidung; und ein kleiner Nachtstuhl samt winzigem Aborttopf.

Während die vier Menschen mit der Mütze in der Hand herumstanden und grinsten, machte Jinnarin *Oh* und *Ah* und sagte schließlich: »Du meine Güte, die Möbel sind schöner als die, welche ich daheim habe.«

Finch entfernte eines der Bretter aus ihrer Gemachwand. »Jetzt stellt alles so hin, wie Ihr wollt, Lady Jinnarin, dann befestige ich alles am Boden, damit es bei stärkerem Seegang nicht verrutschen kann.«

In den nächsten Nächten kamen oft Menschen und Zwerge auf einen Blick in den Gang in der Hoffnung, Kerzenlicht durch das winzige Fenster von Lady Jinnarins Kabine scheinen zu sehen. Dies traf ganz besonders für Finch, Carly, Arlo und Rolly zu – Zimmermann, Segelmacher, Böttcher und Blechschmied –, obwohl sie wussten, dass sie über Feensicht verfügte und die Kerzen gar nicht benötigte. Aber vielleicht zündete sie die Kerzen ja an, um der Mannschaft eine Freude zu machen. Und das tat sie tatsächlich, sodass weicher, goldener Schein zu erkennen war, und dann sahen sich die vier Menschen an und grinsten und nickten. Bei anderen Gelegenheiten war das winzige Portal dunkel, und dann seufzten sie leise. Aber wenn sie dann wieder gingen, staunten und wunderten sie sich doch immer wieder über *ihre* Pysk.

Rux gewöhnte sich schnell an *seine* neue Tür, Eingang und Ausgang für *seinen* Bau, wo seine Herrin zufällig ebenfalls lebte. Dennoch verbrachte er viel Zeit mit der Jagd unter Deck, obwohl er jeden Tag nicht mehr als ein oder zwei Nager erwischte, denn auf der *Eroean* gab es weit weniger Ratten und Mäuse als auf der *Schwalbenfisch*. Der Fuchs stromerte durch das ganze Schiff und wurde für die Mannschaft zu einem vertrauten Anblick. Rux stöberte überall herum – vom Kielschwein zum Laderaum zu den Mannschaftsquartieren, vom Unterdeck zu den Spinden, von der Ruderpinne im Heck bis zum Steuerrad im Ruderhaus, vom Bug bis zur Bilge. Die Tatsache, dass sein Jagdrevier schaukelte und schwankte, schien überhaupt keine Rolle zu spielen. Wichtig waren für Meister Reineke nur Ratten, Mäuse und seine Neugier.

Rux ließ sich allerdings nur von drei Besatzungsmitgliedern berühren: Jinnarin, Jatu und Aravan. Nicht einmal Alamar konnte das Vertrauen des Fuchses gewinnen – Alamar vielleicht am allerwenigsten, denn der Alte stritt sich manchmal immer noch mit Rux' Herrin, doch nun, da sie in Rux' Bau wohnte, hatten die Gelegenheiten des Magiers, sie anzuschnauzen, doch stark abgenommen. Und obwohl die Mannschaft den Fuchs oft zu sehen bekam und ihn mit Essenshäppchen anzulocken und zu streicheln versuchte, war das Tier dazu viel zu vorsichtig und insgesamt zu wild.

Jinnarin begleitete Rux auf einigen seiner Ausflüge – oder er sie –, denn sie erkundete ebenfalls die *Eroean*, um das

Schiff bis in die kleinsten Winkel und Nischen kennen zu lernen.

In der dunklen, verregneten Nacht der Herbst-Tagundnachtgleiche, kamen Jinnarin und Rux auf einem ihrer Streifzüge an Deck, wo sie Aravan im Regen eine komplizierte Schrittfolge tanzen sahen. Jinnarin blieb im Schutz eines Beiboots stehen und beobachtete den Elf bei seiner Kombination aus Schritten, Pausen und Drehungen. Dabei sang er leise vor sich hin.

»Das macht er viermal im Jahr.« Jatus leise Stimme erschreckte die Pysk, da der Mensch sich ihr unbemerkt genähert hatte.

»Was ...?« Jinnarins Stimme verlor sich, und der Rest ihrer Frage blieb unausgesprochen.

»Es ist so eine Elfensache«, erwiderte Jatu. »Er feiert die Tagundnachtgleiche.«

Jinnarin sah zu, wie Aravan dem uralten Ritual folgte und dabei den Regen anscheinend nicht zur Kenntnis nahm. »Viermal im Jahr, sagt Ihr, Jatu?«

»Aye, Lady. An den beiden Tagundnachtgleichen – Frühling und Herbst – und in der Nacht der Sommer- und Winter-Sonnenwende.«

»Ah, ich verstehe. Dann ist es etwas Ähnliches wie die Feiern in meinem Volk, Jatu. Wir feiern die Längste Nacht und den Längsten Tag im Jahr, was Aravans Sonnenwenden entspricht, aber die beiden anderen Feiern finden bei Frühlingsvollmond und Herbstvollmond statt, wenn das Licht der Lady am hellsten strahlt.«

»Das Licht der Lady?«

»Elwydd, Jatu. Sie ist die Lady.«

Jatu lächelte. »Ich verstehe. Und Ihr Licht ist der Mond, nehme ich an.«

»Wie Adon die Sonne ist«, antwortete Jinnarin.

Der Regen rann Jatus Ölzeug herunter und tropfte auf das nasse Deck. Unter dem Heck des Beiboots waren Jinnarin und Rux vor dem Regen geschützt, und der Fuchs wartete geduldig. Und immer noch beobachteten Mensch und Pysk Aravan.

»Wir haben Neumond«, sagte Jatu. »Wann ...?«

»Beim nächsten Vollmond«, warf Jinnarin ein, »da wird der Herbst von den Fuchsreitern begrüßt – in vierzehn Tagen.«

Jatu brummte bestätigend und sagte nach einem Moment des Schweigens: »Ich frage mich, ob es ein Volk auf dieser Welt gibt, das den Wechsel der Jahreszeiten *nicht* feiert?«

Und während Jinnarin und Jatu beide über diese Frage nachdachten und Rux stoisch abwartete, vollzog Aravan draußen auf Deck im strömenden Regen das uralte elfische Ritual Schritt für Schritt.

In der sechsten Nacht nach dem Ablegen aus Port Arbalin hörte es auf zu regnen, und am nächsten Morgen stand eine strahlende Sonne am Himmel, und der Wind wechselte die Richtung. Mit vollen Segeln lief die *Eroean* in die nördliche Meerenge von Kistan ein. Mit siebzehn Knoten schnitt ihr spitzer Bug durch die Wellen. Alle Ausgucke waren besetzt.

»Meerenge genau voraus; wir laufen mit dem Wind«, rief Aravan Boder zu, indem er ein klein wenig nach Steuerbord zeigte und so den Kurs festlegte.

»Aye, aye, Kapitän«, erwiderte der Steuermann, während er das Steuer ein wenig nach rechts drehte und das Elfenschiff sofort darauf reagierte.

»Lasst die Segel trimmen, Rico«, rief Aravan. »Wir wollen jeden Hauch von diesem Wind einfangen.«

»Aye, Kapitän«, erwiderte der Bootsmann und gab den Befehl mit seinen Pfeifsignalen an die Mannschaft weiter, die sich sofort daran machte, den Stand der Segel zum Wind leicht zu korrigieren.

Der Rumpf glitt pfeilschnell durch blaues Wasser.

»Achtzehn Knoten und etwas«, rief Frizian, der mit zwei Besatzungsmitgliedern im Heck stand. Die *Eroean* flog förmlich in die Meerenge und hinterließ dabei ein schäumendes weißes Kielwasser.

Zwei Stunden vergingen so, und plötzlich gellte ein Ruf aus dem Ausguck im Großmast: »Segel voraus, kastanienfarben! Segel voraus, bugwärts und backbord!«

»Segel voraus, kastanienfarben!«, rief der Ausguck im Bugmast. »Segel voraus, bugwärts und steuerbord.«

Aravan bedeutete Rico, ihm zu folgen, und ging zum Bug. Lange starrte er auf die Segel in der Farbe dunklen Blutes, zuerst nach backbord, dann nach steuerbord. »Sie fahren einen Abfangkurs«, sagte er schließlich. »Rico ...«

»Segel voraus, kastanienfarben!«, rief der Ausguck im Bugmast. »Segel voraus, genau bugwärts!«

»Rico, pfeift alle Mann an Deck, auch die Drimma.«

»Mehrere Segel voraus!«, rief der Ausguck im Bugmast jetzt. »Segel voraus, bugwärts, steuerbord! Bugwärts, backbord! Heda, Herr Käpt'n, da steht uns eine ganze Flotte im Weg.«

»Rico«, bellte Aravan. »Die Ausgucke nach unten. Die Piraten haben einen Spießrutenlauf für uns vorbereitet.«

Während Rico alle Mann an Deck pfiff, sowohl Matrosen als auch Krieger, und dann auch die Ausgucke nach unten beorderte, kamen wegen des Lärms und Geschreis auch Jinnarin und Alamar mit Rux an ihrer Seite an Deck. Das Schiff glich einem Tollhaus. Menschen liefen hierhin und dorthin, Zwerge mit prächtigen Helmen und Äxten und Armbrüsten in den Händen quollen aus dem Laderaum, eilten zu den Ballisten und öffneten Kisten mit Speeren und Truhen mit den Geschossen. »Bleibt zurück«, rief Frizian dem Magier und der Pysk zu, »und passt auf, dass Ihr nicht im Weg steht. Eigentlich wäre es besser, wenn Ihr nach unten in Euer Quartier ginget. Zu Eurer eigenen Sicherheit.«

»Pah!«, schnaubte Alamar. »Hier stehe ich, und hier bleibe ich, ob es Euch passt oder nicht.«

Jinnarin stellte fest, dass sie rasendes Herzklopfen hatte, und sie machte kehrt und eilte wieder nach unten ... um Augenblicke später mit ihrem Bogen in der Hand und dem Köcher mit Pfeilen – tödlichen Pfeilen – um die Hüfte geschnallt wieder zurückzukehren.

Alamar warf einen Blick auf sie und lächelte anerkennend. »Ob es um Eber oder Piraten geht«, knurrte er, »die Pysk sind ein tapferes Volk.«

Vor ihnen auf dem Meer lavierten Lateinersegel steuerbord und backbord auf einem Abfangkurs, während die himmelblauen Segel des Elfenschiffs der kastanienfarbenen Leinwand entgegenflogen.

»Hegen«, befahl Aravan, der nun im Heck stand, »ins Ruderhaus. Sollte Boder getroffen werden, übernehmt Ihr das Ruder.

Frizian, Rico, bleibt hier bei mir. Jatu, Reydeau, geht mit Boder, doch zuerst hört gut zu:

Mit dem Wind im Rücken will ich auf Ausweichmanöver verzichten, um nicht an Geschwindigkeit zu verlieren. Vielmehr will ich geradewegs durchbrechen. Angesichts ihrer und unserer Geschwindigkeit werden die Piraten weiter außen nicht mehr als unser Heck zu sehen bekommen. Aber diejenigen am Wind direkt in unserem Bugbereich, aye, die sind eine Gefahr.

Bokar, Eure Drimma sollen Feuer auf jedes Schiff schleudern, das uns zu nah kommt. Postiert Eure besten Männer bei den Bugballisten.

Das ist mein Plan – der beste, den ich in der Kürze der Zeit ersinnen konnte. Gibt es andere Vorschläge? Hat jemand eine Frage?«

Niemand sagte etwas. »Dann vorwärts. Und lasst die Hèl auf diese Piraten los!«

Während die Mannschaft sich daran machte, Aravans Plan in die Tat umzusetzen, wandte die Pysk sich an den Magier. »Ich hatte eine Frage, Alamar, aber ich wollte mich nicht einmischen.«

Alamar sah sie an. »Und die wäre ...?«

Rico blies auf seiner Pfeife, und Matrosen nahmen winzige Veränderungen an der Segelstellung vor. Die *Eroean* glitt noch schneller durch die Wellen, und immer noch kamen die dunklen Segel vor und neben ihnen näher.

»Nun ja, Alamar, das scheint eine Falle der Piraten zu sein. Ist sie für alle Schiffe gestellt worden oder nur für dieses eine? Wenn sie extra für uns gedacht ist, woher wussten sie dann, dass wir kommen? Und warum bieten sie so viele Schiffe auf, um ein einziges Schiff zu kapern? Und schließlich, warum haben die Piraten diese kastanienfarbenen Segel? Ich meine, wenn sie darauf hoffen, arglose Schiffe zu überraschen und sich an ihre Beute anzuschleichen, müssten ihre Segel doch viel unauffälliger sein.«

Alamar schüttelte den Kopf. »Ich dachte, Ihr hättet nur eine Frage, Pysk, und jetzt stellt Ihr gleich derer vier.« Der Magier betrachtete den Feind, der sich ihnen näherte, da sich die Entfernung zwischen den Schiffen rasch verringerte. »Vielleicht kann ich sie alle beantworten, bevor es an der Zeit ist, zu kämpfen.

Was die Farbe der Segel betrifft, so soll sie Furcht und Entsetzen in den Herzen jener wecken, die geplündert werden sollen. Und jenen Kauffahrern und Kapitänen, die den Piraten Tribut zahlen, bedeuten diese Segel ›anhalten und abliefern‹.

Was die Falle angeht, so habt Ihr meiner Ansicht nach Recht, Pysk – es handelt sich um einen Hinterhalt, der speziell gelegt wurde, um dieses Schiff zu kapern, die *Eroean*, denn sie wäre eine gewaltige Prise. Sollte das Elfenschiff ein Freibeuter werden, wäre es die Geißel der Meere, also würden diese Piraten es gerne in Besitz nehmen.

Und woher sie wussten, das wir kommen, da kann ich mir viele Möglichkeiten vorstellen ... die wahrscheinlichste ist, dass ein Piratenschiff die *Eroean* auf der Fahrt nach Port Arbalin gesichtet hat. Und da allgemein bekannt ist, dass Aravan sich immer nur kurz in diesem Hafen aufhält ... nun, sie konnten sich ausrechnen, dass er innerhalb eines Mondes zurückkehren würde. Und wo könnte man diese Falle besser anlegen als mitten in dieser Meerenge, durch die er sehr wahrscheinlich fahren wird?«

Jinnarin sah zu, wie die Schiffe mit den dunklen Segeln näher kamen – schnittige, zweimastige Dhauen mit zwei Lateinersegeln. Auf den Decks waren dunkelhäutige Männer zu erkennen, die herumliefen, den Trimm der Segel änderten und Ballisten schussbereit machten.

»Alam ...« Jinnarin drehte sich zu dem Magier um, da sie ihn etwas fragen wollte, doch der war nicht mehr da. *Da ist er! Geht zum Bug! Was hat er nur vor ...?*

»Heda, Meister Alamar!«, rief Frizian.

»Lasst ihn«, befahl Aravan.

Ohne sich umzudrehen, ohne sich herabzulassen, den Anruf zur Kenntnis zu nehmen, setzte Alamar seinen Weg fort.

Thnn! Im Bug schoss eine Balliste auf ein sich näherndes Piratenschiff. Der Feuerball sauste in die Höhe, fiel dann nach unten und klatschte mit lautem Zischen zehn Schritt vor dem Piraten ins Meer.

Alamar erklomm das Vordeck.

»Tretet zurück, alter Mann, aus dem Weg«, rief ein zwergischer Geschützmeister, der eine Kugel in die Mulde legte. »Ihr kommt sonst noch zu Schaden.«

»Hört gut zu, Jungspund«, fauchte Alamar, »wenn hier irgendjemand zu Schaden kommt, dann ...«

»Feuer im Anflug!«, rief der Zwerg an der Winde.

Alamar schaute auf und sah einen Feuerball auf sie zufliegen. Der alte Magier riss einen Arm in die Höhe und rief

»Crepa!«, und der Feuerball explodierte. Brennende Fetzen und Funken regneten auf sie nieder, und sofort hoben zwei Zwerge die größten brennenden Bruchstücke mit flachen Schaufeln auf und warfen sie über Bord, während andere Sand auf die kleineren Fetzen schütteten.

»Na schön«, rief Alamar, indem er dem Piratenschiff mit der geballten Faust drohte. »Ihr wollt es ja nicht anders!«

Er wandte sich an die Balliste-Mannschaft. »Legt noch einen Feuerball auf. Wir zeigen ihnen, wie das geht.«

Die Zwerge sahen Bokar an.

»Tut, was er sagt«, knurrte der Waffenmeister.

Die Balliste wurde ausgerichtet und das Geschoss angezündet, und dann sauste der Feuerball los. Alamar beobachtete seine Flugbahn. *»Longius«*, flüsterte er, und die Kurve schien plötzlich flacher zu verlaufen und das Geschoss weiter zu tragen. Der Feuerball traf den Großmast des Piratenschiffs, und Segel und Takelage gingen in Flammen auf.

Hah!, rief die Ballisten-Mannschaft wie aus einer Kehle und verhöhnte den brennenden Gegner.

»Ich sagte doch, wir zeigen euch, wie es geht«, rief Alamar. »Ihr wollt uns kapern? Ha!«

»Herr Magier.«

Alamar spürte ein Zupfen an seinem Ärmel und drehte sich um. Ein bewaffneter Zwerg stand an seinem Ellbogen.

»Herr Magier«, sagte der Zwerg respektvoll und zeigte dann in eine Richtung. »Wir haben zwei auf der Backbordseite.«

Alamar schaute hin. Zwei Piraten mit ihren kastanienfarbenen Segeln näherten sich.

»Wie schnell könnt Ihr laden?«, wollte der Magier von dem Zwerg wissen.

»Binnen zehn Herzschlägen.«

»Gut! Dann erwischen wir sie beide.«

»Aber, Herr Magier, das eine ist kaum in Reichweite und das andere noch weiter weg.«

»Seid nicht albern, Zwerg. Vertraut mir, wir erwischen sie beide. Jetzt schießt auf das erste Schiff.«

Bokar knurrte zustimmend, und die Mannschaft zielte und schoss.

Der Feuerball flog in die Höhe und über das Wasser. Alamar beobachtete den Flug. Er flüsterte gar nichts, während das Geschoss niedersauste, das Achterdeck des Gegners traf und die Ruderpinne in Brand setzte, sodass das Schiff rasch zurückfiel. »Gut geschossen«, sagte er verdrossen, als sei er beinah enttäuscht. Man darf jedoch bezweifeln, dass die jubelnde Balliste-Mannschaft seine Worte und die Verärgerung in seinem Tonfall mitbekam.

Zehn Herzschläge später machte es *Thnn!* – und der nächste Feuerball war unterwegs. *»Longius«*, flüsterte Alamar und dann: *»Ad laevam.«*

Das Geschoss flog weit über das Wasser und beschrieb dabei einen Bogen nach links, um schließlich das achterne Segel des Piratenschiffs zu treffen, das sofort in Flammen aufging. Wieder ertönte gewaltiger Jubel auf dem Deck des Elfenschiffs, während an Bord des Piratenschiffs Chaos ausbrach.

Weiter entfernte Piratenschiffe an backbord und steuerbord hatten mittlerweile beigedreht und versuchten, das Schiff zu überholen, fielen stattdessen jedoch rasch zurück. Dennoch feuerten sie ihre Waffen ab, doch die Entfernung war zu groß, obwohl ein oder zwei Geschosse sie nur knapp verfehlten.

Alamar schaute lediglich zu, schätzte Flugbahnen ab und schwieg ansonsten.

»Voraus, steuerbord«, rief ein Zwerg.

Alamar drehte sich um. »Fertigmachen zum Schuss«, sagte er.

Doch bevor die *Eroean* einen Schuss abgab, tat es der Pirat, und wieder flog der Feuerball genau auf das Schiff zu. *»Crepa!«*, rief der Magier wie beim ersten Mal, und wieder explodierte der Feuerball in der Luft, und brennende Bruchstücke fielen ins Wasser und erloschen zischend.

»Fertig, Herr Magier«, sagte der Geschützmeister der Balliste-Mannschaft an steuerbord, während der Zwerg die Waffe ausrichtete.

»Wann es Euch beliebt«, murmelte Alamar.

Der Feuerball flog steil in die Höhe bis zum Scheitelpunkt seiner Flugbahn, um dann herabzufallen. *»Brevius«,* flüsterte der Magier, und die Flugbahn verlief steiler abwärts und traf die feindliche Balliste-Mannschaft, um in einer feurigen Lohe zu explodieren.

Entsetzensschreie ertönten in der Ferne. Brennende Menschen sprangen über Bord, während andere panisch und kopflos umher liefen.

Der Jubel auf der *Eroean* fiel gedämpfter aus.

»Direkt vor uns«, rief Bokar.

Alamar richtete den Blick auf den Piraten. »Ballisten bereit machen.« Er klang erschöpft.

Doch die Matrosen auf dem Vordeck des Elfenschiffs brachen in Jubel und Gejohle aus und riefen: »Sie zieht den Schwanz ein! Sie gibt Fersengeld! Sie flieht!« Denn in der Ferne wurden die Segel der Dhau geschwenkt, und das Schiff drehte bei und floh mit dem Wind.

Und während die Dhau davonsegelte, glitt die *Eroean* wie ein Pfeil weiter durch die Fluten und durchbrach die Blockade der kistanischen Piraten, da ihre hellblauen Segel den Wind einfingen und festhielten. Während das Elfenschiff dem fernen Horizont entgegenstrebte, blieb den Freibeutern nur sein brodelndes Kielwasser.

Die vorderen Balliste-Mannschaften versammelten sich um Alamar und feierten ihn mit Sprechchören, und sie hätten ihn auch auf die Schultern gehoben, doch der blasse, zitternde Magier hinderte sie daran. Und die Zwerge verstummten jäh, als sei eine Flamme mit einem Eimer Wasser gelöscht worden. »Helft mir zurück in meine Kabine«, sagte er heiser. Zwerge sprangen vor, um ihm zu helfen, und ergriffen seine Arme, als plötzlich seine Knie nachgaben. Alamar brach zusammen. Die Zwerge ließen ihn behutsam zu Boden gleiten.

»Fager!«, rief Bokar. »Fager, zu mir, zu mir!«

Der Schiffsarzt kam auf das Vordeck gelaufen und beugte sich über den Magier. »Er ist ohnmächtig«, sagte Fager kurz darauf. »Hebt ihn auf und bringt ihn in seine Kabine.«

Rux kam die Stufen herauf und trug Jinnarin auf dem Rücken. Die Pysk sprang von dem Fuchs, lief zu Alamar und fragte dann ängstlich: »Ist er verwundet? Blutet er? Erholt er sich wieder?«

Fager richtete sich auf und kratzte sich am Kopf. »Keine Wunde und auch kein Blut, Lady Jinnarin. Und ob er sich wieder erholt ... wäre er ein Mensch, würde ich bejahen. Aber er ist ein Zauberer, also weiß ich es nicht.«

Menschen mit einer Trage kamen und legten den Magier behutsam auf die Leinwand. Zwei stämmige Zwerge legten Hand an und hoben die Trage in die Höhe.

In diesem Augenblick schlug Alamar die Augen auf. »Branntwein«, krächzte er.

»Was ist passiert, Alamar?«

Magier und Pysk befanden sich mit Fager, Bokar und Aravan in der Messe.

»Noch einen, bitte«, verlangte Alamar, indem er das Glas ausstreckte. Aravan sah Fager an und füllte auf dessen Nicken das Glas des Alten noch einmal.

Jinnarin wiederholte ihre Frage: »Was ist passiert, Alamar?«

Alamar trank und seufzte zufrieden – *»Ahhh«*, dann lehnte er sich zurück. Er sah Jinnarin an, die vor ihm auf dem Tisch kniete. »Zu viel zu schnell«, sagte er.

»Zu viel Branntwein?« Jinnarin warf einen Blick auf sein Glas.

Alamar zog das Glas schützend näher zu sich heran. »Nein, nein. Zu viel ... Zauberei.«

»Ach so.«

Aravan setzte sich dem Magier gegenüber. »Wie auch immer. Alamar, Ihr habt viel dazu beigetragen, dieses Schiff und seine Mannschaft zu beschützen und die Blockade zu durchbrechen.«

»Aye, Kriegermagier!«, rief Bokar und schlug mit der Faust auf den Tisch. »Ich werde an Eurer Seite Krieg gegen Eure Feinde führen, wann immer Ihr mich ruft, Freund.«

Alamar machte einen schockierten Eindruck. »Nein, nein«, protestierte er. »Magiern ist es verboten zu kämpfen, außer zur Selbstverteidigung und zum Schutz anderer.«

Bokars Miene verfinsterte sich. »Verboten? Wer würde so ein Verbot aufstellen?«

Alamar trank einen Schluck. Dann sagte er: »Na, wir tun es. Die Magier, meine ich. Denn wenn wir Krieg führen dürften, würde das« – er warf Jinnarin einen bedeutungsschweren Blick zu – »böse enden. Unsere Kräfte müssen weise eingesetzt werden – und nicht, um uns persönliche Vorteile zu verschaffen.«

Bokar zupfte an seinem Bart. »Sagt mir, Alamar, wenn das nicht zu Eurem Vorteil war, wie würdet Ihr das nennen, was Ihr gerade mit den Kistanern gemacht habt?«

Alamar reckte das Kinn vor. »Das Schiff beschützen, Zwerg. So nenne ich es!« Er setzte das Glas an die Lippen, stürzte den Rest Branntwein hinunter und knallte das Gefäß auf den Tisch.

Aravan lehnte sich zurück und lächelte. Seine schrägen Elfenaugen funkelten, während er diese beiden temperamentvollen Verbündeten dabei beobachtete, wie sie aufeinander losgingen.

Bokar knirschte mit den Zähnen. »Ihr beschützt das Schiff, indem Ihr unsere Feuerbälle lenkt?«

»Auf lange Sicht schon«, konterte Alamar.

Fager hob die Hände. »Hört, hört, werte Her... werte Anwesende. Kein Grund, untereinander zu streiten. Außerdem braucht Alamar Ruhe und keinen Streit.«

Nach einem letzten Funkeln verließ Bokar die Messe und kehrte vor sich hinmurmelnd an Deck zurück.

»Ich schlage vor, Ihr legt Euch hin und ruht Euch aus, Meister Alamar«, sagte Fager. »Macht es Euch gemütlich. Erholt Euch von der Schufterei.«

Aravan erhob sich und stellte die Branntweinkaraffe zurück in den Schrank, während Alamar ihn mit einiger Enttäuschung beobachtete.

»Also los, Alamar«, sagte Jinnarin, die sich umdrehte und vom Tisch auf den Stuhl und von dort auf den Boden sprang. »Hört auf den Schiffsarzt.«

Der Magier schlurfte mit Jinnarin neben sich den kurzen Gang zu ihrer Kabine entlang. Dort angekommen, ging die Pysk in ihr Gemach unter der Koje und verstaute dort ihren Bogen und den Köcher mit Pfeilen. Als sie wieder herauskam, lag Alamar bereits in seiner eigenen Koje und ächzte müde.

»Ist alles in Ordnung mit Euch?«

Alamar drehte sich auf die Seite und sah sie an. »Ich habe mich nur erinnert, Pysk. Nur erinnert.«

»Woran erinnert?«

»Na, als ich noch nicht alt und gebrechlich war, wie ich es jetzt bin, hätte ich diese Feuerbälle auf sie zurückschleudern können. Besser noch, ich hätte sie in der Luft kreisen lassen können, wie ein Jongleur mit bunten Bällen spielt, und dabei noch lustige Weisen singen.«

Jinnarin lachte, als sie sich das bildlich vorstellte. Plötzlich wurde sie ernst. »Wie macht Ihr es, Alamar?«

Alamar gähnte. »Was denn?«

»Wie, äh, wirkt Ihr Eure Zauber?«

Alamar blinzelte Jinnarin träge an. »Mehr Geheimnisse, was Pysk?«

Jinnarin seufzte. »Tja, wenn es ein Geheimnis ist ...«

Alamar spitzte die Lippen. »Hört her, Pysk, alles ist ... ist von einem astralen Feuer erfüllt – Tier, Mineral, Pflanze, lebendig oder tot. Dieses astrale Feuer gibt es in fünf reinen Formen – Feuer, Wasser, Erde, Luft, Äther –, aber es kann auch eine Mischung von diesen sein. Mein Volk kann dieses astrale Feuer sehen, und zwar mit einer Fähigkeit, die über das Vermögen der Augen hinausgeht. Und mit viel Übung können wir die Flamme dazu bringen, so oder so zu fließen, sie verändern, bestimmen, was sie bewirkt, und damit können wir wiederum das beherrschen, was dieses Feuer beherbergt, was immer dies auch sein mag – alle lebenden Dinge, alle toten und alle, die nie lebendig waren ...«

»Auch Leute?«, warf Jinnarin ein.

Alamar murmelte. »Auch Leute.«

Jinnarin hockte sich mit untergeschlagenen Beinen auf den Boden und stützte das Kinn auf eine Faust. Lange blieb sie so sitzen, in tiefes Nachdenken versunken. Schließlich kam ihr eine Frage in den Sinn, und sie schaute zu Alamar hoch. Doch sie stellte sie nicht, denn der Magier schlief tief und fest.

Zwei weitere Tage segelte die *Eroean* durch die lange Straße von Kistan, doch sie traf auf keine weiteren Piraten. Das Wasser blieb frei von kastanienfarbenen Segeln. Schließlich verließ das Elfenschiff die Meerenge, obwohl es sich noch immer im Avagonmeer befand, denn der Westonische Ozean war noch einige hundert Meilen entfernt.

Noch einen Tag segelte das Elfenschiff direkt nach Westen, in die weite Kluft zwischen Tugal im Norden und Hyree im Süden. Der Wind blies immer noch stetig von hinten, wenn auch leichter.

Und gegen Mittag des folgenden Tages, die strahlende Sonne hoch über ihnen im Zenith, als die *Eroean* gerade die Grenze zwischen den beiden Meeren erreichte, tönte es plötzlich »Schiffbrüchiger!« vom vorderen Ausguck. »Schiffbrüchiger voraus, steuerbord!«

Alamar und Jinnarin, die auf dem Vordeck standen, schirmten die Augen ab und starrten in die Ferne. Die Pysk stand auf dem Vordersteven, um etwas sehen zu können. In der Ferne schaukelte eine kleine Jolle mit einem einzelnen Mast, an dem jedoch kein Segel gehisst war, sondern nur ein Stück Stoff, das auf Halbmast flatterte, ein Notzeichen. Eine Gestalt stand in dem Boot, eine Hand an den Mast gestützt.

Aravan kam ebenfalls auf das Vordeck und schaute ausgiebig hin, während sich die *Eroean* dem kleinen Boot näherte. »Reydeau, pfeift der Mannschaft, sie soll uns aus dem Wind nehmen. Bringt uns neben das Boot. Wir nehmen den Schiffbrüchigen an Bord.«

Bokar stand ebenfalls auf dem Vordeck. »Seid auf der Hut, Kapitän, es könnte wieder eine Falle der Piraten sein.«

»Reydeau, sind kastanienfarbene Segel zu sehen?«

Der Bootsmann pfiff ein Signal, und aus dem vorderen Ausguck kam die Antwort: »Keine Schiffe außer dem Schiffbrüchigen zu sehen, Herr Käpt'n. Weder an steuerbord noch an backbord noch an achtern und auch nicht voraus.«

Aravan nickte. »Nehmt uns aus dem Wind, Bootsmann.«

»Aye, Herr Käpt'n.«

Während der Bootsmann die entsprechenden Signale pfiff, wandte Alamar sich an Aravan. »Ihr könntet ihm ein Segel geben, Aravan, und genug Proviant, um das Festland zu erreichen. Denn wenn Ihr diesen Schiffbrüchigen an Bord nehmt, könnte er Jinnarin sehen, und er hat keinen Eid der Geheimhaltung geleistet.«

Aravan nickte und wandte sich an die Pysk. »Lady Jinnarin, ich schlage vor, dass Ihr und Euer Fuchs ein Versteck aufsucht – unter Deck.«

»Aber ich will mir das ansehen, Aravan.«

»Sofort, Pysk ...«, sagte Alamar bestimmt.

»Hört her, Rux und ich verstecken uns unter einem der Beiboote.«

»Pysk ...«

Jinnarin stampfte mit dem Fuß auf. »Nein, Alamar. Ihr könnt gerne nach unten gehen, wenn Ihr uns hier nicht sehen wollt, aber Rux und ich bleiben oben. Wir verstecken uns, aber wir bleiben oben.«

Alamar sah Aravan an und zuckte die Achseln, als wolle er sagen, *Ich habe mein Möglichstes getan.*

Der Insasse des Boots kletterte die Strickleiter empor und schwang sich über die Reling.

Im Schatten unter einem der Beiboote hielt Jinnarin den Atem an, denn es handelte sich um eine Frau, gertenschlank und in braunes Leder gehüllt. Ihre hellbraunen Haare waren schulterlang und schienen im hellen Sonnenlicht mit rotbraunen Funken durchwirkt zu sein. Ihre Hautfarbe war hell und weiß, bis auf ein paar Sommersprossen hoch oben auf den Wangen, und die Augen waren grün und golden gesprenkelt. Und sie war groß: Ihr Kopf reichte Aravan bis zu dessen verblüfft dreinschauenden Augen.

Was das Volk betraf, dem sie entstammte, so wurde ihre Herkunft rasch ersichtlich, denn kaum war sie an Bord, wandte sie sich dem Magier Alamar zu.

»Vater«, sagte sie mit sehr weicher Stimme.

»Aylis«, erwiderte er und umarmte sie.

10. Kapitel

DIE SEHERIN

Frühherbst, 1E9574
[Die Gegenwart]

Während Aylis die Umarmung ihres Vaters erwiderte, weiteten sich ihre Augen voller Staunen, denn über die Schulter des alten Mannes sah sie eine winzige, zwölf Fingerbreit große Frau auf sich zukommen, an deren Seite ein Fuchs schritt.

»Eine Pysk!«, rief sie erstaunt und löste sich von ihrem Vater, um ihn voller Verwunderung anzusehen. »Vater, ich wusste wohl, dass du in seltsamer Gesellschaft unterwegs bist, aber eine Pysk?«

Alamar drehte sich um. »Tochter, das ist Jinnarin, die Gemahlin von Farrix, der mich vor dem Eber gerettet hat.«

Aylis kniete nieder und streckte mit einem strahlenden Lächeln die Hand aus. »Jinnarin.«

Die Pysk berührte federleicht Aylis' Handfläche. »Ich habe schon von Euch gehört, Aylis.«

Aylis warf ihrem Vater einen Blick zu und wandte sich dann lächelnd wieder an die Pysk. »Es würde mich nicht wundern, wenn er Euch alle möglichen Geschichten über meinen Eigensinn erzählt hat.«

»O nein«, erwiderte Jinnarin vollkommen ernst. »Er hat Euch sehr gern, müsst Ihr wissen.«

Aylis nickte. »Ja, das weiß ich«, sagte sie leise.

»Ahem«, räusperte Alamar sich sehr laut. »Tochter ...«

Aylis grinste und erhob sich. »Ja, Vater.«

»Ich möchte dir Kapitän Aravan vorstellen.«

Aylis drehte sich zu Aravan um, ihre grünen Augen schauten in seine blauen, und plötzlich stieg Farbe in ihre Wangen, und sie schien weder reden noch atmen zu können.

»Seid Ihr wohlauf, Lady?«, fragte Aravan, der vortrat und ihre Hand ergriff, um sie zu stützen. Als ihre Finger sich berührten, sprang ein Funke zwischen ihnen über, der sowohl Aravan als auch Aylis zusammenfahren ließ. Dennoch behielt er ihre Hand in seiner, und Aylis, die ihre Röte allmählich verlor, grinste ihn an und sagte: »Absolut, Kapitän. Es ist nur so, dass ich nicht mit ... Euch gerechnet habe.«

Aravan zog die Augenbrauen in die Höhe, und Aylis errötete erneut. »Ich meine ...«, begann sie und dann schienen ihr die Worte zu fehlen, und sie wandte verlegen den Blick ab, obwohl sie keinen Versuch unternahm, ihm ihre Hand zu entziehen.

Alamar sah plötzlich aus, als dämmere ihm etwas, und er fing an zu kichern, und schließlich lachte er lauthals und vergnügt.

Jinnarin sah den Alten verwirrt an. »Was ist denn los, Alamar? Was ist denn so lustig?«

Immer noch glucksend, hob er einen Finger an die Lippen und schaute zu Jinnarin herab. »Nichts, Pysk. Gar nichts. Oder vielleicht doch – ein silberner Spiegel ...«

Aylis ließ Aravans Hand fallen wie glühende Kohle, fuhr herum und sagte scharf: »Vater!«

Alamars Stimme senkte sich zu einem lauten Flüstern. »Wir reden später darüber, Pysk.«

In diesem Augenblick trat Jatu neben Aravan. »Kapitän, ich habe befohlen, das Boot der Lady an Bord zu holen. Die Männer legen gerade den Mast um. Wir können in Kürze weitersegeln.«

Aravan nickte. »Lady Aylis, das ist mein Erster Offizier Jatu.«

Aylis begrüßte Jatu mit einem Lächeln und erhielt ein breites Grinsen zur Antwort.

Während Jinnarin die unten arbeitenden Männer beobachtete, kam Tivir mit einem Seesack über die Reling geklettert und strahlte Aylis an. »Eure Sachen, Lady. Ich habe sie mitgebracht. Jawohl.«

Als sie nach dem Seesack griff, wich der Schiffsjunge einen Schritt zurück und sagte hastig: »Aber, Lady, das trage ich natürlich für Euch, das heißt, wenn es Euch recht ist.«

Aylis lächelte. »Ich danke Euch, Herr ...«

»Tivir, Lady. Ich heiße Tivir. Und ich bin kein Herr.«

Aylis lachte tief und kehlig. »Gut, dann also Tivir, ohne ein Herr davor.«

Tivir nickte, trat beiseite und bedachte Tink, den anderen Schiffsjungen, der ganz in der Nähe stand, mit einem siegesgewissen Lächeln.

Jatu zeigte auf die Reling. »Ist sonst noch etwas in dem Boot, das besonderer Fürsorge bedarf?«

Aylis schüttelte den Kopf. »Nein, Jatu. Ich hatte nur meinen Seesack bei mir und etwas Nahrung und Wasser.«

Aravan wandte sich an Tivir. »Mein Junge, bring Lady Aylis' Sachen nach achtern. Wir quartieren sie gegenüber dem Magier Alamar ein.«

»Aye, Herr Käpt'n.« Tivir rannte los.

Jatu schaute über die Reling auf das Boot, das gerade an Bord gehievt wurde. »Mylady, das Schiff, auf dem Ihr gefahren seid – es ist gesunken, nehme ich an.«

»Ich bin auf keinem größeren Schiff gefahren, Jatu.«

»Aber Euer Notsignal ...«

»Ich war nicht in Not. Ich wollte nur von euch an Bord genommen werden.«

Jatus Augen weiteten sich. »Aber wie seid Ihr hierher gekommen? Doch gewiss nicht mit dem winzigen Boot da unten.«

Aylis lächelte und nickte. »Ich bin gestern von Tugal in See gestochen und nach Süden gesegelt.«

Jatu schüttelte den Kopf. »Sehr töricht, Lady. Schlechtes Wetter allein hätte Euer Boot zum Kentern bringen können, ganz zu schweigen davon, was die Piraten getan hätten, wenn sie Euch zuerst entdeckt hätten.«

Alamar grunzte ungehalten. »Jatu, meine Tochter wäre nicht in diesem Boot gefahren, wenn die Gefahr schlechten Wetters oder einer Entdeckung durch die Piraten bestanden hätte.« Der Alte wandte sich an Aylis. »Was wolltest du denn nun eigentlich hier draußen auf dem Meer, außer wie ein schwimmender Korken auf den Wellen zu tanzen?«

»Ich habe auf dieses Schiff gewartet, Vater. Auf dich.«

»Ihr habt *gewartet?*«, platzte es aus Jinnarin heraus. »Auf dieses Schiff? Auf die *Eroean*? Auf Alamar? Aber woher wusstet Ihr ...«

»Herrje!«, fauchte Alamar. »Pysk, ich glaube, Ihr hört mir nie zu. Entweder das, oder Euer Gedächtnis ist ein Sieb. Habe ich Euch nicht erzählt, dass sie eine Seherin ist? Und Seher *wissen* Dinge.«

Jinnarin stampfte ärgerlich mit dem Fuß auf. »Im Gegensatz zu Euch, Alamar, habe *ich* nicht *mein* ganzes Leben unter Magiern verbracht. Woher sollte ich das also wissen?«

»Weil ich es Euch gesagt habe! Und ich erwarte, dass Ihr Euch merkt, was ich Euch sage.«

»Ach? Wahrscheinlich jeden noch so unbedeutenden Satz, den Ihr äußert, nehme ich an?«

Aylis trat zwischen die beiden und unterband damit den sich anbahnenden Streit, obwohl Alamar sie zu umgehen versuchte, um zu antworten, es aber nicht schaffte.

Aylis wandte sich Hilfe suchend an Aravan, als wolle sie an ihn appellieren, die beiden zur Räson zu bringen, doch sie nahm davon Abstand, als sie sah, dass der Elf sich – vergeblich – bemühte, ein Grinsen zu unterdrücken.

Aber dann riss sich der Kapitän zusammen und fragte mit halbwegs ernster Miene. »Mylady, warum habt Ihr denn auf mein Schiff gewartet? Es ist gewiss eine höchst ungewöhnliche Methode, Euren Vater zu besuchen, aye?«

Aylis holte tief Luft, während ihr Blick von Aravan zu Jinnarin und Jatu und über das Deck der *Eroean* wanderte, um schließlich auf Alamar zu verharren. »Vater, ich habe einen Zauber gewirkt. Ihr, dieses Schiff, die Mannschaft, jeder an Bord, alle schweben in einer furchtbaren Gefahr, obwohl ich nicht sagen kann, um was für eine Gefahr es sich handelt.«

»Abgeschirmt?« Alamars Augen weiteten sich. »Aber das würde bedeuten ...?«

Aylis, Aravan und Alamar saßen um den Kartentisch in der Messe, Jinnarin hockte mit untergeschlagenen Beinen auf dem Tisch, und Rux hatte sich darunter zusammengerollt. Bei Alamars Ausbruch schnaubte der Fuchs, erhob sich und trottete unter dem Tisch hervor zu seiner Tür im Gang, um in der Abgeschiedenheit und Ruhe des Baus zu verschwinden, wo er und Jinnarin schliefen.

»Ja, Vater, ich weiß«, erwiderte Aylis mit sanfter Stimme.

»*Ich* aber nicht«, sagte Jinnarin schnippisch. »Ich weiß ganz und gar nicht, was es bedeutet.«

»Es bedeutet, Pysk«, murmelte Alamar, »dass irgendwo irgendein Magier Aylis' Zauber blockiert und die Vorgänge vor ihr und ihrer Magie zu verbergen sucht.«

Jinnarin hob die Hände in einer Geste der Hilflosigkeit. »Warum sollte jemand ihre Zauber blockieren?«

Aylis beugte sich auf ihrem Stuhl vor. »Ich glaube nicht, dass nur meine Versuche blockiert werden, sondern vielmehr alle Magie abgewehrt wird.«

Jinnarin wandte sich an Aylis. »Trotzdem: Warum?«

Aylis zuckte die Achseln. »Es gibt alle möglichen Gründe, etwas vor Erkennungszaubern abzuschirmen, aber alle laufen darauf hinaus, dass eine oder mehrere Personen ihre Privatsphäre schützen wollen.«

»Liebende zum Beispiel?« Aravans saphirblaue Augen schauten in Aylis' smaragdgrüne, und sie nickte ein wenig fassungslos, da ihre Wangen sich wieder röteten.

Jinnarins Stimme störte Aylis' versunkenes Schweigen. »Abgesehen von Liebenden. Wer noch?«

Aylis zählte einige auf. »Kaufleute, Generäle, Geizhälse, Alchimisten, Köche« – sie drehte die Handflächen nach oben – »jeder, der ein Geheimnis wahren will. Ihr braucht nun aber nicht anzunehmen, dass ich und meinesgleichen unsere Zeit damit verbringen, in den Privatangelegenheiten anderer herumzuschnüffeln, nein, nein. Das wäre äußerst unmoralisch. Außerdem bedarf es erheblicher Macht, Einzelheiten durch Zeit oder Raum oder gar beides zu sehen, also muss es eine Notwendigkeit geben, um den Aufwand solcher Zauber zu rechtfertigen ... Es ist übrigens viel leichter, etwas zu verbergen als danach zu suchen.«

Alamar strich sich bedächtig über den Bart. »Und der Preis für das Durchbrechen dieser Abschirmung ...?«

»Vater, diese Abschirmung ist über alle Maßen stark. Ich würde meinen, dass ich sie gar nicht durchbrechen kann.«

»Woher wisst Ihr dann aber, Lady Aylis«, fragte Aravan, »dass Gefahr droht?«

Aylis entnahm einem Beutel an ihrer Hüfte ein kleines Holzkästchen. »Weil ich mehrere einfache Bilder gelegt habe.« Das Kästchen bestand aus Sandelholz und war mit einer kleinen goldenen Schließe gesichert. Aylis öffnete sie und hob den Deckel. Im Inneren des Kästchens befand sich ein schwarzes Seidentuch, das um einen Satz Karten gewickelt war.

»Ihr benutzt Karten?«, entfuhr es Jinnarin.

»Manchmal, meine Kleine«, antwortete Aylis, »aber vor allem, wenn ich anderen zeigen will, was ich gesehen habe.« Sie nahm das Spiel und mischte die Karten, und beim letzten

Mischvorgang murmelte sie: *»Simplicia, propinqua futura: Aylis.«* Sie legte das Spiel vor sich auf den Tisch, fächerte die Karten auseinander, wählte willkürlich eine Karte aus und drehte sie um. Sie zeigte einen Turm, der vom Blitz getroffen wurde und förmlich auseinander flog, während eine Person von der mit Zinnen bewehrten Spitze stürzte. Aylis sah die anderen an.

»Was bedeutet das?«, fragte Jinnarin.

Alamar antwortete. »Eine Katastrophe.«

Aravan streckte die Hand zur Karte aus, nahm sie und sagte dabei: »Eine Karte macht noch keine Zukunft.«

Aylis legte die Karten zusammen und gab sie Aravan. »Kapitän Aravan, mischt Ihr und wählt eine Karte.«

Aravan musterte sie mit einer hochgezogener Augenbraue und schob die einzelne Karte zurück in den Stapel. Dann mischte er, während Aylis murmelte: *»Simplicia, propinqua futura: Aravan.«* Schließlich fächerte Aravan die Karten auf und zog eine ...

Jinnarin rief überrascht. »Der Turm!«

Aravan nahm langsam eine der Endkarten und hob damit den ausgebreiteten Kartenfächer so an, dass alle Karten umgedreht wurden und ihre Bildseite zu sehen war. Eine Vielzahl von Illustrationen kam zum Vorschein – Leute, Orte und Tiere, Sonne, Mond und Sterne ... und noch viel mehr. Jede Karte war anders, manche Bilder gewöhnlich, andere arkaner Natur.

Aylis sah Aravan an, und ihre grünen Augen funkelten. »Dachtet Ihr, es wären alles Türme?«

Aravan lächelte sie an. »Mylady, würdet Ihr selbst nicht auch zunächst alle betrachten, bevor Ihr Euch überlegt, welches Rätsel sich dahinter verbergen könnte?«

Aylis erwiderte sein Lächeln. »Vielleicht sollte man manche Dinge einfach so nehmen, wie sie sind, Kapitän.«

»Vielleicht«, erwiderte Aravan, während sein Grinsen breiter wurde, und sich sein Blick in ihren Augen verlor.

Alamar wandte sich an Jinnarin. »Solange diese beiden einander mit den Augen verschlingen, Pysk, wollt Ihr es nicht einmal versuchen?«

Jinnarin atmete scharf ein. »O nein, Alamar. Ich bin viel zu klein, um diese Karten zu mischen.«

Der Magier nahm das Spiel und fing an zu mischen. »Dann will ich mal nachsehen, was sie mir zu sagen haben ... Tochter. Aylis!«

Aylis fuhr zusammen, dann wandte sie sich von Aravans Lächeln ab und der gerunzelten Stirn ihres Vaters zu. Sie sammelte sich und flüsterte: *»Simplicia, propinqua futura: Alamar.«*

Der Magier legte das Spiel auf den Tisch und fächerte die Karten auseinander. Seine rechte Hand wanderte mit ausgestrecktem Zeigefinger über die Karten und berührte hier eine Karte und da eine andere. Schließlich zog er eine Karte ganz behutsam und verdeckt aus dem Fächer, bis sie abseits lag, dann hob er den Kopf und sah Aylis an. Und dann schoss seine Hand zurück zum Kartenfächer, um eine ganz andere Karte auszuwählen, die er auch umdrehte.

Es war wieder der Turm.

»Verwünscht!«, fauchte der Alte. »Ich dachte, ich könnte sie täuschen.« Er streckte beiläufig die Hand aus und drehte die Karte um, die er zuvor ausgesondert hatte. Jinnarin unterdrückte einen Aufschrei, und Aylis wurde blass, denn das Bild der Karte zeigte das Skelett eines Menschen.

11. Kapitel

VIELE FRAGEN

Herbst, 1E9574
[Die Gegenwart]

Die *Eroean* pflügte in nordwestlicher Richtung durch die dunkelblauen Fluten des Westonischen Ozeans. Alle Segel waren gesetzt, und der Wind wehte frisch und trieb das Schiff mit guter Fahrt voran. Sie war zu einem Land unterwegs, das noch gut fünftausend Meilen entfernt war, obwohl das Elfenschiff bei Gegenwind kreuzen und dadurch noch einmal die Hälfte dieser Entfernung hinzugerechnet werden musste. Aber die *Eroean* war ein schnelles Schiff, und bei günstigem Wind würde sie nur vier bis sechs Wochen für die Überfahrt benötigen.

Jinnarin seufzte. »Vier bis sechs Wochen. Ich wollte, wir könnten schneller segeln.«

Sie und Jatu saßen mit Rux zwischen sich auf der Treppe zum Achterdeck hinter den Heckkabinen. Die Abenddämmerung war hereingebrochen, der rasch die Nacht folgte. In der zunehmenden Dunkelheit sah Jatu die winzige Pysk an und sagte: »Lady Jinnarin, bei einem stetigen Rückenwind würden wir die Überfahrt in zwei Wochen schaffen, vielleicht sogar in zehn Tagen. Aber das ist nicht der Fall, weil der Wind sich nicht nach unseren Wünschen richtet ... das heißt, er richtet sich nicht nach *meinen* Wünschen, aber vielleicht würde er Meister Alamar gehorchen.«

Jinnarin schüttelte den Kopf. »Ich glaube nicht, Jatu. Alamar hat mir einmal erklärt, es sei große Macht erforderlich, um den Wind anzurufen und einen Sturm zu entfachen.«

Jatu räusperte sich - ein tiefes Grollen - und sagte dann: »Nicht einmal die Jujubas von Tchanga, die von sich behaupten, sehr mächtig zu sein, beherrschen Wettermagie ... obwohl die Jujubas manchmal die Götter anrufen und um Regen bitten, wenn es lange Zeit trocken war - so trocken, dass die Seen nur noch Senken voller Staub sind. Das Land ist rissig, und die Bäume und Büsche und Gräser und Ranken sind verdorrt und wie Zunder, der auf einen Zündfunken wartet.«

»Und werden ihre Gebete erhört, Jatu?«

Der schwarzhäutige Mensch lachte. »Manchmal, meine Kleine. Manchmal. Und manchmal bringen die Götter mehr Regen als gewünscht.«

»Dann müssen sich diese Götter sehr von meinen unterscheiden, Jatu, denn Adon und Elwydd antworten nur selten - wenn überhaupt, wie groß die Not auch sein mag.«

Stille kehrte zwischen ihnen ein, und Jatu machte sich daran, Rux zu streicheln und zwischen den Ohren zu kraulen, wobei der Fuchs vor Wohlbehagen die Augen schloss. Schließlich sagte Jatu: »Vielleicht antworten die Götter der Tchangarer auch nicht. Vielleicht regnet es einfach, und die Jujubas heimsen die Lorbeeren dafür ein ... oder geben den Göttern die Schuld, wenn der Regen zu heftig ausfällt.«

Wiederum schwiegen beide einen Moment. Die Sichel des Halbmonds stand über ihnen am Himmel. Jinnarin schaute zu den funkelnden Sternen empor. Nach einer Weile sagte sie: »Glaubt Ihr, dass die Verehrung der Götter oft so ist, Jatu? Ich meine, dass Priester die guten Dinge für sich in Anspruch nehmen und sagen, ihre Gebete seien erhört worden, während sie die schlechten dem Tun eines böswilligen, rachsüchtigen Gottes zuschreiben?«

Jatu knurrte zustimmend. »In meinem Dorf, Lady Jinnarin, behauptete unser Jujuba in schweren Zeiten, die Götter würden unseren Stamm bestrafen, und wir hätten das Übel verdient, das sie jetzt über uns brächten – sei es Dürre, Pestilenz, Seuche, Hungersnot, Krieg oder sonst etwas –, denn wir seien vom einzig wahren Weg abgekommen.«

Jinnarin sah den großen Menschen an. »Vom einzig wahren Weg? Was ...?«

»Ich glaube, der einzig wahre Weg war immer der, den die Jujuba gerade für diesen Tag festgelegt hatten.« Jatu schlug sich mit der Faust auf die geöffnete Handfläche. Er sah zornig aus.

Rux schaute zu Jatu hoch, erhob sich dann und sah sich um, als näherten sich Feinde oder eine Gefahr, dann sah der Fuchs Jinnarin an, als erwarte er einen Befehl von ihr.

Doch die Pysk beachtete den Fuchs gar nicht, sondern beäugte stattdessen den Menschen. »Ihr seid ... verstört, Jatu. Kann ich irgendetwas tun ...?«

Langsam entspannte Jatu sich wieder. »Ich wollte Euch keinen Anlass zur Sorge geben, Lady Jinnarin. Ich habe mich nur ... erinnert.«

Wieder kehrte Stille ein. Nach einem Moment legte Rux sich wieder hin. Die *Eroean* setzte ihren Weg durch die dunklen Fluten fort, und der Wind kam immer noch von der Seite, wie schon die letzten zwei Tage auf dem Westonischen Ozean.

Ohne Vorrede sagte Jatu: »Als ich vierzehn war, wurde mein Vater krank und siechte rasch dahin. Was der Jujuba auch tat, meinem Vater schien es immer schlechter zu gehen. Es sei der Wille der Götter, sagte der Jujuba dann.

Eines Nachts folgte ich dem Jujuba in den Dschungel, wo er etwas zu suchen schien. Schließlich fand er das Gesuchte, eine gelbe Blume, und er grub ihre Wurzel aus, zerstampfte die Wurzel und füllte die Flüssigkeit in ein kleines Tongefäß.

Die Blume heißt Vipernauge, und der Saft ihrer Wurzel ist giftig. Der Jujuba mischte den Saft in die Medizin, die er meinem Vater gab. Als ich meiner Mutter davon erzählte, stellte sie den Jujuba zur Rede, und da gestand er ihr, dass er sie für sich haben wolle. Er versuchte, meine Mutter mit Gewalt zu nehmen, und da habe ich ihn getötet.

Ich floh, um der Bestrafung durch die Ältesten zu entgehen. Dann fuhr ich mit Kapitän Aravan zur See. Er brachte mir sehr viel bei - nicht nur, was die nautischen Dinge angeht, sondern auch Lesen und Schreiben und Rechnen ... und Sprachen und Manieren. Ich war nur ein unwissender Junge, der vor einer finsteren Tat floh, als ich an Bord kam, aber dank Kapitän Aravan bin ich jetzt Erster Offizier auf der *Eroean*, dem besten Schiff auf allen Meeren der ganzen Welt. Und auf diesem Schiff habe ich mehr gesehen, als sich ein Kind aus Tchanga je hätte träumen lassen - staunenswerte Wunder und schreckliche Gefahren, kostbare Dinge und tödliche und solche von unerreichter Schönheit und Anmut.

Jahre später hatte ich Gelegenheit, nach Hause zu gehen. Dort fand ich heraus, dass meine Mutter noch lebte, mein Vater auch, denn er hatte sich wunderbarerweise wieder erholt, nachdem man den Jujuba mit gebrochenem Genick tot aufgefunden hatte, obwohl später ein anderer Jujuba gekommen war, um seinen Platz einzunehmen.

Da hätte ich in den Stamm zurückkehren können, aber meine Lebensweise hatte sich schon zu sehr verändert.

Und so versteht Ihr sicher, Lady, dass ich angesichts meiner Erfahrungen mit den Jujubas und ihrer Behauptungen über den Willen der Götter wenig Vertrauen zur Religion habe ... obwohl ich in letzter Zeit angefangen habe, an die Lehren Adons zu glauben.«

Jinnarin sah den schwarzhäutigen Menschen wiederum an. »Die Lehren Adons? Was genau meint Ihr, Jatu?«

Der Erste Offizier zuckte die Achseln. »Ach, dass Er die Ebenen und die Welten erschaffen hat, dass er das Leben im Wasser, auf der Erde und in der Luft hervorgebracht hat. Dass seine Tochter Elwydd die Völker der Welten erschaffen und ihnen den freien Willen gegeben hat. Dass Adon uns in Ruhe lässt, damit wir ohne Seine Hilfe und Einmischung werden mögen, was wir vermögen.«

Jinnarin nickte versonnen.

Jatu kraulte Rux wieder zwischen den Ohren. »Ich bin aber nicht sicher, ob ich den Rest auch glaube.«

»Welchen Rest?«

Jatu holte tief Luft. »Den Rest der Lehre: dass jedes Volk einen verborgenen Sinn hat, und dass es unsere Bestimmung ist, diesen verborgenen Sinn zu ergründen. Außerdem hat Bokar mir erzählt, dass jede Person immer wiedergeboren wird und ...«

»Bokar ist Euer Lehrer?«, warf Jinnarin ein.

Jatu nickte. »In diesen Dingen, ja.«

Jinnarin fing an zu lachen, und ihre Stimme trällerte, als singe ein Vogel.

Jatu sah sie verwirrt an.

Schließlich sagte sie grinsend: »Jatu, wenn Bokar Euch konvertiert hat, werdet Ihr der größte Zwerg aller Zeiten sein.«

Jatus schallendes Gelächter vereinte sich mit ihrem glockenhellen Lachen, und ihrer beider Heiterkeit hallte über das Meer.

Eine Woche verstrich, und sie erreichten die Kalmen der Krabbe. Der Wind legte sich, bis nur noch laue Lüftchen aus wechselnden Richtungen wehten, aber selbst diese flauten schließlich ab, und die Seidensegel des Elfenschiffs hingen schlaff herunter. »In den Scheren des alten Krebses persönlich«, behauptete Frizian. Aravan befahl, die Beiboote zu Wasser zu lassen und Rudermannschaften zu bilden, um das

Schiff über die spiegelglatte See zu schleppen, diesmal geradewegs nach Norden, da dies der kürzeste Weg durch die Kalmen war.

Aylis und Jinnarin standen am Bug und sahen zu, wie die Menschen ihre Shantys sangen, Ruder in das unbewegte Wasser tauchten und sich Wellen um die Boote kräuselten.

Die auf dem Vordersteven stehende Jinnarin war wie verzaubert von den Bildern und Geräuschen, und Aylis schien es ebenso zu ergehen. Menschen ruderten, Stimmen sangen, Sonnenlicht brach sich auf den sich ständig bewegenden, sich niemals verändernden Wellen, die sich über das Meer ausbreiteten.

Schließlich schaute Jinnarin in das klare Wasser und sah ihr eigenes Spiegelbild tief unter sich. »In so einem Spiegel habe ich zum ersten Mal meine wahre Liebe gesehen«, brach sie die Stille zwischen Aylis und sich.

Aylis drehte sich mit geweiteten Augen zu ihr um. »Ihr auch?«

»Was?« Jinnarin fuhr herum und starrte Aylis an, um festzustellen, dass die Seherin errötet war.

»Fahrt bitte fort«, sagte Aylis. »Ich habe Euch unterbrochen.«

Nach einem Augenblick erzählte Jinnarin weiter. »Es war in Darda Glain vor fast fünftausend Jahren. Rux und ich waren ...«

Aylis hob eine Hand. »Wartet. Wie kann das sein? Rux ist ein Fuchs, und Füchse leben nicht so lange.«

»Oh, es war nicht dieser Rux, sondern ein anderer. Ein längst verblichener Vorfahr von ihm. Wisst Ihr, wir behalten einen Fuchs in der Regel sieben Jahre, und in den letzten zweien ziehen wir ein Junges aus einem Wurf auf und arbeiten mit ihm – oder mit ihr –, auf dass es den Platz des Vaters oder der Mutter einnehmen kann. Der Name wird weitergegeben.«

Aylis nickte. »Ah, ich verstehe. Dann hattet Ihr schon immer einen Rux?«

Die Pysk nickte. »Solange ich zurückdenken kann.«

»Fahrt bitte fort.«

»Wo war ich? Ach ja. Rux und ich zogen also durch den Norden von Darda Glain. Der Tag war heiß, und ich hatte Rux gebeten, Wasser zu suchen. Füchse sind besonders gut darin, müsst Ihr wissen. Jedenfalls hob er die Nase und witterte, und dann lief Rux so gerade, wie eine Biene zum Stock fliegt, durch den Wald und zu einem kleinen Teich im Schatten überhängender Baumäste mit Schilf am Ufer. Er wurde von einem kleinen Bach gespeist, in dem auch Wasserkresse wuchs, deren weiße Blüten gut zu den weißen Lilien im Teich passten. Unter den Bäumen war der Boden mit kühlem, weichem Moos bedeckt, und in der Nähe wuchsen Veilchen.

Das Wasser war kühl und wunderbar klar, und Rux und ich tranken ausgiebig. Ich sagte Rux, dass wir hier Rast machen würden, und schickte ihn los, sich etwas zu essen zu suchen. Mir selbst reichte die Wasserkresse. Rux verschwand im Wald, und während ich ihm nachsah, pflückte ich eine Blüte aus dem Moos. Ich wollte mir die Blüte ins Haar klemmen, deswegen kniete ich mich auf einen Stein am Ufer und beugte mich über das unbewegte Wasser, um mein Spiegelbild zu betrachten. Zu meiner großen Überraschung war das Gesicht, was ich dort sah, nicht meines, und ich sprang erschrocken auf, fuhr herum und schaute hinter mich ... aber da war niemand. Ich dachte, dass es vielleicht eine Wassernymphe gewesen sei, also schaute ich noch einmal in den Teich. Und da war wieder das Gesicht. Von Blättern umgeben. Dann schaute ich nach oben, und da war noch ein Pysk über mir im Geäst des Baumes und lachte. Er hatte sich auf einen Ast gelegt und mich beobachtet.

›Hallo, meine Teure‹, rief er von oben herunter, ›ich, Farrix, der noch nie gelogen hat, erkläre hiermit, dass keiner

Blume, wie schön sie auch sein mag, etwas anderes übrig bleibt, als neben Euren glänzenden Haaren zu verblassen.‹

Konnte ich bei so einer kühnen Einleitung etwas anderes tun, als mich in ihn zu verlieben – sofort und unsterblich? Aber dann tat er etwas sehr Törichtes: Ohne zu zögern sprang er in den Teich – elegant und sauber und ohne viele Spritzer. Und ich schrie vor Entsetzen ...«

Aylis hob eine Hand. »Aber warum, Jinnarin, warum habt Ihr geschrien? Es ist doch klar, dass er Euch nur beeindrucken wollte. Daran ist doch nichts Entsetzliches.«

»Ach, Aylis, es ist nicht zu übersehen, dass Ihr kein Pysk seid. Stellt Euch einmal vor, was passiert wäre, wenn ein großer Barsch oder Hecht in dem Teich gelebt hätte. Für mich oder jemanden in meiner Größe kann eine solche Begegnung tödlich enden. Und deswegen habe ich vor Entsetzen geschrien, wenn ein Ungeheuer in dem Teich gelebt hätte, hätte Farrix den Sprung nicht überlebt. Glücklicherweise war das nicht der Fall, und so wurde meine neue Liebe nicht gefressen.«

Aylis hauchte ein stummes und verständnisvolles *Oh.*

»Ich sah ihn unter Wasser zu meinem Felsen schwimmen, aber er tauchte nicht auf und tauchte nicht auf und tauchte nicht auf. Ich bekam Angst um ihn, und als ich mich hinkniete und vorbeugte, um nachzusehen, ob er vielleicht an einer Wurzel hing oder sonst in einer Klemme steckte, schoss er aus dem Wasser, küsste mich dabei und lachte. Nun frage ich Euch, wie hätte ich ihn nicht lieben können?

Als er aus dem Wasser stieg, verbeugte er sich tief vor mir, und sein Grinsen ließ die ganze Welt erstrahlen, und dann sagte er: ›Falls Ihr es vergessen haben solltet, ich heiße Farrix, und ich lüge nie, und mein Fuchs dort hinter Euch heißt Rhu.‹«

Wieder beugte Jinnarin sich nach vorn und schaute nach unten auf die ruhige See unter sich. Und während die von den Schleppruderern erzeugte Wellen leise gegen den Rumpf schwappten, sagte sie: »Da habe ich zum ersten Mal das Gesicht meiner wahren Liebe gesehen – als Spiegelbild in einem Teich.«

Es dauerte sechs Tage und Nächte, um den Scheren der Krabbe zu entkommen, aber der Morgen des siebten Tages begrüßte sie mit einem leichten Wind, und Reydeau pfiff die Schleppmannschaft an Bord, während Rico zum Setzen der Segel pfiff, und noch vor dem Frühstück schnitt die *Eroean* wieder durch die Wellen und hinterließ brodelndes weißes Kielwasser.

Doch an eben diesem Morgen wachte Jinnarin erfrischt nach einer friedlichen Nacht auf und brach in dem Augenblick, als ihr das klar wurde, in Tränen aus. Rux winselte beunruhigt und leckte das Gesicht seiner Herrin, während er sich nach Gefahren umsah, ohne welche zu finden.

»Was ist denn los mit Euch?«, rief Alamar und klopfte an die Holzwand von Jinnarins Kabine unter der Koje.

»Ach, Alamar«, schluchzte Jinnarin, »ich habe die Nacht durchgeschlafen.«

»Was habt Ihr gesagt?« Alamar klopfte an die winzige Tür.

Jinnarin öffnete sie und trat in Alamars Kabine. »Ich sagte, ich habe die Nacht durchgeschlafen.«

Die Miene des Magiers verdüsterte sich. »Ach du meine Güte, das ist nicht gut. Gar nicht gut.«

Jinnarin schluchzte und sank zu Boden, wo sie das Gesicht in den Händen vergrub, während der winselnde Rux sie abwechselnd mit der Nase anstieß und Alamar anfunkelte, als gebe er ihm die Schuld an allem.

»Habt Ihr überhaupt nicht geträumt?«, fragte der Magier.

Ohne aufzuschauen, schüttelte Jinnarin den Kopf.

»Keinen Traum irgendwelcher Art?«

Wieder schüttelte Jinnarin den Kopf. *Nein.*

»Nun denn, Pysk, wir werden ganz einfach abwarten müssen.«

Und da hob Jinnarin endlich schniefend den Kopf. »W-was könnte das b-bedeuten, Alamar?«

Der Magier strich sich den weißen Bart. »Alles Mögliche, und nicht alles ist schlecht.«

»Wie zum Beispiel ...?«

»Hört her, nur weil Ihr nicht Euren üblichen Nachtmahr hattet, heißt das noch lange nicht ...«

»Versucht nicht, darum herumzureden, Alamar. Sagt es mir frei heraus.«

Alamar seufzte. »Nun ja, es könnte sein, dass der Absender dieser Vision in der letzten Nacht zu beschäftigt war, um Euch den Albtraum zu schicken. Es könnte aber auch sein, dass er oder sie den Traum nicht mehr zu senden braucht ... warum? Das weiß ich nicht. Vielleicht wurde das Problem gelöst. Andererseits könnte der Absender auch krank sein oder ...« Der Magier brach jäh ab und verstummte.

»Nur weiter, Alamar, Ihr könnt es ruhig sagen: Der Absender könnte krank sein oder tot!«

Der Magier nickte bedrückt, und nach dieser Bestätigung brach Jinnarin erneut in Tränen aus. Rux knurrte Alamar eine Warnung zu, unternahm aber ansonsten nichts.

Schließlich sagte Alamar: »Lasst uns Aylis fragen. Vielleicht weiß sie mehr ... oder kann es herausfinden.«

Aylis starrte in das kleine Silberbecken mit pechschwarzem Wasser, in dessen ebenholzfarbener Oberfläche sich ihr Gesicht spiegelte. Der Blick ihrer smaragdfarbenen Augen war konzentriert, und auf ihrer Stirn standen Schweißperlen. Auf einer Seite stand Aravan, dessen Miene Besorgnis verriet. Alamar saß auf der anderen Seite des Tisches, und Jinnarin kniete vor der dunklen Flüssigkeit und starrte angestrengt hinein. Die Bullaugen waren abgedunkelt, und auf dem Tisch neben der Pysk brannte eine einzelne Kerze in einem silbernen Leuchter.

»Patefac!«, gebot Aylis zum fünften oder sechsten Mal. Ihre Stimme verriet große Anstrengung, doch das rabenschwarze Wasser veränderte sich nicht.

»Patefac!«, rief sie noch einmal.

Doch nichts veränderte sich in der silbernen Schale, und Aylis ließ sich ächzend und mit geschlossenen Augen zurücksinken.

Jinnarin seufzte, und Aravan sprang vor und ergriff eine Hand der Seherin. »Lady Aylis«, rief er, wobei er ihr Handgelenk rieb.

»Es ist nichts«, murmelte sie. »Ich bin nur erschöpft. Die Abschirmung ... sie ist zu stark. Sie zu durchdringen, übersteigt meine Fähigkeiten.«

Aravan legte ihre Hand an seine Wange, und sie sah ihn verblüfft an. Er lächelte, setzte sich neben sie und nahm ihre kalten Finger in seine warmen Hände.

Jinnarin traten wieder die Tränen in die Augen. »Ich habe solche Angst«, sagte sie mit zitternder Stimme.

Alamar seufzte. »Ich glaube nicht, dass Ihr vor irgendetwas Angst zu haben braucht ...«

»Ach, Alamar«, entfuhr es Jinnarin. »Ich habe nicht *vor* etwas Angst, sondern vielmehr *um* etwas. Um Farrix nämlich.«

»Hört her, Pysk, wir wissen nicht einmal, wer diesen Traum schickt, geschweige denn, ob er etwas mit Farrix zu tun hat.«

»Vater«, mischte Aylis sich mit leiser Stimme ein, »ich würde meinen, dass Jinnarin guten Grund zur Sorge hat, denn wer würde ihr sonst so eine Vision schicken?«

»Aber, Tochter, dieser Traum ist ein wiederkehrender Nachtmahr. Würde Farrix seiner Liebsten einen Albtraum senden?«

Jinnarin sprang auf und marschierte auf dem Tisch auf und ab, und im flackernden Kerzenschein schienen sich Schatten zu sammeln und wieder zu zerstreuen, um sich dann erneut zu sammeln ... »Alamar, Ihr habt selbst gesagt, dass Träume oft nicht das sind, was sie zu sein scheinen. Farrix würde mir nicht willentlich einen Nachtmahr senden.«

Aylis' Blick wanderte von der Pysk zu ihrem Vater. »Sie hat Recht, Vater. Außerdem sind die Dinge, die sie sieht – das Gewitter, das schwarze Schiff, das hellgrüne Meer, das Kristallschloss –, an und für sich nicht beängstigend. Vielmehr ist noch etwas anderes in ihrem Traum, das Furcht mit sich bringt, aber unsichtbar bleibt.«

Alamar knurrte bestätigend. »Du hast keine Ahnung, was das sein oder was der Traum an sich zu bedeuten haben könnte?«

Aylis beschrieb eine verneinende Geste mit der freien Hand. »Keine. Wie ich schon sagte, als Jinnarin mir von ihrer Vision erzählt hat, es scheint sich in der Tat um eine Sendung zu handeln, doch was sie zu bedeuten hat, kann ich nicht sagen, denn ich konnte damals die Quelle nicht sehen und kann es auch jetzt nicht.«

Alamar stand auf und ging zu einem der drei Bullaugen auf der Steuerbordseite. »Lassen wir etwas Licht herein«, murmelte er, während er die Samtvorhänge zurückzog.

Als die helle Morgensonne in die Messe fiel, entzog Aylis Aravan widerwillig ihre Hand und löschte die Kerze. Der Elf erhob sich, ging zu den Backbord-Bullaugen und öffnete dort ebenfalls die Vorhänge.

Jinnarin ließ sich wieder auf die Tischplatte sinken und saß mit angezogenen Knien und darumgelegten Armen da. »Was kann ich tun, Aylis?«, fragte sie mit gequälter Miene.

»Jinnarin, Ihr könnt leider nur wenig tun. Nur abwarten, mehr nicht. Es kann sein, dass Farrix, falls er denn tatsächlich der Absender ist, langsam ermüdet, denn es bedarf einiger Energie, um jemandem einen Traum zu senden.«

Eine Träne lief Jinnarin über die Wange. »Ermüdet? Ihr meint eigentlich, dass er schwächer wird, nicht wahr?«

Aylis drehte die Handflächen nach oben. »Ich weiß es nicht, Jinnarin. Ich weiß es einfach nicht.«

Wenn Jinnarin in den nächsten Tagen an Bord unterwegs war, schien sie immer gedrückter Stimmung und müde zu sein. Ihre Tage waren freudlos, und nachts schlief sie unruhig und wälzte sich von einer Seite auf die andere, da sie wegen des Ausbleibens der Albträume keine Ruhe fand. Die gesamte Mannschaft nahm ihre Sorge zur Kenntnis, und ihre Niedergeschlagenheit übertrug sich auf die Crew. Sogar Rux wirkte bedrückt, und er schien kein Interesse mehr an der Jagd auf Ratten und Mäuse zu haben.

»Wir müssen irgendwas unternehmen«, sagte Finch zu Arlo und Rolly und Carly, da Zimmermann, Segelmacher, Blechschmied und Böttcher sich Sorgen um Jinnarins Gemütsverfassung machten. »Unsere Pysk ist niedergeschlagen und muss aufgeheitert werden, jawohl.«

»Wie wär's mit Musik?«, fragte Rolly. »Ich könnte Flöte spielen.«

»Seemannsgarn«, schlug Arlo vor. »Wir kennen ein paar Geschichten, bei der ihr die Haare zu Berge stehen würden. Vielleicht lenkt sie das ja von ihrem Kummer ab, was es auch sein mag.«

»Wie wär's mit einer Feier, was haltet ihr davon?«, meldete Carly sich zu Wort. »Wir könnten Trench und Hogar überreden, einen Kuchen zu backen.«

»Aber was sollen wir feiern?«, fragte Rolly. »Ich meine, man feiert immer irgendwas – einen Sieg, den Jahrestag eines Ereignisses, einen Geburtstag, irgendwas.«

»Wie wär's mit meinem zwölften Jahrestag an Bord?«, fragte Lobbie, der in seiner Koje lag und den vieren zuhörte.

Rolly, Finch, Arlo und Carly sahen einander an und zuckten die Achseln. »Da es keine Einwände zu geben scheint ...«, verkündete Finch und erläuterte dann seinen Plan.

So kam es, dass ein Fest vorbereitet wurde – Lobbies Dutzend wurde es genannt.

Zwei Tage später, als sich die Dunkelheit des Abends auf die *Eroean* legte, wurden Laternen angezündet, und alle Mann versammelten sich an Deck, wo kräftig gefeiert wurde. Lieder wurden gesungen, Geschichten wurden erzählt, und wilde Tänze wurden aufgeführt.

Einige Zwerge aus Bokars Kriegstrupp führten ihre Fähigkeiten mit der Axt vor, indem sie die doppelschneidigen Klingen herumwirbelten, in die Luft warfen und wieder auffingen und Hiebe mit ihren Kameraden austauschten, sodass Stahl auf Stahl klirrte, wobei sie eine komplizierte Abfolge der Übungen einhielten, all das unter dem beifälligen Jubel ihrer Schiffskameraden.

Alamar der Magier jonglierte mit Lichtkugeln und zog – von *Ohs* und *Ahs* der Zuschauer begleitet – Tauben und Fische aus den Haaren und Bärten verschiedener Besatzungsmitglieder. Er zog sogar ein großes rotes Juwel aus Bokars linkem Ohr, das sich in funkelnden Glanz auflöste, als der Waffenmeister danach griff, während die Zuschauer vor Vergnügen johlten.

Und dann, als Lobbie auf seiner Harmonika spielte und Rolly auf seiner Flöte, während Burdun dazu die Trommel schlug und alle Menschen und Zwerge im Takt auf den Boden stampften und in die Hände klatschten, führten Kapitän Aravan und Lady Aylis einen feurigen Tanz auf, die Augen jeweils gebannt auf den anderen gerichtet und ein strahlendes Lächeln auf den Lippen. Als sie damit fertig waren, ertönte ein lauter Ausruf, und der Kapitän fasste die Lady um die Taille, hob sie in die Höhe, wirbelte sie herum und küsste sie auf die Lippen. Danach brach das Chaos aus, weil alle hemmungslos johlten und jubelten.

Als sich die allgemeine Aufregung ein wenig gelegt hatte, brachten Trench und Hogar mit Tink und Tivir als Helfer die

Kuchen an Deck sowie einen Bottich mit einem grünen Gebräu, in welchem Limonenscheiben schwammen. Auf einen Kuchen waren die Worte *Lobbies Dutzend* geschrieben, und den stellten sie vor Lobbie ab, auf dass er ihn anschneiden und verteilen möge.

Als Menschen, Zwerge, Magier und Elf sich Kuchen nahmen und aus ihren Bechern *Grünes Gewitter* tranken – denn so wurde das Gebräu genannt –, kamen eine Pysk und ein Fuchs an Deck, und die eine ritt auf dem anderen.

Jinnarin flüsterte ihrem Fuchs etwas zu und begann, rhythmisch und gemessen in die Hände zu klatschen.

Langsam, sehr langsam stolzierte Rux zu Jinnarins Takt in einem arkanen Muster über Deck.

Schritt, Schritt, Drehung und Pause. Schritt, Schritt und Drehung.

Allmählich, ganz allmählich, beschleunigte sich der Rhythmus, den Jinnarin klatschte, und Rux hielt Schritt.

Schritt, Schritt, Drehung und Pause. Schritt, Schritt und Drehung.

Alle Zuschauer standen wie gebannt da, der Kuchen und das Grüne Gewitter waren vergessen.

Schritt, Schritt, Drehung und Pause. Schritt, Schritt und Drehung.

Der Rhythmus wurde schneller, und der Fuchs beschleunigte seine Schritte ebenfalls. Ein Besatzungsmitglied nahm den Rhythmus auf und klatschte im Takt mit Jinnarin.

Schritt, Schritt, Drehung und Pause. Schritt, Schritt und Drehung.

Mehr fielen ein und dann rasch noch mehr. Immer noch beschleunigte sich der Rhythmus.

Die Pysk saß freihändig und klatschend auf ihrem Fuchs, und das Tempo nahm immer noch zu.

Schritt, Schritt Drehung und Pause, Schritt, Schritt, Drehung.

Jetzt fing jemand im Takt an zu stampfen, und andere fielen ein.

»Hai, hai, hai, hai ...!«, rief Jinnarin, die immer schneller klatschte, mit scharfer, durchdringender Stimme. Rux' Füße waren nur noch verschwommen zu sehen, und das Klatschen der Hände und Stampfen der Füße steigerte sich zu einem ohrenbetäubenden Crescendo, während Menschen und Zwerge einen urtümlichen, wortlosen Gesang anstimmten.

Rux wirbelte über das Deck, ohne dabei einmal auch nur einmal aus dem Takt zu geraten.

Und plötzlich rief Jinnarin, *»Ya hoi!«*, und Rux sprang in die Höhe, landete, wirbelte herum, und sprang noch einmal in die Höhe, wobei Jinnarin in der Luft absprang und gleichzeitig mit ihm auf dem Boden landete.

Während die Mannschaft brüllte und tobte, verbeugten Jinnarin und Rux sich im Kreis vor allen, und Jatu, der vor Freude strahlte, kam angelaufen, hob Jinnarin auf und nahm sie auf die Schulter, um dann mit Rux im Schlepptau durch die tobende Mannschaft zu tanzen und dabei zu rufen: »Die Lady Jinnarin und Rux! Die Lady Jinnarin und Rux!« Und alle fielen ein, und Jinnarin verneigte sich lächelnd vor jedem einzelnen Mitglied der Besatzung.

In dem ganzen Getöse sahen vier Seeleute – Finch, Arlo, Rolly und Carly – einander an und grinsten breit, obwohl ihnen Tränen in den Augen standen. Denn nun, da ihre Trübsal vergangen war, hielten sie das Fest, das sie ausgerichtet hatten, um eine einzelne Seele aufzuheitern, für einen durchschlagenden und uneingeschränkten Erfolg.

Ihre Pysk war wieder wohlauf.

12. Kapitel

JATUS GESCHICHTE

Herbst, 1E9574
[Die Gegenwart]

Mit den vorherrschenden Ostwinden segelte die *Eroean* rasch nach Nordwesten, und die Notwendigkeit, zu kreuzen und die Segel zu trimmen, ergab sich nur selten, wenn die Windrichtung wechselte. Ihr Ziel war der Westkontinent, wo angeblich nur unzivilisierte Völker lebten.

Jinnarins gute Laune war zurückgekehrt, obwohl es immer noch Tage gab, an denen sie einen bedrückten Eindruck machte. An solchen Tagen versuchten sie alle möglichen Besatzungsmitglieder aufzuheitern – Jatu, Aravan, Bokar, Tink und Tivir, aber auch Aylis. Manchmal versuchte es sogar der mürrische Alamar, obwohl er sie meistens aus ihrer Niedergeschlagenheit riss, indem er unausweichlich einen Streit mit ihr anfing.

Doch meistens war es Jatu, an den Jinnarin sich auf der Suche nach Trost wendete. Der schwarzhäutige Mensch hörte voller Mitgefühl zu, gab ihr aber kaum Ratschläge, sondern stellte ihre gute Laune meistens dadurch wieder her, dass er ihr Geschichten aus seiner Kindheit in seinem tchangarischen Dorf erzählte und auch Seemannsgarn spann. Außerdem fand auch Rux Gefallen an Jatu – und Jinnarin war der Ansicht, dass jeder, der Rux' Vertrauen gewann, auch ihres verdient hatte. Und so kam es, dass der Riese aus Tchanga der Vertraute der winzigen Pysk wurde.

Drei Nächte nach dem Fest stand Jatu am Steuer der *Eroean* und lenkte das Schiff mit Hilfe des fixen Nordsterns durch die kristallklare Nacht. Im Augenwinkel sah Jatu eine Bewegung, und er beobachtete mit einiger Verblüffung, wie ein kleiner Schattenfleck lautlos die Treppe empor und auf das Achterdeck glitt.

»Hallo, Jatu«, sagte der Schatten leise, aber doch klar und deutlich.

»Lady Jinnarin? Seid Ihr das?« Jatu rieb sich die Augen.

Die Antwort bestand aus einem Seufzen.

»Oje, wir sind wohl in düsterer Stimmung, was?« Dann lachte Jatu einmal kurz.

»Was ist denn so lustig, Jatu?«

»Ich habe einen Witz gemacht, ohne es zu wollen«, antwortete er.

»Einen Witz?«

»Aye. Da steht Ihr, ganz in Schatten gehüllt, und ich frage, ob Ihr in düsterer Stimmung seid.«

»Ganz in Schatten ...? Ach so.« Plötzlich löste der Schatten sich auf und gab den Blick auf die Pysk frei.

»Ah, viel besser, Lady Jinnarin. Ich sehe meinen Gesprächspartner gerne an.« Jatu nahm eine kleine Kurskorrektur am Ruder vor. »Außerdem wusste ich nicht, dass Ihr solche Macht habt.«

Jinnarin setzte sich trübsinnig auf das Deck, die Beine untergeschlagen, die Ellbogen auf die Knie gestützt und das Kinn auf den Fäusten. »Ich betrachte das nicht als Macht.«

»Aber es ist Macht, Jinnarin. Schatten können große Macht haben.«

»Tatsächlich?«

Jatu nickte. »Manche sagen sogar, der Schatten sei die Seele einer Person, und wenn man ihn mit einem verzauberten silbernen Messer um Punkt zwölf am längsten Tag des Jahres abscheidet, sei er für immer verloren – ebenso wie sein Besitzer, da er seine unschätzbar wertvolle Seele verlöre.«

»Aber das glaubt Ihr doch nicht wirklich, Jatu, oder?«

»Vielleicht glaube ich es, vielleicht nicht. Aber sollte ich je einen Menschen oder ein anderes Wesen ohne Schatten sehen, weiß ich, dass ihm die Seele abhanden gekommen ist.«

»Würdet Ihr davonlaufen?«

»Das hängt davon ab, Winzige. Das hängt ganz davon ab.«

»Wovon?«

»Davon, ob eine Notwendigkeit zur Flucht bestünde.«

»Aha.«

Wieder nahm Jatu eine winzige Kurskorrektur vor. Nach einem Augenblick der Überlegung sagte er: »Aber das ist nur eine Geschichte über Schatten und ihre Macht. Es gibt auch noch andere Geschichten.«

Jinnarin schaute fragend zu dem Tchangarer empor. »Andere Geschichten?«

»Aye. Würdet Ihr gern eine hören?«

»Allerdings.«

Jatu überlegte kurz und begann dann.

»Vor langer Zeit, hoch im Norden von Tchanga, jenseits der hohen Berge, in denen die Adler fliegen, wo der Dschungel längst Grasland gewichen und das Grasland längst in Wüste übergegangen ist, also im Herzen dieser sengenden Einöde lebte einst ein Dämon an einem Kristallteich in einem üppigen Hain mit Granatapfelbäumen. Ihr müsst Euch darüber klar sein, dass dies ein wunderbarer Ort war, inmitten dieses sandigen Glutofens, denn in solchen Gegenden ist Wasser unschätzbar wertvoll, und noch dazu das kostbare Geschenk von Granatäpfeln zu haben ... aye, es war, als sei ein Teil des Paradieses selbst auf die Erde gefallen.

Nun begab es sich eines Tages, während der Dämon in der goldenen Stadt auf der anderen Seite der Welt weilte, um sich um einige seiner zahlreichen Angelegenheiten zu kümmern, dass ein junger Mensch, dessen Karawane von Räubern angegriffen und er selbst für tot gehalten worden war, durch den glühenden Sand der Wüste stolperte, fiel, wieder aufstand, nur um nach ein paar Schritten wieder zu stürzen. Dies wiederholte sich so oft, bis der junge Mann im Delirium war und – nur noch eine Haaresbreite vom Tod entfernt – bäuchlings über die letzte Düne und in die Oase des Dämons kroch.

Da sah der junge Mensch den Kristallteich, tauchte den Kopf hinein und trank ausgiebig.

Im gleichen Augenblick, auf der anderen Seite der Welt und in der goldenen Stadt, schrie der Dämon laut: ›Jemand stiehlt mein Wasser!‹ Und voller Zorn erhob er sich in den Himmel und raste um die halbe Welt zurück.

Doch ehe der Dämon die Oase erreichte, pflückte der junge Mann bereits einen Granatapfel von einem der Bäume und biss herzhaft hinein, sodass ihm der rote Saft über das Kinn lief und auf den Boden tropfte.

Und der Dämon, der an dieser Stelle die Hälfte des Weges zurückgelegt hatte, kreischte: ›Jemand stiehlt meine Granatäpfel!‹

Rasend vor Zorn flog der Dämon weiter, und als er in seiner Oase ankam, traf er den erschöpften jungen Menschen, der mittlerweile seinen Hunger und Durst gestillt hatte, schlafend an.

Der erzürnte Dämon streckte seine langen Krallen aus und war kurz davor, den jungen Menschen in Stücke zu reißen. Doch plötzlich besann sich der Dämon. ›Ich könnte ihn mit meinen gewaltigen Krallen in Stücke reißen, aber würde er dann wirklich so leiden, wie er leiden sollte? Nein! Er wäre tot, bevor er überhaupt erwachen würde. Und so leicht will ich ihn nicht davonkommen lassen. Vielmehr will ich ihn den Rest seines Lebens leiden lassen für seine schändlichen Missetaten.‹

So zog der Dämon seine schwertartigen Krallen wieder ein und zerriss den jungen Menschen nicht. Vielmehr ging er in seine Schmiede und machte sich daran, einen magischen Nagel zu fertigen, wobei er die ganze Zeit vor sich hinmurmelte.

Der Lärm des Blasebalgs, das Hammerklirren und das Tosen des Schmiedefeuers weckte den jungen Menschen, und als er sich auf die Suche nach dessen Ursprung machte, fand er alsbald die Schmiede. Als er den Dämon bei der Arbeit sah, bekam er furchtbare Angst, doch er kauerte sich hinter einen Felsen und beobachtete und belauschte, was an der Esse geschah.

Und zwischen gewaltigen Hammerschlägen hörte er den Dämon fluchen: ›Stiehlt mein Wasser, ja?‹ *Klirr!* ›Und isst auch noch meine *Granatäpfel*?‹ *Klirr!* ›Damit nagele ich ihn auf ewig fest.‹ *Klirr!* ›Eine dem Verbrechen angemessene Strafe.‹ *Klirr!*

Dem jungen Menschen war sofort klar, dass der Dämon einen magischen Gegenstand schmiedete, um ihn damit für nichts anderes zu bestrafen als dafür, am Leben geblieben zu sein. So sehr er sich auch den Kopf zerbrach, im fiel nichts ein, was er tun könne. Er wusste, dass es sinnlos war, den Dämon um Gnade zu bitten, denn Dämonen kennen keine Gnade. Er wusste auch, dass er nicht fliehen konnte, denn der Dämon würde ihn finden, wohin er auch fliehen mochte. Er konnte nicht gegen den Dämon kämpfen, denn Dämonen haben gewaltige Kräfte und fürchterliche Krallen und Hauer und Reißzähne. Der junge Mensch war verzweifelt, denn wie konnte er, ein gewöhnlicher Sterblicher, hoffen, dem grausigen Schicksal zu entrinnen, das der Dämon ihm zugedacht hatte, wie immer es auch aussehen mochte?

In diesem Augenblick rief der Dämon: ›Ha! Es ist vollbracht!‹, und damit wandte er sich vom Amboss ab und fing an, in einer riesigen Werkzeugkiste zu wühlen.

In aller Stille schlich der junge Mensch vorwärts und sah etwas auf dem Amboss liegen, das wie ein gewöhnlicher Nagel aussah. Rasch nahm er einen ähnlich aussehenden Nagel aus einer Tonne mit Nägeln, die nicht weit entfernt stand, und tauschte ihn gegen den magischen Nagel auf dem Amboss aus, den er in seinem Hosenbund versteckte. Und obwohl er nicht wusste, wofür dieser Nagel gedacht war, nahm er auch noch einen Hammer mit, den er sich ebenfalls in den Hosenbund schob. Und dann rannte er schnell und lautlos wieder zum Teich zurück, wo er sich hinlegte und tiefen Schlaf vortäuschte.

Kurz darauf kam der Dämon, der den jungen Mann an der Schulter wachrüttelte und brüllte: ›Wach auf, du Dieb, du ruchloser Räuber! Finde dich mit deiner gerechten Strafe ab!‹

Der junge Mensch richtete sich auf, rieb sich die Augen und gähnte. ›Strafe? Warum? Wofür?‹

›Weil du mein Wasser getrunken hast!‹, brüllte der Dämon, und mit einem Winken seiner Hand verschwand der Teich. ›Und jetzt ist er dort, wo du ihn niemals mehr erreichen kannst, neunundneunzig Meilen weit im Osten!‹

›Du bestrafst mich, weil ich dein Wasser getrunken habe!‹, rief der junge Mann. ›Ach, wie ungerecht und grausam ist das!‹

›Und weil du meine Granatäpfel gegessen hast!‹, brüllte der Dämon, und nach einem Wink mit der Hand verschwand auch der Hain. ›Und jetzt ist der Hain dort, wo du ihn niemals erreichen kannst, neunundneunzig Meilen weit im Westen!‹

›Du bestrafst mich, weil ich Obst gegessen habe?‹, rief der junge Mensch, während die glühende Sonne gnadenlos brannte, da der Schatten verschwunden war. ›Ach, wie ungerecht und grausam ist das.‹

›Ungerecht und grausam? Du hast ja keine Ahnung!‹, tobte der Dämon. Er winkte wieder, und der Sand unter ihren Füßen verfestigte sich zu granithartem Fels. ›Ich zeige dir, wie ungerecht und grausam ich sein kann.‹

Der Dämon kniete nieder, nahm einen Hammer und nagelte den Schatten des jungen Mannes an den Felsen. Und als er den verwirrten Blick des Menschen sah, lachte der Dämon gehässig und sagte: ›Jetzt bist du hier für immer gefangen, und alle Magie, über die du je verfügt haben magst, ist auf ewig verschwunden. Du kannst nur so weit laufen, wie dein Schatten es gestattet, da er durch meinen unverrückbaren Nagel an diesen ewigen Felsen genagelt wurde. Du kannst gehen, wohin du willst, solange dein Schatten auch auf den Nagel fällt. Nun, was hältst du davon?‹

Der junge Mensch kniete zu Füßen des Dämonen nieder und sagte: ›Ach, Dämon, das ist eine wirklich und wahrhaftig grausame Strafe, eine Strafe, die nur jemand verdient, der ebenso grausam ist.‹ Und damit schlug er den echten magischen Nagel in den Schatten des Dämons.

Der Dämon brüllte vor Schmerzen und wollte den Menschen packen, doch der war zu behände und sprang rasch zur Seite und außer Reichweite des Dämons. Der Dämon jedoch beschrieb arkane Gesten mit den Händen, doch alle magischen Kräfte hatten ihn verlassen. Und er bückte sich und zog an dem Nagel, der sich aber nicht aus dem ewigen Felsen ziehen ließ. Weinend und zähneknirschend verfluchte der Dämon den jungen Menschen, furchtbare Worte kamen über seine gegabelte Zunge, die Krähen aufforderten, dem jungen Menschen die Augen auszuhacken, die ihm alle möglichen schlimmen Krankheiten wünschten, die giftige Sandwürmer beschworen, ihn zu vergiften – doch alles war vergeblich, denn der Dämon hatte seine Macht verloren.

Der junge Mensch machte sich auf den Weg durch die Wüste und starb erneut beinah, ehe er von einer vorbeiziehenden Karawane gerettet wurde.

Aber der Dämon war durch den Nagel gefesselt, der in seinen Schatten geschlagen worden war. Im Dunkel der Nacht, wenn kein Mond am Himmel stand, konnte er gehen, wohin er wollte, denn in der Dunkelheit war sein Schatten überall, und so war er frei. Doch bei Sonnenaufgang war er jeden Tag gezwungen, sich östlich des Nagels aufzuhalten, damit sein Schatten auf den Nagel fiel - oh, er konnte viele Meilen weit im Osten sein, solange sein Schatten auf den Nagel fiel. Doch wenn der Tag auf den Mittag zuging und sein Schatten kürzer wurde, musste er westwärts ziehen, und wenn die Sonne den Zenith erreichte, musste er über dem Nagel stehen, denn die Sonne fiel senkrecht herab, und somit war sein Schatten direkt unter ihm. Und wenn die Sonne im Westen versank, konnte der Dämon nach Westen wandern, da sein Schatten nach Osten hinter ihn und auf den Nagel fiel.

Doch die größte Ironie von allen war, dass der Teich mit dem Kristallwasser neunundneunzig Meilen im Osten und der Hain mit Granatapfelbäumen neunundneunzig Meilen im Westen gerade außerhalb der Reichweite des Dämons war, sodass er sie zwar sehen, aber weder das erfrischende Wasser trinken noch die süßen Früchte essen konnte, denn diese beiden Dinge waren von ihm gerade so gesetzt worden, um einen unschuldigen jungen Menschen zu quälen.

Der Dämon brüllte vor Wut und weinte vor Verzweiflung und schlachtete jeden Wanderer ab, der das Pech hatte, in seine Reichweite zu kommen, und bald wurde die ganze Gegend gemieden, weil dort ein Dämon hauste. Es heißt, dass bis auf den heutigen Tag dieser Bereich der Wüste bei Nacht gefährlich ist, denn der Dämon durchstreift die Einöde immer noch, und er ist furchtbar wütend, grausam und stark.

Es heißt auch, dass man um die Mittagszeit den Dämon ganz still in der Sonne stehen sehen kann. Er sieht aus wie ein großer Felsen mit schwachen roten Flecken wie von vor langer, langer Zeit verzehrten Granatäpfeln.

Und es heißt, dass andere Dämonen davon hörten und kamen, um sich selbst zu überzeugen, und sie schauderten vor Entsetzen ob seines grausigen Schicksals, und obwohl sie ihn zu befreien versuchten, schafften sie es nicht, denn die von ihm gewirkten Zauber waren viel zu stark, als dass sie einer von ihnen hätte aufheben können.

Es heißt weiter, dass die Dämonen ein verzaubertes silbernes Messer nahmen und versuchten, den Schatten des Gefangenen um Mittag am längsten Tag des Jahres abzuschneiden, doch die Magie in dem verzauberten Nagel überstieg die Kraft in der silbernen Klinge, und so mussten sie diesen Plan wieder aufgeben.

Und schließlich heißt es noch, dass die entsetzten Dämonen sich an diesem Tag den eigenen Schatten abschnitten, damit sie niemals ein so furchtbares Schicksal würden erleiden müssen ...

Und nun, Lady Jinnarin, kennt Ihr die ganze Geschichte und wisst, warum Dämonen keine Seele haben, das heißt, alle bis auf einen, und die Seele dieses Dämonen ist fest an einen Felsen genagelt und von glühendem Sand umgeben.«

Jatu brach in lautes Gelächter aus, und Jinnarin grinste über das ganze Gesicht.

Nach einem Augenblick sagte sie: »Ich danke Euch, Jatu, genau das habe ich gebraucht.«

Jatu lächelte still und drehte ein wenig am Steuer.

Wasser glitt am Schiff vorbei, und hinter ihnen bildete sich leuchtend weißes Kielwasser, das sie jedoch schnell hinter sich ließen, während über ihnen die Sterne funkelten und langsam über das Himmelsgewölbe zogen. Irgendwo an

Deck erhob sich eine Stimme zu einem Lied, eine Sopranstimme, die in einer Sprache sang, die weder Jatu noch Jinnarin kannte. Auf dem Hauptdeck tauchten Aylis und Aravan auf, und die beiden blieben stehen, lehnten sich über die Reling und schauten auf das im Sternenlicht glitzernde Wasser, das an ihnen vorbeiglitt.

»Hm«, murmelte Jatu.

»Was denn?«, fragte Jinnarin.

»Ich habe nur nachgedacht ...«

Jinnarin wartete. Schließlich sagte Jatu. »Ich würde meinen, Kapitän Aravan ist dabei, seinen Schatten an die Lady Aylis zu verlieren.«

Jinnarin runzelte verwirrt die Stirn. »Seinen Schatten zu ver...? Ach so, ich verstehe. Ja, ich glaube, damit könntet Ihr Recht haben, aber sie wird ihm dafür ihren geben.«

In jener Nacht erwachte Jinnarin schweißgebadet, zitternd und mit gewaltigem Herzklopfen, und sie war außer sich vor Freude. »Alamar!«, rief sie, während sie durch die winzige Koje unter der Tür und in seine Kabine stürmte und Rux sich aufrappelte und ihr folgte. »Er ist wieder da! Mein Albtraum ist zurückgekehrt! Ach, ich bin so froh!«

Nichts als Schnarchen antwortete ihrer freudigen Erklärung.

Die *Eroean* segelte weiter nach Nordwesten und näherte sich ihrem entfernten Ziel jeden Tag viele Meilen. Südwestlich an Gelen vorbei ging die Fahrt, obwohl das Inselreich viel zu weit entfernt war, um etwas davon sehen zu können. Es lag über hundert Meilen weiter nördlich, und nicht einmal die Ausgucke in ihren Mastkörben erhaschten einen Blick darauf. Das Wetter blieb meistenteils gut, obwohl es hin und wieder regnete. Der Ozean blieb eine dunkelblaue Weite, unermüdlich in Bewegung wie ein beständig atmendes riesiges

Lebewesen. Manchmal waren Fischschwärme zu sehen und ab und zu ein Schwarm Meeresvögel, die auf der Suche nach schwimmender Beute immer wieder auf das Wasser hinabstießen. Eines Tages sahen sie Wale, »Die wahren Herrscher der Meere«, sagte Aravan ehrfürchtig. Hin und wieder erblickten sie auch ein Segel oder einen einsam dahin gleitenden Vogel, aber meistens war der Horizont vollkommen leer. Doch eines Tages ...

»Ein Fleck!«, rief plötzlich der vordere Ausguck. »Fleck voraus an steuerbord!«

Jinnarin stand auf dem Vordersteven und strengte die Augen an. Und im Norden und tief am entfernten Horizont hing ein dunkler Streifen am Himmel.

»Was ist das?«, fragte sie, während sie sich zu Aylis und Aravan umdrehte. »Eine Wolke oder Rauch? Aravan, brennt dort ein Schiff und sinkt?«

Der Elf schüttelte den Kopf. »Ich glaube nicht, Lady Jinnarin«, antwortete der Elf. »Ich würde vielmehr sagen, dass es der Karak ist.«

»Der Karak?«

Ohne den Blick von dem Fleck am Himmel zu nehmen, sagte Aylis: »Der Feuerberg auf Atala. Ab und zu rührt er sich und speit Asche und Rauch in die Luft.«

»Und Lava? Ich habe gehört, manchmal speien Feuerberge auch geschmolzenes Gestein.«

Aylis nickte. »Manchmal, aber ich kann mich an keinen Fall erinnern. Was sagt Ihr, Aravan?«

Aravan überlegte. »Ich erinnere mich, das letzte Mal, als der Karak geschmolzenes Gestein gespieen hat, liegt drei- oder viertausend Jahre zurück. Wann das genau war, kann ich nicht sagen. Da war ich ein- oder zweitausend Jahre auf Mithgar.«

Ein Matrose, der in der Nähe ein Tau aufrollte, sperrte daraufhin Mund und Nase auf und starrte seinen Kapitän fassungslos an, obwohl weder Aylis noch Jinnarin etwas Bemerkenswertes an den Worten des Elfs fanden.

»Seid Ihr dort übergewechselt?«, fragte die Seherin.

Aravan schüttelte den Kopf. »Nein, Aylis. Aber ich hätte es tun können, denn auf dieser Insel gibt es einen Zugang zur Zwischenwelt, eine Verbindung zwischen Atala und Adonar. Ich bin stattdessen nach Hoven nahe der Küste des Avagonmeeres gewechselt. Dort habe ich mein erstes Meer gesehen, und es hat meiner Seele ein Lied vorgesungen.«

Jinnarin seufzte. »Ich weiß nicht, wo meine Eltern von Feyer nach Mithgar gewechselt sind. Ich weiß nur, dass viele aus meinem Volk nach Rwn geflohen sind, als die Menschen mit der Jagd auf uns begonnen haben. Damals war ich noch sehr jung.« Die Pysk schauderte, und bei sich hörte sie wieder die schallenden Hörner, das Bellen der Hunde und das Donnern der Pferdehufe. In ihrer Erinnerung stob Wasser auf, als die Füchse versuchten, die Jäger von ihrer Spur abzubringen. »Ich hatte nie Gelegenheit, sie zu fragen.«

Stille legte sich über die drei, und sie beobachteten, wie der Fleck am Horizont nach achtern wanderte und verschwand. Schließlich sagte Aylis: »Nun, es ist kein Geheimnis, wo wir von der Magierwelt überwechseln. Auf der Insel Rwn ist der einzige bekannte Übergang zwischen Vadaria und Mithgar. Dennoch ist die Übereinstimmung nicht sehr groß, und der Wechsel erfordert ein langes Ritual.«

»Könntet Ihr nicht zuerst nach Adonar wechseln und dann nach Mithgar?«, fragte Aravan. »Oder vielleicht sogar nach Neddra?«

Aylis schüttelte den Kopf. »Mithgar scheint eine Art Drehscheibe für uns zu sein, der einzige Weg für die Magier, Zugang zu anderen Welten und anderen Ebenen zu erhalten.«

Aravan räusperte sich. »Sonderbar. Ich glaube, weder von Adonar noch Neddra noch von sonst einer Welt gibt es einen Übergang nach Rwn – nur von Eurem Vadaria, und wenn es von Vadaria andererseits nur diesen einen Übergang gibt und keinen anderen ... das finde ich schon sehr merkwürdig.«

Aylis zuckte die Achseln. »Ich wiederhole, Aravan, auf Rwn gibt es den einzigen *bekannten* Übergang. Es könnte noch andere geben, die nur noch nicht entdeckt worden sind.«

Aravan drehte die Handflächen nach oben. »Trotzdem, dass es auf der Magierwelt nur einen Übergang gibt ...«

Jinnarin kicherte, und als Aravan und Aylis sie fragend ansahen, sagte die Pysk: »Vielleicht hat Adon es so eingerichtet, damit es nicht allzu viele Adamars auf Mithgar gibt.«

Aravan brach in lautes Gelächter aus, und Aylis lächelte. Dann nahm Aravan Aylis bei den Händen, und seine kühnen blauen Augen schauten tief in ihre grünen. »Wie kann ein so jähzorniger alter Mann wie Euer Vater so eine wunderbare Tochter wie Euch haben?«

Aylis lächelte den Elf an und schaute nicht weg; ihr Blick war ebenso kühn wie seiner. »Er wird so, wenn er alt wird – missmutig, streitlustig, geheimnistuerisch und zu sehr erpicht auf Wein, Ale und Brandy. Doch er ändert sich erheblich, wenn er nach Vadaria zurückkehrt und seine Jugend wiedergewinnt, denn damit erhält er auch sein gewinnendes Wesen zurück.«

Jinnarin schaute überrascht drein. »Er ändert sich?«

»O ja. Seine Nörgelei verschwindet dann vollkommen, obwohl ich zugeben muss, dass er auch dann noch seine streitbaren Momente hat.«

»Oje«, überlegte Jinnarin. »Ich weiß gar nicht, ob mir das so recht ist. Wisst Ihr, eigentlich gefällt er mir ganz gut so, wie er ist.«

Aylis befreite ihre Hand aus Aravans Griff und kniete sich neben den Vordersteven, sodass ihre Augen mit denen der Pysk auf einer Höhe waren. »Ich auch, Jinnarin. Aber ich liebe ihn auch, wenn er jung ist. Und ich glaube, das werdet Ihr auch tun.«

Jinnarin lächelte zaghaft. »Es ist nur so, dass er mich zum Nachdenken bringt ... Du meine Güte, er hat mir vor Monaten eine Frage gestellt, und ich grüble immer noch über die Antwort.«

Aylis lachte und erhob sich wieder. »Glaubt mir, Jinnarin, *das* ändert sich nie.«

Wiederum kehrte Stille ein, und sie beobachteten, wie der Fleck langsam hinter ihnen verschwand.

Als nichts mehr von ihm zu sehen war, wandte Aravan sich an Jinnarin. »Sagt mir, Lady Jinnarin, wie seid Ihr und Eure Art nach Rwn gekommen?«

Jinnarin lächelte. »Es gibt noch andere Freunde außer Euch, Aravan, Leute, denen wir vertrauen können – die meisten sind Magier –, und die haben uns per Schiff dorthin gebracht.«

Aravan seufzte. »Ich hatte gehofft, Ihr und Euresgleichen wäret auf irgendeine sagenhafte Art dorthin gelangt – auf dem Rücken großer Adler oder Greifen oder auf den Flossen der Kinder des Meeres. Stattdessen höre ich, dass Ihr auf ganz gewöhnlichem Wege dorthin gelangt seid.«

»Ach, Aravan, ich habe nicht gesagt, dass unser Weg gewöhnlich war ... nur dass wir mit Schiffen gekommen sind. Die Kaufleute, die uns dorthin gebracht haben, dachten, wir seien Vieh – Schafe, Rinder, Pferde, Hunde, Geflügel und so weiter –, so verwirrt waren sie. Unsere Freunde, welche die Überfahrt ermöglichten, nun, sagen wir einfach, sie hatten erheblichen Einfluss auf den Kapitän und seine Mannschaft.«

Aravan grinste. »Mächtige Freunde, in der Tat.«

Aylis wandte sich an den Elf. »Sagt, Aravan, wie seid Ihr ein Freund der Verborgenen geworden?«

»Das ist eine einfache Geschichte«, antwortete Aravan. »Als ich die Meere auf den Drachenschiffen der Fjordländer bereist habe ...«

»Drachenschiffe?«, rief Jinnarin. »Was sind Drachenschiffe?«

»Lange Schiffe mit offenem Rumpf. Mit viereckigen Segeln, aber auch mit Rudern. Schmal und flink. Vielleicht hundert Fuß lang, aber nur zwanzig breit. Und nur sieben Fuß vom Kiel bis zum Ende der Bordwand. Kaum Tiefgang, leichtgewichtig und flexibel ... Doch wartet, wollt ihr so viele Einzelheiten überhaupt wissen? Sagen wir einfach, als ich in den Langbooten der Fjordländer auf den Meeren unterwegs war, habe ich langsam die Beziehung zwischen Rumpflänge und Breite und Tiefgang und Geschwindigkeit verstanden, denn kein anderes Boot auf der ganzen Welt segelte so schnell ... zumindest nicht, bis die *Eroean* gebaut wurde, und ihre schlanke Konstruktion verdankt den Drachenbooten eine ganze Menge.«

Jinnarin ließ den Blick über das schlanke Elfenschiff mit den drei hohen Masten, der Unmenge von Segelfläche und dem wasserdichten Deck wandern. Die soeben von Aravan beschriebenen Drachenschiffe schienen überhaupt nichts mit der *Eroean* gemeinsam zu haben. »Eines Tages würde ich gern eines dieser Langschiffe sehen«, sagte sie. »In der Zwischenzeit fahrt bitte fort. Ihr habt auf einem Drachenschiff die Meere befahren, und ...«

»Und wir segelten auf dem Westonischen Ozean, über das bekannte blaue Meer hinaus und zu dem fernen Land, wo die Fjordmänner mit seltsam sprechenden Clans Tauschhandel trieben, die friedlich waren, solange man sie nicht provozierte.

Auf einer dieser Handelsreisen gingen wir an Land, um Trinkwasser zu suchen. Ich hatte ein Fass mitgenommen und war landeinwärts unterwegs. Es war ein stürmischer Tag, aber neben dem Pfeifen des Windes hörte ich in der Ferne Füchse bellen, und da ein Weg so gut wie der andere war, hielt ich auf diese Geräusche zu.

Zuerst roch ich den Rauch, und als ich die nächste Kuppe erklomm, sah ich, dass der Wald brannte. Und aus der Flammenzone drang das Gebell der Füchse.

Ich lief los, durch einen Bach und weiter zu den Flammen. Als ich näher kam, konnte ich zwei Füchse erkennen, die von den Flammen eingekreist waren und in der Falle saßen. Aber ich sah auch zwei winzige Personen, Verborgene. Es waren Fuchsreiter.

Ich lief zum Bach zurück, tauchte ins Wasser und sorgte dafür, dass ich durch und durch nass war. Dann nahm ich meinen Umhang ab, und mit ihm in der Hand sprang ich durch den Flammenkreis in den beißenden Rauch.

›Zu mir! Zu mir!‹, rief ich, indem ich mich auf den Boden legte und meinen Kopf mit dem Umhang bedeckte, während das Feuer ringsumher so laut knisterte und toste, dass ich kaum mein eigenes Wort verstehen konnte.

Doch andere verstanden mich sehr wohl, und die beiden Fuchsreiter waren kurz darauf bei mir. ›Haltet Euch an meiner Kleidung fest‹, rief ich, indem ich mir einen Fuchs unter jeden Arm klemmte und sich die Reiter so gut wie eben möglich an mir festklammerten. Und unter meinem nassen Umhang, der in der Hitze mittlerweile dampfte, rannte ich durch die Flammen zurück und bergab in den Bach.

Die beiden Fuchsreiter, die ich rettete, waren Tarquin und seine Gemahlin Falain. Von jenem Tag an wurde ich ein Freund der Verborgenen genannt.«

Aylis ergriff eine von Aravans Händen, die sie zwischen ihre nahm, sagte aber nichts.

Doch Jinnarin sagte: »Und da hat er – Tarquin – Euch den Schutzstein gegeben, neh?«

Aravan berührte den kleinen blauen Stein an seinem Hals. »Ja.«

Aylis sah genauer hin, und ihre Augen weiteten sich ein wenig. »Ihm wohnt eine Kraft inne, aber von einer Art, die mir nicht vertraut ist.«

Aravan streifte das Lederband über den Kopf und reichte es Aylis. »Der Stein wird kalt, um mich zu warnen.«

Nun weiteten sich Jinnarins Augen. »Mir wird gerade klar, Aravan, dass der Stein Bosheit entdeckt.«

Aravan schüttelte den Kopf. »Nein, Winzige, nicht die Bosheit selbst. Nur einige der bösen Kreaturen, die fähig und willens sind, Böses zu tun.«

Aylis gab Aravan den Stein zurück. »Wie zum Beispiel ...?«

»Wie zum Beispiel Wesen aus Neddra – Rucha, Loka, Trolle, Gargoni und so weiter.« Aravan legte sich das Lederband mit dem Stein wieder um den Hals. »Außerdem wird er kalt in Gegenwart von Hèlarmen – Kraken – und von einigen Drachen, obwohl nicht aller ...«

»Ihr habt Drachen gesehen?«, entfuhr es Jinnarin.

Aravan lächelte und nickte. »Aber nicht aus der Nähe, Lady Jinnarin. Nicht aus der Nähe.«

Aylis streckte die Hand aus und berührte den blauen Stein noch einmal. »Sagt mir, welche Kreaturen mit bösen Absichten er nicht entdeckt.«

»Böse Menschen«, antwortete Aravan. »Piraten, Diebe, Räuber und so weiter: Vor diesen warnt er nicht. Auch nicht vor anderen Rassen Mithgars mit bösen Absichten.«

»Vor Zwergen?«, fragte Jinnarin.

Aravan lächelte und schüttelte den Kopf. »Ich glaube, Ihr solltet Bokar und auch sonst niemanden aus seinem Kriegstrupp diese Bemerkung hören lassen, Lady Jinnarin, denn Zwergen geht die Ehre über alles.«

Aylis ließ das Amulett los. »Seinem astralen Feuer nach würde ich sagen, dass er von wenigen Ausnahmen abgesehen überhaupt keine von Adons und Elwydds Schöpfungen entdecken kann.«

»Aber das wären ja praktisch alle«, protestierte Jinnarin.

Aylis schüttelte den Kopf. »Nein, keineswegs.«

Jinnarin überlegte kurz. »Aber dann bleiben nur ...«

In diesem Augenblick betrat Alamar das Vordeck. »Genau, Pysk«, rief er. »Dann bleiben nur die Kreaturen Gyphons.«

In dieser Nacht träumte Jinnarin von Wäldern und Feldern und Bächen und Teichen, von Blumen und Wiesen. Keine Sendung und kein Nachtmahr suchte sie heim, und als sie erwachte, fühlte sie sich elend, denn der Albtraum war ausgeblieben.

Doch in der folgenden Nacht stellte er sich wieder ein, und sie wachte zitternd und schweißgebadet auf.

Doch danach blieb der Traum vier Nächte aus, ehe er in der fünften zurückkehrte.

»Sporadisch«, verkündete Alamar.

»Er wird schwächer«, klagte Jinnarin. »Ach, mein Farrix siecht dahin.«

»Ich kann nichts erkennen«, sagte Aylis müde, »obwohl Adon weiß, dass ich es versucht habe.«

Unter einem vollen Mond ging die *Eroean* in der dritten Novembernacht des Jahres 1E9574 im Schutz einer Halbinsel vor der felsigen Küste des Westkontinents vor Anker, sechs Wochen und sechs Tage, nachdem sie in Port Arbalin die Segel gesetzt hatte. Ihre Fahrt durch das Avagonmeer und über den Westonischen Ozean war schnell gewesen, wenn auch nicht über die Maßen, denn das Elfenschiff hatte dieselbe Fahrt in der Vergangenheit auch schon in vier Wochen und zwei Tagen bewältigt. Dennoch war Aravan zufrieden, denn er war der Ansicht, das Schiff habe die Strecke angesichts der Winde so schnell zurückgelegt, wie dies eben möglich gewesen sei, obwohl Rico sicher war, dass sie insgesamt einen Tag verloren hatten, während andere Besetzungsmitglieder dieser Behauptung widersprachen.

Wir haben der Lady Jinnarin einen feierlichen Eid geschworen ... gegen Piraten gekämpft ... Lady Aylis gerettet ... tagelang gerudert, um den Scheren der Krabbe zu entrinnen ... du meine Güte, wir hatten sogar ein Bordfest. Glaubt

Ihr angesichts von alledem nicht, Rico, dass wir uns so gut geschlagen haben, wie es eben möglich war?

Verflixt, nein! Ich glaube, wir wären einen Tag schneller gewesen, wenn wir besser gerudert hätten. Nächstes Mal, wie?

Ob die Fahrt nun hätte schneller verlaufen können oder nicht, Tatsache war, dass die *Eroean* nun vor einer Küste vor Anker lag, wo es Fuchsreiter geben sollte. Und am folgenden Tag würden Aravan, Lady Jinnarin und Rux, Alamar und die Lady Aylis an Land gehen und Tarquin suchen, obwohl niemand an Bord des Elfenschiffes wusste, ob er ihnen würde helfen können.

13. Kapitel

LANDGANG

Herbst, 1E9574
[Die Gegenwart]

Kurz nach Morgengrauen wurden zwei Boote zu Wasser gelassen, eines mit Alamar, Jinnarin und Rux an Bord, während Aravan und Aylis eine Strickleiter hinabstiegen und sich zu ihnen gesellten und ihnen noch eine Rudermannschaft folgte. Das andere Boot nahm eine gemischte Truppe aus Matrosen und Zwergenkriegern auf, darunter auch Jatu und Bokar. Die Matrosen ruderten die Boote bei Flut zu dem felsigen Strand, der in einer kleinen Buch zwischen zerklüfteten Klippen lag.

»Aufpassen jetzt!«, rief Boder, der an der Ruderpinne saß, den Ruderern zu. »Etwas mehr Zug auf die Backbordruder, Jungs. Und jetzt zieht. Zieht ... Achtung jetzt!«

Das Boot ritt auf einem Wellenkamm und schrammte über steinigen Sand. Zwei Matrosen sprangen über Bord und zogen das Boot mit der nächsten Welle weiter auf den Sand. Fünf Schritte entfernt landete das zweite Boot.

Alamar stieg aus dem Boot und betrachtete die rissigen Klippen. »Warum scheinen Abenteuer immer mit der Überwindung schwieriger Hindernisse verbunden zu sein? Ein Mal nur, ein einziges Mal, würde ich gern etwas unternehmen, wo es nur ebene Rasenflächen zu überwinden gilt und das Ziel außerdem ganz in der Nähe ist.«

Jatu lachte. »Aber, Meister Alamar, was sollten dann die Barden besingen? Wie Alamar der Große ein paar hundert Fuß über eine Blumenwiese marschierte und sich dann ein Weilchen ausruhte?« Wieder lachte der große schwarzhäutige Mensch, während Alamar ihn finster anfunkelte.

»Mir ist völlig egal, wovon die Barden singen. Ich würde nur lieber auf ebenem Gras marschieren, als Felsen hinaufzuklettern.«

»Vater, du musst nicht mitgehen.«

»Ach, nein? Dann will ich mal fragen, junge Dame, wer hat denn das Schiff vor den Piraten gerettet, hm?«

Jinnarin schüttelte den Kopf. »Hier gibt es keine Piraten, Alamar.«

»Natürlich nicht, Pysk. Ich bin kein kompletter Idiot, müsst Ihr wissen. Aber Wilde, das ist wieder eine andere Sache.«

»Überlasst die Wilden ruhig mir«, grollte Bokar, während der Zwerg mit dem Daumen an der Schneide seiner Axt entlangfuhr.

»Nein, Bokar«, meldete Aravan sich zu Wort. »Alle so genannten Wilden sind meine Sache, weil ich schon oft hier war und sie mich kennen.«

Aylis sah Aravan an. »Wann zuletzt?«

»Zuletzt? Vielleicht vor hundert Jahren, gewiss nicht mehr.«

»Und dann sollen sie sich an Euch erinnern?«

Aravan nickte. »Mein Schiff und ich sind Bestandteil ihrer Legenden und Sagen.«

»Na, ich gehe jetzt da hoch«, sagte Jinnarin. »Ich will von den Menschen hier nämlich ganz gewiss nicht gesehen werden.«

»Wartet!«, rief Bokar, aber es war schon zu spät, denn Jinnarin und Rux verschwanden bereits zwischen den Klippen, die der Fuchs mühelos erklomm. »Dask, Brekka, schnell hinterher!« Zwei zwergische Kundschafter begannen mit einem hastigen Aufstieg. »Törichte Pysk«, murmelte er, »einfach so loszulaufen, vielleicht direkt in eine Gefahr.«

Jatu beugte sich zu dem Zwerg hinunter. »Nein, Bokar, sie ist nicht töricht. Sie gebietet über die Magie der Schatten, um sich und Rux zu schützen. Außerdem, sobald wir oben sind, gehen diese fünf ohne uns weiter, denn sie wollen Tarquin finden, was ihnen wohl nicht gelingen wird, wenn wir bei ihnen sind.«

Bokar betrachtete Jatu mit finsterer Miene, da ihm der Plan, die Sucher ohne zwergische Begleitung weitergehen zu lassen, ganz offensichtlich missfiel. »Fünf? Ich zähle nur vier: Kapitän Aravan, Magier Alamar, Seherin Aylis und Lady Jinnarin. Wer schwebt Euch sonst noch vor?«

Jatu lächelte. »Ich schließe den Fuchs mit ein.«

Jetzt grinste Bokar. »Aye.«

Von oben ertönte ein leises Pfeifen, und am Rand der Klippe stand Dask und signalisierte ihnen, dass alles klar sei.

Sie ließen eine Bootswache zurück und erklommen die Klippen auf dem leichtesten Weg, wobei sie Alamar manchmal stützten und manchmal auch über besonders unwegsame Stellen trugen. Schließlich erreichten sie die Kuppe, und Alamar setzte sich, um sich auszuruhen, während die anderen die Gegend auskundschafteten und in die Richtung des nahen Pinienwaldes ausschwärmten ... doch von Jinnarin und Rux fanden sie keine Spur.

Als sie sich wieder bei Alamar versammelten, knurrte Bokar: »Kapitän, mir gefällt das nicht. Lady Jinnarin ist verschwunden. Vielleicht haben die Waldbewohner sie gefangen. Ich würde gern Suchmannschaften aussenden ... und wenn nötig mehr Leute vom Schiff holen lassen.«

Aravan schüttelte den Kopf. »Nein, Bokar. Wir haben zwar keine Spur von Lady Jinnarin gesehen, aber auch keine von den Waldbewohnern – ebenso wenig wie von anderen Verborgenen. Ich würde meinen, sie hat sich selbst auf die Suche nach Tarquin begeben.«

Bokar schien nicht überzeugt zu sein. Er holte tief Luft, sagte aber nichts, obwohl Jatu bei Aravans Worten zustimmend nickte.

Aravan wandte sich an Alamar und fragte. »Seid Ihr marschbereit?«

Der ältere Magier erhob sich mit gereizter Miene. »Pah! Natürlich bin ich bereit, Kapitän. Ich könnte nicht bereiter sein, wenn ich tausend Jahre jünger wäre. Schließlich halte nicht ich den Marsch auf, sondern vielmehr die vermaledeite Pysk, die verschwunden ist.«

Aravan schulterte einen kleinen Rucksack mit Vorräten und sah Aylis mit einem Lächeln in den Mundwinkeln an, als wolle er sie ein weiteres Mal fragen, wie es möglich sei, dass sie von diesem streitsüchtigen Greis abstamme.

»Komm, Vater«, sagte Aylis versöhnlich, indem sie Alamar ihren Arm anbot. »Lasst uns diesen Tarquin finden.«

Alamar lehnte die dargebotene Hilfe brüsk ab und knurrte: »Ha! Eher findet er uns als wir ihn.« Damit stapfte der alte Magier in die Richtung des Waldes davon, während Aylis und Aravan in seinem Kielwasser folgten und sich dabei anlächelten, als teilten sie ein Geheimnis.

Die drei gingen zum Pinienwald, während Bokar zähneknirschend zurückblieb, denn nur Aravan war bewaffnet, und das auch nur mit einem Bogen und einem Köcher mit Pfeilen ... und einem Langmesser in einer Oberschenkelscheide, und Bokar war der Ansicht, dass sie ohne die Châkka an ihrer Seite buchstäblich wehrlos seien. Der Zwerg beobachtete sie, bis sie im Wald verschwunden waren und er sie nicht mehr sehen konnte. Und dann machte er kehrt und half Jatu und den anderen Matrosen und Kriegern bei der Errichtung eines Lagers oben auf der Klippe.

Am Waldrand angelangt, blieb Alamar stehen und wandte sich an Aravan. »Was nun, Elf? Wohin sollen wir uns nun wenden?«

Aravan zeigte nach vorn. »Ein kleines Stück weiter voraus, weniger als drei Meilen entfernt, würde ich meinen, gibt es eine Lichtung, wo wir warten werden. Tarquin wird sich dort zu uns gesellen, wenn ihm danach ist, Euch zwei kennen zu lernen. Wenn nicht, gehe ich morgen allein zu ihm.«

»Na, wenn Ihr wisst, wo er lebt«, kommentierte Alamar gereizt, als sie sich wieder in Bewegung setzten, »würde ich sagen, dass wir direkt zu ihm gehen. Es gibt doch keinen Grund für dieses Herumzaudern.«

»Vater«, wies Aylis ihn scharf zurecht, »das sind Verborgene. Wir müssen ihre Wünsche achten.«

»Pah!«, schnaubte Alamar. »Dummheit! Alles Dummheit!«

Sie hielten ab und zu inne, damit Alamar verschnaufen konnte, aber schließlich öffnete sich der Pinienwald zu der von Aravan gesuchten Lichtung. Hier stellte der Elf seinen Rucksack ab, und sie setzten sich ins Gras und warteten, während eine sanfte Brise in den Baumkronen säuselte und das leise Gurgeln eines Bachs in der Nähe zu hören war.

Aylis erhob sich. »Ich werde Wasser holen.« Da sie keinen Einwand hörte, ging sie durch das hohe gelbliche Gras und über die Lichtung dem Murmeln des Bachs entgegen. Aravan schaute ihr hinterher.

Während sie sich entfernte, rutschte Alamar ein wenig umher und bohrte dann mit den Fingern im Boden. »Der Boden ist kalt. Der Winter steht vor der Tür. Ich spüre es in den Knochen.«

Aravan, dessen Blick Aylis folgte, nickte. »Aye, Alamar. In diesen Breiten kommt der Winter früh.«

»Diese verwünschte Pysk!«, beklagte sich der Alte. »Wo ist sie nur? Sie hätte Tarquin längst finden müssen.«

Aravan erhob sich, nahm seinen Bogen, schirmte die Augen ab und spähte über die Lichtung. »Dass sie ihn finden wird, bezweifle ich nicht, denn in der Domäne eines Fuchsreiters geschieht kaum etwas, verborgen bleibt, und die *Eroean* liegt bereits eine ganze Weile vor Anker. Wir können voraussetzen, dass sie uns mittlerweile gesehen haben. Daher bleibt eigentlich nur die Frage, ob sie sich uns zeigen wollen.«

»Törichte Fuchsreiter, sage ich noch einmal«, meinte Alamar unleidig. »Du meine Güte, sie haben allen Grund, uns zu vertrauen, und kaum einen, uns ...«

Aravan legte einen Pfeil auf die Sehne und konzentrierte sich.

Alamar verstummte, erhob sich schnaufend und starrte ebenfalls angestrengt umher. Von Aylis war nichts zu sehen. »Wo ist denn ...«

In diesem Augenblick tauchte Aylis wieder aus dem hohen Gras auf und fuhr sich mit dem Handrücken über den Mund.

Aravan entspannte sich und steckte den Pfeil in den Köcher zurück.

Alamar ließ sich mit einem Knurren wieder auf dem Boden nieder.

Am späten Vormittag hörten Aylis und Aravan einen Fuchs bellen, und Aravan schob sich zwei Finger in den Mund und stieß einen durchdringenden Pfiff aus, der Alamar hochschrecken ließ, der kurz zuvor eingenickt war »Was ...?«

»Ein Fuchs, Vater«, murmelte Aylis.

»Füchse unterbrechen keine tiefe Meditation mit einem Lärm, der die Toten aufwecken könnte«, knurrte Alamar.

Aylis hob eine Augenbraue. »Meditation, Vater? Für mich hat es sich mehr nach Schnarchen angehört.«

Alamar fuhr auf und setzte zu einer scharfen Erwiderung an, doch Aravan pfiff noch einmal und zeigte in eine Richtung, wo sich eine Furche durch das hohe Gras zog. Augenblicke später tauchten Rux und Jinnarin auf. Die Pysk hatte ein breites Grinsen aufgesetzt.

»Tarquin sagte, ich würde Euch hier finden«, verkündete sie, während sie von ihrem Fuchs sprang, »und er hat Recht behalten.«

Alamar funkelte sie an. »Pysk, wie oft muss ich Euch sagen, dass Ihr nicht einfach so fortlaufen sollt?«

Jinnarin schaute überrascht drein. »Du meine Güte, Alamar, Ihr habt so etwas noch nie zu mir gesagt.«

»Weicht nicht aus«, sagte Alamar schnippisch. »Wir waren krank vor Sorge.« Der Alte schaute Aylis und Aravan um Bestätigung heischend an, doch Aravan zog lediglich eine Augenbraue hoch, während Aylis sagte: »Vater, du hast geschlafen.«

Jinnarin kicherte. Als der Magier sie daraufhin finster anfunkelte, versuchte sie ernst dreinzuschauen, musste aber gleich wieder lachen. »Ach, Alamar, regt Euch nicht auf. Wisst Ihr, ich habe Tarquin gefunden, und er hat einen Plan.«

14. Kapitel

WEISSE EULE

Herbst, 1E9574
[Die Gegenwart]

»Einen Plan?« Der alte Magier hob eine Augenbraue. »Und was mag das wohl für ein Plan sein?«

»Das weiß ich nicht, Alamar«, antwortete Jinnarin. »Er hat mir nur aufgetragen, Euch drei zu ihm zu bringen, dann wird er es erklären.«

Aravan kauerte sich nieder. »Dann nehme ich an, dass Ihr Tarquin bereits alles erzählt habt.«

Jinnarin nickte. »Ja. Ich habe ihm von den Wolken erzählt und dass Farrix verschwunden ist und von meinen Träumen und auch von Euch, Alamar und Aylis, und von der *Eroean* und allem. Und bevor Ihr danach fragt, Aravan, Tarquin hat mir erzählt, dass niemand, den er kennt, diese Wolken beobachtet hat. Dennoch richtet er Anfragen an andere Verborgene, ob irgendjemand von ihnen vielleicht doch etwas gesehen hat. Doch ob die Wolken nun bemerkt wurden oder nicht, Tarquin glaubt, dass er uns auf jeden Fall helfen kann.«

Alamar fixierte Aravan und sagte: »Tja, dann bleibt uns wohl nichts anderes übrig, als uns mit diesem Tarquin zu treffen.«

Aravan schulterte seinen Bogen, hob seinen Rucksack auf und hielt dem Magier die Hand hin, um ihm aufzuhelfen. Der

Alte brummelte etwas vor sich hin und kam langsam hoch, wobei er sich über seinen Rücken beklagte. Auf eine Geste von Jinnarin erhob sich Rux, und sie sprang auf. Alamar sah sie an. »Und wie weit ist es bis zu diesem Tarquin?«

»Nicht weiter als drei Meilen.«

Alamar ächzte.

Schatten huschten zwischen den Bäumen umher, als Jinnarin das Trio durch den Pinienwald führte, Schatten, die im Augenwinkel zu sehen waren, doch wenn Aravan, Aylis und Alamar genau hinschauten, war nichts da ... das heißt, nichts, was sie erkennen konnten.

»Ach«, murmelte Alamar, »mir ist danach ...«

Aylis schüttelte den Kopf, *nein*. »Vater, dass wir Begleitung haben, daran zweifle ich nicht. Es durch einen Zauber zu bestätigen, wäre eine Verschwendung von Energie.«

»Aber dann würde ich sehen, wer und was uns begleitet.«

»Vater, sie möchten vor unseren neugierigen Augen lieber verborgen bleiben.«

»Pah!«, schnaubte Alamar. »Das ist doch wieder nichts als Torheit.«

Aravan wandte sich an den Alten. »Nein, Alamar, nicht Dummheit. Ihr wisst, dass den Verborgenen in früheren Zeiten übel mitgespielt wurde, vor allem den Fuchsreitern, und zwar hauptsächlich von Menschen, obwohl manchmal auch andere beteiligt waren.«

Aylis seufzte. »Ich frage mich, warum.«

Aravan zuckte die Achseln. »Wie es oft der Fall ist, verurteilt der Mensch als böse, was er nicht beherrschen kann. Und in der Vergangenheit gehörten auch die Fuchsreiter dazu, denn sie haben sich mit Händen und Füßen gegen die Herrschaft des Menschen gewehrt. Und so haben die Menschen sie durch Wälder und Wiesen gejagt, mit Hörnerschall und Hundegebell, da sie die Fuchsjagd als Vergnügen betrachteten. Ab und zu haben sie einen Fuchsreiter gefangen und in einen Käfig gesperrt, aber meistens wurden die Gefangenen getötet, denn waren sie nicht böse? In manchen Ländern wird die Fuchsjagd bis zum heutigen Tag betrieben, obwohl die Menschheit längst vergessen hat, woraus sie entstanden ist – aus dem irregeleiteten Wunsch zur Vernichtung des Bösen, wo es gar nichts Böses gab.«

»Was für ein Vergnügen!«, Jinnarin schrie beinahe vor Wut. »Zum Spaß zu jagen, ist böse und grausam, eine der schlimmsten Taten der Menschheit, denn sie essen die erlegte Beute nicht einmal. Allein das Töten beflügelt sie – die Lust am Töten und an der Trophäe als Beweis für die eigenen Fähigkeiten – und nicht der Wunsch, die Schwachen in ihrer Mitte zu schützen, auch nicht Hunger oder der Wunsch nach warmer Winterkleidung. Es dreht sich nur um den Wunsch, reiche Beute zu machen.«

Aravan hob eine Hand, als wolle er Schuld von sich weisen. »Jinnarin, ich habe nicht gesagt, dass ich die Jagd für etwas Vergnügliches halte. Ich habe zu Aylis nur über das Wesen der Menschen und über das Bedürfnis der Feyani gesprochen, sich zu verstecken.«

Alamar funkelte Aravan an. »Damit sagt Ihr mir nichts Neues, Elf. Ich weiß, was sie dazu getrieben hat, sich zu verbergen. Und ich sage trotzdem, dass es dumm von ihnen ist, dass sie sich vor mir und vor Aylis verstecken, denn wir stellen keine Bedrohung für sie dar.«

»Ach, aber Vater, sie wissen doch gar nicht, dass wir Verbündete sind«, wandte Aylis ein.

Alamar seufzte und marschierte weiter.

Sie gelangten in ein bewaldetes Tal mit einem Bach an der tiefsten Stelle, und diesem Wasserlauf folgten sie stromaufwärts, wobei sie sich unterwegs ausruhten. Schließlich gelangten sie an eine Stelle mit vielen moosigen Felsbrocken auf einer Klippe, die eine Art Bogen bildeten. Durch einen

Spalt in der Klippe schoss ein Wasserfall. Daneben führte ein Weg in die Höhe, an dessen Ende ein silberner Fuchs stand, auf dem ein Reiter saß. Aravan hob eine Hand, die Innenseite nach außen gekehrt, und der Reiter erwiderte die Geste. »Das ist Tarquin«, sagte der Elf.

»Der König der Fuchsreiter?«, fragte Aylis.

»Sofern sie überhaupt einen Herrscher haben«, erwiderte Aravan.

Jinnarin sagte: »So wie ich die Rolle eines Königs verstehe, ist Tarquin keiner. Vielmehr würde ich ihn einen Führer des Vertrauens nennen, einen Häuptling, denn das beschreibt seine Stellung unter den Verborgenen besser. Er hat uns geführt, als wir von Feyer geflohen sind.«

Während sie den Pfad erklommen, nörgelte Alamar: »Klettern, immer nur klettern. Warum müssen wir immer bergauf gehen? Lebt denn niemand auf ebener Erde?«

»Ihr habt es gerade nötig«, rief Jinnarin über das Rauschen des Wasserfalls hinweg.

»Hm? Wie meint Ihr das, Pysk?«

»Ihr lebt selbst auf einem Hügel, Alamar.«

»Das ist etwas anderes!«, konterte der Magier. »Mir bleibt nichts anderes übrig, wenn ich die Sterne sehen will.«

»Trotz alledem, was für die Gans gilt, das gilt auch für den Ganter, das habt Ihr selbst einmal zu mir gesagt.«

»Pah!«, rief der Alte trotzig und trottete danach schweigend weiter bergauf.

Oben angekommen, stieg Tarquin ab. »Willkommen«, rief er ihnen zu. »Ich bin Tarquin« – er machte eine weit ausholende Verbeugung, dann zeigte er auf seinen Fuchs – »und das ist Ris.«

»Seid gegrüßt«, antwortete Aravan. »Darf ich Euch die Lady Aylis und den Magier Alamar vorstellen?«

Während Tarquin sich vor Vater und Tochter verbeugte, sahen sie einen Pysk vor sich, der vielleicht einen halben

Fingerbreit größer als Jinnarin war. Seine Haare waren schwarz und lang und reichten ihm bis fast zu den Hüften, und ein Stirnband aus Leder sorgte dafür, dass sie ihm nicht ins Gesicht fielen. Seine Augen waren von einem so dunklen Braun, dass sie ebenfalls schwarz wirkten. Er trug Kleidung aus Maulwurfsfell, und seine Füße steckten in weichen Stiefeletten. Der Ledergürtel um die Taille, in den winzige rote Runen eingeritzt waren, bildete seinen einzigen Schmuck.

»Hier entlang«, rief er, während er auf Ris' Rücken sprang und davonritt, ohne sich noch einmal umzuschauen, ob sie ihm auch folgten.

Der Weg führte in eine Schlucht mit hohen Seitenwänden und mit vielen Biegungen und Windungen weiter stromaufwärts, während das Rauschen des Wasserfalls hinter ihnen langsam leiser wurde. Die Ränder des Abgrunds wichen immer weiter zurück, bis sie sich zu einem Pass verbreiterten. Hier wuchsen Gras und Bäume – Pinien, Lärchen und Birken –, und der Waldboden war mit fruchtbarem Lehm bedeckt. Sie passierten Teiche, kleine Seen und Tümpel, und im flachen Wasser wuchs Schilf, das der Herbst braun gefärbt hatte, und das im Wind raschelte.

Tarquin führte sie weg von dem Bach und in eine in die Talseite gemeißelte Höhlung. Dort stießen sie auch auf sein Heim, einen Bau in einem Gehölz von Silberbirken, der viel zu klein war, um von einer anderen Person als Jinnarin betreten werden zu können. Und dort lernten sie auch Tarquins Gemahlin kennen, Falain, eine in Leder gehüllte Pysk mit ingwerfarbenen Haaren und haselnussbraunen Augen, sowie ihren schwarzen Fuchs Nix.

Aravan kniete nieder und durchsuchte seinen Rucksack. »Ich mache uns Tee, dann können wir über die Ereignisse reden, die uns hergeführt haben.«

Alamar räusperte sich und sah Tarquin prüfend an. »Und ich würde gern etwas über Euren Plan hören, Pysk.«

»Traumwandeln?« Aylis riss die Augen ganz weit auf. »Davon habe ich noch nie gehört. Was ist das? Und wie wird es gemacht?«

Tarquin zuckte die Achseln und trank seinen Tee, dann stellte er die winzige Tasse beiseite. »Falain hat es von Ontah erfahren.«

»Ontah?«

»Das ist ein Mensch«, sagte Falain und deutete nach Westen. »Ein Heiler.«

Aylis sah die Pysk an. »Ein Mensch. Einer, der in der Nähe lebt?«

Falain nickte.

»Ein Wilder?« Alamars Stimme hatte einen scharfen Unterton angenommen.

Tarquin sah ihn ein wenig überrascht an. »Ich würde ihn nicht als einen Wilden bezeichnen, Magier Alamar. Er ist ein Waldbewohner.«

»Und ein Freund«, fügte Falain hinzu.

Aravan wandte sich an Alamar. »Ungeachtet aller Gerüchte über sie, sind die Waldbewohner ein sehr freundliches Volk.«

Jinnarin sah Tarquin an, und der lachte, nickte bestätigend und sagte: »Vielleicht ist es nur ein Gerücht, dass andere von diesem Land fern halten soll, denn wer würde es wagen, in das Reich blutdürstiger Wilder einzudringen.«

»Aye«, fügte Aravan hinzu, »es ist so, wie Tarquin sagt. Sicher, die Waldbewohner bemalen sich mit grimmigen Zeichen, wenn sie mit Außenstehenden Handel treiben, aber das tun sie nur, um den Schein zu wahren. Wenn sie sich nicht gezwungen sehen, sich oder ihre Heimat zu verteidigen, sind sie ein friedliches Volk, obwohl das ein Geheimnis ist, das wir für uns behalten sollten.«

»Hmph!«, knurrte Alamar daraufhin, sagte aber nichts mehr.

Aylis wandte sich an Falain. »Dieses Traumwandeln, was ist das, und wie wird es gemacht?«

Falain warf einen Blick auf Tarquin und sagte dann: »Wie es gemacht wird, wissen wir nicht. Aber es gestattet jemandem, in den Traum eines anderen einzudringen und sich darin zu bewegen, um so Dinge zu sehen, die der Träumende nicht sehen kann.«

Aylis nickte, während ihr Blick zwischen Jinnarin und Falain hin und her wanderte. »Und Ihr glaubt, Ontah kann durch Jinnarins Traum wandeln und entdecken ... was immer es darin zu entdecken gibt?«

Falain hob die Hand in einer abwehrenden Geste. »Das kann ich nicht sagen. Ich kann nur sagen, dass Ontah das Geheimnis des Traumwandelns kennt.«

Alamar meinte trocken: »Ich würde niemanden in meinen Träumen haben wollen. Warum tut er es, dieses Traumwandeln? Ich meine, wozu ist es gut?«

Falain drehte die Hände. »Ich weiß nur, dass Ontah es manchmal benutzt, um jemanden zu heilen, der unter Alpträumen leidet, sei es im Wachen oder im Schlafen.«

»Ach so«, sagte Alamar, dem langsam klar wurde, was die Pysk meinte. »Bei Leuten, die nicht ganz richtig im Kopf sind, hm?«

Jinnarin fuhr auf. »Alamar, ich kann Euch versichern, dass mit meinem Kopf alles in bester Ordnung ist. Wenn hier irgendjemand einen Knacks hat, der einer Heilung bedarf, dann seid ...«

»Hört mal, Pysk ...«, begann Alamar.

»Hört auf, ihr zwei!«, sagte unterbrach Aylis ihn energisch. »Ihr seid schlimmer als zwei zankende Kinder. Müsst ihr euch ständig streiten? Und Beleidigungen sehen, wo keine beabsichtigt sind?

Vergesst nicht, warum wir hier sind. Farrix ist verschollen, Jinnarin hat Albträume, wie wir glauben, eine Sendung. Und jemand enthält uns Wissen vor, weil er es abschirmt.«

Sowohl Alamar als auch Jinnarin schauten betreten zu Boden.

»Wo finden wir diesen Ontah?«, fragte Aravan leise.

Tarquin erhob sich. »Wir werden Euch zu ihm führen. Es ist nicht weit. Fünf, vielleicht sechs Meilen.«

Alamar ächzte. »Bergauf, möchte ich wetten.«

Der Sonnenuntergang nahte, als sie die Lichtung erreichten, wo die Behausung von Ontah stand, ein einfaches Blockhaus mit weißem Lehm in den Ritzen und einem Rauchabzug im grasgedeckten Dach. Auf einer Bank draußen vor dem Haus saß ein Mensch, gekleidet in Hirschleder, und neben ihm hockte Falain. Nix lag vor ihnen auf dem Boden, denn Falain war vorausgeritten, um dem Heiler den bevorstehenden Besuch anzukündigen.

Ontahs Haare waren lang und grau, seine Augen braun, und die Haut hatte einen Bronzeton. Seine silberne Mähne war zu einem Pferdeschwanz zusammengebunden, der seinen geraden Rücken herunterfiel. Er war sehr schlank und offenkundig betagt, denn seine kupferfarbene Haut war mit winzigen Falten übersät, als sei sie ein antikes Pergament.

Während sie sich in einer unbekannten Sprache mit dem alten Mann unterhielt, zeigte Falain auf die vier Besucher. Jinnarin warf Aravan einen Blick zu. »Sie stellt uns vor«, murmelte der Elf.

»Ach so«, sagte Jinnarin.

»Wie ich es mir gedacht habe«, fügte Aylis hinzu.

Ontah erhob sich, zeigte auf sein Haus und sagte etwas.

Aravan antwortete in derselben Sprache, dann wandte er sich an seine Begleiter und sagte: »Er lädt uns in sein Haus ein.«

Sie betraten die nur schwach erleuchtete Behausung. Matten aus geflochtenen Binsen lagen auf dem Boden aus gestampftem Lehm. In der Mitte des einzelnen Raumes befand sich ein Ring aus Feuersteinen, in dem ein kleines, nahezu rauchloses Feuer brannte, dessen winzige Schwaden durch das Loch im Dach nach draußen stiegen. An den Wänden standen Regale, gefüllt mit Kräutern und Pflanzen, Nüssen und Samen, Schalen aus Stein und gebranntem Lehm, irdenen Tassen und Holzwerkzeugen. Mehrere geflochtene Körbe mit Korn und Knollengewächsen standen herum. In einer Ecke war Feuerholz aufgeschichtet und in einer anderen lagen Decken. Von den Dachbalken, die das Grasdach stützten, hingen mehr Kräuterbündel und Pflanzen, getrocknete Wurzeln und dergleichen herab, außerdem geräucherter Fisch und eine Seite Wild. Neben der Tür lehnte eine Axt an der Wand, und an einem Holzpflock hing ein aufgerolltes Seil. Ein großes Tongefäß enthielt Wasser, und an einem Haken hing eine aus einem Kürbis geschnitzte Schöpfkelle an einem Band herab.

Ontah deutete auf die Matten rings um das winzige Feuer und sagte: *»Takla.«* Aravan murmelte: »Setzt Euch.«

Während sie Platz nahmen, murmelte Aylis: »Mir gefällt dieses Warten auf die Übersetzung nicht.« Sie hob eine Hand, beschrieb eine Geste und murmelte leise: *»Converte.«*

Ontah sah Jinnarin an und sagte in seiner Muttersprache: [»Du willst, dass ich durch einen Traum wandele?«]

Jinnarin, die nichts verstand, sah den alten Mann nur verständnislos an.

Während Aravan Ontahs Worte für Jinnarin und Alamar übersetzte, antwortete Aylis dem Heiler direkt: [»Ja, Weiße Eule, das will sie.«]

Aravan und Ontah sahen Aylis überrascht an, und der alte Mann sagte: [»Ich habe nicht gewusst, dass du die Sprache meines Volkes sprichst.«]

[»Ich spreche sie nur vorübergehend, Weiße Eule. Kurz vor Mitternacht werde ich sie wieder verlernt haben.«]

[»Wie kann das sein?«]

[»Ich habe ein Wort der Macht gesprochen, Weiße Eule.«]

Die Augen des alten Mannes weiteten sich, dann neigte er begreifend den Kopf und sagte: [»Wäre ich jünger, würde ich dich bitten, mich dieses Wort zu lehren.«]

Jinnarin wandte sich an Alamar und flüsterte: »Aylis unterhält sich mit Ontah.«

Der Magier nickte. »Sie muss einen Seher-Zauber gewirkt haben.«

»Warum tut Ihr das nicht auch, Alamar?«

»Pysk, Ihr habt mir schon wieder nicht richtig zugehört«, zischte er.

»Habe ich wohl. Ihr habt gesagt, sie muss einen Seher-Zauber gewirkt haben.«

»Na, da habt Ihr Eure Antwort.«

Ein Ausdruck der Verwirrung breitete sich auf Jinnarins Gesicht aus. »Meine Antwort?« Ihre Verblüffung schlug in Zorn um, und sie hob die Stimme. »Antwort? Ich weiß ja nicht einmal die Frage.«

»Warum habt Ihr dann eine gestellt?«, schnauzte Alamar.

»Welche habe ich denn gestellt?« Jinnarin stand kurz vor der Explosion.

»Ihr habt gefragt, warum ich nicht auch einen Seher-Zauber wirke.«

»Und ...?«

»Pysk, es ist ein Seher-Zauber.«

»Und?«

Jetzt knirschte Alamar mit den Zähnen. »Ich bin kein Seher.«

»Ach so«, sagte Jinnarin. »Ihr meint, Ihr könnt es nicht, richtig?«

»Natürlich könnte ich es, wenn ich darin ausgebildet wäre«, entgegnete Alamar aufgebracht.

Aylis streckte eine Hand aus. »Vater, wird sind nicht hier, um zu streiten.«

Sowohl Alamar als auch Jinnarin verstummten, funkelten einander aber immer noch an.

Aylis wandte sich wieder an Ontah. [»Weiße Eule, wirst du in Jinnarins Traum wandeln und uns sagen, was du siehst?«]

Ontah schaute Aylis in die Augen. [»Ja, ich werde in ihrem Traum wandeln. Hast du Lust, mich zu begleiten?«]

[»Ich wüsste nicht, wie.«]

[»Du bist noch jung. Du kennst dich mit der Macht aus. Ich werde es dir zeigen.«]

[»Dann werde ich dich mit Freuden begleiten, Weiße Eule.«]

Aravan, der bis jetzt geschwiegen hatte, fragte: [»Weiße Eule, ist es gefährlich, in den Traum eines anderen zu reisen?«]

Ontah saß eine ganze Weile in seine eigenen Gedanken vertieft da, und Aravan glaubte schon, der alte Mann werde weiter schweigen, aber schließlich sagte er: [»Es gibt Zeiten, wenn das Traumwandeln voller Gefahren ist, vor allem wenn die Träume von bösen Geistern heimgesucht werden. Dann kann die Seele des Traumwandlers Schaden erleiden und sogar getötet werden.«]

Aravan sah Aylis an und dann wieder Ontah, und obwohl er mit dem Heiler redete, wusste Aylis doch, dass seine Worte eigentlich für sie bestimmt waren. [»Weiße Eule, Jinnarins Traum ist von Furcht erfüllt.«]

Der alte Mann starrte ins Feuer. [»Das beweist nicht, dass es böse Geister in ihrem Traum gibt, obwohl es auch nicht das Gegenteil beweist.«]

Aylis starrte ebenfalls in die Flammen. [»Können wir irgendwie ergründen, ob diese Geister anwesend sind, bevor wir in den Traum reisen?«]

Ontah schüttelte den Kopf. [»Nur durch das Traumwandeln können wir ergründen, was sich in dem Traum verbirgt.«]

Stille legte sich über die Gruppe, und nur das Knistern des Feuers störte die Ruhe. Schließlich fragte Aravan: [»Weiße Eule, birgt das Traumwandeln noch andere Gefahren?«]

Der alte Mann sah auf, und sein Blick wanderte von Aravan zu Aylis und wieder zurück. [»Wenn der Träumer erwacht, bevor der Reisende sich aus dem Traum gelöst hat, ist die Seele des Wandelnden gefangen, bis der Träumer wieder denselben Traum hat.«]

Als das für Jinnarin übersetzt worden war, seufzte sie. »Ach, Aylis, ich schrecke *immer* aus dem Schlaf. Ich kann es nicht ändern. Ihr könntet in Gefangenschaft geraten. Und ich würde Euch oder Ontah und auch sonst niemanden, in diesen furchtbaren Nachtmahr einsperren wollen.«

Sofort antwortete Aylis: »Ach, Jinnarin, wir sind doch nicht für immer gefangen, denn Ihr habt diesen Traum ja jede Nacht.«

»Nein, nein, Aylis, nicht jede Nacht«, protestierte Jinnarin. »Ihr wisst genau, dass ich diese Träume in letzter Zeit nicht mehr regelmäßig jede Nacht habe.«

Aravan wandte sich an Aylis. Seine Miene wirkte gefasst und seine Stimme beherrscht, doch in seinen Augen stand tiefe Besorgnis. Er redete leise, sehr leise, da seine Worte nur für ihre Ohren bestimmt waren. »Das ist allein Eure Entscheidung, Aylis, und niemand kann Euch hineinreden. Doch Ihr müsst lange und sorgfältig nachdenken, ehe Ihr diesen Schritt unternehmt, denn der Weg steckt voller Gefahren. Solltet Ihr zu Schaden kommen ...«

Aylis ergriff Aravans Hand, doch sie sagte nichts.

Im Dunkel der Nacht im Lager auf der Klippe, schrak Jatu aus dem Schlaf. Was ihn geweckt hatte, konnte er nicht sagen. Im Licht des beinah heruntergebrannten Feuers sah er sich im Lager um und erblickte seine schlafenden Kameraden und einen zwergischen Wachposten. Jatu schüttelte den Kopf, um seine Gedanken zu klären, da er sein Erwachen auf ein Nachtgeräusch zurückführte. Doch als er sich wieder hinlegte, knisterte es an seiner Brust, und er fand ein Pergament in den Schnürbändern seines Wamses, eine Nachricht von Aravan. Wiederum sah Jatu sich um, doch von einem Boten war nichts zu sehen. Im Feuerschein las er die Nachricht:

Jatu:

Wir sind wohlauf und bei Tarquin. Er hat uns zu einem Waldbewohner namens Ontah gebracht, der ein Heiler ist. Ontah ist außerdem ein »Traumwandler« und schlägt vor, in Begleitung von Lady Aylis in Lady Jinnarins Traum zu reisen. Das könnte einige Tage dauern, denn Lady Jinnarin muss zuerst ihren Traum träumen, damit Ontah in ihm wandeln kann.

Bis zu unserer Rückkehr sende ich Euch alle drei Tage eine Nachricht. Solltet Ihr und Bokar in der Zwischenzeit entscheiden, auf die Eroean *zurückzukehren, wird Euch ein kleines Signalfeuer auf der Klippe wissen lassen, dass ich wieder eine Botschaft geschickt habe.*

Aravan

Noch während diese Nachricht von Tarquin auf Ris zu Jatu gebracht wurde, saßen Aylis und Ontah in dessen Blockhütte und berieten sich. Ein kleines Feuer brannte, das unstete, flackernde Schatten an die Wände warf. Ontah saß mit untergeschlagenen Beinen am Rande des Feuerrings, Aylis hockte ihm gegenüber auf ihren Fersen, und der alte Mann starrte mit seinen braunen Augen angestrengt durch die dünnen aufsteigenden Rauchschwaden in Aylis' grüne Augen. Seine Stimme war leise.

[»In meiner Sprache gibt es ein Wort, das deinem Namen sehr ähnlich ist: *Aylia*. Es bedeutet Lichtschwinge.«]

Aylis neigte den Kopf. [»Als du das Wort ausgesprochen hast, kannte ich seine Bedeutung.«]

Ontah grinste, und sein Gesicht legte sich dabei in unzählige Fältchen. [»Ich muss dich bei einem Namen nennen, wenn wir traumwandeln.«]

Aylis erwiderte das Grinsen. [»Weiße Eule, es wäre mir eine Ehre, wenn du mich Lichtschwinge nennen würdest.«]

[»Gut. Ich hatte gehofft, du würdest den Sinn verstehen.«]

[»Ja?«]

Ontah nickte. [»Dieser alte Kopf hier hat schon über achtzig Sommer erlebt, und alte Gewohnheiten lassen sich nur schwer ablegen. Ich hatte befürchtet, ich würde deinen Namen vergessen und dich ohnehin Lichtschwinge nennen, und ich wollte, dass du es weißt.«]

Aylis betrachtete den alten Mann, und in ihrer Brust schien sich etwas zu verkrampfen. Du meine Güte, er ist erst etwas über achtzig, aber er sieht aus wie ein Magier, der alle seine Macht verbraucht hat. Aber schließlich ist er ja auch ein Mensch ...

Ontah warf noch etwas Holz ins Feuer, und seine Worte rissen Aylis aus ihren Grübeleien. [»Lichtschwinge, hattest du je einen Traum, in dem du wusstest, dass du träumst?«]

[»Ja, Weiße Eule, wenn auch nicht sehr oft.«]

[»Wenn du wusstest, dass du träumst, hast du versucht, den Traum zu verändern, ihn ... schöner zu machen?«]

[»Nein, Weiße Eule. Ich wusste nur, dass ich träume. Ich habe nicht versucht, den Traum zu verändern. Ich wusste nicht, dass man das kann.«]

[»Das ist der zweite Schritt beim Traumwandeln, Lichtschwinge – in den eigenen Traum einzudringen und sich bewusst zu werden, dass es ein Traum ist.«]

[»Wenn das der zweite Schritt ist, was ist dann der erste?«]

[»Dein eigener Traum muss zur gleichen Zeit beginnen wie der Traum, in dem du wandeln willst.«]

[»Ach du meine Güte. Woher weiß ich, wann der Träumer anfängt zu träumen? Woher weiß ich, dass Jinnarin träumt?«]

[»Ihre schlafenden Augen bewegen sich hin und her.«]

[»Und dann muss ich sofort anfangen zu träumen ... und den Traum zu formen?«]

Ontah nickte.

[»Aber wie ...?«]

[»Ich werde es dir beibringen.«]

[»Also gut, nehmen wir an, ich beginne meinen Traum, trete in ihn ein und weiß, dass es ein Traum ist – was dann?«]

Ontah lächelte. [»Dann musst du den Traum formen, ihn deinem Willen unterwerfen, ihn in das verwandeln, was er werden soll.«]

[»Und das wäre ...?«]

[»Das wäre zu träumen, dass du in den Traum eines anderen eintrittst, in den Traum, in dem du wandeln willst.«]

[»Aber wie ...?«]

[»Ich werde es dir beibringen.«]

[»Und dann ...?«]

[»Und dann, Lichtschwinge, wandelst du im Traum des anderen, beobachtest, schaust und merkst dir alles.«]

Aylis holte tief Luft und nickte dann.

Ontah hob warnend die Hand. [»Hier könnte man einem bösen Geist begegnen, und du musst bereit sein, ihn zu bannen oder zu fliehen.«]

[»Ihn bannen? Wie?«]

[»Manchmal kann man ihm einfach befehlen, zu verschwinden, und dann geht er. Manchmal muss man ihm drohen. Manchmal muss man gegen ihn kämpfen, und dabei kann sogar deine Seele getötet werden. Deshalb muss man manchmal fliehen.«]

Aylis spürte, wie sie bei Ontahs Worten Herzklopfen bekam.

[»Lass dich von mir nicht ängstigen, Lichtschwinge, denn man begegnet nicht oft bösen Geistern.«]

Aylis grinste mit gespielter Tapferkeit und sagte: [»Mein Herz sagt mir etwas anderes, Weiße Eule, aber ich werde versuchen, ruhig zu bleiben.«]

Ontah griff über den Feuerring hinweg und drückte ihre Hand. [»Das ist gut, denn du musst ruhig bleiben, um ihn verlassen zu können.«]

[»Um den Traum verlassen zu können?«]

Ontah nickte. [»Ja. Wenn du genug gesehen hast, musst du den Traum verlassen. Manchmal musst du ihn auch verlassen, bevor du bereit dazu bist.«]

Aylis drehte die Handflächen nach oben. [»Und aus welchem Grund?«]

[»Du musst aufhören, im Traum zu wandeln, bevor der Träumer erwacht, sonst bist du gefangen.«]

[»Woher weiß ich, wann ich gehen muss, Weiße Eule?«]

[»Ich werde es dir beibringen.«]

[»Du musst mir sehr viel beibringen.«]

Ontah neigte zustimmend den Kopf. [»Erinnerst du dich noch an die Schritte?«]

[»Wenn derjenige, in dessen Traum ich reisen will, zu träumen anfängt, muss ich selbst anfangen zu träumen und wissen, dass ich träume. Dann muss ich den Traum formen und träumen, dass ich in den Traum eindringe, in dem ich wandeln will. Ich muss gut beobachten und mir alles merken. Falls ich bösen Geistern begegne, muss ich sie bannen, so ich es vermag, ansonsten muss ich fliehen. So oder so muss ich den Traum verlassen, in dem ich wandle, bevor der Träumer erwacht.«]

Ontah lächelte. [»Dann musst du aufwachen und deinen eigenen Traum verlassen, bevor du vergisst, was du in dem Traum gesehen hast, in dem du gewandelt bist.«]

[»Ach? Besteht die Möglichkeit, dass ich ihn vergesse?«]

[»Die meisten Träume werden vergessen, Lichtschwinge, sogar jene, an die wir uns gerne erinnern würden. Ich frage dich, bist du je nachts aus einem Traum erwacht und hast dir gesagt, dass du dich an diesen Traum am nächsten Morgen erinnern musst, um dich dann am nächsten Morgen beim Aufwachen nur noch daran erinnern zu können, dass du dir einen Traum merken wolltest, der Traum selbst sich aber verflüchtigt hat?«]

Aylis lächelte wehmütig. [»Ja, Weiße Eule, ich habe Träume vergessen, an die ich mich erinnern wollte ... genau wie du sagst.«]

[»Dann ist es also erforderlich, Lichtschwinge, dass du nach dem Traumwandeln rasch aufwachst, damit du dich an das Gesehene erinnern kannst.«]

Aylis seufzte. [»Du musst mir sehr viel beibringen, Weiße Eule. Ich fürchte, ich bin dem nicht gewachsen.«]

Ontah schüttelte lächelnd den Kopf. [»Davor habe ich keine Furcht, Lichtschwinge, denn du kennst dich mit der Macht aus. Es wird dir gelingen.«]

[»Dann lass uns beginnen.«]

Ontah warf noch etwas Holz aufs Feuer. [»Sag mir eines: Weißt du, wie man schläft, ohne zu schlafen?«]

Wie man schläft, ohne zu schlafen? Aylis war einen Moment verwirrt, doch dann fragte sie: [»Meinst du ...?«] Und plötzlich ging ihr auf, dass es in Ontahs Sprache kein Wort für Meditation gab ... vor allem nicht für tiefe Meditation ...

... Und so begann Aylis' Unterweisung im Traumwandeln.

Am frühen Nachmittag des nächsten Tages rief ein zwergischer Wachposten: »Da kommt jemand!«

Bokar und Jatu erhoben sich und schauten zum Pinienwald. In der Ferne sahen sie Alamar, der außer Atem zu sein schien und einen zerzausten Eindruck machte. »Da stimmt etwas nicht«, knirschte Bokar, der seine Axt nahm und dem Magier mit Jatu neben sich im Laufschritt entgegeneilte.

Noch bevor sie den alten Magier erreichten, winkte der sie zurück und japste mit verärgertem Unterton: »Kein Grund, zu kommen und mich zu holen. Ich schaffe es auch alleine. Ich lasse mich auch von keinem tragen, obwohl unser Weg eine einzige Tortur war.«

Mittlerweile waren Bokar und Jatu bei ihm. »Droht irgendeine Gefahr?«, wollte Bokar wissen, während sein Blick forschend über den Waldrand wanderte und er die Axt bereithielt.

»Gefahr?«, keuchte Alamar, während er zum Wald herumfuhr. »Wo denn?«

»Ich weiß nicht, wo«, knurrte Bokar, »Ihr seid doch derjenige, der auf der Flucht ist.«

»Auf der Flucht? Ich?«

»Ihr meint, Ihr seid nicht auf der Flucht?«

»Natürlich nicht!«

»Was macht Ihr dann aber hier?«

»Tja, es gab nichts für mich zu tun!«, sagte Alamar schnippisch, um gleich darauf wieder zu japsen und zu schnaufen. »Aylis und Aravan haben alles gut im Griff. Den Fuchsreitern geht es gut. Ontah weiß, was er tut. Die Wilden stellen keine Bedrohung dar. Und außerdem war es verdammt ungemütlich draußen im Wald.«

Bokar schien nicht zugestehen zu wollen, dass alles in Ordnung war. »Seid Ihr sicher?«

Alamar warf die Hände in die Luft und stapfte in Richtung Lager los, während er vorsichtig murmelte: »Nicht genug, dass ich Meile um Meile zu dieser Blockhütte und zurück laufen musste und es in beiden Richtungen bergauf ging, nein, jetzt wird auch noch mein Urteilsvermögen angezweifelt und ...«

Bokar und Jatu machten kehrt und folgten dem Magier, der Zwerg mit finsterer Miene, der schwarzhäutige Mensch lachend.

In dieser Nacht saßen Ontah und Aylis in der Blockhütte am Feuer, und aromatischer Holzrauch erfüllte die Luft mit einem angenehmen Duft. Sie saßen Jinnarin gegenüber, die neben ihnen auf einer Decke lag und einzuschlafen versuchte, es aber nicht konnte. Weder Aylis noch Ontah sagten etwas, sodass die Stille nur durch das leise Knistern der Flammen gestört wurde. Aravan saß mit dem Rücken zur Wand an der Tür und war in angenehmen Erinnerungen versunken. Weder Tarquin noch Falain waren anwesend, da sie Alamar zurück zur Uferklippe begleiteten.

Eine Stunde verstrich, dann noch eine, und der Wind in den Pinien frischte auf, und sein Rauschen übertönte alle anderen Laute. Aylis betrachtete Jinnarin und sah, wie sich ihr Atem verlangsamte und ihre Hände erschlafften – sie war endlich eingeschlafen.

Aylis glitt in einen Zustand leichter Meditation und sah, dass Ontah ihrem Beispiel folgte.

Eine Zeit verstrich. Und dann kam ein leises Wort von Ontah. Unter ihren Lidern bewegten Jinnarins Augen sich rasch hin und her.

Jetzt glitt Aylis in tiefe Meditation und murmelte dabei das mittlerweile fest eingeprägte Wort, das Weiße Eule ihr beigebracht hatte. Sie begann zu träumen. Sie stand im Haus ihres Vaters auf Vadaria und sah sich verwundert um, denn hier war sie seit ihrer Kindheit nicht mehr gewesen. Und während sie dieses Gebäude aus ihrer Kindheit anstarrte, trat ein junger Mann mit schwarzen Haaren, braunen Augen und kupferfarbener Haut durch die Wand auf sie zu. »Lichtschwinge«, sagte er, indem er die Hand ausstreckte und sie in eine Höhle zog.

Sie gingen zum Licht am anderen Ende. Als sie aus der Höhle traten, standen sie neben einem ruhigen Teich.

»Beobachte und erinnere dich«, flüsterte Weiße Eule.

Aylis schaute sich um. Sie waren in einem Wald. Eichen. Weiden. Es war Sommer. In dem Teich stand Schilf am Ufer.

Das Wasser wogte ganz leicht. Irgendwo gurgelte leise ein Bach. Auf der anderen Seite des Weges hielten ein Fuchs und ein Reiter an.

»Erinnere dich«, flüsterte Weiße Eule wieder.

Der Fuchs lief davon. Der Reiter – Jinnarin? Ja, Jinnarin – kniete nieder und pflückte eine Blume. Sie trat ans Ufer des Teichs, kniete sich auf einen Stein, befestigte die Blume in ihren Haaren und benutzte das Wasser als Spiegel. Über ihr erklang Gelächter, und ein Pysk sprang von einem Baum in den Teich. Jinnarin stieß einen Schrei aus.

»Erinnere dich.«

Das muss Farrix sein. Aylis sah zu, wie der schwarzhaarige Pysk auftauchte und aus dem Wasser stieg. Er trug keine Kleidung. Plötzlich verschwand Jinnarins Kleidung ebenfalls. Farrix küsste sie. Sie legten sich ins Moos.

Aylis wandte sich mit klopfendem Herzen an den Menschen. »Weiße Eule, wir dürfen nicht …«

»Lichtschwinge, betrachte die Bäume.«

Aylis sah hin. Sie verloren die Form.

»Lichtschwinge, wir müssen jetzt gehen.«

Sie traten in den Tunnel. Weiße Eule schritt sehr rasch aus. Aylis schaute sich um. Die Öffnung verschwand, und die Tunnelwände stürzten hinter ihnen ein.

»Nicht zurückschauen!«, befahl Weiße Eule mit scharfer Stimme.

Aylis' Kopf fuhr herum, aber sie wusste, dass bei der Geschwindigkeit, mit der die Höhle einstürzte, nur noch Augenblicke blieben, bis sie darunter begraben wurden.

»Glaub es nicht!«, befahl Weiße Eule. »Beherrsche den Traum, dann stürzen die Wände auch nicht ein.«

Mit klopfendem Herzen stellte Aylis sich die Wände hart vor, unnachgiebig, unfähig einzustürzen. Der Lärm hinter ihnen verstummte.

Sie traten aus dem Tunnel in die Blockhütte. Ein winziges Feuer brannte in einem Steinring. Ein alter Mann und eine junge Seherin knieten in tiefer Meditation davor, und eine Pysk lag schlafend vor ihnen auf einer Decke.

»Erinnere dich«, sagte Weiße Eule. »Und wach auf.«

Aylis sprach das zweite Wort, das weiße Eule sie gelehrt hatte ...

... und sie schlug die Augen auf.

Aylis war in Jubelstimmung. Sie war traumgewandelt. Sie wandte sich an Ontah, und er lächelte sie an und sagte: *»N'klat sh'manu, Aylia.«*

»Was?«

»N'klat sh'manu. Chu doto a bala.«

»Converte«, befahl Aylis. Dann wandte sie sich an Ontah. [»Du musst mir verzeihen. Weiße Eule, es scheint, dass ich beim Traumwandeln meine Fähigkeit verloren habe, deine Sprache zu sprechen.«]

Ontah machte ein verständnisvolles Gesicht. [»Ich habe gesagt, dass du deine Sache gut gemacht hast, Lichtschwinge, dein erstes Traumwandeln. Nicht jeder mit Macht kann das so gut, auch nicht nach vielen Monden der Übung.«]

Aylis neigte den Kopf, stolz und gleichzeitig verlegen.

[»Was den Verlust deines Verständnisses meiner Sprache angeht, so liegt das vielleicht daran, dass beim Traumwandeln alle Sprachen gleich sind.«]

[»Alle Sprachen sind gleich?«]

Ontah nickte. [»Erinnerst du dich an die Sprache, die wir im Traum gesprochen haben?«]

Aylis dachte angestrengt nach. [»Ja. Es war ... Wir haben uns unterhalten in ...«] Sie sah Ontah verwirrt an und verstummte dann.

[»In allen Sprachen. Sie sind alle gleich.«]

Aylis und Ontah blieben einen Moment wortlos sitzen. Ohne aufzuwachen, drehte Jinnarin sich auf die Seite. Schließlich fragte Ontah: [»Erinnerst du dich an alles, was passiert ist, Lichtschwinge?«]

[»Ja.«]

[»Dann erzähl es mir.«]

[»In meinem Traum war ich im Haus meines Vaters. Du bist gekommen – aber du warst viel jünger als jetzt –, und du hast einen Tunnel in Jinnarins Traum erschaffen. Sie hat davon geträumt, wie sie und Farrix sich kennen gelernt haben, und dann wurde es zu einem intimen Traum. Dann sind wir gegangen, weil ihr Traum sich langsam auflöste. Der Tunnel stürzte ein, aber du hast mir befohlen, den Einsturz aufzuhalten, indem ich die Herrschaft über den Traum übernehme. Dann sind wir hier angekommen und aufgewacht.«]

Ontah lächelte. [»Gut. Jetzt erzähl mir die Einzelheiten.«]

In jener Nacht reisten sie noch dreimal in Jinnarins Träume, und jedes Mal überließ Ontah Aylis mehr Kontrolle. Nun, da sie wusste, worauf sie zu achten hatte, nahm Aylis zuerst die Anzeichen der Auflösung wahr und warnte Weiße Eule, dass es an der Zeit war, sich zurückzuziehen.

Bei keiner dieser Gelegenheiten erlebte Jinnarin ihren Albtraum.

Aylis und Ontah schliefen den größten Teil des nächsten Tages und erholten sich dabei von ihren nächtlichen Streifzügen. Aravan und Rux gingen auf die Jagd, und der Elf erlegte drei Hasen mit seinem Bogen. Am Nachmittag lag der Geruch nach Ragout in der Luft. Jinnarin und Aravan saßen gerade beim Essen, als Tarquin und Falain angeritten kamen und meldeten, Alamar sicher abgeliefert zu haben, obwohl der Magier allem Anschein nach sofort einen Streit mit einem Zwerg und dem schwarzhäutigen Menschen, Jatu, begonnen habe.

Nachdem Tarquin und Falain wieder verschwunden waren, erwachten Aylis und Ontah, und beim Essen unterhielten sie sich mit Jinnarin und Aravan über das, was sie beim Traumwandeln gesehen hatten. Die Pysk konnte sich nur an ganz wenige Bruchstücke erinnern, und auch nur an solche aus ihrem letzten Traum.

[»Heute Nacht, wirst du dich mit Sperlings Traumseele unterhalten.«]

[»Sperling?«]

Ontah zeigte auf Jinnarin. [»Sperling.«]

Aylis lächelte. »Er nennt Euch Sperling, Jinnarin, und heute Nacht, wenn Ihr träumt, soll ich mich mit Euch unterhalten.«

»Sperling?« Jinnarin grinste. »Das kommt mir irgendwie passend vor. Habt Ihr auch einen Namen, Aylis?«

»Er nennt mich Lichtschwinge. In der Gemeinsprache bedeutet sein Name, Ontah, Weiße Eule. Ihr müsst Euch die Namen nicht merken, Jinnarin, denn nun, da es Euch gesagt wurde, werdet Ihr es im Traum einfach wissen ... so ist es im Traum immer.«

»Vielleicht muss ich mir Eure Namen nicht einprägen, Aylis, aber ich hoffe inständig, dass ich mich nach dem Aufwachen an die Träume erinnern kann.«

Sie standen auf einem hohen Felsen mit Blick auf ein tiefes Tal. Aylis hatte den Arm um Jinnarin gelegt, da sie zu ihrer Überraschung festgestellt hatte, dass sie und die Pysk dieselbe Größe hatten. Neben den beiden Frauen kniete Ontah, der den Wald tief unter ihnen betrachtete.

Die Seherin wandte sich an die Pysk. »Sperling, erzähl mir, wo wir sind.«

»In Darda Glain, Lichtschwinge.«

»Auf Rwn? Ich habe diesen Ort noch nie gesehen.«

»Er ist Außenseitern verschlossen.«

Aylis nickte, da sie verstand.

Ontah erhob sich und zeigte auf die wabernden Wolken in der Ferne. »Wir müssen jetzt gehen, Lichtschwinge.«

»Ach, bleib doch noch.« Jinnarin gähnte. »Ich will nicht, dass ihr geht.« Ihre Augenlider wurden schwer, und ihr Blick schien sich zu verlieren.

Aylis drückte die Schulter der Pysk. »Wir haben keine Wahl.«

Während Aylis sich zu Ontah umwandte, sagte dieser: »Du gehst voran, Lichtschwinge.«

Neben Aylis öffnete sich eine Tunneleinmündung in der Luft. Ontah nickte Aylis zu, und sie traten ein.

»Wie viele Träume?«

»Fünf«, antwortete Aylis.

»Aber ich kann mich an keinen mehr erinnern, und dabei habe ich es mir doch so gewünscht.«

Aylis und Ontah waren gerade erst aufgewacht, und hatten festgestellt, dass es bereits spät am Nachmittag war.

Jinnarin seufzte. »Wieder kein Albtraum.«

Ontah lächelte und sagte etwas zu Aylis. »Er sagt, dass Ihr bemerkenswert gesund seid, Jinnarin.«

»In meinen Träumen, meint Ihr, neh?«

Aylis übersetzte dies für Ontah. Wieder lächelte der alte Mann die Pysk an, dann tippte er sich an den Kopf, zeigte auf sie und redete mit Aylis. »Er meint, geistig und seelisch gesund.«

Aravan kam mit seinem Rucksack in die Blockhütte. Er kauerte sich neben das Feuer und packte Haferkuchen aus. [»Ich war bei deinem Volk. Sie schicken etwas zu essen.«]

Ontah lächelte. [»Ich bin froh. Für das Traumwandeln braucht man viel Nahrung.«]

Aylis pflichtete ihm bei, obwohl sie nichts sagte, denn sie fühlte sich sehr erschöpft.

Sie flogen über die dunklen Wolken eines sich zusammenbrauenden Gewitters hinweg. Jetzt stieß Jinnarin herab, und Aylis und Ontah folgten ihr. Unter ihnen wogten haushohe Wellen in einem hellgrünen Meer, und eine schwarze Galeone trieb mit vollen Segeln über die bewegten Fluten, während der Wind heulte und Blitze in die Masten der Galeone einschlugen.

Aylis blickte in die ebenholzfarbene Nacht, und in der Ferne konnte sie eine zerklüftete Insel ausmachen, aber auch andere Formen waren auf der Oberfläche des wogenden Meers vage erkennbar ... doch worum es sich handelte, konnte sie nicht sagen.

Plötzlich standen die drei in einem Kristallschloss und schauten auf die tobenden Naturgewalten. Wie sie durch die soliden Mauern blicken konnte, wusste Aylis nicht, aber sehen konnte sie, und das schwarze Schiff raste durch die hohen Wellen - und ihnen - entgegen.

Ein Schauder der Furcht überlief Aylis und raubte ihr den Atem.

Dennoch hatte sie die Arme um Jinnarin gelegt, denn die Pysk zitterte vor Entsetzen. Was diese entsetzliche Furcht hervorrief, konnte sie nicht sagen.

»Pass auf, Lichtschwinge, ein böser Geist ist in der Nähe«, schrie Weiße Eule, um das Knistern der Blitze, das Grollen des Donners und das Tosen der Wellen zu übertönen.

Aylis drehte sich zu Ontah um, der neben sie trat. »Bleib bei Sperling und beschütze sie. Flieh, wenn es nötig wird. Ich werde suchen.«

Während Weiße Eule sich entfernte, hatte Aylis das Gefühl, in einen anderen Traum gezerrt zu werden, doch sie bewegte sich nicht von der Stelle. Überall ringsumher veränderten sich die Wände des Schlosses, bewegten sich, zitterten. »Halte aus, Jinnarin!«, rief sie. »Nur noch einen Moment länger.«

Das glitzernde Gemach verlor seine Glätte, wurde unregelmäßig und scharfkantig und gezackt, so als ob ...

Eine Woge des Grauens überkam sie, und in der Ferne veränderte sich das schwarze Schiff.

Jinnarin ächzte, und auf ihrer Stirn bildete sich Schweiß.

»Nein, Jinnarin!«, rief Aylis, deren eigenes Herz in ihrer Brust wie verrückt schlug. »Flieh nicht, noch nicht.«

Plötzlich verwandelte sich das schwarze Schiff in eine riesige schwarze Spinne, die über das wogende grasgrüne Meer auf sie zukam. Eine grauenhafte Furcht bemächtigte sich Aylis, Entsetzen erfüllte ihr ganzes Wesen und lähmende Angst kroch in ihre Glieder. Aus ihrer Kehle drang ein Heulen, ein wortloser Schrei.

Jinnarin schrie und schrie ...

Und von irgendwoher rief Weiße Eule: »Flieh, Lichtschwinge!«

Die Wände begannen zu beben, verblassten dann und lösten sich auf.

Ein Tunnel öffnete sich. »Lauf!«

Aylis lief hinein, von blinder Furcht getrieben, während sie immer noch heisere Schreie ausstieß. Eine schwarze Wand hüllte sie ein und drückte sie nieder ...

... und ihr wildes Geschrei erfüllte die Hütte. Aravan hielt sie fest, während Aylis um sich schlug, die Augen im blicklosen Wahn weit aufgerissen, und Jinnarins Schreie im allgemeinen Lärm untergingen.

Plötzlich sackte Aylis leblos in sich zusammen.

Doch Jinnarin war wach und rief nur immer wieder schluchzend, »Oh. Oh. Oh«, während sie sich an ihre Furcht erinnerte.

Aravan zog die Pysk sanft zu sich heran, und sie kletterte seine Armbeuge empor, drückte sich an ihn und klammerte sich auf der Suche nach Trost ganz fest an ihn. Sie hatte die Augen weit aufgerissen, sah jedoch nichts, da das Entsetzen ihre Sicht verhüllte. Und Aravan hielt Aylis und Jinnarin ganz fest und wiegte sie sanft hin und her, denn er wusste, mehr konnte er im Moment nicht tun. Plötzlich schlug Aylis die Augen auf, und sie holte tief Luft, als wolle sie schreien. *»Schsch, schsch«*, beruhigte Aravan sie. »Du bist in Sicherheit, *Chieran*. Du bist in Sicherheit.«

Sie sah ihn an, und ihr Blick war nicht mehr irr. »Ontah«, keuchte sie, während sie sich aus seiner Umarmung zu befreien versuchte, »geht es ihm gut?«

Aravan ließ Aylis los, und auch Jinnarin kletterte herunter. Gemeinsam schauten sie nach dem alten Mann.

Er lag auf dem Rücken, ohne sich zu bewegen, ohne zu atmen, Arme und Beine abgeknickt, als sei er eine zerbrochene Puppe. Aylis warf sich förmlich zu Boden, legte ein Ohr auf seine Brust und horchte ... horchte ... und stöhnte dann schließlich: »Ach, nein, nein, nein ...«

Mit Tränen in den Augen erhob sie sich auf die Knie und kauerte sich dann auf die Fersen. »Er ist tot. Weiße Eule ist tot.«

Ontah lag vor ihr, die Augen vor Schreck geweitet, den Mund in einem lautlosen Angstschrei verzerrt. Der alte Mann war von einem Traum getötet worden.

15. Kapitel

ABSCHIEDE

Herbst, 1E9574
[Die Gegenwart]

Ein kalter Wind wehte, als Aylis und Aravan als Teil der stummen Prozession der Waldbewohner über den heiligen Boden in einem Gehölz aus Silberbirken schritten. Überall ringsumher standen luftige Plattformen auf hohen Pfählen. Auf diese Gerüste wurden die verhüllten sterblichen Überreste der Toten gelegt. Die Hüllen selbst waren zerfleddert und von Wind, Regen und Sonne gebleicht. Stellenweise waren sie vollkommen verschwunden, und gelbliche Knochen ragten daraus hervor. Schließlich kam die Prozession vor einer neu errichteten Plattform zum Stillstand, und der von Kopf bis Fuß in zeremonielle Tücher gehüllte Leichnam Ontahs wurde auf die ebene Fläche auf den Stangen gehievt. Ontahs Bestattungsurne entnahm der Häuptling vier Büschel Eulenfedern, Daunen, die Ontah persönlich schon vor langer Zeit für eben diesen Tag dort aufbewahrt hatte. Während der Clan leise sang, legten der Häuptling und drei andere Personen jeweils eines der daunenweichen Büschel locker auf jeden Eckpfosten, denn die Waldbewohner glaubten, dass die Seele jedes Menschen von Totemgeistern in die Nachwelt geleitet wird – in Ontahs Fall würden ihn Eulen in das Land Über Allem bringen –, und wenn sie kamen, würde der Luftzug ihrer Flügel die Daunen fortwehen und Ontahs Seele würde in den Himmel getragen.

Praktisch noch während sie die Büschel auf die Pfosten legten und losließen, wurden sie schon von der kühlen Brise erfasst, und die Waldbewohner stießen freudige gedämpfte Seufzer aus, obwohl hier und da auch Tränen über kupferfarbene Gesichter rannen – Aylis selbst weinte ebenfalls stumm.

Wiederum in völliger Stille verließen sie den Bestattungsplatz, wobei sie große Sorgfalt darauf verwendeten, die Toten nicht zu stören, denn wer weiß, welches Unheil daraus erwachsen kann, wenn ein Leichnam aufwacht, der von seiner Seele verlassen wurde. So entfernten sie sich in aller Stille von Ontahs Plattform, den Blick zu Boden gerichtet und ohne sich noch einmal umzudrehen, sodass keiner der Toten ihnen nach Hause folgen konnte ... daher sah niemand die in Schatten gehüllten Füchse durch die Bäume laufen.

Aus einem dunklen Himmel rieselte leichter Schnee herab, als Aylis, Aravan, Jinnarin auf Rux, Tarquin auf Ris und Falain auf Nix am Rande des Pinienwaldes standen. Eine Wolke der Trauer hüllte sie ein und sorgte für eine gedrückte Stimmung. Außerdem hielten sich ganz weit hinten in Aylis' und Jinnarins Augen noch Überreste der grauenhaften Furcht, obwohl keiner von ihnen bisher den Mut aufgebracht hatte, über jene schrecklichen Momente von Jinnarins Traum noch einmal laut zu sprechen. In der Ferne konnten sie am Rande der Klippe das Lager von Bokar, Jatu und den Zwergenkriegern ausmachen, wo ein kleines Feuer brannte, da langsam der Abend heraufzog.

»Niemand, mit dem wir gesprochen haben, hat die Wolken gesehen«, brach Tarquin schließlich das niedergedrückte Schweigen. »Natürlich haben wir nicht mit allen gesprochen, denn Ihr wart nur sechs Tage hier. Aber alle, die wir in dieser Zeit erreichen konnten, haben unsere Fragen verneint.«

Falain wandte sich an Jinnarin. »Das beweist aber nicht, dass Euer Farrix einem Trugbild gefolgt ist, denn niemand hat speziell danach Ausschau gehalten.«

Aravan kauerte sich nieder. »Ich hatte nicht geglaubt, wir würden hier Antworten oder auch nur eine Bestätigung finden ... aber gehofft hatte ich es wohl.«

»Was werdet Ihr jetzt tun?«, fragte Tarquin.

»Über das Meer in Richtung Rwn fahren«, erwiderte der Elf mit einem Blick zum Schnee, der in der zunehmenden Finsternis vom Himmel fiel. »Stellung beziehen und abwarten. Vielleicht fallen noch mehr Wolken herab, denn bald wird das Nordlicht in den Breiten Rwns wieder zu sehen sein.«

Tarquin stieg ab und ging zu Aravan. Der Pysk legte dem Elf die winzigen Finger auf dessen Handfläche und sagte: »Ich glaube zwar, dass Euch gefährliche Zeiten erwarten, aber geht dennoch in Sicherheit, Freund.«

»Ich danke Euch für Eure Hilfe, Freund«, antwortete Aravan. »Ich wollte, wir könnten noch eine Weile bleiben, aber wir können nicht. Gehabt Euch wohl, Tarquin. Gehabt Euch wohl, Falain. Möge Adon Seine schützende Hand über Euch zwei halten.«

Jinnarin und Falain stiegen von ihren Füchsen umarmten einander, wobei Falain flüsterte: »Ich wünsche Euch alles Gute, Jinnarin, und bete, dass Ihr Euren Farrix wiederfindet, denn ich weiß, wie ich mich fühlen würde, wäre es mein Tarquin an seiner statt.«

Jinnarin sagte nichts, während sie zuerst Falain und dann Tarquin umarmte.

Aylis kniete nieder, und Tarquin und Falain berührten zum Abschied ihre Hand. »Wie Aravan sagt: Möge Adon über Euch zwei wachen«, sagte die Seherin.

Dann sprangen die beiden auf Ris und Nix, machten mit einem letzten Winken kehrt und stoben davon. Der silberne und der schwarze Fuchs waren rasch zwischen den dunklen Pinien verschwunden.

Aravan und Aylis erhoben sich müde und verließen mit Jinnarin und Rux den Wald, um durch den Schnee zum entfernten Lager zu gehen.

»Tot?« Alamars Augen weiteten sich. »Ontah ist tot? Was ist passiert, Tochter?«

Aylis, Aravan, Jinnarin, Rux und Alamar standen in der Messe.

Aylis holte tief Luft. »Ich weiß nicht, Vater. Ich weiß nur, dass er getötet wurde, während er in Jinnarins Traum gereist ist.«

»Getötet? Von einem Traum? O nein, ein Traum allein kann nicht der einzige Grund sein. Dahinter steckt ganz sicher noch mehr, Aylis. Ich meine, wenn Jinnarins Traum jemanden töten kann, warum ist sie selbst dann noch nicht tot?«

Jinnarin brach in Tränen aus.

»Was denn?«, blaffte Alamar. »Warum weint Ihr, Pysk?«

Jinnarins Schluchzen wurde lauter.

Aravan kauerte sich nieder und legte der Pysk eine Hand um die Schultern.

Aylis wandte sich an den alten Magier. »Vater, Jinnarin glaubt, dass sie Ontah umgebracht hat. Dass es ihr Traum war, der ihn getötet hat. Aber das stimmt nicht. Vielmehr war es etwas Böses darinnen.«

»Komm, setzen wir uns und reden darüber. Du kannst mir alles erzählen.«

Aravan sah den Magier an. »Nein, Alamar, nicht jetzt, nicht heute Abend. Sie braucht jetzt Ruhe.«

Der alte Magier straffte sich und funkelte Aravan an, bereit, dem Elf zu widersprechen. Doch Aylis legte ihm eine

Hand auf den Arm. »Er hat Recht, Vater. Ich brauche Schlaf, denn ich bin völlig erschöpft.«

Alamar sah Aylis an, deren Wangen und Augen eingefallen waren, und deren ganze Haltung von einer Müdigkeit jenseits aller Vorstellungskraft sprach. Er warf einen Blick auf Jinnarin und sah, dass es der weinenden Pysk nicht besser ging. Mit einem Seufzer gab Alamar nach. »Ja, jetzt wird es mir auch klar. Ins Bett mit dir, Tochter. Mit Euch auch, Pysk. Was immer wir zu besprechen haben, hat Zeit bis zum morgigen Tag.«

Sie verließen die Bucht mit der Morgenflut bei starkem Schneefall. Der Schnee selbst wurde vom heulenden Wind umhergepeitscht und sah in der Düsternis des einsetzenden Morgengrauens schwarz wie umherwirbelnde Rabenfedern aus. Oben in der bebenden Takelage trugen die Männer Sturmlaternen, leuchtende Punkte in der Finsternis, während Besan- und Großsegel gesetzt wurden. Indessen sorgten andere Besatzungsmitglieder an Deck dafür, dass auch Klüver und Stag gehisst werden konnten. Diese Segel und keine anderen würden sie auf der Fahrt nach Osten benutzen, verkündete Frizian. Es lag nicht an den Masten und Holmen der *Eroean*, die bei diesem rauen Wind leicht mehr Seide hätten verkraften können. Vielmehr lag es an der Mannschaft, denn bei diesen eisigen Bedingungen konnten die Männer nicht so lange in den Wanten bleiben, um die anderen Segel zu setzen, ohne Erfrierungen und Schlimmeres zu riskieren. Nur in größter Not würde die Mannschaft die höchsten Segel setzen, und die Not war nicht groß. So legte die *Eroean* noch im Dunkel der Nacht mit halben Segeln und in einem wirbelnden Schneesturm vom Westkontinent ab und schlug den Weg nach Osten ein.

Es war später Vormittag, als Aylis ächzend erwachte. Der Schieflage ihrer Kabine konnte sie entnehmen, dass das Schiff eine ausgeprägte Seitenlage hatte, und das Geräusch des Windes in der Takelage bestätigte, dass ein stürmischer Wind wehte. Fahles Licht drang durch das Bullauge in die Kabine, die von einer klammen Kälte durchdrungen war. Sie rappelte sich auf, verließ ihre Koje, wusch sich das Gesicht und zog sich warme Kleidung an. Dann verließ sie ihre Kabine und ging zur Kapitänskajüte, wobei sie sich in dem schrägen Korridor mit einer Hand beständig an der Wand abstützte. Dort traf sie ihren Vater und Jinnarin an, die bereits warteten. Eine einzelne Laterne hing von einem Deckenbalken herab und warf ein schwankendes Licht auf die beiden, da das Schiff durch die schwere See pflügte. »Hm«, grollte Alamar zur Begrüßung, »ich dachte schon, du willst den ganzen Tag schlafen.«

»Das hätte ich tun können, Vater, aber was würde ich dann heute Nacht machen?«

»Genau!«, versetzte der Magier, durch ihre Antwort entwaffnet.

Während Aylis sich setzte, sprang Jinnarin vom Tisch auf einen Stuhl und auf den Boden. »Seid Ihr hungrig? Ich hole Tink. Er bringt Euch etwas zu essen.«

»O nein, Pysk, lasst das lieber«, blaffte Alamar. »Ihr werdet von Deck geweht, wenn Ihr dort hinausgeht.«

Jinnarin lachte über die Schulter. »Das weiß sogar ich, Alamar. Ich gehe durch den Korridor zum Ruderhaus und durch die Falltür nach unten.« Sie verschwand in dem düsteren Verbindungsgang.

Alamar knurrte zustimmend, dann schwang er herum und studierte Aylis' Gesicht, um schließlich leise zu sagen: »Du siehst immer noch blass und verhärmt aus. Geht es dir gut?«

Aylis holte tief Luft und spürte, wie das Herz in ihrer Brust heftig schlug. Und ihr ging auf, dass irgendwo tief in ihr ihre Seele von Furcht erfüllt war. »Nein, Vater, es geht mir nicht gut. Ich habe Angst.«

Alamar streckte die Hand aus und legte sie auf ihre. »Kannst du schon darüber reden ... über das Traumwandeln?«

»Ich muss, Vater, denn etwas« – und nun fing Aylis' Herz an zu hämmern, und sie hielt den Atem an – »etwas Grässliches haust in Jinnarins Albtraum. Etwas, das Ontah getötet hat. Und wir müssen herausfinden, was es ist und was hinter diesem ... diesem Grauen steckt.«

Alamar nahm ihre zitternde Hand in die seine und hielt sie fest. »Nachdem du etwas gegessen hast, Tochter, werden wir uns über dieses Traumwandeln unterhalten und auch über das, was darin passiert ist.«

Aylis nickte und drückte Alamars Hand. »Aravan auch, Vater. Ich will ihn hier bei mir haben, wenn ...«

Ein Lächeln huschte über das Gesicht des Alten. »Ha! Das versteht sich doch von selbst, Tochter, ganz von selbst. Tatsächlich überrascht es mich sogar, dass er noch nicht hier ist. Er hat immer wieder den Kopf hereingesteckt, pünktlich wie ein Uhrwerk, um zu sehen, ob du schon wach bist.«

Das Heulen des Windes hallte durch den Korridor, als sich die Tür zum Deck öffnete und wieder schloss.

»Wenn ich mich nicht irre, Tochter, ist er das wieder.« Aravan betrat die Messe, und Alamar meinte fröhlich: »Was habe ich gesagt?«

Der Elf legte seine Schlechtwetterkleidung ab und wandte sich an Aylis. »Habt Ihr schon etwas gegessen?«

»Jinnarin ist gerade gegangen, um Tink zu holen.«

Aravan füllte Holzkohle in den kleinen eisernen Ofen und stellte ein wenig mehr Zug ein. Dann setzte er sich auf den Stuhl neben Aylis. »Sollte dieser Wind anhalten, sind wir in fünf Tagen in Rwn.«

Alamar schnaubte. »Glaubt Ihr wirklich, dass wir dort etwas entdecken?«

Aravan zuckte die Achseln. »Wer kann das schon sagen?«

Aylis seufzte. »Ich könnte es ... wenn nicht jemand alle Visionen im Zusammenhang mit ... im Zusammenhang mit dem, was wir verfolgen, blockieren würde.«

»Im Zusammenhang mit der Rettung von Farrix«, ertönte Jinnarins Stimme, als die Pysk die Kabine mit Tink im Schlepptau betrat, der ein Tablett trug. »Wir versuchen Farrix zu finden. Das verfolgen wir.«

Aylis lächelte. »Aye, Jinnarin. Das tun wir. Aber es geht dabei noch um mehr als Euren vermissten Gemahl, obwohl ich nicht sagen kann, worum sonst. Wir unterhalten uns nach dem Frühstück darüber ... und auch über das Traumwandeln, Jinnarin. Auch darüber.«

Jinnarin holte tief Luft, ließ sie dann langsam entweichen und nickte dann einmal scharf. »Ja, Aylis, nach dem Frühstück.«

Alamar beugte sich vor, als Tink die Abdeckhaube vom Tablett nahm. »Herr Käpt'n, ich habe genug für alle mitgebracht«, sagte der Schiffsjunge lächelnd. »Ich dachte mir, dass mehr als einer Hunger haben würde, wo heute Morgen alle so früh aufgestanden sind.«

»Das hast du gut gemacht, Tink«, sagte Aravan. »Wir können alle einen Bissen vertragen.«

»Danke, Herr Käpt'n«, sagte Tink. »Ist sonst noch etwas?« Als Aravan verneinend den Kopf schüttelte, verließ Tink die Messe und schloss die Tür hinter sich.

Alamar brauchte keine ausdrückliche Aufforderung, sondern nahm sich einen Teller und nahm sich eine Portion Hafergrütze, fügte einen Löffel Honig hinzu, rührte energisch um und machte sich dann darüber her. Aylis aß hingegen sehr zaghaft – in erster Linie Honig und Brot –, und dabei leistete Jinnarin ihr Gesellschaft, die auch nur in ihrem Essen herumstocherte. Aravan nahm nur Tee und sah den anderen zu, wobei ihm auffiel, dass Aylis und Jinnarin sich für etwas äußerst Unangenehmes zu wappnen schienen. Eine ganze

Weile sagte niemand etwas, und Wind, Wellen und die Geräusche der *Eroean* waren alles, was die Stille störte. Schließlich schob Aylis ihren Teller beiseite, auf dem ein nur halb verzehrtes Stück Brot zurückblieb, und sah Jinnarin an, die mit untergeschlagenen Beinen auf dem Tisch saß. »Lasst uns anfangen.«

Jinnarin schaute auf und fragte: »Wo soll ich anfangen?«

Alamar grollte: »Am Anfang, Pysk.«

Als habe diese Bemerkung den Ausschlag gegeben, nickte Jinnarin und holte tief Luft. »Ich kann mich nicht mehr erinnern, was ich geträumt habe, bevor ich wieder über das hellgrüne Meer flog, aber wie der Traum auch angefangen und wovon er auch gehandelt haben mag, ist wohl nicht wichtig. Ich weiß nur noch, dass ich wieder in den dunklen Gewitterwolken war, und das schwarze Schiff, in dessen Masten Blitze einschlugen, befand sich unter mir.«

Alamar fragte Aylis: »Hatte der Beginn ihres Traums einen Einfluss auf die Sendung?«

Aylis schüttelte den Kopf. »Nein, Vater. Wenigstens glaube ich das nicht. Als Ontah und ich in ihren Traum gereist sind, stand sie auf einer gefällten Eiche.«

»Oberhalb eines Teichs?«, fragte Jinnarin.

»Ja.«

»Das ist ganz nah bei meinem Heim in Darda Glain.«

»Ihr seid einem Ast gefolgt, bis Ihr über dem Wasser wart, und wolltet hineinspringen.«

»Farrix und ich schwimmen oft dort.«

Aylis lächelte. »Ihr seid auch gesprungen, aber nicht ins Wasser, sondern in die Luft und auf und davon. Ontah und ich sind Euch gefolgt. Kurz darauf waren wir schon zwischen den Gewitterwolken mit dem albtraumhaften Schiff unter uns, auf das die Blitze einschlugen.«

Alamar beugte sich vor. »Hast du irgendetwas Seltsames bemerkt?«

»Alles war seltsam, Vater.«

»Nein, ich meine, hast du irgendetwas gesehen, was Jinnarin uns noch nicht beschrieben hat?«

Aylis Blick verlor sich, als sie sich die Szene noch einmal ins Gedächtnis rief. »Nein ... oder vielleicht doch. Ich habe noch andere Formen auf dem Meer gesehen, aber es war zu dunkel ... sie waren zu vage und zu weit entfernt, um sie zu erkennen.«

Jinnarin neigte den Kopf. »Andere Formen? Meint Ihr die Insel?«

»Nein, Jinnarin. Die Insel konnte ich sehen. Das waren vielleicht andere Inseln. Kleinere.«

»Hm«, sann Aravan. »Vielleicht ein Archipel oder ... ich werde meine Karten nach Inselgruppen in einem hellgrünen Meer durchsehen.«

Alamar hob warnend die Hand. »Vergesst nicht: Nicht alle Traumvisionen sind, was sie zu sein scheinen. Das Gewitter, das Schiff, das Meer, die Inseln, das Kristallschloss. Vielleicht sind sie alle nur Symbole, die etwas ganz anderes darstellen.«

Aylis stimmte ihm zu. »Ja, Vater, so ist es, denn zumindest ein oder zwei Dinge waren etwas ganz anderes.«

»Ach?«

»Ja.«

Jinnarin erschauderte bei der Erinnerung, fuhr aber fort: »Es war wie zuvor: Plötzlich befand ich mich in einem Kristallschloss und beobachtete das schwarze Schiff, das über das sturmgepeitschte Meer zu mir segelte, und ich hatte Angst.

Dann kamen Aylis und Ontah, und der Traum veränderte sich zu etwas anderem als zuvor ... und die Angst wurde viel, viel stärker.«

Jinnarins Blick wanderte unstet umher. »Ich habe sogar jetzt noch Herzklopfen.«

Aylis nahm ganz vorsichtig Jinnarins winzige Hand in ihre eigene. »Ich auch, Jinnarin.«

Alamar strich sich den Bart. »Verändert? Inwiefern? Wie hat sich der Traum verändert?«

Jinnarin holte tief Luft. »Na ja, als Lichtschwinge und Weiße Eule ...«

»Lichtschwinge und Weiße Eule? Was soll das, Pysk? Wer ist das?«

»Das sind ihre Traumnamen, Alamar. Aylis ist Lichtschwinge, und Ontah ist ... war Weiße Eule. Ich hieß Sperling.«

Alamar nickte nachdenklich und bedeutete ihr dann, fortzufahren.

»Als sie kamen, nahm die Furcht zu. Ich wäre geflohen, aber Lichtschwinge, rief mir zu, ich solle noch bleiben. Die Kristallmauern zitterten und veränderten sich und das Schiff auch. Ich wollte fliehen, aber Lichtschwinge ... ich dachte, mein Herz müsse zerspringen, und obwohl ich es versucht habe, konnte ich einfach nicht länger bleiben. Ich musste fliehen.«

Jinnarin verstummte und schaute verloren drein.

Alamar wandte sich an Aylis. »Der Traum hat sich verändert? Inwiefern, Tochter?«

»Als die Furcht kam, rief Weiße Eule, dass ein böser Geist in der Nähe sei. Dann trug er mir auf, bei Sperling zu bleiben und falls nötig zu fliehen, während er suchte. Da hat der Traum sich verändert. Die Wände bewegten sich, und es war, als sehe ich alles doppelt: Die glatten Kristallwände wurden von anderen überlagert, die roh und unbearbeitet aussahen. Ich hatte das Gefühl, in einen anderen Traum gezogen zu werden, in einen Traum, der anders als Jinnarins war. Und die Furcht, die Angst, wurde so stark, dass ich sie kaum noch ertragen konnte. Dennoch forderte ich Sperling auf, zu warten, und das Schiff verwandelte sich in eine schwarze

Spinne, die auf uns zulief. Ich fing an zu schreien. Ich konnte nicht anders. Die Wände bebten und verblassten, während der Traum, Jinnarins Traum, langsam in sich zusammenfiel. Weiße Eule beschwor uns, zu fliehen. Ein Tunnel tat sich auf, und ich lief voller Entsetzen davon.«

Wieder stieg die Furcht in ihr hoch, und Aylis fing an zu schluchzen. Aravan zog sie an sich und nahm sie in die Arme. Jinnarin begann ebenfalls zu weinen.

Nach einem Moment löste Aylis sich von Aravan und fuhr sich mit dem Handrücken über die Wangen. »Weiße Eule – Ontah – ist nicht geflohen. Vielmehr ist er dort gestorben – in diesem Nachtmahr. Etwas hat ihn getötet ...«

»Der böse Geist?«, fragte Jinnarin, deren Gesichtszüge ihre Anspannung verrieten.

Aylis drehte die Hände. »Ich weiß es nicht, Jinnarin. Vielleicht war es ein Geist. Vielleicht war es aber auch die Angst.«

Alamar nahm die Teekanne und schenkte sich nach, wobei er infolge des Seegangs ein wenig Tee verschüttete. »Würde eine Spinne so eine Angst hervorrufen?«

Jinnarin nickte mit geweiteten Augen. »Es war eine riesige Spinne, Alamar.«

»Trotzdem ...«

Aylis zuckte die Achseln. »Ich weiß es nicht, Vater. Mein Eindruck ist, dass Weiße Eule die Furcht ... woanders gefunden hat ... als sei er gar nicht mehr in Jinnarins Traum. Ich habe nicht nach ihm gesucht, weil er mir Sperlings Sicherheit anvertraut hat. Trotzdem schien es so, als könnte ich den Blick nicht vom Schiff und dann von der Spinne losreißen.«

»Vielleicht war – ist – dann die Spinne gar nicht der böse Geist, sondern eine Ablenkung ... etwas, das uns darin hindern soll, an den Symbolen vorbei und in das wahre Wesen des Traums zu schauen.«

»Vielleicht, Vater. Aber vielleicht sind sie auch genau das, was sie zu sein scheinen.«

Vom starken Wind getrieben, sichteten sie gegen Ende des fünften Tages die Insel Rwn, und die *Eroean* schlug einen südlicheren Kurs ein, bis sie zur Mitte des sechsten Tages die Bucht an der Südostküste erreichte, in die sie einliefen, um dort vor Anker zu gehen.

»Jetzt warten wir«, sagte Aravan, als die Mannschaft die Takelage verließ, nachdem alle Segel eingerollt und alle Taue aufgeschossen worden waren.

Es war der fünfzehnte Novembertag, und der Winter hielt Einzug in die nördlichen Breiten.

Aylis schaute zum Himmel. »Ich fürchte, durch diese Wolkendecke können wir überhaupt nichts sehen.«

»Ob klar oder bedeckt«, erwiderte Aravan, »wir sehen vielleicht ohnehin nichts.«

Aylis drehte sich um und betrachtete die Insel. Nicht weit entfernt schwappten dunkle Wellen auf den felsigen Strand. Auf dem ansteigenden, schneebedeckten Land dahinter erhoben sich hohe Pinien, und wo sie durch den weißen Mantel stachen, waren die Äste in ein so dunkles Grün gehüllt, dass es beinah blau wirkte. Hier und da gab es auch Abschnitte mit Laubbäumen, die in ihrem Winterkleid kahl und öde wirkten und knorrige, schneebedeckte Äste und Zweige in den trostlosen Himmel reckten.

Der in einen Mantel gehüllte Alamar kam mit Jinnarin und Rux auf das Achterdeck. »Wir gehen jetzt zu Bett«, rief der Magier. »Wir müssen ausgeruht sein, wenn wir in der Nacht wach bleiben wollen.«

Jinnarin wandte sich an den Alten. »Ich glaube nicht, dass ich schlafen kann.«

»Unsinn, Pysk. Außerdem müsst Ihr schlafen. Nur Ihr habt Augen, die gut genug sind, um auf natürliche Weise diese

Wolken zu sehen. Ich kann sie nur mit meiner Magiersicht entdecken.«

»Warte, Vater«, sagte Aylis. »Lass mich einen Wetterzauber wirken. Wenn es nicht aufklart, wird heute Nacht niemand etwas sehen, Wolken hin oder her.«

»Es spielt keine Rolle, Tochter«, knurrte der Magier. »Wir müssen uns daran gewöhnen, wach zu bleiben. Schließlich werden wir diejenigen auf Wache sein.«

Aylis stieg die Treppe zum Hauptdeck herab. »Vergiss nicht, Vater, ich verfüge auch über Magiersicht. Trotzdem ist es keineswegs sicher, dass wir irgendetwas sehen.«

»Pah!«, schnaubte Alamar. »Wenn ein Pysk sie sehen kann, dann ...«

»Dann ist das noch keine Garantie dafür, dass wir sie auch sehen, Magiersicht hin oder her«, unterbrach Aylis. »Davon abgesehen, werde ich das Wetter vorhersehen. Das dauert nur einen Moment.«

Sie hüllte sich in ihren Umhang und ging weiter in den kalten Wind. Das Elfenschiff hatte sich am Anker gedreht, bis die Spitze in den Wind zeigte. Die Seherin stand auf dem Vordeck, starrte über das Bugsprit nach Westen und sagte: *»Caelum in futura.«* Sie beobachtete, wie Schiff, Wasser und Land verschwanden und nur der Himmel blieb, während in wenigen Augenblicken Stunden verstrichen – der Tag raste vorbei, die Dämmerung nur ein Flackern, während lichtlose Dunkelheit den Himmel überzog. Dann ging das Morgengrauen in einen wolkigen Tag über, doch ein helles Blau verdrängte das Grau und jagte es davon – und dann endete die Vision.

»Morgen um diese Zeit wird es klar sein«, sagte sie bei ihrer Rückkehr. »Aber heute Nacht ist es bewölkt.«

Alamar murmelte etwas. »Spielt keine Rolle«, fauchte er. »Ich gehe jetzt zu Bett. Von nun an, bis wir die Wolken sehen und entdeckt haben, wohin sie ziehen, heißt es tagsüber schlafen und nachts wachen. Derselbe Rhythmus, dem ich folge, wenn ich die Sterne beobachte.«

Er machte kehrt und ging zu der Tür, die zu den Kabinen führte. »Kommt Ihr, Pysk?«, rief er über die Schulter. »Ich kann nicht zulassen, dass Ihr auf der Wache einschlaft.«

»Gleich, Alamar«, antwortete Jinnarin, die ihm nachsah, bis er die Tür hinter sich geschlossen hatte. Sie wandte sich an Aravan, der auf dem Achterdeck am Ende der Treppe stand. »Ich bin wirklich überhaupt nicht schläfrig.«

Aravan ging zum Hauptdeck herunter und hockte sich neben die Pysk. »Jinnarin, es gibt keinen Grund für Euch, Wache zu halten, solange das Nordlicht nicht zu sehen ist. Wann das der Fall sein wird, kann ich nicht sagen, denn ich kenne niemanden, der dem Nordlicht gebieten kann, und sie kommen, wie es ihnen gefällt. Dann und nur dann müsst Ihr wach sein. Ich an Eurer Stelle würde ganz normal schlafen und nur bei Bedarf wachen – nur wenn die Lichter am Himmel zu sehen sind. Und meine Mannschaft wird Euch wecken, wenn das der Fall ist. Sollten die Lichter in mehreren Nächten hintereinander zu sehen sein, werdet Ihr Euch von allein rasch auf diesen neuen Tagesablauf einstellen.«

Jinnarin warf einen Blick auf die Tür, durch die Alamar verschwunden war, dann grinste sie den Elf an. »Wir sagen es Alamar bald, neh?«

Pysk und Fuchs gingen zu Jatu, und als sie weg waren, sagte Aylis zu Aravan: »Ihr habt gesagt, niemand, den Ihr kennt, könnte über das Nordlicht gebieten, und das ist wahr. Doch wenn wir den Worten von Jinnarins Farrix Glauben schenken wollen, dann gebietet vielleicht tatsächlich jemand darüber ... oder wenigstens über einen Teil davon. Doch warum das so sein sollte, kann ich nicht sagen.«

Am späten Nachmittag kam Alamar wieder an Deck. Aylis stand im Bug, die Arme auf die Hauptreling gestützt. Der

Alte gesellte sich zu ihr. »Ich konnte nicht schlafen«, meinte er mürrisch, als sie den Kopf in seine Richtung drehte.

Aylis richtete den Blick wieder auf die Insel, und die beiden standen und schauten auf die Wellen, die ans Ufer brandeten. Schließlich sagte der Alte: »Ein Kupferstück für deine Gedanken.«

Aylis seufzte und sagte dann. »Vater, hier stehen wir nun, vor der Küste von Rwn, weniger als eine Tagesreise von Kairn und weniger als eine Tagesreise von deiner Kate entfernt. Aber was noch wichtiger ist, weniger als eine Tagesreise von Vadaria.«

»Hm?« Alamar sah Aylis an. »Was hat Vadaria damit zu tun?«

Jetzt drehte Aylis sich mit Tränen in den Augen zu ihrem Vater um. »Vater, ich sehe dich an und erkenne, dass dein astrales Feuer beinah erloschen ist. Dir bleiben nicht mehr viele Zauber, und solltest du dich an etwas Größerem versuchen, könnte es dich das Leben kosten. Du hast deine Lebensenergie beinahe verbraucht, und du weißt ganz genau, dass es Zeit für dich wird, heimzukehren und dir deine Jugend und deine Macht zurückzuholen.«

Alamar fuhr auf. »Ach was! Ich bin so gut wie ...«

»Nein, Vater, das bist du nicht!«, entfuhr es Aylis wütend, während sie die Hand ausstreckte, und ihm zu schweigen bedeutete. »Vater, du betrachtest dieses Unternehmen als Spiel, als letztes kleines Abenteuer. Aber es ist alles andere als das!«

»Pah!«, schnaubte der Alte mit trotziger Miene.

»Vater, du weißt, dass es stimmt, was ich sage, und du solltest dich nicht dümmer stellen als du bist. Einer ist bei diesem Unternehmen bereits gestorben, und ich will nicht, dass du der Nächste bist.«

Mit den Zähnen knirschend, wandte Alamar sich seiner Tochter zu.

»Bitte, Vater, hör mir zu. Wärst du von der Energie deiner wiederhergestellten Jugend erfüllt, könnte man sich keinen Besseren vorstellen, um das Unternehmen zu einem guten Ende zu führen. Aber das bist du nicht, und wir haben es mit jemandem von großer Macht zu tun, und ich fürchte um dein Leben. Denn in diesem Augenblick bist du alt und beinah verbraucht und einem jüngeren Magier nicht gewachsen.«

Alamar fuhr herum, die Hand erhoben, als wolle er Aylis schlagen. Sie stand weinend da, ohne darauf zu reagieren, die Hände an den Seiten. Plötzlich starrte er voller Verwunderung auf seine erhobene Hand, und die Wut verließ ihn. Er zog sie an sich und drückte sie so fest, wie sein gebrechlicher Körper es zuließ. Und sie umarmte ihn und weinte. Schließlich hielt er sie auf Armeslänge vor sich und sagte: »Aylis. Was du sagst, stimmt. Ich bin alt. Da, jetzt habe ich es ausgesprochen: Ich bin alt. Niemand gibt gerne zu, dass er alt ist. Niemand. Aber ich bin es. Alt.

Ich sollte ... ich muss nach Vadaria reisen, und zwar bald, denn ich habe nicht mehr viel Feuer in mir. Trotzdem werde ich diese Expedition erst verlassen, wenn wir Farrix' Schicksal geklärt haben« – Alamar hob eine Hand, um dem Protest zuvorzukommen, der Aylis auf der Zunge lag – »ich habe mein Wort gegeben und werde es nicht zurücknehmen ... schließlich hat er mir das Leben gerettet. Aber ich werde vorsichtig sein und so wenig Energie verbrauchen wie möglich, denn wie du siehst, kenne ich meine Grenzen. Sobald wir Farrix gefunden haben, sobald dieses Unternehmen beendet ist, gehe ich, das verspreche ich – zuerst nach Kairn, in die Stadt der Glocken, denn ich möchte mich dort noch von jemandem verabschieden, und dann nach Vadaria, um meine Jugend zurückzugewinnen.«

Alamar zog eine Augenbraue hoch. »Mehr kann ich nicht tun, Aylis. Reicht dir das?«

Seine Tochter betrachtete das alte Gesicht des Magiers. Schließlich seufzte sie, zog ihn an sich und drückte ihn noch einmal. »Ja, Vater, es muss wohl reichen.« Dann war sie diejenige, welche ihn auf Armeslänge vor sich hielt. »Aber du darfst dein Versprechen nicht vergessen – du musst dein Feuer hüten und darfst es nur in größter Not verbrauchen. Dies ist kein Spiel und auch kein letztes Abenteuer. Ich will nichts mehr von diesem kämpferischen Gehabe sehen, wie etwa feindliche Feuerbälle zur Explosion bringen oder dergleichen mehr.«

Alamar schaute sie lange an, doch schließlich nickte er. »Du bist ein zäher Verhandlungspartner, Tochter.«

»Der Apfel fällt nicht weit vom Stamm«, erwiderte Aylis lächelnd. Wieder umarmte sie ihn mit einem zaghaften Lächeln auf den Lippen, denn tief im Innersten bezweifelte sie, dass er sein Versprechen halten würde.

Jinnarin saß mit Aylis in der Kabine der Seherin, die Pysk mit untergeschlagenen Beinen auf dem heruntergeklappten Seitenteil des Schreibtisches, Aylis auf ihrer Koje und an die Wand gelehnt. Beide tranken Tee. Die Nacht war hereingebrochen, und die Kabine wurde vom weichen gelben Schein einer Laterne erhellt. Die beiden waren allein, und das schon seit dem Abendessen – Aravan und seine Offiziere waren in der Messe und legten die Wachpläne für die nächsten Tage fest, während Alamar sich in seine eigene Kabine zurückgezogen hatte. So saßen die beiden da und redeten von gegenwärtigen Dingen, von vergangenen und zukünftigen.

»Ich habe heute etwas gelernt, Jinnarin.«

»Ach?«

»Von meinem Vater. Er hat etwas gesagt.«

Jinnarin schwieg und wartete darauf, dass Aylis weitersprach.

»Ja, und ich glaube, dass es auf Magier und Menschen gleichermaßen zutrifft.«

Jinnarin stellte ihre winzige Tasse ab. »Ihr Magier seid ziemlich merkwürdig. Aber das sind die Sterblichen auch.« Die Pysk lachte. »Vielleicht sind wir das alle.

Egal. Was hat Alamar denn gesagt?«

»Er hat gesagt, niemand gibt gern zu, dass er alt wird.«

Jinnarin zuckte die Achseln. »Dazu kann ich nichts sagen. Ich bin keine Sterbliche.«

»Ich auch nicht, Jinnarin. Trotzdem hat die Bemerkung meines Vaters Fragen aufgeworfen und Dinge ans Licht gebracht.«

»Wie zum Beispiel ...?«

Aylis sah die Pysk an. »Wisst Ihr noch, wie Weiße Eule beim Traumwandeln ausgesehen hat?«

Jinnarin nickte. »Ja. Er war dunkelhaarig. Jung und stark.«

Aylis beugte sich vor. »Ja. Ganz und gar nicht wie der Ontah, den wir kennen gelernt haben, denn im wachen Leben war er ein weißhaariger Greis.«

»Ganz wie Euer Vater, Aylis.«

»Ja. Aber ich kann mich noch an die Zeit erinnern, als mein Vater noch die Kraft der Jugend hatte. Seine Haare waren dunkelbraun, seine Glieder stark, und sein Körper war hager und kräftig.«

Jinnarin merkte auf. »Wie Ontah in dem Traum.«

»Ja. Aber mein Vater wird seine Jugend zurückgewinnen, während Ontahs für immer verloren war ... außer in seinen Träumen.«

Jinnarin seufzte. »Glaubt Ihr, alte Sterbliche betrachten sich als alt? Ich meine, bei sich, denken sie da, dass sie immer noch so sind, wie sie in ihrer Jugend waren?«

»Das weiß ich nicht, Jinnarin, aber es gehört zu den Dingen, über die ich nachdenke. Sterbliche wissen, dass sie irgendwann alt und schwach werden, dass sie ihre Gesundheit verlieren, dass ihr Körper die Fähigkeit verliert, sich rasch von Krankheiten und Wunden zu erholen, und dass sie vielleicht sogar an Gebrechen leiden, die nie mehr heilen. Doch obwohl sie ihre Gebrechen kennen, müssen sie sich in Gedanken und auch in ihren Träumen noch als jung betrachten.«

»Betrachtet sich im Traum überhaupt jemals jemand als alt?«

»Auch das weiß ich nicht, aber wenn ja, hat der Betreffende vielleicht schon aufgehört, zu leben.«

»Bedeutet das, alt zu sein? Das Leben aufzugeben?«

»Vielleicht, Jinnarin. Vielleicht.« Aylis lächelte, denn die Überlegungen der Pysk gingen in dieselbe Richtung wie ihre. »Doch wenn es so ist, dann hat die Frage, wie lange jemand gelebt hat – die Zahl der erlebten Jahre –, wenig damit zu tun, alt zu sein. Lebensalter allein ist nicht dafür verantwortlich. Vielmehr ist es die Einstellung, das Interesse am Leben?«

Jinnarin zuckte die Achseln. »Vielleicht.« Sie betrachtete ihre Hände. »Ich habe wie lange gelebt? Hm ... mehrere tausend Jahre, doch es kommt mir so vor, als hätte ich immer so empfunden wie jetzt. Meine Einstellung zum Leben war immer gleich. Ich frage mich, ob das für Sterbliche anders ist?«

Aylis schüttelte den Kopf. »Ich weiß es nicht, Jinnarin. Aber was Ihr über Euch sagt, trifft auch für mich zu: Auch mir kommt es so vor, als sei meine Einstellung zum Leben schon immer so gewesen wie jetzt. Vielleicht ist es für Sterbliche genauso ... zumindest für einige, denn auch die Sterblichen sind nicht alle gleich. Vielleicht sehen sich viele im Alter noch genauso wie in ihrer Jugend. Andererseits könnten aber auch Gebrechen die Einstellung ändern und zu Verbitterung und vorzeitiger Alterung führen. Mein Vater ist jedenfalls gebrechlich ... und mürrisch ... ganz anders als er sein wird, wenn er seine Jugend wiederhat.«

Jinnarin legte die Hände zusammen, sodass die Fingerspitzen aneinander lagen. »Ist es die Unvermeidlichkeit des Todes, die Sterbliche altern lässt, oder ist es der Alterungsprozess, der den Tod unvermeidlich macht?«

Aylis zuckte die Achseln. »Das kann ich nicht sagen, denn obwohl ich altere - was bedeutet, dass ich allmählich älter werde, da ich beim Zaubern Energie verliere –, kann ich meine verbrauchte Jugend zurückgewinnen. Daher weiß ich nicht, was für die Sterblichkeit verantwortlich ist, denn ich bin nicht sterblich.«

Jinnarin kratzte sich an der Stirn. »Das ist keiner von uns ... Vielleicht werden wir es nie erfahren.«

Es klopfte leise an die Kabinentür. Aylis öffnete und fand Aravan dort vor. Der Elf sah die Pysk. »Oh. Ich wollte nicht stören ...«

Jinnarin erhob sich, reckte sich und gähnte. »Das ist keine Störung, Aravan. Ich wollte gerade sagen, dass für mich Schlafenszeit ist.«

Während Jinnarin auf den Stuhl und dann auf den Boden sprang, sagte Aravan. »Hättet Ihr in dem Fall Lust, etwas frische Luft mit mir zu schnappen, Aylis?«

Aylis ging in die Kabine, um ihren Mantel zu holen, und Jinnarin lächelte bei sich, während sie zur Kenntnis nahm, dass sich an der Stelle, wo Aravan stand, sein Schatten in der Dunkelheit des Ganges verlor. *Tatsächlich, ich glaube, dass Jatu Recht hatte. Der Kapitän verliert seinen Schatten an Lady Aylis.*

Das ankernde Schiff hob und senkte sich langsam im Rhythmus der Wellen. Aylis und Aravan schlenderten über das Hauptdeck, während eine einsame Laterne im Heck Licht spendete. Der Himmel war immer noch bewölkt, und weder Mond noch Sterne schienen auf sie herab. Ein kühler Wind wehte über das Schiff, doch weder Aylis noch Aravan schienen ihn in der tröstlichen Gegenwart des anderen zur Kenntnis zu nehmen. Sie blieben stehen, stützten sich auf die vordere Reling und betrachteten die düstere Silhouette Rwns, die sich nicht weit entfernt vor dem dunklen Himmel abzeichnete. Von irgendwo unter ihnen drangen der Klang einer Harmonika und der Gesang von Männern ebenso wie das rhythmische Schlagen auf Schilde zu ihnen empor, das den fröhlichen Takt der Musik vorgab. Gelächter war zu hören, als das Lied endete, und kurz darauf begann ein neues.

»Ihr habt eine gute Mannschaft, Aravan.«

»Aye. In jeder Beziehung dieses Schiffes würdig.«

Elf und Seherin hörten zu, wie der Refrain von allen mitgesungen wurde, bevor der Gesang wieder leiser wurde.

Aylis wandte sich an Aravan. »Ich muss Euch etwas fragen.« Plötzlich hatte sie starkes Herzklopfen.

Aravan richtete sich von der Reling auf, wandte sich ihr zu und wartete.

»Als Ontah, als ich ...« Sie holte tief Luft und begann noch einmal von vorn. »Als ich aus meinem letzten Traumwandeln aufgewacht bin, habt Ihr mich mit einem elfischen Wort angesprochen ...«

»Chieran«, sagte Aravan, dessen Augen im Schatten lagen.

»Was bedeutet das?«

Aravan nahm sie bei der Hand. »Es bedeutet *meine Liebste.*«

Aylis' Herz raste bei diesen Worten. *»Chieran?«*

Aravan führte ihre Hand an seinen Mund und küsste die Innenseite. »Meine Liebste.« Er legte ihre Hand auf seine Wange. »Mein Leben lang habe ich gewusst, dass mir etwas fehlt. Ich wusste nicht, was es war, bis ich Euch erblickt habe.«

Aylis legte ihre freie Hand auf seine andere Wange und zog sein Gesicht zu sich. »*Chieran*«, flüsterte sie, dann küsste sie ihn auf den Mund, sanft zunächst, doch dann mit wachsender Leidenschaft. Seine Arme legten sich um sie, und er drückte sie an seine Brust, und Feuer floss zwischen ihnen, Lippen brannten, Herzen schlugen wild, Seelen flogen einander zu. Sie lagen einander in den Armen und schmiegten sich aneinander.

Langsam und ganz sanft zog er sich zurück, und blickte ihr in die Augen. Dann hob er sie mit einem Freudenschrei in die Höhe, wirbelte sie im Kreis herum und vermeldete dem Himmel lauthals *»Chieran!«,* während Aylis voller Freude lachte.

Im Heck lehnte Jatu sich an die Reling und schaute mit strahlendem Lächeln ins Wasser.

16. Kapitel

SPIELFIGUREN

Winter, 1E9574–75
[Die Gegenwart]

Aylis erwachte vom Geräusch raschelnden Papiers. Die Umgebung war ihr nicht vertraut, aber sie wusste dennoch genau, wo sie war, und lächelte. Aravan stand unbekleidet an einem Tisch. Sein Körper war schlank und muskulös, und seine Haut wies keine Narben auf. Karten lagen vor ihm ausgebreitet, und er studierte eine sehr intensiv, bevor er sie beiseite legte und eine andere zur Hand nahm. Aylis sah ihm stumm und fasziniert zu, als betrachte sie ein wunderschönes, verzaubertes Wesen, ein Wesen, das wegfliegen mochte, falls sie ein Wort sagte. Sie lag da und schwelgte darin, wie das Licht auf seinem Körper spielte, wie seine kohlschwarzen Haare sein Gesicht einrahmten und ihm auf die Schultern fielen, rabenschwarze Haare, die diese Farbe auch an anderer Stelle hatten. Erinnerungen überfluteten sie, und sie reckte sich träge. Aravan drehte sich beim Rascheln ihrer Bewegung um und lächelte, als er sah, dass sie wach war.

»*Chieran*«, sagte er, indem er das Pergament auf den Tisch legte und zu ihr ging.

»Mein Liebster«, antwortete sie, während sich ihr Herzschlag beschleunigte. Und als er an den Rand des Bettes trat, hob Aylis die Arme, zog ihn an sich und küsste zuerst seine Hände und dann seine Lippen. Seine Arme legten sich um sie, und erneut flackerte die Leidenschaft auf. Sie liebten sich sanft und zärtlich.

Sie langen entspannt Seite an Seite, Aravan auf dem Rücken, den Arm um Aylis gelegt, sie mit der Wange an seiner Brust. Seine warme Haut duftete schwach nach Salz und Leder. Nach einer Weile richtete sie sich auf und zeigte auf die verstreuten Karten im Raum. »Du hast ein ziemliches Durcheinander angerichtet, Liebster. Warum?«

Aravan wandte den Kopf und betrachtete die überall verstreuten Karten. »Ich habe einen Archipel in einem grünen Meer gesucht. Ich habe viele Inselketten gefunden, aber es gibt keine Hinweise auf die Farbe des Wassers. Aber Jinnarin nennt es immer nur das hellgrüne Meer.«

Aylis schauderte, kuschelte sich ganz eng an Aravan und umklammerte ihn ganz fest, als ihre Gedanken zu der Sendung zurückkehrten. »Adon, aber ich wünschte, es gäbe diesen grässlichen Traum nicht.«

Aravan küsste sie auf die Stirn und strich ihr über die hellbraunen Haare, die zerzaust waren und fein wie gesponnene Seide. »Ja, aber ohne den Traum, *Chieran,* wärst du mir nicht begegnet, wenigstens nicht so schnell.«

Bei diesen Worten umklammerte Aylis ihn noch fester.

Eine ganze Weile lagen sie da, ohne zu reden, bis Aravan das Schweigen schließlich brach. »Ich möchte, dass du deine Sachen hierher bringst, denn jetzt, wo wir einander gefunden haben, möchte ich nicht mehr von dir getrennt sein.«

Aylis richtete sich auf und schaute ihn forschend an, als suche sie nach der Wahrheit in seinen Worten, sagte aber nichts.

»*Vi chier ir,* Aylis«, sagte er. »Ich liebe dich.«

Endlich lächelte sie und nickte, und dann küsste sie ihn. »Ich ziehe sofort um, *Chieran.*« Und sie glitt auf ihn, doch als er nach ihr griff, lachte sie und huschte davon.

Als Aylis die Kajüte verließ, sahen Jinnarin und Alamar von ihrer Partie Tokko auf. Die Pysk saß am Rande des sechsseitigen Spielbretts, das mit schwarzen und weißen Sechseckfeldern bedeckt war, auf denen hier und da rote und grüne münzenförmige Spielsteine verteilt waren, während andere, größere, geschnitzte Spielsteine weiter außen darauf warteten, die Mitte anzugreifen.

Jinnarin lächelte, als Aylis nickte und dann zum Korridor ging.

Alamar rief ihr hinterher. »Nicht, dass du ihn brauchst, Tochter, aber du hast meinen Segen.«

Dann rief der alte Magier verdrossen: »Nein, nein, Pysk! So könnt Ihr mit einem Adler nicht ziehen! Hier, ich zeige es Euch – zuerst hoch und über zwei Felder und dann nach rechts oder links vorne auf das dritte ... es sei denn, dazwischen ist ein Gewitter, denn dann wird der Adler zwei Felder nach rechts oder links abgelenkt, es sei denn, dort ist auch ein Gewitter.«

»Das mit den Gewittern habt Ihr mir bisher aber verschwiegen, Alamar«, kam Jinnarins scharfe Erwiderung.

Minuten später, als Aylis durch die Messe zurückging, stand Jinnarin mitten auf dem Tokkobrett, und die Spielsteine lagen wild verstreut, als habe sie sie beiseite getreten. Sie hatte die Hände in die Hüfte gestemmt und funkelte den Magier erbost an. »Was soll das heißen, Heuschrecken? Wo kommen *die* auf einmal her? Ihr erfindet diese Regeln beim Spielen, Alamar.«

»Grrr«, knurrte der Magier, indem er eingeschnappt die Arme verschränkte und ihr den Rücken zukehrte. »Ihr hört eben nie zu, Pysk.«

Lachend küsste Aylis ihren Vater im Vorbeigehen und trug ihre Sachen in Aravans Kabine. Der Elf war mittlerweile angekleidet und brütete wieder über den Karten, da er immer noch einen bestimmten Archipel in einem hellgrünen Meer suchte.

Als Aylis sich auf ihren zweiten und letzten Weg machte, studierten Alamar und Jinnarin angestrengt das Tokkobrett. Die Steine waren wieder ordentlich aufgestellt, und Jinnarin grinste hämisch, während Alamar murmelte: »Ihr habt meinen Adler gesprengt.«

Rux trottete den Gang entlang, den Schwanz steil in die Höhe gereckt und eine tote Ratte im Maul. Er sah Jinnarin stolz an und ließ die Ratte dann auf Alamars Fuß fallen.

Aylis betrachtete die Szene und brach in schallendes Gelächter aus, da ihr Herz frei war und vor Freude hätte zerspringen können. Schließlich war sie unsterblich verliebt.

Am Vormittag brach die Wolkendecke auf, und hier und da schimmerte blauer Himmel durch das einförmige Grau, als bohre er von oben Löcher hindurch. Bald darauf teilten lange blaue Streifen die Wolkendecke, die rasch breiter wurden. Ein steter Westwind trieb die verbliebenen Wolkenfetzen vor sich her, und die Sonne lugte hervor, die wintertief am Südhorizont stand. Als der Abend hereinbrach, war das Himmelsgewölbe über ihnen kristallklar.

Jinnarin stand auf dem Vordeck und staunte. »Es ist genauso gekommen, wie Aylis gesagt hat, Alamar. Ihre Vorhersage ist eingetroffen.«

»Natürlich«, sagte Alamar schnippisch, der seine Niederlage beim Tokko immer noch nicht verwunden hatte. Und das auch noch gegen einen blutigen Anfänger! Zweifellos hatte die auf seinem Fuß deponierte Ratte seine Konzentration beeinträchtigt. Zweifellos.

»Und Ihr könnt keine Seher-Zauber wirken, sagt Ihr?«

Alamar funkelte die Pysk an. »Ich könnte es, wenn ich wollte ... und natürlich die Ausbildung hätte.«

»Wie viele verschiedene Arten von Magiern gibt es denn, Alamar?«

»Wir sind alle verschieden.«

»Nein, nein, ich meine, wie viele verschiedene *Arten*? Aylis ist eine Seherin. Und Ihr seid ... *hm* ... was seid *Ihr* eigentlich, Alamar?«

Der Alte musterte Jinnarin mit finsterem Blick. »Immer noch erpicht auf Geheimnisse, was, Pysk?«

»Na, wenn Ihr es mir nicht sagen wollt ...«

»Ach, schon gut. Es ist ja kein Geheimnis. Ich forme die Elemente nach meinem Willen: Erde, Luft, Feuer, Wasser, Äther.«

»Wie funktioniert das, Alamar? Wie kann es sein, dass seltsame Wörter in einer besonderen Sprache bewirken, dass Dinge ... *geformt werden*?«

»Ach, Pysk. Dinge werden nicht ›einfach geformt‹. Vielmehr muss ein Magier Energie aufwenden, astrales Feuer, um eine Wirkung zu erzeugen. Es ist so, als suchte man einen speziellen Angelpunkt und setzte dann ein wenig Kraft ein, um eine große Wirkung zu erzielen. Als stoße man einen riesigen Felsen mit einer dünnen Stange an oder als verursache man einen gewaltigen Erdrutsch mit einem kleinen Kiesel.

Das astrale Feuer in jedem Ding kann unter Aufwendung eines Quantums des astralen Feuers eines Magiers manipuliert werden. Normalerweise ist nur eine winzige Menge nötig – zum Beispiel für Magiersicht. Andere Dinge erfordern eine große Menge von astralem Feuer, wenn der gewünschte Effekt erzielt werden soll – zum Beispiel würde es sehr viel Macht erfordern, eine Burg zum Einsturz zu bringen.«

»Aber, Alamar, wie können Worte das bewirken?«

»Jinnarin, die Worte sind eigentlich nur Schlüssel, mit denen man die darin verwurzelten Rituale erschließt. Je nach ihrer Natur entspringen die Zauber dem Herzen, dem Verstand, dem Geist oder der Seele. Bei unserer Ausbildung beginnen wir mit sehr kleinen Zaubern und finden dann rasch heraus, dass unterschiedliche Zauber unterschiedliche Anwendungen des magischen Feuers erforderlich machen, um damit unterschiedliche Wirkungen zu erzielen. Ein Teil des Rituals ist die Zuordnung eines Schlüsselworts, das die richtigen Verhältnisse in Herz, Verstand, Geist oder Seele des Magiers schafft, um die Wirkung erzeugen zu können, ohne unnötige Zeit mit der Neuentdeckung des Vorgangs zu vergeuden – so, als lerne man etwas zu tun, ohne noch darüber nachdenken zu müssen. Nehmt zum Beispiel gehen, rennen, werfen, fangen, schwimmen und so weiter ... wenn wir damit beginnen, sind diese Dinge schwierig, aber wenn man sie übt, gehen sie einem in Fleisch und Blut über. So lernt man auch, auf welche Weise man astrales Feuer anwendet, um den gewünschten Effekt zu erzielen, und die daraus resultierende Methode wird ritualisiert und von einem Wort ausgelöst – verschiedene Worte für verschiedene Rituale, die verschiedene Seinszustände bewirken, welche wiederum das astrale Feuer unterschiedlich formen, was zu Wirkungsunterschieden führt. Wie bei jeder Ausbildung fangen Magier klein an und arbeiten sich dann nach oben.

Und das, meine neugierige Pysk, ist der Grund, warum ich keine Seher-Zauber wirke. Mir fehlt die entsprechende Ausbildung. Umgekehrt wirken die meisten Seher keine Elementarzauber, denn ihre Ausbildung lässt sie einen anderen Weg beschreiten als den meinigen.«

Jinnarin nickte zögernd. »Ich glaube, ich verstehe, Alamar. Doch sagt mir: Wie viele verschiedene Arten von Magiern gibt es?«

Alamar grübelte ein wenig und sagte schließlich: »Wie ich schon sagte, wir sind alle verschieden, aber wahrscheinlich könnte man uns in ein Dutzend Kategorien einteilen ...«

»Ein *Dutzend?*«, entfuhr es Jinnarin.

Alamar nickte. »Elementaristen, Seher, Zauberer, Mystiker, Illusionisten, Mentalisten, Heiler, Alchimisten, Artefaktschmiede und ... und ... Hört her, Pysk, glaubt es mir einfach. Es gibt viele unterschiedliche Arten von Magiern – jene, welche die Elemente formen oder Gedanken oder Gefühle oder Lebenskraft oder Wachstum oder jene, die in die Vergangenheit oder Zukunft schauen – alle manipulieren das magische Feuer, und alle haben ihre ganz eigenen speziellen Rituale.«

Jinnarin zeigte auf die Insel Rwn. »Und das lernen sie an der Akademie von Kairn?«

»Hauptsächlich.«

»Warum Kairn, Alamar? Warum werden Magier dort ausgebildet und nicht auf Vadaria?«

»Weil das astrale Feuer auf Mithgar heller brennt als auf Vadaria. Daher ist das Zaubern hier leichter, also findet die Ausbildung hier statt und nicht auf unserer Heimatwelt.«

»Aha. Also werden alle Magier in Kairn ausgebildet?«

»Alle außer den Schwarzen.«

Jinnarin sah überrascht auf. »Schwarze? Ihr meint schwarz wie Jatu?«

Alamar schnaubte. »Pah. Nein, meine naseweise Pysk, ich meine die Schwarzmagier – jene, die sich mit den verbotenen Dingen beschäftigen.« Alamar hob die Hand und kam damit der Frage der Pysk zuvor. »Bevor Ihr fragt, sage ich es Euch. Magier haben gewisse Kräfte und Fähigkeiten, die andere nicht haben. Es wäre ziemlich leicht für einen Magier, diejenigen ohne die Fähigkeit, das astrale Feuer zu manipulieren, zu beherrschen und zu unterwerfen. Daher haben wir einen Verhaltenskodex entwickelt, um das zu verhindern. Doch einige Magier halten sich nicht an diese Gesetze. Erinnert Ihr Euch noch an unsere Diskussion über die große Debatte zwischen Gyphon und Adon?«

Jinnarin nickte. »Ja. Adon war für den freien Willen. Gyphon für Herrschaft und Kontrolle.«

Alamar lächelte. »Ihr habt das Wesentliche erkannt, Pysk. Und das unterscheidet den Großteil der Magier von den Schwarzmagiern: Wir folgen der Auffassung Adons, sie dagegen den Lehren Gyphons. Sie suchen Herrschaft, Kontrolle und Macht über andere. Wir nicht.«

Jinnarin schaute auf ihre Hände. »Tja, dann hat es den Anschein, Alamar, als fielen sie unter meine Definition des Bösen.«

Alamar seufzte. »Ja, Jinnarin, das tun sie. Sie fallen auch unter meine Definition des Bösen.«

»In diesem Fall hoffe ich, Alamar, dass es nicht allzu viele von ihnen gibt.«

Alamar neigte zustimmend den Kopf und schaute dann zum sich verdunkelnden Himmel empor, an dem nun langsam Sterne sichtbar wurden. »Ich werde jetzt ein wenig ruhen, Pysk. Vielleicht gibt es heute Nacht ja ein Nordlicht.«

»Ja, vielleicht«, erwiderte Jinnarin. »Wie wäre es vorher noch mit einer Partie Tokko?«

Alamar funkelte die Pysk an. »Eine Herausforderung, ja? Nun gut, ich hebe Euren hingeworfenen Fehdehandschuh auf. Aber verlasst Euch nicht zu sehr auf Euer Anfängerglück! Und keine Ratten, habt Ihr verstanden? Ratten sind nicht erlaubt!«

In jener Nacht war kein Nordlicht zu sehen.

Und das Spiel endete damit, dass Jinnarin die Spielfiguren zornig vom Brett trat.

Aravan lag im Bett und hatte den Arm um Aylis gelegt. »Heute Abend habe ich deinen Vater und Jinnarin über Kairn und die Magier-Ausbildung reden gehört. Hast du dein Handwerk auch dort gelernt, *Chieran*?«

Aylis stützte sich auf einen Ellbogen und schaute ihren elfischen Geliebten im Sternenlicht an, das durch das Bullauge fiel. »Ja. In Kairn, der Stadt der Glocken.«

»Ist es schwer, eine Seherin zu werden?«

Aylis zuckte die Achseln. »Nicht für mich. Jede Person hat eine natürliche Begabung. Meine war die, Seherin zu sein. Vielleicht so, wie es deine war, Kapitän eines Schiffs zu sein und die Meere der Welt zu befahren.«

»Ich hatte noch nie zuvor ein Meer gesehen, bis ich nach Mithgar kam.«

»Erzähl mir davon, Liebster.«

Aravans Gedanken kehrten zu einem Tag weit in der Vergangenheit zurück. »Als ich über den Dämmerritt nach Mithgar kam, landete ich in der jungen Wildnis dieser neuen Welt und ließ die majestätische Eleganz und Schönheit des alten Adonars hinter mir. Ich befand mich in einer nebligen Senke und war von den grasbewachsenen Kuppen einiger Hügel umringt. Das Gelände erschien mir nicht unvertraut, denn wie du weißt, sind die Stellen des Übergangs einander sehr ähnlich. Doch ganz unerwartet drang aus der Ferne ein rauschendes Tosen an meine Ohren. Das machte mich neugierig, und ich wandte mein Pferd in die Richtung dieses Geräuschs und ritt nach Süden. Der Weg führte aufwärts und einen langen, sanften Anstieg empor, und das Geräusch wurde lauter. Ich spürte den Wind im Gesicht, und die Luft schmeckte salzig. Ich endete auf einer hohen weißen Kreideklippe, die steil nach unten abfiel. Vor mir erstreckte sich dunkelblaues Wasser, so weit das Auge reichte, bis zum Horizont und weiter. Es war ein Ozean, das Avagonmeer, dessen blaue Wellen unter mir gegen die Klippen brandeten. Dabei wurde Gischt in die Höhe geschleudert, und jedes einzelne Wassertröpfchen funkelte wie ein Diamant in der Morgensonne. Der Anblick ließ mein Herz jubilieren, und Tränen traten mir in die Augen, und in diesem Augenblick glitt in meiner Seele etwas an den richtigen Platz. Und obwohl ich noch nie zuvor auf dieser Welt gewesen war, hatte ich das Gefühl, endlich zu Hause zu sein.«

Aravan verstummte, und nach einem Augenblick beugte Aylis sich über ihn und küsste ihn.

Aravan schaute sie an. »Genauso war es, als ich dich zum ersten Mal gesehen habe, *Chieran*. Als du aus dem Beiboot gestiegen und an Bord der *Eroean* gekommen bist, hat mein Herz voller Staunen über dich gesungen. Das tut es jedes Mal, wenn ich dein Gesicht und deine Gestalt sehe, und das tut es jedes Mal, wenn ich in deine goldgesprenkelten grünen Augen schaue. Ich bin berauscht von dir, Aylis, und werde es immer sein.«

Aravan zog Aylis an sich, und ihr Kuss war lang und entfachte neue Leidenschaft. »Nein, warte«, flüsterte Aylis. »Ich muss dir etwas zeigen.«

Sie stieg über ihn hinweg aus dem Bett und ging durch den Raum, wobei das Sternenlicht ihren nackten Körper in einen Elfenbeinschimmer hüllte. Sie durchsuchte die Lade, in der sie einige ihrer Habseligkeiten verstaut hatte, und kam nach einem »Aha« zurück zum Bett, wo sie wieder über Aravan kletterte und sich neben ihn legte.

»Ich war nur ein Mädchen unter vielen, als ich auf die Akademie von Kairn kam. Praktisch sobald sie dazu in der Lage sind, wirken viele Seher und Seherinnen einen Zauber auf einen silbernen Spiegel, um ihre wahre Liebe zu sehen. In der Öffentlichkeit habe ich mich immer über jene lustig gemacht, die das taten, und dadurch meine Überlegenheit über jene demonstriert, die solche kindischen Rituale ausführten. Aber insgeheim habe ich den Zauber für mich ebenfalls auf meinen eigenen silbernen Spiegel gewirkt, kaum dass ich die Fähigkeit dazu erworben hatte.«

»Und was hast du gesehen?«

Aylis hielt ihm eine kleine Scheibe aus poliertem Silber hin. »Schau tief hinein und sag mir, was du siehst.«

Aravan hielt den Spiegel so, dass Sternenlicht darauf fiel, und schaute hinein. »Ich sehe nur mein eigenes Gesicht«, sagte er schließlich.

Aylis schaute in seine dunkelblauen Augen und sagte: »Ganz genau.«

Zwei weitere Tage und Nächte verstrichen, und immer noch war kein Nordlicht zu sehen. Doch in der dritten klaren Nacht konnten sie das unheimliche Phänomen beobachten, als Lichter in allen Farben des Regenbogens hoch am Himmel flackerten.

Jinnarin, Alamar, Aravan, Aylis, Jatu, Frizian, Bokar und beinah die ganze Besatzung – Menschen und Zwerge gleichermaßen – standen Wache an Deck ... doch niemand sah Lichtwolken.

»Gewitter nimmt Adler«, verkündete Alamar triumphierend, indem er den Spielstein wegnahm.

Jinnarin sah auf. »Oh«, sagte sie, und richtete ihre Aufmerksamkeit wieder auf das Spielbrett. »Das habe ich nicht kommen sehen.«

Alamar musterte sie finster. »Ich weiß gar nicht, warum wir überhaupt spielen, Pysk. Ihr wart den ganzen Abend nicht bei der Sache.«

Jinnarin streckte die Hand aus und legte ihren Thron auf die Seite, das Zeichen, dass sie aufgab. »Ihr habt Recht, Alamar. Ich bin mit meinen Gedanken nicht beim Spiel.«

»Wo denn?«

»Ach, ich habe über Gyphon und die Schwarzmagier und das Wesen des Bösen nachgedacht.«

»Wieder beim Thema, wie? Und, seid Ihr zu irgendwelchen Schlussfolgerungen gelangt?«

Jinnarin lehnte sich gegen das Buch, das sie als Rückenstütze benutzte. »Zu keinen anderen als zuvor. Nur ein paar Überlegungen, mehr nicht.«

»Wie zum Beispiel ...?«

Jinnarin holte tief Luft. »Wie zum Beispiel, nun ja, ich bin von der Voraussetzung ausgegangen, dass jemand versucht, einen anderen zu beherrschen, zu kontrollieren. Das hat dazu geführt, dass ich mir über böse Taten Gedanken gemacht habe.« Jinnarin sah den Magier an. »Wisst Ihr, ich denke nicht gerne darüber nach, Alamar. Das verdüstert mein Gemüt.«

»Warum tut Ihr es dann?«

»Weil ich es mir nicht aus dem Kopf schlagen kann!«, schnauzte Jinnarin und sprang auf. »Ihr habt damit angefangen, Alamar, und ich kann anscheinend nicht damit aufhören.«

»O nein, Pysk. Es war Eure Neugier, die ...«

»Ach, hört schon auf damit«, forderte Jinnarin ihn auf. »Eigentlich spielt es gar keine Rolle, wer damit angefangen hat. Es ist nur so, dass ich mich einfach nicht davon losmachen kann. Und das bewirkt, dass ich mich schlecht fühle.«

Alamar strich sich den weißen Bart. »Das bedeutet normalerweise, Pysk, dass Ihr immer noch mit einem Problem befasst seid. In diesem Fall versucht Ihr immer noch, das Wesen des Bösen zu verstehen. Manchmal hilft ein Gespräch mit anderen, Klarheit in seine Gedanken zu bringen und den Geist davon zu befreien. Also schlage ich vor, dass Ihr Euch setzt und mir erzählt, was Ihr Euch überlegt habt.«

Mit einem Seufzer nahm Jinnarin wieder Platz. Alamar nahm die Teekanne vom Ofen und füllte ihre Tassen auf. Als der Magier damit fertig war, begann Jinnarin.

»Ich habe mir überlegt, dass man von einem anderen nicht ohne ausdrückliche Unterwerfung beherrscht werden kann. Das ist auf mehrere Arten möglich: Eine Person will beherrscht werden, sie hat keinen eigenen Willen, oder sie hat Angst vor den Konsequenzen ihrer eigenen Entscheidungen.

Das hat mich zu der Überlegung geführt, dass Übeltäter Zwang, Einschüchterung und Gewalt einsetzen, um andere zu beherrschen.

So weit war ich mit meinen Überlegungen gekommen, Alamar.«

Der alte Magier nickte. »Vielleicht reicht das ja, Jinnarin, obwohl ich der Liste noch Manipulation hinzufügen würde – sei sie offen, verdeckt, subtil oder grob. Angesichts unserer bisherigen Gespräche habt Ihr jetzt ja vielleicht das nötige Fundament, um Taten als das beurteilen zu können, was sie tatsächlich sind: gut oder böse, anständig oder niederträchtig. Könnt Ihr mir einige böse Taten nennen?«

Wiederum holte Jinnarin tief Luft und ließ sie langsam entweichen. »Mord aus Gewinnsucht. Mord an Unschuldigen. Versklavung. Gewalt, um anderen den eigenen Willen aufzuzwingen. Drohungen. Vergewaltigung. Plünderung. Mutwillige Zerstörung ... Ach, Alamar, ich will gar nicht eingehender darüber nachdenken.«

Alamar sah sie an. »Ihr werdet Euch davon lösen, wenn Ihr bereit dazu seid, Jinnarin«, sagte er sanft. »Bis dahin möchte ich, dass Ihr über Folgendes nachdenkt: Ihr habt mehrere der größten Übel genannt. Aber könnt Ihr auch kleinere nennen? Jene, die oberflächlich betrachtet nicht mehr zu sein scheinen als gefühllose oder gedankenlose Taten, die aber im Kern böse sind? Ich rede hier nicht von den großen Dingen wie zum Beispiel Folter, sondern vielmehr von kleinen Dingen.«

»Wie die Fuchsjagd zum Vergnügen?«

Alamar lächelte. »Vielleicht.«

»Für mich ist das aber eine große Sache, Alamar.«

»Ja, Jinnarin, ich weiß.«

Mehr Tage verstrichen, und es wurde immer winterlicher. Taue, Masten und Belegnägel auf der *Eroean* waren bald mit Eis überzogen, und die Mannschaft war bemüht, Laufrollen und bewegliche Teile sowie die Seidensegel eisfrei zu halten, sodass das Schiff ständig auslaufbereit war, denn wer wusste schon, wann sie wieder die Segel setzen und einem Phantom nachjagen würden? Doch das Nordlicht war jetzt jede Nacht zu sehen ... aber niemand sah eine Wolke.

»Nichts«, seufzte Alamar nach einer Woche. »Nichts. Überhaupt nichts. Nun ja, wenigstens ankern wir im Moment an einer Stelle, wo ich die Okkultation sehen werde.«

»Okkultation?«, fragte Jinnarin.

»Habe ich das nicht gerade gesagt, Pysk?«

Jinnarin warf den Kopf in den Nacken, sagte aber nichts.

Aravan wandte sich an Jinnarin. »Meister Alamar hat Recht. Hier in diesen Breiten wird der Mond spät im nächsten Monat die Sonne verzehren, zwei Tage vor der Längsten Nacht.«

Alamar nickte bestätigend und seufzte dann. »Ich wollte, ich hätte die Gabe der Elfen, Aravan. Sonne, Mond und Sterne sind meine Leidenschaft, doch ich muss mühsam ihre Bahnen ergründen, während Ihr und Euresgleichen sie einfach *kennen.*«

»Haben alle Völker eine Gabe?«, fragte Jinnarin. »Ich meine, Magier können das astrale Feuer beherrschen. Elfen kennen den Stand der Gestirne. Meine Rasse kann sich in Schatten hüllen. Welche Gabe haben die Zwerge?«

»Sie können ihren Weg nicht verlieren«, erwiderte Aravan. »Ganz gleich, wo sie sich an Land befinden, sie finden immer den Rückweg.«

»Und auf See?«

»Nein. Auch nicht in der Luft, würde ich meinen. Nur an Land, und das auch nur, wenn sie bei guter Gesundheit sind – zum Beispiel nicht, wenn sie hohes Fieber haben und im Delirium sind ... jedenfalls haben die Drimma mir das so erzählt, und ich habe schon sehr oft miterlebt, wenn Drimma diese Gabe einsetzen.«

Alamar räusperte sich. »Ich habe gehört, dass sie den Rückweg sogar mit verbundenen Augen finden.«

»Ich glaube daran, obwohl ich es noch nie gesehen habe«, erwiderte Aravan.

»Sagt mir«, fragte Jinnarin, »welche Gabe hat die Menschheit?«

Alamar sah Aravan an und erwiderte dann: »Fruchtbarkeit.«

Aylis nahm die Augenbinde ab und betrachtete die Karten, die vor ihr lagen, manche mit der Bildseite nach oben, andere mit der Bildseite nach unten. Sie saß an einem Tisch in der Messe. Links von ihr saß Aravan, rechts Jinnarin, gegenüber Alamar. Niemand sagte etwas, während sie das Muster der Karten betrachtete und gelber Lampenschein tanzende Schatten warf, da das vor Anker liegende Elfenschiff in einer sanften Dünung schaukelte.

»Verflixt«, knurrte Aylis und schlug mit der Hand auf die Karten, »das ergibt überhaupt keinen Sinn!«

»Was denn?«, fragte Jinnarin, indem sie sich vorbeugte, um besser sehen zu können. »Was ergibt keinen Sinn?«

»Nichts. Überhaupt nichts«, erwiderte Aylis. Sie drehte eine der verdeckten Karten um und sog scharf die Luft ein. »Kein Wunder«, murmelte sie dann. »Seht Ihr das?« Das Bild der soeben umgedrehten Karte zeigte eine Gestalt in dunkler Gewandung. »Das ist der Magier, und er liegt in der Engstelle und versperrt alles.«

»In der Engstelle?«

»Ja.« Aylis zeigte auf die ausgelegten Karten – vier Karten in einer Reihe ganz oben, darunter drei Karten, dann zwei, dann eine, dann wieder zwei, drei und zum Schluss vier. »Seht Ihr, wir haben eine sich nach unten verjüngende Pyramide, die sich dann wieder verbreitert. Die Engstelle ist der schmalste Teil. Sie ist die kritische Stelle. Und der verborgene Magier, der verkehrt herum liegt, blockiert alles.«

Jinnarin erhob sich und ging zu den Karten. »Verkehrt herum?«

»Aye«, antwortete Aylis. »Bezogen auf den Kartenleger, kann eine Karte sechs Positionen haben: offen, verborgen, aufrecht, verkehrt herum, links gedreht, rechts gedreht. Offen bedeutet mit der Bildseite nach oben, also ein Faktor, der nicht verborgen ist. Verborgen meint das genaue Gegenteil, die Karte liegt mit der Bildseite nach unten, ein verborgener Faktor. Aufrecht bedeutet, dass die Karte in Bezug zu mir richtig herum liegt, während verkehrt herum bedeutet, dass sie mit dem Kopf zu mir liegt. Aufrecht hilft. Auf dem Kopf stehen behindert.«

Jinnarin neigte den Kopf. »Und links gedreht und rechts gedreht?«

»Links gedreht ist finster; rechts gedreht ist wohlmeinend.«

Alamar funkelte die Karte an, die auf der Engstelle lag: Sie zeigte die schwarz gekleidete Person, mit dem Kopf nach unten. »Das bestätigt also, dass uns ein verborgener Magier behindert, wie?«

»Wussten wir das nicht bereits?«, fragte Jinnarin. »Ich meine, Aylis' andere Versuche – mit dem schwarzen Wasser und der Karte mit den Turmruinen und allem – haben doch auch schon enthüllt, dass wir abgeblockt werden.«

Aylis neigte zustimmend den Kopf. »Blockiert, ja. Aber *wenn* die Karten die Wahrheit sagen, dann verraten sie uns jetzt, dass es in der Tat ein Magier ist, der uns behindert, und kein Gott oder Dämon.«

Aravan sagte leise: »Dann ist die Auslage nicht völlig unnütz. Was sagen die Karten noch?«

Aylis betrachtete die Doppelpyramide noch einmal. Schließlich sagte sie. »Es scheint sich um eine vollkommen zufällige Zusammenstellung von Karten zu handeln, als seien sie einfach wahllos und ohne Sinn ausgelegt worden. Abgesehen von dem verborgenen Magier würde ich sagen, dass diese Auslage einzig und allein vom Zufall regiert wird.«

Jinnarin sah Aylis verblüfft an. »Ja ist das denn nicht immer so? Entscheidet nicht immer der Zufall über Auswahl und Lage der Karten?«

Alamar schnaubte. »In Händen, die weniger geschickt sind als die meiner Tochter, mögt Ihr Recht haben, Pysk. Aber in Aylis' Händen oder in jenen anderer Seher spielt der Zufall nur eine untergeordnete oder sogar überhaupt keine Rolle.«

»Wenn es keine Blockade gibt, Vater«, murmelte Aylis, indem sie einen Finger auf die Karte an der Engstelle legte. »Wenn es keine Blockade durch eine stärkere Kraft gibt.«

Aravan legte seine Hand auf Aylis'. »Wenn du so nichts über dieses Unternehmen sehen kannst, enthüllen vielleicht speziellere Legungen etwas.«

Aylis seufzte. »Das habe ich schon in Tugal versucht, aber ich fand nur Gefahren in den Karten.«

»Da kanntet Ihr uns noch nicht«, wandte Jinnarin ein.

»Ich kannte meinen Vater«, erwiderte Aylis, »und ich fand trotzdem nicht viel heraus: nur, dass er sich in Gefahr befand und auf der *Eroean* weilte, die bald durch die Straße von Kistan fahren würde.«

Alamar erhob sich, ging zu einem Bullauge und lugte nach draußen.

Aravan lehnte sich zurück. »Doch nun, da du uns kennst, *Chieran*, wird vielleicht etwas Neues enthüllt, wenn du die Karten für uns legst.«

Aylis hob die Hände und drehte sie. »Vielleicht. Vielleicht auch nicht. Versuchen kann ich es.« Sie wandte sich an die Pysk und zeigte auf eine Stelle ihr gegenüber. »Setzt Euch, Jinnarin. Ich fange mit Euch an.«

Ein wenig zaghaft setzte Jinnarin sich Aylis gegenüber auf den Tisch.

Aylis zog sich erneut die schwarze Binde über die Augen, griff nach den Karten und mischte sie, drehte hier und da Karten um und flüsterte dabei beständig vor sich hin. Schließlich schob sie sie alle zu einem Haufen zusammen. »Jinnarin, schließt die Augen und teilt die Karten in drei separate Päckchen, das erste zu meiner Linken, das zweite zu meiner Rechten und das dritte bleibt in der Mitte liegen. Versucht an nichts zu denken, während Ihr das tut, denn wir versuchen herauszufinden, welche äußeren Ereignisse auf Euer Leben einwirken.«

»Ihr meint, an *nichts* denken? Ich soll an gar nichts denken?«

»Ja.«

»Ich weiß nicht, ob ich an gar nichts denken kann.«

Der im Schatten sitzende Alamar knurrte, sagte aber nichts.

Jinnarin erhob sich und ging zu den Karten. Sie sog scharf die Luft ein, denn das Bild eines Skeletts starrte zu ihr auf. Sie kniete nieder, schloss die Augen und hob ab, wie Aylis gesagt hatte. »Fertig«, sagte sie. »Kann ich die Augen wieder öffnen?«

»Ja.«

Jinnarin öffnete die Augen und wich langsam zurück, während Aylis die Hände ausstreckte und die drei Päckchen blind wieder zu einem zusammenlegte – dabei schob sie das linke auf das rechte, um dann das mittlere vollständig umzudrehen und obenauf zu legen. Dann hob sie einmal ab und dann noch einmal. Dann teilte die Seherin die Karten aus. In die erste Reihe legte sie vier Karten aufrecht nebeneinander. In die zweite Reihe kamen drei Karten: die linke seitwärts, die mittlere aufrecht und die rechte wiederum seitwärts. In die dritte Reihe legte sie zwei Karten seitwärts, die vierte bildete eine aufrechte Karte. Schließlich legte sie noch vier Karten aufrecht und untereinander rechts neben die vier Reihen. Den Rest der Karten legte sie beiseite, dann streifte sie die

Augenbinde ab, während Jinnarin die Auslage betrachtete: Einige der Karten lagen mit der Bildseite nach oben, offen. Andere lagen mit der Bildseite nach unten, verborgen. Jinnarin konnte außerdem erkennen, dass einige auf dem Kopf lagen, andere hingegen aufrecht, und es gab auch links gedrehte und rechts gedrehte.

»Sagt mir, was diese Auslage bedeutet, Aylis.«

Aylis musterte die Karten mit gerunzelter Stirn und sagte dann: »Bei dieser Auslage handelt es sich um eine auf dem Kopf stehende Pyramide aus vier Reihen. Die oberste Reihe, bestehend aus vier Karten, zeigt bedeutsame Ereignisse an, die Euch widerfahren werden. Die zweite Reihe, bestehend aus drei Karten, zeigt andere Faktoren, die im Spiel sind, hinderliche oder nützliche, je nachdem ob sie nach links oder rechts gedreht sind, wobei die Mittelkarte beides sein kann. Die dritte Reihe bestehend aus zwei Karten zeigt die Hand des Schicksals, helfend oder behindernd oder beides. Und die einzelne Karte in der letzten Reihe zeigt den kritischen Faktor, die Engstelle. Die vier Karten rechts stellen den Lauf der Zeit dar und stehen von oben nach unten für Vergangenheit, Gegenwart, Zukunft und den Schlüsselmoment. Wenn eine Karte offen liegt, stellt sie etwas dar, was offen war, ist oder sein wird, während eine verborgene Karte etwas darstellt, das wir noch nicht sehen können.«

»Aha. Und was lest Ihr daraus, Aylis?«

»Zuerst deute ich die Auslage ganz allgemein. Danach betrachten wir sie im Lauf der Zeit: zuerst wie sie durch die Vergangenheit beeinflusst wird, dann im Licht der Gegenwart, dann mit Blick auf die Zukunft, und schließlich werden wir sehen, wo der Schlüsselmoment hineinpasst.«

Aylis betrachtete die Karten. »Genau die Hälfte der Karten ist offen, die andere Hälfte verborgen. Keine Seltenheit, aber doch etwas ungewöhnlich.«

Sie drehte die verborgenen Karten um und legte sie ein wenig tiefer in ihren jeweiligen Reihen, um sie später leicht identifizieren zu können. Dabei wurde die steile Falte auf ihrer Stirn immer ausgeprägter. »Das ergibt keinen Sinn«, murmelte sie. Als alle Karten mit der Bildseite nach oben lagen, schüttelte sie den Kopf. »Bis auf eine sind alle Karten zufällig.«

Von seinem Platz am Bullauge sagte Alamar. »Lass mich raten: Der Magier liegt in der Engstelle, nicht wahr?«

Aylis wandte sich ihrem Vater zu. »Ja, Vater. Und er liegt verkehrt herum.«

Alamar kam zum Tisch, stützte sich mit den Händen darauf und beugte sich vor. »Dann würde ich meinen, dass es eben doch keine zufälligen Karten sind, Tochter.«

Aylis nickte. »Wiederum blockiert.«

Aravan fragte. »Kannst du denn gar nichts in der Auslage erkennen – in Vergangenheit, Gegenwart, Zukunft oder vielleicht im Schlüsselmoment?«

Aylis drehte die verborgenen Karten im Lauf der Zeit um und betrachtete sie eine Weile. Schließlich sah sie Aravan an und schüttelte den Kopf.

Aravan ging zu dem Stuhl, der Aylis gegenüberstand. »Dann versuch es mit mir, *Chieran*.«

Wieder legte Aylis die Augenbinde aus schwarzer Seide an, mischte die Karten blind und drehte sie wahllos um, während sie leise vor sich hinmurmelte. Schließlich teilte Aravan sie in drei Päckchen, und Aylis legte sie wieder zusammen und hob zweimal ab. Dann legte sie die Karten aus – wiederum waren fünf offen und fünf verborgen. Und sie legte den Lauf der Zeit – zwei Karten mit der Bildseite nach oben, zwei mit der Bildseite nach unten.

Aylis nahm die Augenbinde ab. Während sie die verborgenen Karten in der Auslage umdrehte, schauten Jinnarin, Alamar und Aravan aufmerksam zu. Jinnarin riss die Augen weit auf, als die Engstelle enthüllt wurde – der Magier, verkehrt herum. Nach einer Weile des Studiums sah Aylis Aravan an und schüttelte den Kopf.

Dann drehte sie die beiden verborgenen Karten im Lauf der Zeit um. Als sie die letzte umdrehte, keuchte sie laut und sah Aravan an – durch ihn *hindurch* –, ihr Blick verstört und unfokussiert, und dann rief sie heiser: *»Introrsum trahe supernum egnem – pyrà – in obscuram gemmam!«*

Und dann verdrehte sie die Augen und fiel bewusstlos nach vorn, während Jinnarin lauthals ihren Namen rief.

17. Kapitel

HIMMLISCHES FEUER

Winter, 1E9574–75
[Die Gegenwart]

»Aylis!«, rief Jinnarin, die aufsprang, als die Seherin ohnmächtig wurde und nach vorn kippte, sodass die Karten über den ganzen Tisch verteilt wurden.

Mit der Gewandtheit einer Katze war Aravan bei ihr und nahm sie in die Arme. »Branntwein, Alamar«, stieß er hervor, während er sie behutsam in seine Kabine trug.

Dort angekommen, legte Aravan Aylis sanft auf das Bett, während Alamar zu einem Wandschrank ging und eine Karaffe mit Branntwein herausholte. Er goss etwas davon in ein kleines Glas und hielt es dem Elf hin. Aravan hielt Aylis im Arm, während er ihren Puls fühlte – »Stark und gleichmäßig« – und wartete, bis er sah, dass ihre Augenlider flatterten, dann nahm er Alamar das Glas ab. Aylis öffnete die Augen und schaute in Aravans.

»Chieran«, murmelte der Elf, indem er sie in eine sitzende Stellung aufrichtete. »Hier, trink.« Er hielt ihr das Glas an die Lippen.

Mit zitternden Händen nahm sie ihm das Gefäß ab.

»Ruhig, Tochter«, sagte Alamar.

Aylis nippte an der Flüssigkeit, schnitt eine Grimasse und schauderte.

»Alles, *Chieran*«, flüsterte Aravan. »Trink alles aus.«

Wieder nippte Aylis, einmal, zweimal und trank dann mit gespitzten Lippen den Rest.

Aravan gab Alamar das Glas zurück. »Noch einen?«, fragte der Magier, während er bereits einschenkte.

»N-nein«, sagte Aylis. »Bitte, nicht noch mehr.«

Alamar sah sich um, als suche er jemanden, der etwas zu trinken brauchte, dann trank er das Glas selbst aus.

»Was ist passiert?«, fragte Jinnarin, die neben Aylis auf dem Bett stand.

Aylis sah sie erstaunt an. »Du meine Güte, ich weiß es nicht. Ich weiß nur noch, dass ich die Karten umgedreht habe, und im nächsten Augenblick bin ich hier im Bett aufgewacht. Ich glaube, Ihr müsst mir erzählen, was passiert ist.«

»Du bist ohnmächtig geworden, *Chieran*«, sagte Aravan.

»Ohnmächtig?«

»Aye, ohnmächtig.«

Alamar schenkte sich noch ein Glas ein und stellte die Karaffe beiseite. »Von einem Moment zum anderen, Tochter. Du hast einen Blick auf die Karten geworfen und bist umgefallen.« Der Magier setzte sich auf einen Sessel und trank einen Schluck.

»Aber zuerst habt Ihr noch etwas gesagt«, fügte Jinnarin hinzu.

»Eigentlich bist du eher damit herausgeplatzt«, verkündete Alamar.

Aylis sah Aravan an. »Was denn? Was habe ich gesagt?«

Aravan schüttelte den Kopf. »Du hast es in einer Sprache gesagt, die ich nicht kenne, *Chieran*.«

»Du hast gesagt«, verkündete Alamar, nachdem er seinen Branntwein ausgetrunken hatte: *»Introrsum trahe supernum ignem – pyrà – in obscuram gemmam!«*

Aylis' Augen weiteten sich, während Jinnarin Alamar ansah und nachdrücklich nickte. »Ja«, sagte die Pysk. »So hat es geklungen. Aber was bedeutet es?«

»Es bedeutet«, sagte Aylis, »Zieh das himmlische Feuer ... oder dergleichen ... in den dunklen Edelstein.« Aylis wandte sich an Alamar. »Vater, weißt du, was *pyrà* bedeutet?«

Alamar seufzte und wirkte plötzlich müde. »Ja, Tochter, obwohl ich es nur durch Zufall weiß. Es ist ein Wort, das die Schwarzmagier benutzen, und es bedeutet Feuer.«

»*Pyrà* bedeutet Feuer?«

Alamar nickte. »*Ignem, pyrà.* Ich bin sicher, dass beide Wörter dasselbe bedeuten.« Er goss sich noch ein Glas Branntwein ein. »Es kommt von dem Wort *pŷr*, nehme ich an.«

Jinnarin musterte den alten Magier. »Wo wir schon von Ähnlichkeiten reden, Alamar, ist ›himmlisches Feuer‹ dasselbe wie das astrale Feuer, von dem Ihr mir erzählt habt?«

Alamar zuckte die Achseln und zog dann eine Augenbraue hoch. »Könnte gut sein.«

Aylis wandte sich an Aravan. »Ich bin wieder wohlauf, Liebster.«

Er küsste sie auf die Stirn, dann ließ er sie los, und sie schwang die Füße auf den Boden. Als sie aufgestanden war, fixierte sie Alamar mit verwirrtem Blick. »Sag mir eines, Vater: Warum sollte ich ein Wort der Schwarzmagier benutzen?«

Wieder zuckte Alamar die Achseln, während sich seine Stirn in Falten legte. »Tochter, du bist die Seherin, nicht ich.«

Jinnarin sprang vom Bett. »Vielleicht habt Ihr das in den Karten gesehen, Aylis.«

»Ja«, sagte Aylis. »Die Karten. Ich muss sie sehen.«

»Sie sind durcheinander«, sagte Aravan.

»Ich muss sie trotzdem sehen.«

Sie ging mit Jinnarin an ihrer Seite durch die Tür, während Aravan und Alamar ihnen folgten. In der Offiziersmesse trafen sie Tink den Schiffsjungen an. Er hielt die Karten in der Hand – den ganzen Packen. »Hallo, Herr Käpt'n. Ich habe nur etwas aufgeräumt.«

»Erinnert sich noch jemand an die Karten?«

Aylis' Frage hing in der Luft, während Jinnarin, Aravan und Alamar einander ansahen.

»Was viel wichtiger ist: Kannst *du* dich noch an Karten erinnern?«

Aylis schüttelte den Kopf. »Nein, Vater, das kann ich nicht. Ich weiß nur noch, dass ich die verborgenen Karten umgedreht habe.«

»Sie lagen alle mit der Bildseite nach oben, als Ihr ohnmächtig geworden seid, Aylis«, sagte Jinnarin.

Aravan nickte und zeigte auf den Tisch. »Du hattest gerade die letzte Karte umgedreht, als du ohnmächtig geworden bist.«

Aylis schaute von einem zum anderen. »Ihr müsst Euch doch zumindest an einige der Karten erinnern ... oder nicht?« Schweigen antwortete ihr. »Nicht einmal an eine?«

»Der verborgene Magier lag an seinem üblichen Platz«, sagte Alamar schließlich.

»Da war die ... nein, wartet, das war bei meiner Auslage«, murmelte Jinnarin. »Ach, Aylis, als Ihr auf den Tisch gefallen seid, habe ich alle Karten vergessen, die auf dem Tisch lagen.

Eine Zeit lang saßen sie in mutlosem Schweigen da, bis Aylis schließlich fragte: »Welche Karte habe ich zuletzt umgedreht?«

Aravan sah die anderen an. »Das war der Schlüsselmoment im Lauf der Zeit.«

Jinnarin und Alamar nickten zustimmend, und der Magier sagte: »Und da bist du in eine Trance gefallen.«

»Und Ihr habt diese Worte gerufen«, fügte Jinnarin hinzu.

Aylis nahm Aravans Hand und umklammerte sie fest. »Versucht Euch zu erinnern: Was war das für eine Karte?«

Aravan schloss die Augen. »Ein Dolch – ein Schwert, glaube ich. Irgendeine Klinge.«

»Nein«, sagte Jinnarin. »Nicht *ein* Schwert. Vielmehr waren es zwei gekreuzte Schwerter. Ich erinnere mich jetzt. Zwei gekreuzte Schwerter. Ganz sicher.«

Aylis sah die Karten durch und zog eine heraus. »War es diese?« Sie legte eine Karte mit gekreuzten Klingen auf den Tisch, aber es waren Dolche, keine Schwerter.

Aravan sah Jinnarin an, und beide wandten sich an Alamar. Der alte Magier schüttelte den Kopf und hob die Hände in einer Geste, die Nichtwissen bekundete. Schließlich sagte Aravan: »Vielleicht, Aylis. Ich kann mich nur an eine oder vielleicht auch zwei Klingen erinnern.«

Aylis hielt die Karte in die Höhe. »Dies ist die Einzige mit gekreuzten Klingen. Wenn dies die Karte war, dann bedeutet sie Kampf, persönlichen Kampf, wie zum Beispiel ein Duell, ein Zweikampf, einer gegen den anderen.« Aylis holte tief Luft. »Lag sie aufrecht oder auf dem Kopf?«

»Aufrecht ... Nein, wartet. Aufrecht für mich, aber verkehrt herum für Euch.«

Aylis wurde blass, und ihre Stimme bekam einen grimmigen Unterton. »Das bedeutet, das Resultat ist ungünstig für dich, Aravan.«

»Ach was!«, fauchte Alamar. »Zunächst wissen wir gar nicht, ob das die Karte war oder nicht. Zweitens blockiert der verborgene Magier, wer er auch sein mag, alle kritischen Deutungen. Wer will sagen, ob er nicht auch falsche Informationen sendet?«

Aylis stützte die Ellbogen auf und legte den Kopf in die Hände. Schließlich sah sie auf. »Vater hat Recht. Uns sind die Karten unbekannt. Tatsächlich haben sie vielleicht gar nichts mit meiner Trance zu tun. Seher unter großer Anspannung sehen manchmal spontan die Zukunft vorher, und Adon weiß, dass wir – dass ich – unter Anspannung stehe.«

Während sie sich noch Aylis' Worte durch den Kopf gehen ließen, betrat Jatu die Messe. »Mylady Jinnarin, Ihr werdet an Deck gebraucht. Das Nordlicht hat angefangen zu flackern.«

»Aylis«, fragte Jinnarin, ohne den Blick vom Himmel zu nehmen, »haben die Karten immer Recht?«

Aylis betrachtete die Pysk. Sie standen auf dem Deck der *Eroean*, und über ihnen leuchtete das Nordlicht. »Jinnarin, die Karten verraten nur, was sein könnte, nicht was sein muss.«

»Aber ich dachte, Eure Seher-Zauber wären ... wären ...« Jinnarin suchte nach dem richtigen Wort.

»Unfehlbar?«, fragte Aylis.

»Ja, unfehlbar.«

»Nein, Jinnarin, Seher-Zauber sind nicht unfehlbar. Sicher, die Vorhersage eines fähigen Sehers wird sehr wahrscheinlich zutreffen, ob sie sich nun auf Vergangenheit, Gegenwart oder Zukunft bezielt, aber die von den Karten vorhergesagte Zukunft ist nicht unveränderbar ... vor allem nicht in diesem Fall, denn eine unsichtbare Macht stellt sich mir in den Weg, und die Karten ergeben nicht mehr Sinn, als würden sie einfach wahllos gezogen.«

»Aber, Aylis, Ihr habt doch sicher etwas in der Auslage für Aravan gesehen.«

Aylis zuckte die Achseln. »Vielleicht, Jinnarin. Aber das werden wir nie mit Sicherheit wissen.«

»Es sei denn, es bewahrheitet sich«, sagte Jinnarin, den Blick immer noch starr auf den Himmel gerichtet.

Aylis atmete tief ein und dann aus, und ihr Atem bildete eine weiße Wolke in der winterlichen Luft. »Indem er ein Duell verliert?«

Jinnarin nickte. »Oder wenn sich etwas ereignet, bei dem himmlisches Feuer und ein Edelstein eine Rolle spielen ... Augenblick! Meint Ihr, mit dem himmlischen Feuer könnte das Nordlicht gemeint sein?«

Aylis' Augen weiteten sich, während sie das flammende Spektakel am Himmel betrachtete.

Obwohl das Nordlicht in dieser ganzen langen Nacht toste und sich veränderte, sahen sie keine Wolken, und in der Stunde vor Morgengrauen verblasste das Nordlicht langsam, bis es verschwunden war. Müde machten sich die Beobachter auf den Weg ins Bett.

Es war beinah Mittag, als Aylis erwachte, und nachdem sie ihre Morgentoilette beendet und sich angekleidet hatte, fand sie Aravan und ihren Vater mit Jatu und Bokar an Deck vor. Jinnarin war nirgendwo zu sehen. Als Aylis sich zu ihnen gesellte, wiederholte Jatu seine Frage: »Und wie ›zieht‹ man ›himmlisches Feuer in einen Edelstein‹, hm? Beantwortet mir das, Magier Alamar.«

Der Alte fuhr mit dem Finger über den mattroten Stein in seinem Goldarmband. »Für mich wäre es eine Frage der Entdeckung des richtigen Zaubers. Doch für Euch müsste es ein besonderer Edelstein sein, ein Artefakt der Macht, das Ihr Euch nutzbar machen könntet, indem Ihr ihm einen wahren Namen gebt.«

Jatu hob eine Augenbraue. »Einen wahren Namen?«

Bokar wandte sich an den Schwarzen. »Wie Dureks Axt. Sie hat einen wahren Namen. Sprecht ihn aus, und die Axt durchschneidet Stein und Metall ... so heißt es jedenfalls.«

»Ah«, sagte Jatu, dessen Miene sich aufhellte, als ihm eine Erkenntnis kam. »Wie bei Nombis Speer. Er kann nicht verfehlen, wenn man ihn mit einem geheimen Wort ruft.«

»Zweifellos ein wahrer Name«, sagte Alamar.

Jatu wandte sich an den Magier. »Wie bekommen diese besonderen Gegenstände einen wahren Namen?«

Alamar sah Aylis an, und die nickte, als gebe sie ihm die Erlaubnis oder ihr Einverständnis, über diese Dinge zu reden. Alamar räusperte sich. »Einfache Artefakte der Macht finden sich manchmal in der Natur und bedürfen keiner weiteren Bearbeitung. Andere einfache Artefakte können von Artefaktschmieden hergestellt werden. Gewöhnlich sind das Magier, aber manchmal auch nicht. Einige davon sind ständig aktiv und brauchen keinen wahren Namen – wie zum Beispiel Euer blauer Stein, Aravan –, wohingegen andere normalerweise ruhen und daher einen Namen brauchen, um zu erwachen. Beispiele für eine solche Arbeit, die durch einen wahren Namen aktiviert wird, sind die von Dwynfor dem Elf gefertigten Schwerter und wohl auch Dureks Axt und Nombis Speer. Für komplexere Artefakte der Macht bedarf es gewöhnlich zweier oder dreier Magier, um sie herzustellen – eines Alchimisten, eines Artefaktschmieds und noch eines anderen, um die speziellen Kräfte einzuarbeiten. Ein sehr mächtiges Artefakt kann jedoch nur von vielen Magiern oder von einem Gott hergestellt werden.«

»Von einem Gott?« Jatus Augen weiteten sich.

»Adon, Elwydd, Gyphon, die anderen.«

Bokar nahm seinen geflügelten Helm ab und schaute hinein, als suche er etwas darin. »Sagt mir, Magier Alamar, was für eine Art Edelstein kann Feuer in sich ziehen?«

Alamar zuckte die Achseln. »Ich weiß nicht, Bokar. Es gibt viele Arten von Edelsteinen, und jede kann in ein Artefakt verwandelt werden: *adamas, crystallus, smaragdus, carbunculus, sappirhus, corallum* ...«

»Oje«, knurrte Bokar. »Ihr redet über Edelsteine, deren Namen ich nicht einmal kenne.«

»Mein Vater nennt sie bei ihren Magiernamen, Bokar«, sagte Aylis. »Ihr kennt sie als Diamant, Kristall, Smaragd, Rubin, Saphir und Koralle.«

»Ha!«, rief der Zwerg. »Das hört sich an, als wäre *jeder* Edelstein geeignet.«

»Das sagte ich Euch doch, Zwerg«, erwiderte Alamar mürrisch.

Bokar fuhr auf, beruhigte sich aber gleich wieder. »Nun, Magier Alamar, *ich* habe mich jedenfalls gefragt, ob es sich bei dem dunklen Edelstein aus Seherin Aylis' Rätsel um den Stein handeln könnte, den Kapitän Aravan um den Hals trägt.«

Alamars Augen weiteten sich, und er wandte sich an den Elf. »Lasst mich einen Blick darauf werfen«, bat er.

Aravan holte den Stein unter seinem Wams hervor, streifte sich das Lederband über den Kopf und reichte ihn Alamar. Der Magier studierte den blauen Stein eine ganze Weile. »Das ist das falsche Feuer«, murmelte er dann. »Darin ist das falsche Feuer. Aylis hatte Recht mit ihrer Vermutung über den Stein. Dies ist ein Schutzstein, schlicht und einfach, der Kreaturen aus Neddra entdeckt und auch ein paar von dieser Welt.« Er gab das Schmuckstück Aravan zurück, der ihn sich wieder um den Hals legte und unter dem Wams verstaute. »Aber es war trotzdem ein schlauer Einfall, Bokar«, fügte der Magier hinzu.

»Diese Edelsteine, Alamar«, fragte Aravan. »Kennt Ihr ihre Bezeichnungen in der Sprache der Schwarzmagier?«

Alamar schüttelte den Kopf und fragte: »Warum sollte das wichtig sein?«

Aravan warf einen Blick auf Aylis und sagte dann zu Alamar: »Eure Tochter hat ein Wort in der Sprache der Schwarzmagier gesprochen, und ich dachte, der Name dieses dunklen Edelsteins könnte ebenfalls dieser Sprache entstammen.«

Alamar nickte zögernd und sagte: »Vielleicht. Wären wir in Kairn, könnten Aylis und ich die Bibliothek in der Akademie der Magier aufsuchen. Dort fänden wir vielleicht Hinweise auf diese Namen. Trotzdem wäre es von einer Laune des Schicksals abhängig, ob wir etwas fänden oder nicht, denn wir wissen nicht einmal, was für eine Art Juwel der dunkle Edelstein aus ihrem Rätsel ist. Und es gibt Dutzende, sogar hunderte verschiedene Edelsteine, und es ist sehr unwahrscheinlich, dass wir die Bezeichnungen der Schwarzmagier für sie alle herausfinden würden. Selbst wenn wir ein paar Bezeichnungen fänden und darunter sogar die richtige wäre, es wäre immer noch ein Ding der Unmöglichkeit, davon auf den wahren Namen zu schließen, zumal wir ja auch noch blockiert werden.«

Die Tage flogen nur so vorbei, und es wurde immer kälter. In den frostklaren Nächten war oft das Nordlicht zu sehen. Doch Wolken sahen sie keine. Jinnarins Stimmung wechselte zwischen Trübsal und Frohsinn, je nachdem ob sie von einem schwarzen Schiff träumte oder nicht.

Der Dezember kam, die erste Woche verstrich, dann noch eine, und bei der gesamten Crew wurde die Stimmung gereizter. Offiziere und Mannschaft schnauzten einander immer häufiger an. Alamars Nörgeleien und Kritteleien wurden beständig schlimmer, und Jinnarin glaubte schon, sie müsse schreien, sobald er den Mund aufmachte. Schließlich berief Aravan eine allgemeine Versammlung ein, und noch während er auf einen Tisch kletterte, rief jemand: »Wie lange müssen wir noch vor Anker liegen, Herr Käpt'n?« Ein allgemeines Gemurmel der Unzufriedenheit lief durch die Reihen der Mannschaft.

Aravan hatte den Rufer erkannt. »Ich bin hier, um genau darüber zu reden, Geff.«

Aravan drehte sich langsam und suchte dabei den Blick jedes Menschen und jedes Zwerges. Manche erwiderten seinen forschenden Blick ganz offen. Andere schauten zu Boden, als schämten sie sich oder als hätten sie sich irgendeiner nicht näher bestimmten Schandtat schuldig gemacht. Als er sich einmal vollständig herumgedreht hatte, ergriff er das Wort.

»Ich weiß, dass wir es alle kaum erwarten können, dieses Unternehmen fortzusetzen, und die Warterei hier vor der Küste jedem Einzelnen von Euch aufs Gemüt drückt. Doch es könnte nötig werden, den ganzen Winter hier zu liegen – noch weitere hundert Tage.« Ein Ächzen erhob sich bei dieser Ankündigung, das rasch verstummte, als Aravan die Hände hob und um Ruhe bat. »Wir wollen dasselbe sehen, das auch Lady Jinnarins Gemahl erblickt hat – Wolken aus dem Nordlicht. Vielleicht kommen sie morgen Nacht, vielleicht in einer oder zwei Wochen und vielleicht überhaupt nicht. Doch hier vor Anker zu liegen, könnte der schnellste Weg sein, Farrix zu finden.

Sollten wir nicht sehen, was er gesehen hat, werden wir den Anker lichten, auf Fahrt gehen und stattdessen das hellgrüne Meer suchen.

Ich weiß, Ihr sehnt Euch danach, den Anker zu lichten und wieder in See zu stechen, denn mir geht es ebenso. Es gibt kaum eine Beschäftigung, während wir vor Anker liegen, und Herumlungern ist unsere Sache nicht. Denn wir sind Männer der Tat, die es gewöhnt sind, über die Weltmeere zu fahren und die Wahrheit hinter den Legenden zu suchen, wir, die wir ansonsten, wenn wir nicht segeln, den Pfaden der Wunder auch an Land folgen.

Doch nun sitzen wir untätig herum und warten auf ein Ereignis, das vielleicht niemals eintritt.

Aber wir haben geschworen, Lady Jinnarin zu dienen, und in diesem Augenblick dienen wir ihr am besten, indem wir warten. Aber wir dienen ihr überhaupt nicht mit unserem Gezänk, und ich möchte, dass wir diese kleinlichen Streitereien überwinden und beiseite lassen.

Und so betraue ich uns mit neuen Aufgaben: unsere gute Laune wieder herzustellen; die Freundschaft zu suchen, die uns zusammenhält; und unser Gefühl für dieses Unternehmen zu erneuern, für unsere Ziele – und für unseren Dienst an Lady Jinnarin.«

Aravan hielt inne, und in die Stille hinein rief jemand – Geff: »Heda, der Käpt'n hat Recht, jawohl. Wir müssen ja nur hundert Tage warten – oder noch weniger. Das kann ich im Kopfstand ...«

Jatu rief: »Das würde ich gern sehen: wie Geff hundert Tage auf dem Kopf steht.«

Lautes Gelächter erklang, und Aravan tat nichts, um es abzukürzen. Als sich die Heiterkeit gelegt hatte, sagte er: »Ich würde meinen, Geff hat Recht: Ob im Kopfstand oder nicht, hundert Tage Warten schaffen wir leicht. Was sagt Ihr?«

Geff rief: »Ich sage, wir lassen den Käpt'n dreimal hochleben – richtig?«

Hip-hip-hurra! Hip-hip-hurra! Hip-hip-hurra!, erklang es aus allen Kehlen.

Lächelnd sprang Aravan nach unten, doch als die Mannschaft Anstalten machte, sich zu verteilen, sprang Jatu auf den Tisch und verlangte Ruhe. Als sie eingekehrt war, sagte der große schwarzhäutige Mensch. »Ich schlage vor, wir veranstalten eine Lotterie, wann wir die erste Wolke sehen.«

»Über hundert Tage«, brüllte Bokar zustimmend, der nach vorn gelaufen kam, um sich zu beteiligen, während sein Kriegstrupp ihm folgte. »Eine *Hundert-Tage-Lotterie* für alle!«

»Mit zweihundert Losnummern«, rief jemand anders. »Zwei Nummern für jede Nacht, eine vor Mitternacht und eine für danach.«

»Zieht sie aus einem Hut!«

Ein allgemeines Gebrüll der Zustimmung erhob sich, und Aravan lächelte, als er die Versammlung verließ. Es schien so, als sei die Moral wiederhergestellt – vielleicht für hundert Tage.

Am nächsten Tag saß Jinnarin mit Jatu im Heck der *Eroean* und sah zu, wie die Mannschaft in die Takelage kletterte, um sie vom Eis zu befreien, das sich über Nacht dort gesammelt hatte. Einer der Männer sang ein Shanty vor, und die anderen antworteten im Chor.

»Sie scheinen zufrieden zu sein, Jatu«, sagte die Pysk.

»Ja, Lady Jinnarin«, erwiderte Jatu. »Sie *sind* zufrieden. Wisst Ihr, Kapitän Aravan hat letzte Nacht zu ihnen gesprochen. Er hat sie aufgeheitert und sie an die Mission erinnert, die wir haben.«

»Ach, ich wünschte, er hätte mit Alamar geredet und ihn auch aufgeheitert.«

Jatu sah die Pysk an und hob die Augenbrauen.

»Er wird immer unmöglicher, Jatu, und bricht bei jeder Gelegenheit Streit vom Zaun.«

»Streit?«

»Kleinliches Gezänk über unwesentliche Dinge.«

»Vielleicht ist das seine einzige Unterhaltung, Lady Jinnarin.«

»Nein, Jatu. Er ist vielmehr ungeduldig und unleidlich. Er kann sich mit nichts anderem beschäftigen, nur mit Debatten und Streitgesprächen.«

Jatu kratzte sich nachdenklich am Kinn. »Vielleicht sollten wir uns ein Rätsel für ihn ausdenken, das er lösen muss. Das würde seinen Geist beschäftigen.«

»Oh, er hat sich bereits eines für mich ausgedacht.«

»Und das wäre ...?«

»Zuerst sollte ich das Wesen des Bösen definieren. Das habe ich schließlich zu meiner und wohl auch seiner Zufriedenheit geschafft – zumindest in Bezug auf große Missetaten. Dann hat er mir die Aufgabe gestellt, mir kleinere Missetaten auszudenken. Wisst Ihr, Jatu, ich weiß nicht einmal, ob es so etwas wie eine kleine Missetat überhaupt gibt.«

»Was ist mit solchen Dingen wie lügen, betrügen, stehlen, Versprechen nicht einhalten ...«

»Ach, Jatu, lügen, betrügen, stehlen und dergleichen, all das mag manchmal eine kleine Missetat sein. Aber hier bewege ich mich auf unsicherem Boden, denn kann eine Lüge, auch eine kleine, jemals etwas anderes als böse sein? Kann eine Lüge tugendhaft sein? Und wenn ja, wo ist die Trennlinie zwischen einer tugendhaften Lüge und einer bösen? Vielleicht liegt der Unterschied in der Absicht. Wenn es nur um den Nutzen des Lügners geht, dann sind diese Dinge Missetaten, kleine oder große. Falls es so genannte kleine Übel gibt, glaube ich, dass sie leicht große Übel werden können, je nachdem, welchen Zweck sie verfolgen. Aber ich glaube nicht, dass ein großes Übel jemals ein kleines werden kann.«

Jatu schwieg einen Moment und sagte dann: »Vor dieses Problem hat Magier Alamar Euch also gestellt, hm? Keine leichte Aufgabe, würde ich sagen. Dennoch, wenn Ihr ihn überraschen wollt, seiner schlechten Laune ein Ende bereiten wollt, warum versucht Ihr dann nicht, die nächste Frage vorherzusehen, die er Euch stellen wird, um ihm einen Schritt vorauszueilen – und um seine Frage zu beantworten, bevor er sie stellen kann?«

Jinnarin lächelte. »Du meine Güte, das wäre wirklich eine Überraschung für ihn.«

Jatu grinste die Pysk an und nickte. »Und vielleicht würde es ihn auch freuen und seiner Missstimmung ein Ende bereiten.«

»Nun ja«, sagte Jinnarin, »da er mir aufgetragen hat, das Wesen des Bösen zu definieren, verlangt er vielleicht als Nächstes von mir, das Wesen des Guten zu definieren.«

Jatu schüttelte den Kopf. »Das glaube ich nicht, Lady Jinnarin. Das Wesen des Guten zu definieren, scheint das Gegenteil des Bösen zu sein ... oder vielleicht auch noch etwas mehr. Vielmehr glaube ich, dass er Euch fragen wird, wie eine Person leben sollte, um zu vermeiden, anderen Böses zuzufügen.«

»Das ist zu leicht, Jatu.«

»Tatsächlich? Dann sagt es mir, Winzige, wie lautet die Antwort?«

»Fügt anderen keinen Schaden zu und lasst Euch von ihnen keinen Schaden zufügen.«

Jatu lachte, und als er Jinnarins verwirrte Miene sah, sagte er: »In dieser Formulierung habe ich es noch nie gehört.«

»Was denn?«

»Bei den Menschen in den fernen Ländern im Osten lautet ein Sprichwort: ›Was du nicht willst, das man dir tu, das füg auch keinem anderen zu‹ oder auch einfach: ›Füge anderen keinen Schaden zu.‹«

»Habe ich das nicht gerade gesagt?«

»O nein, Lady Jinnarin, Ihr habt etwas ganz anderes gesagt. Eure Regel ist etwas – sagen wir mal – aktiver?«

»Inwiefern, Jatu?«

»Eure Regel beginnt wie ihre – ›Füge anderen keinen Schaden zu‹ –, aber dann trennen sich die Wege – ziemlich deutlich, möchte ich hinzufügen –, denn Eure Regel lautet: ›... und lasst Euch von ihnen keinen Schaden zufügen.‹ Für mich heißt das, falls jemand versuchen sollte, Euch Schaden zuzufügen, ist es vollkommen in Ordnung, die Betreffenden daran zu hindern.«

»Und ...?«

Jatu lachte wieder. »Mir *gefällt* Eure Regel, Lady Jinnarin. Die weisen Männer im Osten könnten noch etwas von Euch lernen. Wisst Ihr, *deren* Regel beinhaltet nämlich, *wenn* Ihr anderen keinen Schaden zufügt, *dann* fügen sie Euch auch keinen zu ... und wir wissen alle, dass dies manchmal eben nicht stimmt. Nach ihrer Regel, könnt Ihr entweder akzeptieren oder davonlaufen, wenn jemand Euch schaden will. *Eure* Regel scheint hingegen zu besagen: ›Ich füge anderen keinen Schaden zu, *es sei denn*, sie versuchen mir zuerst Schaden zuzufügen, woraufhin ich versuchen werde, sie daran zu hindern.‹«

Ein Ausdruck der Erkenntnis huschte über Jinnarins Gesicht. »Jetzt verstehe ich, was Ihr meint. Aber wartet mal,

Jatu. Ihre Regel verbietet ihnen doch nicht, sich selbst zu schützen.«

»Nein, das tut sie nicht. Aber sie sagt im Kern, dass es böse von Euch wäre, jemandem zu schaden, um ihn daran zu hindern, Schaden anzurichten, wie böse er auch sein mag. Ich selbst stimme damit nicht überein, denn manchmal kann man das Böse nur aufhalten, indem man es zerstört.«

Sie saßen eine ganze Weile schweigend da und beobachteten die singende Mannschaft in der vereisten Takelage, wie sie auf das Eis auf Flaschenzügen und Tauen einschlug, das in glitzernden Scherben auf das Deck fiel, um dort zu zerspringen.

Jinnarin erhob sich. Mit einem Seufzer sagte sie. »Ich werde mit Alamar darüber reden. Er wird deswegen streiten wollen, jedenfalls würde es mich nicht wundern.«

Jatu hob eine Hand, um sie aufzuhalten. »Warum entwaffnet Ihr ihn nicht, bevor er dazu Gelegenheit bekommt?«

»Ihn entwaffnen? Wie?«

»Verändert Eure Regel ein wenig. Anstatt Euch auf den Schaden zu konzentrieren, konzentriert Euch darauf, Gutes zu tun. Fragt ihn, ob er glaubt, dass Leute andere so behandeln sollten, wie sie selbst gern behandelt werden wollen. Wenn er das bejaht, habt Ihr ihn: Dann kann er Euch nicht mehr schäbig behandeln, es sei denn, er will selbst genauso schäbig behandelt werden.«

Jinnarin lächelte und klatschte in die Hände. »Gut, Jatu. Sehr gut.« Die Pysk machte auf dem Absatz kehrt und hüpfte die Treppenstufen hinunter. Unten angekommen, blieb sie stehen, als überlege sie angestrengt. Dann drehte sie sich noch einmal zu Jatu um und rief nach oben: »Aber was ist, wenn er nicht der Ansicht ist, dass jeder die anderen so behandeln sollte, wie er selbst behandelt werden will?«

Jatu lachte. »Dann steht Ihr mit dem Rücken zur Wand, Mylady.«

Seufzend drehte Jinnarin sich um und ging weiter.

Alamar starrte Jinnarin mit verschwommenem Blick an. »Ha, Pysk, Ihr wolltet mich wohl reinlegen, was?« Der Magier saß auf seiner Koje, den Rücken an die Wand gelehnt, ein Glas Branntwein in der Hand und eine fast leere Flasche nicht weit entfernt. »Aber dieser listige alte Fuchs ist Euren Tricks gewachsen, Pisch ... Tisch, Prix ... Tricks, Pysk.«

»Alamar, Ihr seid betr...«

»Aber, wisst Ihr, Ihr seid da auf drei der großen Gedanken in der Zivila... Zivilisi... Zivilisation gestoßen. Erstens, tu nichts Böses; zweitens, tu nur Gutes; drittens, behandle mich so, wie ich dich behandle. Das ist nicht dasselbe, müsst Ihr wissen. Alles ganz verschieden. Und wisst Ihr auch, warum?«

»Nun ja ...«, begann Jinnarin.

»Ich sage Euch, warum«, unterbrach Alamar sie, der jetzt mit der Luft redete anstatt mit Jinnarin. »Soweit es das Gute betrifft, ist eines aktiver als das andere. Und soweit es das Böse betrifft, ist eines aktiver als das andere ... Habe ich das gerade gesagt? Jedenfalls habe ich es gemeint. Jedenfalls, was das Miteinanderauskommen betrifft, ist eines aktiver als das andere. Wisst Ihr, eines ist für das Gute, eines ist gegen das Böse, und eines ist etwas von beidem.« Alamar hielt inne, um einen Schluck aus seinem Glas zu trinken.

Jinnarin ergriff die Gelegenheit, um selbst eine Bemerkung einzuflechten. »Ist nicht für das Gute zu sein dasselbe wie gegen das Böse zu sein, Alamar?«

Der Magier sah die Pysk an. »Ach, seid Ihr immer noch da, Pisch?«

»Beantwortet meine Frage, Alamar. Ist das nicht dasselbe?«

Alamar sah sich forschend um. »Was denn?«

»Für das Gute zu sein, ist doch dasselbe wie gegen das Böse zu sein, oder nicht?«

»Wer hat Euch das denn erzählt?«

»Niemand. Ich habe nur ...«

»Da. Seht Ihr?«, sagte Alamar triumphierend. »Ich habe es Euch doch gesagt.«

»Was habt Ihr mir gesagt?« Jinnarin stand kurz davor, vor Ärger laut zu schreien.

»Gutes tun, Böses verhindern: Natürlich ist das nicht dasselbe. Das eine sagt einem, was man *tun* soll, das andere sagt einem, was man *unterlassen* soll. Im einen Fall soll man dem Opfer helfen, also Gutes tun. Im anderen Fall soll man alles Böse unterlassen, also keinen Schaden anrichten. Natürlich gibt es für die Maßgabe, Böses zu unterlassen, noch eine Erweiterung – und das ist die Maßgabe, andere daran zu hindern, anderen Schaden zuzufügen.«

»Augenblick, Alamar. Böses zu verhindern, ist nicht dasselbe, wie Böses zu unterlassen.«

»Wieder richtig, Picks. Böses zu unterlassen, bezieht sich nur auf einen selbst. Böses zu verhindern, bezieht sich auf andere. Im einen Fall lässt man die anderen in Ruhe. Im anderen Fall könnt Ihr jeden bösen Schweinehund umbringen, der Euch über den Weg läuft.«

»Sie müssen gar nicht böse sein, Alamar. Ich meine, Farrix hat verhindert, dass Ihr Schaden nehmt, indem er den Eber getötet hat, obwohl der Eber keine böse Kreatur war.«

»Natürlich war er!«, rief Alamar. »Er wollte mich töten.«

Jinnarin rang verzweifelt die Hände. »Schon gut. Aber nun sagt, was ist mit der dritten Möglichkeit?«

»Mit welcher dritten Möglichkeit?«

Jinnarin knirschte mit den Zähnen. »Mit der Möglichkeit, etwas von beidem zu haben.«

Alamar betrachtete durch sein leeres Glas Jinnarins verzerrtes Bild. »Das ist die Beste von allen. Man kann es sich aussuchen. Wenn man nur Gutes tut, meldet man sich immer freiwillig, um zu helfen, zum Beispiel bei der Getreideernte. Wenn man nichts Böses tut, unterlässt man einfach nur alles, was die Ernte behindern könnte – man lässt den anderen in Ruhe, lässt ihn sein Korn alleine einbringen. Wenn man Böses verhindert, verbringt man viel Zeit in schrecklicher Gefahr und rackert sich für Dinge ab, die man vielleicht nicht einmal richtig versteht, außer dass sie Böses verhindern. Aber wenn man lebt und leben lässt, wenn man andere so behandelt, wie man selbst behandelt werden will, na, dann kann man sich aussuchen, wann man helfen will, wann man sie in Ruhe lassen will und wann man kämpfen will. Und das ist am besten, sage ich Euch. Am allerbesten.«

»Hm.« Jinnarin verfiel ins Grübeln. Nach einer Weile unterbrach Schnarchen ihre Überlegungen. Alamar war eingeschlafen.

Es wurde Mitte Dezember, das Nordlicht flackerte am Himmel, aber in den mondlosen Nächten waren keine Wolken zu sehen. Aber in der Nacht des Siebzehnten: »Da ist eine! Da ist eine!«, rief Jinnarin und zeigte nach Nordwesten, wobei sie vor Aufregung tanzte. »Eine Wolke! Ein Streifen! Seht doch! Seht doch nur! Ja seht Ihr es denn nicht?«

Alamar fuhr herum, starrte angestrengt in die angezeigte Richtung und murmelte: *»Visus.«*

Dann rief der Magier: »Frizian! Frizian! Zu mir!«

Der Zweite Offizier kam mit Bootsmann Reydeau im Schlepptau angelaufen. »Meister Alamar?«

Alamar deutete aufwärts nach Nordwesten. »Da ist die Wolke. Holt Aravan und die Mannschaft und setzt das Schiff in Bewegung.«

Beide Männer starrten in die Richtung, in die Alamar zeigte, und Frizian sagte: »Aber ich sehe nichts.«

»Das könnt Ihr auch nicht, mein Junge. Wir aber schon! Und nun los! Wir haben das Wild endlich gesichtet!«

»Aber Herr Magier, Ihr zeigt direkt auf die Insel. Und wenn die Wolke auf Rwn landet – nun ja, wir können nicht durch Felsen und Erde segeln.«

»Hèl und Verdammnis, Frizian, ich habe die Sterne mein Leben lang studiert, und ich weiß, hört Ihr, *ich weiß*, woher diese Wolke kam und wo sie landen wird. Diese Stelle liegt weit hinter der Insel. Jetzt zaudert nicht länger. Gebt entweder die Befehle oder macht Platz!«

Frizian wandte sich an Reydeau. »Pfeift den Kapitän und die Mannschaft an Deck, Bootsmann. Läutet die Glocke. Es wird Zeit für die *Eroean*, wieder durch die Wellen zu pflügen.«

Augenblicke später, während ein Teil der Mannschaft bereits in die Wanten stieg und das Schiff klarmachte, betraten Aravan und Jatu das Vordeck. »Wo denn?«, fragte der elfische Kapitän.

»Da, Aravan! Da!«, sagte Jinnarin beinahe überschäumend, indem sie in eine Richtung zeigte. »Jetzt ist nichts mehr zu sehen. Aber sie war da. Ach, Aravan, endlich eine Wolke!«

Aravan sah Alamar an, und der Magier sagte. »Meiner Schätzung nach, Aravan, ist sie vielleicht hundert Meilen jenseits der Insel aufs Meer getroffen. Seht dort. Seht Ihr den Schlangenschwanz, der gerade untergeht? Der dritte Stern von oben? Das ist die Richtung.«

Aravan betrachtete das Sternbild. »Ich vermerke es auf der Karte, Jatu, dann wisst Ihr, wohin wir segeln.«

Jatu nickte. »Aye, Herr Käpt'n, aber das kommt später. Im Augenblick ist Rwn im Weg. Wir können nicht über Land segeln, aber wir können um die Insel fahren. Gegen den Lauf der Sonne oder mit dem Lauf der Sonne, was sollen wir tun?«

Aravan schaute zu den im Wind flatternden Wimpeln empor. »Bei diesem Wind, mit dem Lauf der Sonne, Jatu.«

Während sich der Erste Offizier entfernte, traf Aylis ein. »Wo?«, fragte sie Jinnarin und starrte dann in die Richtung, welche die Pysk ihr wies. »Hast du die Wolke gesehen, Vater?«

»Nicht ohne Magiersicht.«

Aylis sah den Alten an. »Na, Vater, das ist doch schon mal etwas.«

»Kommt«, sagte Aravan. »Ich zeichne einen Kurs auf der Karte ein und zeige Euch allen, wohin wir unterwegs sind.«

Sie folgten dem Elf in die Offiziersmesse und versammelten sich um den Tisch, auf den Jinnarin sich stellte. Aravan wählte eine Karte aus, rollte sie aus und beschwerte die Ecken. »Hier ist Rwn, und hier sind wir, in dieser Bucht im Südosten. Wenn wir Alamars Schätzung zugrunde legen« – Aravan legte ein Lineal von der Bucht quer über die Insel zu einem Punkt gut hundert Meilen nordwestlich von ihr – »und wenn wir von einer Fahrt von zwölf bis dreizehn Knoten bei diesem Wind ausgehen« – Aravan schätzte die Entfernung entlang der Südroute mit einem Stechzirkel ab – »sind wir gut fünfundzwanzig bis dreißig Stunden entfernt.«

Jinnarin, die jetzt auf der Karte stand, schaute gereizt auf. »Einen ganzen Tag?«

Aravan nickte. »Oder sogar noch etwas mehr.«

Alamar knurrte. »Wir können es nicht ändern, Pysk. Es würde zu viel astrales Feuer verbrauchen, mehr Wind herbeizurufen.«

Aylis studierte die Karte. »Wir segeln an Darda Glain vorbei, oder nicht?«

Ein Blick auf Aravan bestätigte ihre Worte. »In ungefähr sieben Stunden.«

Aylis schaute wieder auf die Karte. »Auch an Kairn, wie ich sehe.«

»Das kannst du dir gleich aus dem Kopf schlagen«, knurrte Alamar. »Das mache ich nicht.«

»Was denn?«, fragte Jinnarin.

»Mich nach Kairn abschieben lassen!«, schnauzte Alamar.

»Aber, Vater ...«

»Ich habe Nein gesagt, Tochter! Wir haben gerade das Wild gesichtet, und du willst, dass ich mich zurückziehe. Ich habe es schon einmal gesagt, und ich sage es noch mal: Ich tue es nicht! Ich bin bis zum Ende dabei, und damit ist *dieser* Fall erledigt!«

Jinnarin stand mitten auf der Karte, die Arme verschränkt, das Kinn vorgereckt. »Und ich lasse mich auch nicht nach Darda Glain abschieben! Und damit ist der Fall auch erledigt!«

»Ach, Jinnarin, ich habe keinen Augenblick daran gedacht, *Euch* abzuschieben«, protestierte Aylis.

»Nur mich, wie?«, blaffte Alamar.

Jinnarin wandte sich an Aylis. »Wenn Ihr mich nicht abschieben wolltet, warum habt Ihr dann nach Darda Glain gefragt?« Die Pysk zeigte auf den Wald im Südteil Rwns.

»Nur aus einem Grund, Jinnarin: Mir kam der Gedanke, Farrix könnte mittlerweile wieder nach Hause zurückgekehrt sein. In dem Fall würde dieses Unternehmen eine neue Wendung nehmen.«

»Ach, wenn er wieder zu Hause wäre, das wäre wirklich wunderbar«, rief Jinnarin. »Aber dort ist er nicht, da bin ich ganz sicher, nicht solange ich den Traum habe.«

Aylis hob abwehrend die Hände. »Ihr nehmt an, dass Farrix der Absender ist, Jinnarin, und ich stimme zu, dass er es sehr wahrscheinlich ist. Aber wenn wir uns irren, und Farrix tatsächlich in Darda Glain ist, würden wir uns fragen müssen, wer, wenn nicht Farrix Euch dann den Nachtmahr sendet ... und warum?«

Aravan stützte sich auf die Hände, die er auf den Tisch gelegt hatte, und sah Aylis an. »Was schlägst du vor, *Chieran*?

Wenn wir das Geheimnis hinter den Wolken ergründen wollen, können wir nicht in Darda Glain anlegen.«

Aylis schüttelte den Kopf. »Ich habe nicht daran gedacht, dort anzulegen, Aravan. Vielmehr wollte ich schwarzes Wasser in einem silbernen Becken benutzen, wenn wir dem Wald am nächsten sind, und ihn suchen.«

Jinnarin hauchte ein stummes *Oh*, dann runzelte sie die Stirn. »Aber, Aylis, wie wollt Ihr wissen, wenn Ihr ihn gefunden habt? Ich meine, Ihr wisst ja nicht einmal, wie er aussieht.«

Aylis lächelte. »Natürlich weiß ich das, Jinnarin. Schließlich habe ich ihn in Eurem Traum schwimmen sehen.«

Im Schein des Nordlichts und im Licht der Sterne dauerte es keine Stunde, bis sie den Anker gelichtet und das Elfenschiff gewendet hatten und zunächst nach Süden und dann nach Südwesten segelten, um dann nach Westen zu schwenken, und der Küstenlinie Rwns zu folgen. Doch die Insel war ungefähr kreisförmig und durchmaß etwa hundertfünfzig Meilen, also betrug die Fahrstrecke insgesamt gut dreihundert Meilen. Und so würde es einen Tag und noch länger dauern, bis die *Eroean* das Gebiet erreichte, wo nach Alamars Schätzung die Wolke niedergegangen war.

In den Stunden vor Morgengrauen weckte Aravan Aylis. »Wir nähern uns Darda Glain, *Chieran*.«

Aylis kramte in ihren Sachen, bis sie ihr kleines Silberbecken, das Fläschchen mit schwarzer Tinte und die Kerze im silbernen Halter gefunden hatte. Sie zündete die Kerze an und ging in die Messe, wo Jinnarin und Alamar sie bereits erwarteten. Die beiden waren noch wach, da sie nach weiteren Wolken Ausschau gehalten, aber keine gesehen hatten. Aylis stellte das silberne Gefäß auf den Tisch, füllte es mit Wasser und gab vier Tropfen Tinte hinein, wodurch das Wasser schwarz wurde. Aylis setzte sich an den Tisch, konzentrierte sich, schaute angestrengt ins Wasser und murmelte: *»Patefac Farricem.«*

Jinnarin stand auf dem Tisch neben der Kerze, die Augen weit aufgerissen, und beobachtete alles ganz genau. Alamar stand Aylis gegenüber und starrte in das schwarze Wasser. Aravan stand hinter Aylis, offenbar bereit, sie aufzufangen, sollte sie erneut ohnmächtig werden.

»Patefac Farricem«, wiederholte sie, während sie in den schwarzen Spiegel des tintigen Wassers starrte.

Jinnarin konnte keine Veränderung im Wasser erkennen, obwohl sie damit auch nicht gerechnet hatte. Dennoch beschlich sie ein Gefühl der Enttäuschung.

Ein drittes Mal rief Aylis: *»Patefac Farricem.«* Schließlich schaute sie auf und schüttelte den Kopf.

Jinnarin ließ die Schultern hängen, doch bevor sie etwas sagen konnte, murmelte Alamar: »Kommt, Pysk. Gehen wir wieder auf Wache. Das Nordlicht ist noch da, und wir wollen doch keine Wolke verpassen ...«

Der Morgen graute, und sie segelten weiter, an Kairn vorbei, der Stadt der Glocken, und weiter, während die tiefe, kaum wärmende Sonne ihre Bahn über den kalten Winterhimmel zog und eine steife Winterbrise für ein rasches Vorankommen sorgte. Dunkelheit brach herein, und immer noch segelten sie weiter, bis sie kurz vor Mitternacht die Zone hundert Meilen nordwestlich von Rwn erreichten.

Während der kalte Winterwind blies, stand die Mannschaft an Deck, Matrosen und Krieger gleichermaßen in gefütterte Kleidung gehüllt, um sie vor dem eisigen Wind zu schützen. Die Krieger waren auch gerüstet und bewaffnet, denn niemand wusste, was sie vorfinden würden. Im Heck standen Jinnarin, Aylis und Alamar, Vater und Tochter wie die Besatzung in dicke Wämser und Hosen gehüllt. Die Kälte setzte Aravan nicht ganz so sehr zu, also trug er zwar auch warme Kleidung, aber leichtere. Doch Jinnarin trug ihre übliche Kleidung, und der Pysk schien der winterliche Wind überhaupt nichts auszumachen, als sei sie gegenüber der Kälte unempfindlich.

Alle Augen suchten die dunkle, nächtliche See ab ... und sahen nichts.

»Wonach halten wir Ausschau, Herr Käpt'n?«, fragte Tink, der in dem winterlichen Wind sichtlich fröstelte.

»Ich weiß es nicht, Tink – nach etwas Ungewöhnlichem ... ob klein oder groß, kann ich nicht sagen.«

Tink betrachtete forschend den Horizont. »Ob es nun groß ist wie ein Haus oder nicht, in dieser endlosen Weite ist es wie die Suche nach der Nadel im Heuhaufen.«

Bokar knurrte: »Oder nach einem Korken, der auf dem Meer treibt.«

»Ich kann hier nichts sehen«, sagte Jatu. »Wohin jetzt, Kapitän?«

Aravan schaute hoch zum Himmel und zu den Sternen. »Wir segeln die auf der Karte eingezeichnete Linie entlang. Leitstern ist der dritte Stern oben im Schlangenschwanz.«

»Aye, Kapitän. Reydeau, pfeift die Mannschaft herauf. Boder, folgt dem Stern.«

Auf diesem Kurs segelten sie eine Stunde und dann noch eine, an der vagen Grenze zwischen den eisigen Gewässern des Nordmeers und des milderen Westonischen Ozeans entlang.

Sie entdeckten immer noch nichts.

In der dritten Stunde, in der sie den Kurs hielten, setzte am Himmel das Spektakel des Nordlichts ein, und Jinnarin, Aylis und Alamar kehrten an Deck zurück, um nach Wolken Ausschau zu halten.

»Kapitän«, sagte Jatu, »meiner Schätzung nach sind wir jetzt hundertzwanzig Meilen von Rwn entfernt.«

Aravan schaute wieder zu den Sternen. »Aye, Jatu, Eure Schätzung ist ziemlich genau. Wir fahren auf demselben Kurs zurück, kreuzen dabei aber jeweils drei Meilen nach backbord und steuerbord.« Aravan drehte sich um und zeigte auf ein Sternbild im Südosten. »Orientiert Euch am Hirtenstab.«

Alamar räusperte sich. »Ich frage Euch, warum fahren wir diesen Zick-Zack-Kurs?«

»Damit uns nichts entgeht, Alamar. Wir haben nichts gesehen, als wir einen geraden Kurs gesteuert haben, und wenn es im Bereich drei Meilen links oder rechts von uns etwas zu sehen gibt, stoßen wir darauf, wenn uns das Glück lächelt.«

Reydeau ließ die Segel neu ausrichten und änderte den Kurs der *Eroean*, die jetzt entlang eines nach Rwn führenden Kurses kreuzte.

Eine weitere Stunde verstrich, und es war tiefste Nacht, als Jinnarin plötzlich rief: »Da ist noch eine! Noch eine Wolke!«

Sowohl Alamar als auch Aylis murmelten, *Visus,* und schauten in die von Jinnarin angezeigte Richtung. Ein großer, länglicher Streifen löste sich vom Nordlicht und floss in Richtung Osthorizont, um dahinter zu verschwinden.

»Markiert die Richtung«, rief Alamar. »Sucht einen Stern, da, wo die Wolke verschwunden ist.«

»Der rote Stern, dort am Horizont«, sagte Aylis.

»Ich stimme zu«, erwiderte Alamar. »Er wird Axtaris genannt.«

Mittlerweile war Aravan bei ihnen. »Richtung Axtaris, Aravan«, sagte Alamar. »Da ist die Wolke niedergegangen.«

»Also nach Osten, Jatu«, rief Aravan. »Wir segeln nach Osten, Reydeau.«

Während das Schiff beidrehte und nach Osten segelte, wandte Aravan sich an Alamar. »Habt Ihr eine Schätzung, wie weit?«

»Weniger als zweihundert Meilen, würde ich sagen. Vielleicht nicht mehr als hundertfünfzig.«

Alamar wandte sich an Aylis, die mit einem Achselzucken antwortete. »Hinter dem Horizont, Vater, mehr kann ich nicht sagen.«

Jinnarin nickte zustimmend.

Und mit dem steifen Winterwind auf der Backbordseite fuhr die *Eroean* nach Osten.

Die Sonne war noch nicht untergegangen, als sie später am Tag die Gewässer nördlich von Rwn erreichten. Die Ausgucke hatten auf der Fahrt nach Osten nichts Ungewöhnliches bemerkt. Die Männer lösten einander wegen der Kälte auf dem offenen Meer schnell ab. Gerade wechselte wieder eine Schicht, als Aravan ins Ruderhaus kam, wo der Deckoffizier und der Steuermann windgeschützt standen.

»Irgendetwas Neues, Frizian?«

»Nein, Herr Käpt'n.«

Boder, der am Ruder stand, meldete sich zu Wort. »Wohin jetzt, Herr Käpt'n. Ich meine, welchen Kurs?«

»Nach Osten, Boder, nach Osten. Mindestens bis zum Einbruch der Dunkelheit.«

»Und dann, Herr Käpt'n?«

»Dann sehen wir weiter, Boder. Mehr kann ich auch nicht sagen.«

Kurz nach Sonnenuntergang versammelte Aravan die Offiziere zu einer Besprechung. Die *Eroean* segelte immer noch nach Osten.

Jatu, Bokar, Frizian, Reydeau, Rico und Fager hatten sich um den Kartentisch versammelt. Jinnarin, Aylis und Alamar waren ebenfalls anwesend. Aravan breitete eine Karte auf dem Tisch aus. Zwei Stellen waren darauf markiert: wo nach Alamars Schätzung die Wolken niedergegangen waren.

Aravan sah von der Karte auf. »Zwar haben wir zwei Wolken gesehen und sind ihnen bis zu den Stellen ihres Niedergangs gefolgt, aber wir haben nichts als Wellen im Wasser gefunden.«

Bokar knurrte: »Aye, Kapitän Aravan, nichts als Wellen. Aber das ist nicht alles, denn wir verfolgen etwas, das ich nicht einmal sehen kann. Kruk! Ich habe das Gefühl, als ob wir einem unsichtbaren Hirngespinst nachjagten!«

Alamar fuhr auf. »*Ich* kann es aber sehen, Zwerg. Und ich sage Euch, wir verfolgen *etwas* und nicht etwa *nichts*.«

»Vater«, sagte Aylis. »Bokar zweifelt ja nicht an unserem Wort. Aber für einen Krieger ist es schwierig, sich mit Dingen auseinanderzusetzen, die er nicht sehen kann.«

Bokar nickte nachdrücklich. »Ihr habt vollkommen Recht, Lady Aylis. Gebt mir einen Feind, den ich sehen kann, und ich werde ihn bald darauf bezwingen. Aber Phantome sind ganz und gar nicht nach meinem Geschmack.«

Jinnarin setzte sich nachdenklich auf die Karte. »Wir müssen es schaffen, irgendwann an einem Ort zu sein, wo eine Wolke herunterkommt, wenn sie denn herunterkommt.«

Jatu schlug sich mit der Faust in die geöffnete Handfläche. »Ganz genau, Lady Jinnarin. Wenn wir immer den Ereignissen hinterhersegeln, finden wir vielleicht nie heraus, was passiert. Aber lasst auch nur eine Wolke zu uns kommen, dann sieht die Sache vielleicht schon ganz anders aus.«

Aravan lächelte. »Genau meine Überlegungen.«

Frizian betrachtete die Karte. »Was schlagt Ihr vor, Herr Käpt'n?«

Aravan verband die beiden markierten Stellen mit einer Linie und verlängerte sie weitere hundertfünfzig Meilen nach Osten. Das Ende der Linie markierte er mit einem dritten Kreuz. »Ich sage, wir segeln weitere hundertfünfzig Meilen bis zu dieser Stelle und warten. Sollte dort nach unserer

Ankunft eine Wolke niedergehen, werden wir sicher ganz in der Nähe sein.«

Jatu grunzte. »Das setzt voraus, Kapitän Aravan, dass die nächste, die dritte Wolke genauso weit östlich der zweiten niedergeht wie die zweite östlich der ersten.«

»Aye«, erwiderte Aravan. »Dieselbe Entfernung, dieselbe Richtung.«

Alamar räusperte sich. »*Hem!* Aber, Aravan, ich bin nicht sicher, dass die zweite hundertfünfzig Meilen weiter niedergegangen ist.«

Frizian sah den Magier an. »Aber Ihr wart sehr sicher, was die Stelle des Niedergangs der ersten Wolke angeht, obwohl die Entfernung da über zweihundert Meilen betrug.«

»Schon richtig!«, rief Alamar, »aber da ging die Sichtung über Rwn hinweg. Und mit der Schätzung der ungefähren Größe der Wolke und dem Wissen um die Größe der Insel konnte ich die Landestelle sehr viel genauer schätzen. Diesmal waren wir aber auf dem offenen Meer und« – Alamar reckte trotzig das Kinn vor – »ich möchte gern sehen, wie Ihr etwas schätzt, wenn Ihr keinen Bezugspunkt habt. Hundertfünfzig Meilen, zweihundert Meilen – ich bezweifle, dass Ihr auch nur in die Nähe kämt!«

Aravan hob die Hände und drehte die Innenseiten nach oben. »Dennoch ist Eure Schätzung die beste, die wir haben, Alamar. Also schlage ich vor, nach Osten bis zu dieser Stelle zu segeln.« Aravans Finger zeigte auf das dritte Kreuz auf der Karte.

Jinnarin sah die anderen am Tisch an. »Der Vorschlag scheint mir am aussichtsreichsten zu sein.«

»Und außerdem sind aller guten Dinge drei, Lady Jinnarin«, sagte Rico mit einem Grinsen.

Aravan musterte die anderen ebenfalls. »Irgendwelche Anmerkungen, Alternativen oder Schwierigkeiten, die ich übersehen habe?« Schweigen antwortete ihm. »Dann setzt die

Segel, Rico, so viele, wie sie vertragen kann. Wir segeln weitere hundertfünfzig Meilen nach Osten und hoffen, dass wir dort ankommen, bevor die nächste Wolke niedergeht.«

»Aye, Herr Käpt'n«, erwiderte der Bootsmann, der gleich darauf kehrtmachte und den Raum verließ.

Aravan wandte sich an den Zweiten Offizier. »Frizian, haltet sie auf Kurs, denn ich will dieses Phantom erwischen.«

Frizian salutierte. »Aye, Herr Käpt'n. Ist sonst noch etwas?«

Aravan schüttelte verneinend den Kopf, und die Offiziere kehrten zu ihren Pflichten oder zu ihrer Freiwache zurück. Jeder Einzelne von ihnen hatte jedoch eine sorgenvolle Miene aufgesetzt, als fürchte er insgeheim, die Jagd könne lang und hart werden.

Als sie gegangen waren, saß Jinnarin allein mitten auf dem Tisch, den Kopf grübelnd gesenkt. Aravan griff nach der Karte und räusperte sich, da die Pysk darauf saß. Als Jinnarin aufschaute, sagte Aravan. »Ihr seid besorgt, Lady?«

»Ach, Aravan, ich musste gerade an etwas denken, das Rico gesagt hat.«

»Und das wäre ...?«

»Er hat gesagt, aller guten Dinge sind drei.«

Aravan hob eine Augenbraue.

Jinnarin fügte hinzu: »Ich muss immer daran denken, dass aller schlechten Dinge vier sind.«

Sie waren gute hundert Meilen gesegelt – Mitternacht näherte sich, und das Nordlicht flackerte am Himmel –, als in nicht allzu weiter Ferne direkt voraus eine weitere Wolke von oben herabsauste und jenseits des Horizonts auf das Meer traf.

»Wie weit, Alamar?«

»Ziemlich nah. Nicht weiter als fünfzig oder sechzig Meilen voraus.«

»Sechzig Meilen.« Aravan drehte sich um und rief nach achtern: »Rico, wie schnell laufen wir?«

»Vierzehn Knoten, Kapitän, kam die Antwort.«

»Vier Stunden«, knirschte Aravan. »Wir kommen wieder zu spät.«

»Aber wir sind auf dem richtigen Kurs«, sagte Jinnarin, indem sie nach Osten zeigte. »Die Wolke ist praktisch genau vor dem Bug niedergegangen.«

Aravan versank in nachdenkliches Schweigen. Schließlich wandte er sich an Jatu und Frizian. »Wir fahren zu der Stelle, wo die Wolke niedergegangen ist, behalten unseren Kurs aber bei und segeln weiter, wenn wir nichts sehen. Ich schätze, dass wir die Stelle des nächsten Niedergangs morgen noch vor Sonnenuntergang erreichen können.«

Aye, Herr Käpt'n, erwiderten sie alle.

Doch um Jinnarins Herz schloss sich eine kalte Faust, denn ein düsterer Gedanke kreiste ihr beständig im Kopf herum. *Aller schlechten Dinge sind vier ... sind vier ... vier ...*

Um vier Uhr am Morgen des einundzwanzigsten Dezembertages glitt die *Eroean* durch die leeren, kühlen Fluten, wo Alamars Schätzung nach die dritte Wolke niedergegangen war, und weder die Ausgucke noch die Deckwache sah etwas. Das Elfenschiff wurde nicht langsamer, denn der stete Winterwind trieb es weiter nach Osten. Dreizehn bis vierzehn Knoten betrug ihre Geschwindigkeit, und Meile um Meile kalten Ozeans glitt unter ihrem Kiel dahin, bis endlich der neue Tag anbrach.

Jinnarin, Aylis und Alamar zogen sich in ihre Kabinen zurück, denn in neun Stunden würde die Wintersonne, die mit dem Nahen der Längsten Nacht immer später aufging, bereits wieder verschwunden sein, und sie brauchten Schlaf.

Jinnarin fand Rux zusammengerollt in ihrer kleinen Kabine unter der Koje vor, und sie verbrachte einige Zeit damit, ihn zu kraulen und leise mit ihm zu reden, denn sie hatte das Gefühl, ihn in letzter Zeit vernachlässigt zu haben, obwohl es nicht so war. Dennoch striegelte sie ihm mit einem kleinen Kamm das Fell an Wangen, Brust und Schwanzspitze – überall, wo es weiß war. Und dann rollte sie sich neben ihm zusammen und schlief prompt ein.

Alamar kam in seine Kabine und fiel in seine Koje, und nach kurzer Zeit war das Gemach von seinem Schnarchen erfüllt. Eine halb volle Flasche Branntwein stand unangetastet auf dem Schreibtisch, da der Alte nun, wo er mit der Jagd auf die Wolken beschäftigt war, jegliches Interesse am Trinken verloren hatte.

Aylis und Aravan lagen Seite an Seite, und der Elf hielt die Magierin im Arm. Und als sie schließlich eingeschlafen war, zog er seinen Arm vorsichtig unter ihr weg und glitt leise aus dem Bett. Er setzte sich mit dem Rücken zu einem Bullauge auf den Boden und versank in eine tiefe Meditation ... wie es die Art der Elfen ist.

Doch Aravan hatte kaum eine Stunde geruht, als es laut an seine Kabinentür klopfte. Nach einem Augenblick und einem weiteren Klopfen erhob sich Aravan. Er warf einen Blick auf Aylis, die tief und fest schlief. Dann ging er zur Tür und fand dort Frizian vor.

»Herr Käpt'n, die Sonne. Sie wird vom Mond gefressen.«

»Ach, Frizian, das hatte ich völlig vergessen. Heute ist ja eine Okkultation. Ich werde zur Mannschaft sprechen.«

Den ganzen Tag nahm die Finsternis zu, während der Mond langsam über die Sonne kroch und immer mehr Licht verschluckte, während am sich verdunkelnden Himmel schwache Spuren des Nordlichts funkelten. Matrosen und Krieger schauten nur ganz selten zu dem Schauspiel in die Höhe, und wenn, dann nur kurz und mit halb verdeckten Augen. Sie flüsterten leise und zaghaft miteinander, denn ungeachtet der Tatsache, dass Kapitän Aravan mit ihnen gesprochen hatte, und ungeachtet der Tatsache, dass sie den Grund kannten, hielten sich alte Geschichten und Aberglaube doch grimmig in den Herzen der Menschen und Zwerge. Und jeder Mensch und Châk betrachtete diese Finsternis als ein böses Omen.

Alamar stand kurz nach dem Mittag auf und wetterte, dass niemand daran gedacht habe, ihn zu wecken, denn seine Leidenschaft sei die Betrachtung des Himmels, und nun sei über die Hälfte der Sonne verdeckt, und er habe bis zu dieser Stelle alles verpasst. Aylis erinnerte ihn jedoch daran, dass er die Bedeutung dieses Datums ebenfalls vergessen hatte.

Langsam, aber stetig nahm die Finsternis zu und erreichte ihren Höchststand weniger als eine Stunde vor Sonnenuntergang, obwohl noch eine Sichel der Sonne zu sehen war. »Wären wir in meiner Kate in Rwn, hätten wir eine totale Finsternis gesehen.«

Doch Jinnarin betrachtete die Finsternis mit Unruhe im Herzen, denn in Gedanken wiederholte sie ständig, *Aller schlechten Dinge sind vier ... Aller schlechten Dinge sind vier.*

»Haltet sie ständig unter vollen Segeln, Frizian«, befahl Aravan. »Wir fahren im Kreis. Ich will keine Zeit verlieren und bereits in Bewegung sein, wenn die nächste Wolke niedergeht.«

Frizian schaute auf die schmale Sichel der immer noch vom Mond verdeckten untergehenden Sonne. »Aye, Herr Käpt'n. Wir sind unter vollen Segeln, wenn die nächste Wolke niedergeht. Im Moment fahren wir vielleicht in die falsche Richtung, aber in dem Fall können wir sofort beidrehen.«

»Wir holen es ein, was es auch ist, Herr Käpt'n«, fügte Hegen hinzu. »Diesmal gibt es kein entkommen, Phantom oder nicht.«

Als die vom Mond verdeckte Sonne schließlich versunken war, brach übergangslos die Nacht herein, und das Schiff schlug einen Dreieckskurs ein und durchfuhr immer und immer wieder dieselben Gewässer.

Stunden verstrichen, und immer noch fuhr das Schiff Halsen, und die Mannschaft führte immer wieder dieselben Handgriffe und Manöver aus.

»Herrje«, sagte Artus, »ich fand es schon schlimm, den ganzen Tag unter einer ständig kleiner werdenden Sonne zu segeln, aber immer im Kreis zu fahren, ist noch schlimmer. Du meine Güte, das ist so, als wäre man auf einem Geisterschiff unterwegs nach nirgendwo.«

»Ooh«, ergänzte Lobbie schaudernd, »sag so etwas nicht. Es ist schon beängstigend genug, dass wir unter diesem geisterhaften Licht am Himmel fahren. Da musst du nicht auch noch ein Verhängnis auf uns herabreden.«

Reydeaus Pfeifen unterbrach ihr Gespräch, und sie mussten wieder an den Tauen ziehen, um den Kurs zu ändern.

»Grrr!«, knurrte Bokar zwischen seinen bewaffneten und gerüsteten Kriegern. »Ich habe das Gefühl, als würden wir unserem eigenen Schwanz hinterherjagen.«

Neben ihm nickte Dokan und inspizierte das stumpfe Ende seines Streithammers. »Gib mir einen guten Kampf, Waffenmeister. Piraten, Grg, sogar ein Madûk – was, spielt keine Rolle.«

»Aye«, fügte Dask hinzu. »Wir waren zu lange untätig und haben nur Hirngespinste verfolgt.«

Bokar nickte und strich über die Schneide seiner Axtklinge. »Vielleicht heute Nacht, Châkka. Vielleicht heute Nacht.«

Das Schiff blieb weiter auf seinem Dreieckskurs, bis Jinnarin nach einer weiteren Stunde rief: »Über uns, Aravan! Über uns! Eine Wolke! Eine große Wolke! Ach, Adon, sie wird uns treffen!«

Aravan schaute nach oben, und seine Elfenaugen sahen, wie das Gebilde herabsauste. Die Wolke war ganz nah und raste der *Eroean* entgegen. Riesig war sie, dunstig-blass und durchscheinend, aber mit einem Tosen wie von einem gewaltigen Feuer raste sie an ihnen vorbei. Sogar die Menschen und Zwerge, wussten, dass etwas Gewaltiges sie streifte, obwohl sie es nicht sehen konnten, denn ihnen standen die Haare zu Berge, die Takelage leuchtete, und Elmsfeuer flackerten über Masten und Segel, während ein mächtiges Rauschen in der Luft lag. Die Wolke glitt über das Schiff hinweg und nach achtern, um irgendwo gerade hinter dem nahen Horizont auf das Meer zu treffen.

»Reydeau, Kehrtwende nach steuerbord«, rief Aravan, doch der Bootsmann schien vor Ehrfurcht erstarrt zu sein.

»Reydeau!«, bellte Aravan. »Ich sagte, Kehrtwende nach steuerbord!«

Reydeau schüttelte den Kopf, als müsse er erst wieder zu sich kommen. »Aye, Herr Käpt'n«, sagte er schließlich und hob die Pfeife an die Lippen, um den Befehl mit einer Reihe lauter Pfiffe weiterzugeben.

Dennoch bewegten sich die Männer vorsichtig, als fürchteten sie sich, die Segel zu berühren, die hier und da noch in regenbogenfarbenem Feuer leuchteten. Doch Bokar rannte über das Deck und schrie: »Seid ihr ein Haufen abergläubischer Memmen? Schnappt euch endlich diese Taue und sorgt dafür, dass das Schiff wendet!«

Derart von dem Krieger angespornt, sprangen die Menschen schließlich in die Takelage, drehten die Rahen und brachten das Schiff auf Südkurs, während Hegen am Ruder arbeitete. Langsam schwang die *Eroean* über steuerbord herum, sodass ihr der Westwind dabei half, von ihrem Nordkurs zuerst nach Westen und schließlich nach Süden zu drehen.

»Alamar!«, rief Aravan. »Zu mir!«

Der alte Magier ging nach achtern, wo Aravan stand. »Wie weit?«, fragte der Elf.

»Nicht weiter als zehn Meilen. Vielleicht weniger.«

»Diesmal haben sogar meine Augen die Wolke gesehen, Alamar, und ich würde sagen, Ihr habt Recht.«

Aravan wandte sich an Frizian. »Unsere Geschwindigkeit auf diesem Kurs: Gebt mir eine Schätzung, sobald Ihr könnt.«

Als das Elfenschiff schließlich auf stabilem Südkurs lag, rollten Frizian und Artus die Knotenleine aus, während der Sand durch das Glas lief. »Elf Knoten, Herr Käpt'n, etwas weniger«, rief Frizian.

»Verdammt!«, fluchte Aravan. »Fast eine Stunde entfernt.«

Ohne Geschwindigkeit zulegen zu können, segelte die *Eroean* der Stelle entgegen, wo die Wolke gelandet war. Und im Bug standen Jinnarin und Aylis und hielten im Licht der Sterne Ausschau.

Sie fuhren weiter nach Süden, und als sie sich der Niedergangsstelle näherten, rief Aravan: »Achtung jetzt – scharf Ausguck halten.«

Jatu brummte: »Ich wollte, wir hätten Vollmond, dann könnten wir wenigstens etwas sehen.«

»Keine Angst«, sagte Aravan. »Lady Jinnarin steht im Bug. Lady Aylis mit ihrer Magiersicht ebenfalls. Ich kann ebenfalls bei Sternenlicht sehen. Und die Drimma sehen auch gut bei Nacht. Eigentlich dürfte uns nichts entgehen, falls es tatsächlich etwas zu finden gibt.«

»Aye, Kapitän, aber die Männer an Bord würden auch gerne etwas sehen.«

»Hola, Kapitän«, rief Bokar aus dem Bug. »Lady Jinnarin hat vor uns etwas im Wasser entdeckt.«

»In welcher Richtung, Bokar?«

»Ein oder zwei Strich steuerbord.«

»Haltet darauf zu, Hegen.«

»Aye, Herr Käpt'n«, erwiderte der Steuermann mit einer leichten Drehung am Rad.

Etwa eine Minute später rief Bokar: »Mann über Bord. Dort treibt jemand.«

Aravans Blick schweifte über den gesamten Horizont. »Ich sehe keine Gefahr. Also dreht sie aus dem Wind. Reydeau, Jatu, setzt ein Beiboot aus. Wir nehmen ihn an Bord, wer es auch sein mag.«

»Ballisten bereitmachen«, rief Bokar, als der Zwerg die Pfeifsignale hörte. Es ist fraglich, ob die Zwergenkrieger den Befehl brauchten, denn sie hatten die Katapultgeschütze längst bemannt.

»Er schwimmt nicht, Kapitän«, rief Bokar. »Er treibt nur auf dem Wasser.«

»Fischt ihn auf, Jatu«, befahl Aravan.

Rasch wurde ein Boot zu Wasser gelassen, und Jatu und fünf andere gingen an Bord, darunter auch zwei Zwergenkrieger, sollten sie einer unentdeckten Gefahr begegnen.

Aravan beobachtete das Boot, bis Jatus Stimme über das Wasser hallte. »Er ist tot, Kapitän.«

Sie fischten den nackten Leichnam aus dem eisigen Wasser und kehrten zum Schiff zurück. Jinnarin, Aylis und Alamar gesellten sich zu Aravan, als eine Trage hinabgelassen, mit dem Leichnam beladen und wieder heraufgezogen wurde.

»Ach, Adon«, keuchte Aylis, als sie den Leichnam sah, denn es handelte sich um die grauenhaft verstümmelten Überreste eines Menschen: Die Augen fehlten ebenso wie einige Finger, die Geschlechtsteile waren halb abgerissen, und Arme und Beine waren unnatürlich schlaff, als seien alle Knochen darin gebrochen. Außerdem war er mit schrecklichen Brandwunden übersät.

Entsetzt wandte Jinnarin den Blick ab. »Was ist dafür verantwortlich?«

Tink schaute hin. »Ein Hai?«

»Nein, mein Junge«, grollte Bokar, »kein Hai und auch kein anderer Fisch. Wer immer das angerichtet hat, schwimmt nicht im Meer, sondern geht auf zwei Beinen.«

»Ich bin die Seherin«, sagte Aylis, während sie sich neben den Toten kniete. Sie legte die Hände auf den entstellten Leichnam, schloss die Augen und murmelte: *»Percipe praeteritum.«* Plötzlich wurde sie blass und keuchte. »Diese Schmerzen. Ach, diese Schmerzen.« Ihr Atem kam ihn Stoßseufzern, und sie wand sich hin und her, als versuche sie, sich loszureißen, bringe es aber nicht fertig, und dabei weinte sie voller Qual.

Aravan sprang vorwärts und riss sie weg. Aylis erschlaffte in seinem Griff, als ihr die Sinne schwanden.

Jetzt bückte sich Alamar und legte die Hände auf den Leichnam. *»Quis?«,* wollte er wissen. Sein Gesicht wurde weiß und war plötzlich von Zorn erfüllt, und er zischte voller Zorn: »Durlok!«

18. Kapitel

DER VERBORGENE MAGIER

Winter, 1E9574–75
[Die Gegenwart]

»Durlok?«, fragte Bokar. »Was soll das sein?«

»Durlok ist kein ›Was‹«, knirschte Alamar, der sich umständlich erhob, »sondern ein ›Wer‹.«

»Nun denn, Magier, *wer* ist dieser Durlok?«

Jinnarin betrachtete Aravan, der an Deck kniete und Aylis in den Armen hielt. »Branntwein, Aravan? Brauchen wir Branntwein?«

»Ich hole ihn, Herr Käpt'n«, sagte Tink und lief nach achtern.

»Kein Branntwein«, murmelte Aylis, während sie die Augen aufschlug. »Mir geht es gut. Nur war es schwierig, die Verbindung zu unterbrechen.«

»Das ist nicht überraschend, Tochter«, sagte Alamar verbittert. »Durlok steckt hinter alledem.«

Aylis' Augen weiteten sich, doch sie sagte nichts.

Bokar fragte mit grollender Stimme: »Ich frage noch einmal, wer ist dieser Durlok?«

Jatu kletterte über die Reling. Er warf einen Blick auf den Leichnam und dann auf Aylis, die mittlerweile saß. Der schwarzhäutige Mensch beugte sich über die Reling nach unten und rief: »Bringt das Boot nach achtern, hier ist das Deck zu voll.«

Tink kam mit einer vollen Karaffe Branntwein zurück, aber ohne Glas. Der Junge machte kehrt und lief sofort wieder los.

Während Aravan Aylis beim Aufstehen behilflich war, brüllte Bokar: »Kruk! Wollt Ihr meine Frage nicht beantworten? Wer ist Durlok?«

Überrascht von Bokars Schroffheit starrte Alamar den Zwerg einen Moment an. Dann kehrte die Verbitterung in die Miene des Alten zurück, und er erwiderte grob: »Ein Schwarzmagier, das ist Durlok, Zwerg.«

Jinnarin ächzte, sagte aber nichts.

Bokars Augen verengten sich. »Ich nehme an, dass Schwarzmagier böse sind.«

Alamar nickte zur Bestätigung.

Jinnarin wandte sich an Aylis. »Ist er der verborgene Magier aus Euren Karten, Aylis?«

Die Seherin hob die Hände, um zu zeigen, dass sie darauf keine Antwort wusste, doch Alamar antwortete durch zusammengebissene Zähne: »Seine ganze Art ist so.«

Jinnarin deutete auf den verstümmelten Leichnam. »Und ist Durlok derjenige, der diesem Menschen all das angetan hat?«

Alamars Augen funkelten vor Zorn. »Ja! Daran besteht kein Zweifel.«

Bokar sah den Magier an. »Woher wisst Ihr das?«

»Weil ich die Spuren seines astralen Feuers sehe, daher weiß ich es!« Alamar schrie beinahe vor Zorn.

»Beruhige dich, Vater«, appellierte Aylis an ihn. »Bokar ist nicht dein Feind.«

Tink kam wieder, diesmal sowohl mit Karaffe als auch Glas.

Mit immer noch funkelndem Blick nahm Alamar dem Jungen beide Gegenstände ab und entfernte sich dann vor sich hinmurmelnd.

»Dahinter scheint noch mehr zu stecken«, sagte Aravan.

Aylis nickte. »Du hast Recht, Aravan. Mein Vater und Durlok sind alte Feinde.«

Aravan zog fragend eine Augenbraue hoch.

»Vor langer Zeit haben sich Durlok und mein Vater duelliert«, führte Aylis aus.

»Duelliert?«, entfuhr es Jinnarin mit einem Blick auf Alamar, der einige Schritte zurücktrat. »Ich kann mir Alamar nicht mit einem Schwert in der Hand vorstellen.«

»Oh, sie haben nicht mit dem Schwert gefochten«, entgegnete Aylis. »Vielmehr war es ein Duell nach ihrer Art: Zauberer gegen Zauberer.«

Tink riss die Augen auf. »Ein *magisches* Duell«, hauchte er.

Aylis seufzte und sagte dann: »Man könnte es wohl so nennen, Tink.«

»Und wie ist es ausgegangen, Lady Aylis?«

Aylis sah die anderen an. »Durlok folgt den Lehren Gyphons und praktizierte die verbotenen Künste, indem er das Leiden anderer benutzte, um seinen Zaubern mehr Kraft zu verleihen. Vater fand dies heraus und stellte ihn zur Rede, und es gab einen furchtbaren Kampf. Am Ende wurde Durlok besiegt, und der Rat sperrte ihn ein und verbot ihm jegliche weitere Nutzung der arkanen Künste. Sowohl bei Durlok als auch bei meinem Vater hatte das Duell starke Spuren hinterlassen, und es dauerte lange Jahre, bis sie sich davon erholt hatten. Als er wieder bei Kräften war, floh Durlok und verschwand. Wohin er gegangen ist, weiß niemand, aber Vater hatte schon immer den Verdacht, dass er von Vadaria nach Mithgar geflohen ist. Anscheinend hatte er Recht.«

Jatus Blick wanderte von Aylis zum Heck des Schiffs, wohin Alamar gegangen war, und wieder zurück. »Wann hat das stattgefunden, Lady Aylis?«

Aylis zuckte die Achseln. »Lange vor meiner Geburt. Vor über tausend Jahren.«

Hinter ihnen setzten Sprechchöre ein, als die Männer das Beiboot an Bord hievten.

Jatu deutete auf den Leichnam. »Kapitän, was wollen wir mit diesem Menschen machen?«

Aravan wandte sich an Aylis. »Können dein Vater und du sonst noch etwas von dem Toten erfahren?«

Aylis schüttelte den Kopf. »Nein. Ich weiß, wie er ermordet wurde und warum. Und mein Vater weiß, wer es getan hat. Mehr können wir nicht herausfinden.«

Aravan wandte sich an Tink. »Hol Arlo, Tink. Er soll den Leichnam in Leinwand einnähen und mit Ballast beschweren. Wir sorgen dafür, dass er eine anständige Seebestattung bekommt.«

»Aye, aye Herr Käpt'n.« Der Junge machte sich eilends auf den Weg.

»Welchen Kurs sollen wir fahren, Herr Käpt'n?«, fragte Frizian. »Wohin segeln wir jetzt?«

Aravan musterte zunächst Jatu und Bokar und dann Jinnarin. »Nach Osten, Frizian, immer nach Osten. Hundertfünfzig Meilen, denn dort wird wohl die nächste Wolke niedergehen, und wir müssen verhindern, dass Durlok noch mehr solcher Untaten begeht.«

Jinnarin warf noch einen Blick auf den verstümmelten Leichnam. »Warum sollte dieser Durlok so etwas tun, Aylis?«

»Um Energie für seine Zauber zu gewinnen, Jinnarin. Die Schwarzmagier benutzen die Wut und die Furcht und das Leiden anderer, um astrales Feuer für ihre Zauber zu gewinnen.«

Sie fanden Alamar in der Messe. Der Magier war tief in Gedanken versunken. Die gefüllte Karaffe mit Branntwein stand vor ihm auf dem Tisch, noch zugestöpselt, das Glas unbenutzt. Als sie die Messe betraten, schien Alamar aus seinen Grübeleien hochzuschrecken, und er sah sich um, bis sein Blick schließlich an Aravan hängen blieb. »Kapitän, Ihr müsst nach Osten segeln, zum nächsten Ort, wo Durlok sich vermutlich aufhalten wird. Wir können nicht zulassen, dass er so etwas noch einmal tut.«

»Damit habt Ihr Recht, Meister Alamar«, erwiderte Aravan.

Während Aravan dies sagte, ertönten auf Deck die Pfeifsignale, um die *Eroean* wieder in den Wind zu drehen, und kurz darauf fuhr das Schiff schon wieder vor dem steifen Nordwestwind.

Bokar setzte seinen Helm ab und legte ihn auf den Tisch. »Wir gehen hier von einer ziemlich gewagten Annahme aus«, brummte er.

»Annahme?«, fragte Jatu.

»Aye, Annahme«, erwiderte der Zwerg. »Wir nehmen an, dass der Schwarzmagier dort sein wird, wo die nächste Wolke niedergeht, aber wissen wir das überhaupt mit Sicherheit?«

»Du meine Güte«, wandte Jinnarin ein. »Glaubt Ihr, es war reiner Zufall, dass die Wolke dort niedergegangen ist, wo wir Durloks Opfer gefunden haben?«

Bokar zuckte die Achseln. »Vielleicht.«

Jatu räusperte sich und sagte. »Andererseits folgt er den Wolken vielleicht nicht nur. Vielleicht verursacht er sie vielmehr.«

»Zu welchem Zweck?«, fragte Bokar. »Warum sollte er das tun?«

Alle Blicke richteten sich auf Alamar.

Der alte Magier beschrieb eine beendende Geste mit der Hand. »Das *Warum* spielt keine Rolle. Wichtig ist nur, dass wir ihm Einhalt gebieten.«

Aylis setzte sich neben ihren Vater. »Und was schlägst du vor, wie wir ihm Einhalt gebieten sollen, Vater?«

»Ich habe ihn schon einmal besiegt, Aylis, und ich kann es auch ein zweites Mal.«

Aylis nahm seine Hand in ihre. »Vater, da warst du in der Blüte deiner Jugend.«

Alamar reckte trotzig das Kinn vor, und er funkelte sie an, doch Aylis' sah ihn unverwandt an, zwei grüne Augenpaare, die einander anstarrten, und keiner wendete den Blick ab. Schließlich sagte Alamar: »Aber ihm *muss* Einhalt geboten werden.«

»Wir können nach Kairn fahren«, sagte Aylis. »An der Akademie wird es sicher jemanden geben, der ihm ebenbürtig ist.«

»Tochter, wenn wir jetzt nach Kairn fahren, verlieren wir Durloks Spur.«

Als wolle sie um Unterstützung bitten, sah Aylis Aravan an, doch der Elf sagte: »Ich glaube, dein Vater hat Recht, *Chieran*. Wenn unsere Annahme stimmt, ist Durlok zu der Stelle unterwegs, wo die nächste Wolke niedergehen wird.« Aravan holte eine Karte aus dem Kartenschrank und breitete sie im Schein der Lampe vor ihnen aus. »Gehen wir also davon aus, dass die Wolken jeden Tag hundertfünfzig Meilen wandern. Wenn wir nach Kairn und zurück segeln und dann weiter zu der Stelle, wo die Wolken dann niedergehen, müssen wir weitere sechshundert Meilen nach Osten zurücklegen. Aber dann sind wir hier« – Aravan zeigte mit dem Finger auf eine Landmasse auf der Karte – »an dieser Stelle: im Reich von Thol. Wenn die Wolken ihren bisherigen Kurs fortsetzen, wandern sie bald über Land. Nein, Aylis, wenn Durlok nach Osten unterwegs ist und wir ihn fangen und seinen Missetaten ein Ende bereiten wollen, müssen wir es jetzt tun.«

Jatu nickte zustimmend und fügte hinzu: »Und vergesst nicht, wir sind vom Wind abhängig, und sollte er auf dem Weg nach Kairn oder auf dem Rückweg nachlassen, müssen wir auf seine Rückkehr warten, bevor wir die Verfolgung fortsetzen können. Ich würde lieber einer frischen Spur bei gutem Wind folgen, als einer kalten, deren Witterung sich rasch ganz verlieren könnte.«

Aylis sah sie alle der Reihe nach an. »Und was machen wir, wenn wir ihn einholen, hm? Verfügt irgendjemand hier über die Macht, sich ihm entgegenzustellen?«

Bokar hob seine Axt. »Lasst mich seinen Hals damit streicheln. Dann spielt seine Macht keine Rolle mehr.«

Alamar schnaubte. »Ich bezweifle, dass Ihr dazu Gelegenheit erhalten werdet, Zwerg ... das heißt, wenn Durlok Euch kommen sieht.«

Jatu sah den Magier an und sagte: »Dann müssen wir ihn eben überlisten.«

Aylis hob die Hände und drehte sie. »Ich frage noch einmal, wer von uns gebietet über die Macht dazu?«

»Ich vielleicht«, sagte Jinnarin. Ihre Stimme kam aus einem Fleckchen Schatten in der Tischmitte.

Niemand sagte etwas, und dann fuhr Jinnarin fort: »Ich könnte mich unbemerkt einschleichen. Und vergesst nicht, meine Pfeile sind tödlich.«

Bokar grollte: »In heimtückischen Anschlägen steckt keine Ehre.«

Jatu hob eine Augenbraue, blieb aber stumm.

»Nein, Pysk«, sagte Alamar. »Das ist zu gefährlich. Wir müssen einen anderen Weg finden.«

Der Schatten in der Tischmitte verschwand, und Jinnarin tauchte wieder auf.

Jatu wandte sich an Aravan. »Er muss auf einem Schiff sein, Kapitän. Wenn wir das Schiff versenken können, ertrinkt er.«

Wieder schnaubte Alamar. »Nein, er ertrinkt nicht. Wenn Ihr das Schiff versenkt, geht er einfach davon.«

Aravans Gedanken wanderten zurück zu den nassen Fußabdrücken, die Alamar bei seinem ersten Besuch auf der

Eroean hinterlassen hatte, während sie im Hafen von Arbalin vor Anker lag.

Bokar hieb mit der Faust auf den Tisch. »Dann verbrennen wir ihn. Magier Alamar, schleudert Feuerbälle auf das Schiff und setzt es in Brand.«

Wieder schnaubte Alamar. »Wisst Ihr nicht mehr, was ich mit den Feuerbällen der Piraten gemacht habe? Er würde dasselbe mit unseren machen ... oder noch Schlimmeres.«

»Nicht, wenn wir ihn überrumpeln«, sagte Jatu. »Wenn wir uns in der Dunkelheit heranpirschen. Vielleicht können wir das Schiff unter Beschuss nehmen, wenn er gerade unter Deck ist.«

»Nicht sehr wahrscheinlich«, versetzte Alamar skeptisch.

»Habt Ihr eine bessere Idee, Magier?«, knirschte Bokar.

»Im Augenblick nicht, Zwerg. Aber bis wir dort ankommen, denke ich mir etwas aus.«

Stille legte sich auf die Gruppe.

Nach einer kleinen Weile wandte Aylis sich an die Versammelten: »Ist das alles? Mehr fällt uns dazu nicht ein? Dass wir uns mit diesem großen Schiff irgendwie unbemerkt neben Durloks schieben und es dann mit Feuerbällen beschießen in der Hoffnung, dass der Magier gerade unter Deck ist? Ist das unser einziger Plan? Ha! Gut gemacht!«

»Tochter!«, sagte Alamar mit scharfer Stimme. »Ich sagte doch, ich denke mir etwas aus.«

»Nun, das hoffe ich, Vater. Ich hoffe, dass wenigstens *einem* von uns eine bessere Strategie einfällt, und zwar bald, denn uns bleibt weniger als ein Tag Zeit dafür.«

In seiner Kabine marschierte Alamar auf und ab und hin und her und murmelte dabei beständig vor sich hin. Schließlich drehte er sich um und sagte zu Jinnarin: »Feuer kann man nur mit Feuer bekämpfen.«

Jinnarin starrte ihn mit großen Augen an. »Aber ich dachte, es wäre besser, die Flammen mit Wasser zu ...«

»Ach, Pysk! Wo habt Ihr Euren Kopf? Ich meine kein gewöhnliches Feuer. Ich meine astrales Feuer. Zauberei.«

»Mein Kopf ist genau hier, Alamar!«, konterte Jinnarin, indem sie auf ihre Schläfen zeigte. »Wenn Ihr wollt, dass ich weiß, wovon Ihr redet, dann solltet Ihr mir auch sagen, was Ihr meint!«

»Was ich meine, Pysk, ist dies: man braucht einen Zauber, um einen Zauber zu überwinden.«

»Aber Aylis hat gesagt ...«

»Vergesst, was Aylis gesagt hat.«

»Aber hat sie denn nicht Recht, Alamar?«

Alamar brummte etwas und sagte dann: »In manchen Dingen hat sie Recht, Pysk. Aber gebt Acht, ich habe vor, Durlok zu überraschen, ihn zu überrumpeln, wie Jatu es vorgeschlagen hat.« Der Alte rieb sich voller Vorfreude die Hände.

»Und wie wollt Ihr das anstellen, Alamar?«

»Nun, Pysk, überlegt Euch Folgendes: Was ist, wenn Durlok die Feuerbälle nicht sehen kann, die ihn bedrohen, hm? Was dann?«

»Hm ... ich nehme an, sie würden sein Schiff ungehindert treffen.«

»Ganz genau«, versetzte Alamar. »Ganz genau. Und ich kann sie mit einem Zauber verbergen, dafür sorgen, dass sie unbemerkt bleiben.«

»Aber, Alamar«, protestierte Jinnarin, »wird er nicht einfach von seiner Magiersicht Gebrauch machen und die Geschosse dennoch kommen sehen?«

»Das könnte er, Pysk, und deswegen müssen wir ihn überraschen, damit er gar keine Gelegenheit dazu erhält. Dann verbrennen wir sein Schiff, und wenn er fliehen will, spießen wir ihn mit einem Ballistenpfeil auf. Das wird seine Pläne durchkreuzen, wie sie auch aussehen mögen.«

»Aber setzt Ihr damit nicht voraus, dass er sich auch wirklich auf einem Schiff befindet? Was ist, wenn er nicht an Bord ist? Was dann?«

Alamar starrte Jinnarin an. »Wie sollte er sonst mitten auf dem Meer reisen, Pysk? Könnt Ihr mir das sagen?«

»Ich weiß es nicht, Alamar. Ihr seid der Magier. Sagt Ihr es mir.«

»Pah! Das ist nicht einmal eine Überlegung wert.«

Jinnarin fügte sich widerstrebend, fuhr dann aber fort: »Das ist Euer Plan? Der ganze Plan?«

Alamar nickte. »Was denkt ihr darüber?«

»Nun, Alamar, ich denke, dass er voller Löcher ist. Hört her, wenn Durlok der Magier ist, für den Ihr ihn haltet, wird er Eure Zauber dann nicht mit eigener Magie kontern? Wird er nicht jedes Feuer löschen, das wir auf seinem Schiff in Gang setzen? Wird er nicht jeden Ballistenpfeil aufhalten, abwehren oder gar zu uns zurücksenden? Ich meine, betrachtet es doch mal aus anderer Sicht: Wenn Ihr, Alamar, auf einem Schiff unterwegs wärt, dass angegriffen wird, was würdet Ihr tun? Und was immer Ihr beschließt, ist das nicht genau das, was auch Durlok tun wird?«

Bokar, Jatu und Frizian saßen in der Schiffsmesse beisammen und tranken heißen Tee. »Ich sage, wir machen es so wie mit dem Piratenschiff in der Straße von Alacca«, verkündete Bokar. »Nur sind wir es diesmal, die längsseits gehen. Dann lassen wir die Schnäbel herunter und stürmen das andere Schiff. So einfach ist das.«

»Ach?«, murmelte Jatu mit skeptischer Miene. »So einfach, ja? Ihr vergesst, Bokar, dass sich an Bord des anderen Schiffes ein Magier aufhält, und wenn Magier im Spiel sind, ist gar nichts einfach.«

»Pah!«, rief Bokar. »An Bord der *Eroean* sind vierzig Châkka-Krieger, alle bewaffnet und gerüstet. Ich bezweifle, dass irgendein Magier so einem Angriff standhalten kann, vor allem, wenn er überraschend kommt.«

Jatu nickte, doch Frizian sagte. »Vielleicht, Waffenmeister, aber dieser Durlok wird nicht allein segeln. Er muss auch eine Mannschaft haben. Und in diesem Fall wird die Mannschaft nicht einfach dastehen und zusehen, während wir das Schiff entern und uns auf den Magier stürzen. Ich denke, wir würden um unser Leben kämpfen müssen.«

Bokar neigte zustimmend den Kopf. »Wohl wahr, Frizian, aber hört her: Ich werde zehn meiner Châkka mit einer Armbrust bewaffnen und ihnen die Aufgabe erteilen, den Magier zu suchen und zur Strecke zu bringen. Ein paar Bolzen werden gewiss ihr Ziel finden. Er kann sie nicht alle abwehren.«

Bevor der Zweite Offizier antworten konnte, trat ein Matrose an den Tisch. »Herr Frizian, der Wind dreht sich. Er wird etwas wärmer und kommt mehr von Süden.«

Während Frizian sich erhob, schüttelte Jatu den Kopf und sagte: »Vielleicht kann Euer Plan tatsächlich Erfolg haben, Bokar, aber er hat eine Schwäche, und zwar eine, die Lady Aylis uns bereits aufgezeigt hat: Wie können wir mit diesem großen Schiff neben Durloks längsseits gehen, ohne bemerkt zu werden?«

»In Ohnmacht zu fallen, ist sonst nicht meine Angewohnheit«, sagte Aylis, die mitten in der Kabine stand, welche sie und Aravan sich teilten.

Der Elf hob eine Augenbraue. *»Chieran?«*

Aylis schüttelte den Kopf. »Ich bin jetzt zweimal in kurzer Zeit in Ohnmacht gefallen: Das erste Mal, als ich versucht habe, deine Karten zu deuten, Liebster, und das zweite Mal, als ich die Hände auf Durloks Opfer gelegt habe. Das ist mir nie zuvor passiert, aber jetzt scheint es so etwas wie eine Angewohnheit zu werden.«

Aravan zog sie an sich und legte seine Arme um sie. Plötzlich wich er ein wenig zurück und schaute sie an. »Du zitterst ja, Aylis.«

Sie zog ihn wieder zu sich und legte den Kopf auf seine Schulter. »Ich habe Angst, Aravan, Angst um meinen Vater.«

Aravan strich ihr über das Haar. »Willst du darüber reden?«

Aylis seufzte, dann löste sie sich von ihm, ging zum Bett und setzte sich darauf. Aravan schwang einen Stuhl herum und setzte sich ihr gegenüber.

»Durlok ist ein Schwarzmagier«, begann Aylis, »und die beziehen ihre Macht nicht von innen, sondern von außen. Sie benutzen die Schmerzen und das Leiden anderer, den Hass, die Furcht und das Grauen, was auch immer, um ihren bösen Zaubern Kraft zu verleihen. Wenn sie genügend Opfer zur Verfügung haben, ist ihre Macht daher unbegrenzt.

Im Gegensatz dazu benutzt mein Vater seine eigene innere Energie für seine Zauber. Und er ist am Ende seiner Kraft oder doch beinah am Ende. Daher kann er nur noch eine begrenzte Menge von Zaubern wirken, ehe sein astrales Feuer verbraucht ist, und sollte er seine Energie tatsächlich vollständig verbrauchen, wird er sterben.

Und das Schlimmste ist, dass ich ihm nicht helfen kann. Ich kann ihm noch nicht einmal etwas von meinem astralen Feuer leihen, denn ich weiß nicht, wie. Sicher, es gibt Magie, mit der ich Macht von mir auf ihn übertragen könnte, aber die kenne ich nicht ... und mein Vater auch nicht, glaube ich. Doch selbst wenn wir diese Zauber kennen würden, ist es fraglich, ob er sie benutzen würde, denn sie haben zu große Ähnlichkeit mit den blutsaugerischen Künsten, mit denen Schwarzmagier ihre Kräfte auffrischen.

Deswegen habe ich Angst, Aravan, denn sollten wir Durlok von Angesicht zu Angesicht begegnen, wird sich mein Vater nicht zurückhalten, das weiß ich. Er wird sich mit seinem verlöschenden Feuer dem Inferno eines Schwarzmagiers entgegenstemmen. Und er wird sterben, wenn er das tut.«

Der Wind drehte von Südwest nach Süd und ließ dabei nach. Die Luft wurde etwas wärmer, wenn auch nur ein wenig, denn es war tiefster Winter an der Nahtstelle zwischen dem Westonischen Ozean und dem Nordmeer. Die *Eroean* segelte weiter nach Osten, da Rico die Segelstellung ändern ließ.

Am Vormittag kam Kapitän Aravan an Deck, und die ganze Mannschaft versammelte sich für eine einfache Feier, eine Seebestattung für Durloks Opfer. Während alle unter den Seidensegeln standen, sprach der Kapitän ein Gebet, in dem er den Hohen Adon darum bat, sich der Seele des getöteten Menschen anzunehmen. Während Rico den großen Zapfenstreich pfiff, ließen sie den in Leinwand gehüllten Leichnam ins Wasser gleiten, wo er sofort vom Ballast in die Tiefe gezogen wurde.

Stunden verstrichen, in denen die tiefe Wintersonne über den Himmel kroch und der Wind beständig abflaute, bis die *Eroean* nur noch über das Wasser kroch.

»Wie schnell sind wir, Boder?«

»Sechs Knoten und sinkend, Herr Käpt'n.«

Aylis kam an Deck und suchte Aravan. Als sie ihn gefunden hatte, sagte sie: »Ich habe nachgedacht, Liebster, und zwar darüber, was ich gesagt habe, als ich versucht habe, deine Karten zu deuten. Ich habe das Gefühl, ich sollte anfangen, dir die Sprache der Magier beizubringen, denn wenn du Feuer in einen dunklen Edelstein ziehen willst, musst du die Wörter dafür kennen.«

Aravan starrte auf die Seherin. »*Chieran,* es ist überhaupt nicht sicher, ob sich deine Worte auf mich bezogen haben. Schließlich hast du mich nicht *an*gesehen, sondern vielmehr *durch* mich.«

»Trotzdem, Liebster. Ich werde dir die Worte beibringen, die du brauchen könntest, wenn du den wahren Namen eines Gegenstands aussprechen willst.«

Aravan gab sein Einverständnis, und die beiden gingen zusammen zum Bug, wobei Aylis leise etwas zu ihm sagte und Aravan ihre Worte ebenso leise wiederholte.

Und der Wind flaute immer noch ab.

Jinnarin und Alamar saßen in der Schiffsmesse und frühstückten, während Rux unter dem Tisch lag und an einem Stück Dörrfleisch nagte. Während sie aßen, kam Trench, der Koch, aus der Kombüse zu ihnen. »Ich hab etwas Besonderes für Euch, Lady Jinnarin. Eine kleine Süßigkeit, wenn ich so sagen darf – eine Honigwaffel. Die dürfte genau das Richtige nach dem trockenen Schiffszwieback sein.«

Während Alamar die Waffel beäugte und ihm dabei das Wasser im Mund zusammenlief, sagte Jinnarin zu Trench: »Ich danke Euch, Trench, aber sagt mir, womit habe ich diese Ehre verdient?«

Trench trat verlegen von einem Fuß auf den anderen, dann sagte er: »Na ja, Lady, wisst Ihr, Ihr habt die Wolkenlotterie für mich gewonnen, jawohl. Zweihundert Kupferstücke, für jedes Los eins, und als Ihr die erste Wolke gesichtet habt, tja, da war ich der Gewinner. Zweihundert Kupferstücke sind nicht viel Geld, aber der Gewinn an sich macht viel her. Ich kann vor meinen Kameraden damit angeben, das kann ich, und im Moment bin ich bei allen als ›Der Glückliche Trench‹ bekannt, und dafür danke ich Euch. Die Männer glauben sogar, dass ich besser koche, jetzt wo ich für alle ein Glückspilz bin. Und deshalb gebe ich Euch jetzt das Stück Honigwaffel, das ich für einen besonderen Anlass aufgehoben habe, denn jetzt ist der richtige Moment gekommen.«

»Du meine Güte, ich danke Euch, Herr Glückspilz Trench. Ich werde jeden Bissen davon genießen.«

Trench neigte den Kopf und ging mit leichtem Schritt in die Kombüse zurück.

»Wollt Ihr das alles allein essen?« Alamars Stimme hatte einen flehentlichen Unterton.

»So viel ich kann, Alamar«, antwortete Jinnarin, während sie einen gewaltigen Bissen nahm. »I knt hm ws rg blt.«

»Was? Was habt Ihr gesagt, Pysk?«

Jinnarins Kiefer mahlten, während sie genüsslich kaute. »Ich sagte, Ihr könnt haben, was übrig bleibt.« Sie lächelte spitzbübisch und nahm noch einen großen Bissen.

Als Jinnarin, Rux und Alamar an Deck kamen, waren Aylis und Aravan mittschiffs, und die Seherin brachte dem Elf immer noch Worte aus der Magiersprache bei. Alamar leckte sich die Lippen, die noch süß vom Honig schmeckten, und lauschte den beiden eine Weile. Schließlich sagte er: »Ich wünschte, wir wüssten die schwarzmagischen Bezeichnungen für die verschiedenen Edelsteine. Die könntet Ihr auch lernen.«

»Wie hast du eigentlich ihr Wort für Feuer gelernt, Vater?«

»*Pŷr?* Bei dem Duell mit Durlok. Er hat mehrmals *pŷr* gerufen und versucht, mich in Flammen aufgehen zu lassen. Ein Mal hatte er Erfolg, die anderen Male bin ich ihm zuvorgekommen.«

Jinnarin riss die Augen auf. »Ihr habt in Flammen gestanden?«

Alamar nickte zuerst und machte dann eine verneinende Geste. »Glücklicherweise habe nicht *ich* in Flammen gestanden, sondern nur meine Kleidung.«

»Oh«, sagte Jinnarin. Dann zog sie ihre Brauen wieder in die Höhe, und fragte: »Was habt Ihr gemacht? Seid Ihr nicht verbrannt worden?«

»Was für eine Frage!«, rief Alamar. »Natürlich bin ich verbrannt worden, Pysk. Ihr könnt nicht in brennender Kleidung dastehen, ohne Euch zu verbrennen.«

»Aber was habt Ihr unternommen?«

»Was glaubt Ihr wohl? Ich habe *seine* Kleidung auch in Brand gesetzt.«

Jinnarin stampfte mit dem Fuß auf. »Nein, Alamar, ich meine, was habt Ihr wegen Eurer eigenen brennenden Kleidung unternommen?«

»Warum habt Ihr das nicht gleich gefragt? Ich habe sie fortgeschickt, das habe ich getan.«

»Fortgeschickt ...?«

»Ja. Sie verschwinden lassen. Ich habe dieses Duell splitternackt beendet.«

»Oh.«

Aravan lachte und hielt sich an der kichernden Aylis fest, und als Alamar sie anfunkelte, sagte Aravan: »Verzeiht mir, Meister Alamar, aber ich kann es nicht ändern. Die Not war groß, das bezweifle ich nicht, aber der Anblick von Euch, wie Ihr zunächst mit brennender Kleidung und dann nackt dagestanden habt und mächtige Magie gewirkt habt, muss wirklich ergötzlich gewesen sein.«

Alamar streckte das Kinn nach vorn. »In Flammen zu stehen ist nichts, worüber man Witze macht.« Dann machte er eingeschnappt auf dem Absatz kehrt und marschierte davon.

Aravan wandte sich an Aylis. »Ich werde mich später bei ihm entschuldigen, *Chieran,* wenn er ein wenig Zeit hatte, sich abzukühlen.«

Aylis warf einen Blick auf die Pysk und Rux. »Jinnarin, würdet Ihr zu ihm gehen und versuchen, ihn ein wenig zu besänftigen? Trotz seines Gebarens schätzt er Euch sehr.«

Jinnarin seufzte und wandte sich zum Gehen. Ein oder zwei Schritte später drehte sie sich wieder um und grinste. »Wisst Ihr, ich schätze ihn auch, trotz seiner Art. Ach, übrigens, gestern hatte ich wieder den Albtraum. Er kommt jetzt alle drei oder vier Tage.« Damit wandte sie sich wieder ab und schritt mit Rux im Schlepptau in die Richtung, die Alamar eingeschlagen hatte.

Hinter ihr wandte Aylis sich an Aravan. »Ich habe sie gebeten, mir zu sagen, wenn sie den Nachtmahr hat. Ich hatte mich gefragt, ob sich etwas ändert, wo sie jetzt am Tage schläft und nachts wacht.«

»Vielleicht könnten wir ihn jetzt anstatt Nachtmahr Tagmahr nennen«, sagte Aravan mit einem grimmigen Lächeln.

Aylis tat ein wenig schockiert. »Ach, Aravan, *iocatio* inmitten von alledem?«

»Iocatio?«

Aylis nickte. »Noch ein Magierwort, und es bedeutet«, beantwortete sie sein Lächeln mit einem eigenen, »dass dir der angemessene Ernst in diesen Angelegenheiten abgeht.«

»Ach, *Chieran*, was auch auf dem Spiel stehen mag, ich lächle lieber im Angesicht des Ungemachs, als finster und trübsinnig zu werden.«

Aylis nahm seine Hand in ihre. »Ich weiß, Liebster, und mir geht es genauso.«

Aravan hob ihre Finger an die Lippen, und seine saphirblauen Augen schauten in ihre smaragdgrünen. Ihr Blick wurde weicher, und sie sagte: »Zuerst gibt es noch mehr Unterricht, Liebster. Die Belohnung kommt später.«

Aravans Grinsen wurde breiter. »Worauf wartest du dann noch? Halte uns nicht unnötig auf.«

Aylis entzog ihm ihre Hand und sagte: »Wenn du zwei Magierworte miteinander verbindest, änderst du gewöhnlich die Endung des ersten. Manchmal hängst du ein ›o‹ an oder auch ...«

Der Südwind flaute kurz nach Sonnenuntergang vollständig ab, und die Segel der *Eroean* hingen schlaff herunter. Frizian kam zu Aravan. »Wir hängen an den Hörnern einer Winterkalme fest, Herr Käpt'n. Sollen wir die Gigs zu Wasser lassen?«

Aravan schaute hoch zu den Sternen. »Uns fehlen noch zu viele Meilen, Frizian. Zu viele, um sie rudernd zurückzulegen, ob mit dem Schiff im Schlepptau oder ohne. Nein, lasst die Boote an Bord.«

»Kruk!«, fluchte Bokar. »Das bedeutet, Durlok wird wahrscheinlich wieder seine bösen Zauber wirken.«

Boder kam zu Aravan. »Herr Käpt'n, auf dem Wasser bildet sich Nebel.«

Aravan, Bokar und Frizian traten an die Reling und lugten hinaus, während der Zweite Offizier eine Lampe in die Höhe hielt, damit seine Menschenaugen das Wasser unter ihm sehen konnten, obwohl Aravan und Bokar den Lampenschein nicht brauchten. »Verflixt!«, rief Frizian. »Warme Luft über kaltem Wasser. Ich wusste, dass ein Südwind nichts Gutes bedeuten kann. Heute Nacht wird es Nebel geben, Herr Käpt'n.«

»Kala!«, brüllte Bokar. »Wenn der Nebel dicht genug ist und weit genug reicht, sieht der Schwarzmagier heute kein Nordlicht.«

Aravan wandte sich an Bokar. »Waffenmeister, wenn Durlok tatsächlich hinter den Wolken steckt, habt Ihr vielleicht Recht, und der Nebel durchkreuzt seine Pläne. Doch bedenkt eines: Wir haben Winter und befinden uns am Rande des Nordmeers, daher wird ein Nebel die *Eroean* mit einer Eisschicht überziehen.«

Frizian schaute zu den Seidensegeln hoch. »Herr Käpt'n, soll ich die Segel reffen lassen? Damit sie eisfrei bleiben?«

Bokar knurrte: »Aber wenn wir wieder Wind bekommen, dauert es länger, bis wir wieder Fahrt aufnehmen können.«

Aravan nickte und sagte dann: »Frizian, wenn der Nebel in die Wanten steigt, pfeift die Mannschaft an Deck und lasst die Segel reffen. Ich will lieber Zeit mit dem Hissen der Segel verlieren als mit dem Abklopfen von Eis.«

»Was ist mit den Gewinden, Herr Käpt'n?«, fragte Boder. »Die werden auch vereisen.«

»Das lässt sich nicht ändern, Boder«, erwiderte Aravan. »Wir müssen sie oft benutzen, um sie eisfrei zu halten.«

Bokar warf noch einen Blick auf den steigenden Nebel. »Fluch und Segen«, grollte er. »Fluch und Segen zugleich.«

Langsam, aber sicher stieg der Nebel vom Wasser auf und hüllte das Elfenschiff allmählich ein. Frizian ließ Reydeau die Mannschaft an Deck pfeifen, die vorsichtig in die Takelage kletterte, denn das Gewirr der Strickleitern war bereits mit einer dünnen Eisschicht überzogen. Sie refften die Rahsegel völlig und holten Klüver und Stag ein, und nun trieb das Elfenschiff frei auf dem Meer, ohne Seide an den Masten. Immer höher stieg der Eisnebel und verdeckte allmählich den Blick auf den Sternenhimmel, bis er nicht mehr zu sehen war. Laternen wurden angezündet, geisterhaft gelbe Flecken in dem wallenden Grau. Der Nebel hauchte eine durchsichtige Kristallschicht auf alles, und auf dem Deck wurde es gefährlich glatt. Deckleinen wurden gespannt, um der Mannschaft zu helfen, obwohl nun bis auf die Ausgucke alle Mann unter Deck waren. Alle Geräusche wurden durch den Nebel gedämpft, und nur das Schwappen des Wassers, das gegen den Rumpf schlug, und das Stampfen der Deckwache, die auf der Stelle trat, um sich warm zu halten, waren zu hören.

Mitternacht kam und ging, und der Nebel wurde immer noch dichter und umklammerte das treibende Schiff mit seinem eisigen Griff. Die Männer auf Wache konnten kaum weiter als ein, zwei Fuß sehen. Dennoch blieben die Ausgucke der *Eroean* auf dem Posten und lauschten, da sie sich bei ihrer Aufgabe, rechtzeitig auf alles Ungewöhnliche aufmerksam zu werden, nun mehr auf ihre Ohren als auf die Augen verließen.

Unter Deck wurde Aravan jäh von einem Geräusch geweckt, und er schoss kerzengerade in die Höhe, und seine Hand umklammerte das kalte blaue Steinamulett um seinen

Hals. Neben ihm regte Aylis sich verschlafen und murmelte: »Was ist …?«

»Zieh dich an!«, zischte Aravan, der bereits in seine Hose und Stiefel schlüpfte. »Uns droht Gefahr!«

Lobbie stand mittschiffs und neigte den Kopf, denn es kam ihm so vor, als höre er Platschen neben dem sanften Schwappen der Wellen gegen den Rumpf. *Steuerbord,* dachte er und zog sich an einer Deckleine zur dortigen Reling. Er beugte sich weit herüber, lauschte angestrengt und versuchte trotz des dämpfenden Nebels genauer hinzuhören. *Da!*, ein Platschen, noch eines, viele, und plötzlich tauchte in der Dunkelheit, schwarz auf schwarz, etwas Großes auf, das Nebelschwaden vor sich hertrieb.

»Eisber …!«, rief Lobbie, aber sein Schrei ging im Krachen berstenden Holzes unter, als sich die große dunkle Masse in die Seite des Elfenschiffs bohrte. Lobbie wurde über die Reling geschleudert, doch konnte er sich gerade noch an einer vereisten Speiche festhalten. Er klammerte sich aus Leibeskräften fest und schrie um Hilfe, da seine Handschuhe Mühe hatten, Halt auf dem Eis zu finden. Das Schiff erbebte, Holz barst, und Lobbies rechte Hand löste sich von der vereisten Bronze – er würde ins Meer fallen. Doch im letzten Augenblick schloss sich eine schwarze Hand um sein Handgelenk, und er wurde von Jatu über die Reling an Bord gezogen, während ringsumher das Splittern und Bersten von Holz, ein steter Trommelschlag sowie das Rauschen von Wasser zu vernehmen war.

Während das Schiff ruckte und bebte, hielt Lobbie sich an der Reling fest und zog sich daran auf die Beine. »Eisberg!«, rief er noch einmal, indem er auf die schwarze Masse zeigte. Doch noch während er den Ruf von sich gab, wusste er schon, dass es nicht stimmte.

Bumm! … Bumm! … Bumm! … Bumm! … tönte der Schlag einer Trommel, und vom Bersten der Decksplanken begleitet, zog sich die dunkle Masse langsam zurück, während die *Eroean* zuckte und bebte wie ein verwundeter Hase im Maul eines wilden Hundes.

Plötzlich schaukelte das Elfenschiff wieder frei auf den Wellen. Die Dunkelheit neben ihm hatte sich losgerissen und wich zurück, um im Nebel zu verschwinden. Und inmitten des Geschreis von Menschen und Zwergen begann die *Eroean* zu sinken, da ihr Rumpf ein Leck hatte, durch das eiskaltes Wasser eindrang.

Aus dem eisigen Nebel, untermalt von Trommelschlag und wogendem Platschen, drang Gelächter zu ihnen, kälter als selbst das Eis.

19. Kapitel

GELEN

Winter, 1E9574–75
[Die Gegenwart]

»Bemannt die Bilgenpumpen!«, brüllte Jatu. »Wir haben ein Leck!«

Besatzungsmitglieder rutschten in dem Eisnebel über das glatte Deck. Irgendwo läutete jemand eine Glocke, während jemand anders in eine Messingtrompete blies. Beide Alarmsignale waren überflüssig, denn das Schiff hatte einen mörderischen Schlag erhalten, der Mensch, Zwerg, Magier, Pysk, Elf und Fuchs gegen das nächste Hindernis geschleudert hatte. Unter Deck rauschte Wasser durch das klaffende Leck, das von einer massiven Ramme geschlagen worden war, die sich dann wieder zurückgezogen hatte. Menschen und Zwerge rappelten sich wieder auf und stürmten unter Führung Frizians die Leitern herunter, am Unterdeck vorbei und in den Hauptladeraum, der vom eisigen Wasser des Nordmeers geflutet wurde, das alles überschwemmte. Das Wasser war so kalt, dass es auf der Haut *brannte*. Männer schrien auf, wenn sie mit der Eiseskälte in Berührung kamen, und sogar die robusten Zwerge ächzten, als sie sich durch die eisigen Fluten zum Leck kämpften. Mit Planken, Hämmern und langen Nägeln, mit Sägen, Äxten und Keilen warfen sie sich der eindringenden See entgegen, die sie immer wieder zurückwarf und unter Wasser drückte. Zwerge halfen vergeblich kämpfenden Menschen auf die Beine, die infolge der gnadenlosen Kälte rasch gefühllos wurden. Und die eisigen Fluten des Nordmeers drangen weiter durch die geborstenen Planken.

Aravan, der nun mitten unter ihnen war, stellte rasch einen Trupp zusammen, der zurück nach oben eilte.

»Herr Käpt'n!«, keuchte Hogar, »wir müssen die Boote zu Wasser lassen. Wenn wir sinken, halten wir keine zehn Herzschläge in diesem eisigen Wasser aus!«

»Wir sinken nicht, Hogar«, rief der vorweg eilende Kapitän mit Bestimmtheit.

Oben auf dem eisglatten Deck angelangt, hielten sie nur lange genug an, um Laternen anzuzünden, und liefen dann weiter zur Hauptschleuse. »Öffnet sie, Arlo!«, befahl Aravan. »Ihr drei helft ihm. Und, Arlo, holt ein Kreuzsegel! Rollt es auf der Steuerbordseite aus, längs zum Schiff und auf Höhe des Lecks! Der Rest kommt mit mir!« Und er eilte schlitternd und rutschend zum Bug, wobei er sich an den Deckleinen festhielt, um nicht zu stürzen, und Menschen und Zwerge stolperten ihrem Kapitän hinterher, alle bis auf die Knochen durchnässt und in der eisigen Winterluft zitternd, während die Laternen in ihren Händen gelblich leuchtende Schemen in dem Eiskristallnebel schufen.

Aravan öffnete einen der Bugspinde, wuchtete ein schweres aufgerolltes Tau heraus und rief: »Zu mir, Dokan! Hogar und Hegen, holt ein zweites Tau! Artus und Dask, Ihr holt ein drittes!« Während die Mannschaft sich beeilte, seinen Befehlen nachzukommen, entknotete Aravan das Tau und gab Dokan ein Ende davon. »Zum Bugsprit!«, befahl er. »Ihr anderen, folgt uns! Tut, was Dokan und ich tun!«

»Herr Käpt'n«, keuchte Dokan, als sie die Vordeckleiter erklommen, »was ist Euer Plan?«

»Wir werden das Leck kielholen«, brachte Aravan durch zusammengebissene Zähne hervor. Sie erreichten den Bugsprit, und Aravan schlitterte auf den vereisten, nach vorn ragenden Mast und rief: »Haltet Euer Ende ganz fest, Dokan.« Damit warf er die Masse des Taus über Bord, hielt das Seil aber gut zwei Schritt von seinem Ende entfernt fest. Während das Tau ins Wasser fiel, schwang Aravan das Ende wie ein Pendel um den Bugsprit und fing es auf der anderen Seite wieder auf. Dann glitt er wieder auf das Vordeck zurück, ohne das Seil loszulassen, das jetzt eine große Schlinge unter dem Bug bildete. »Jetzt müssen wir das Tau nach mittschiffs zurückziehen, Dokan, Ihr auf der Backbordseite, ich auf der Steuerbordseite. Haltet das Tau fest. Hogar, Hegen, Artus, Dask, passt gut auf, der Bugsprit ist glatt. Werft Eure Taue so darüber, wie wir es getan haben, und folgt uns.«

Sie zogen das Tau unter den Kiel und kämpften sich nach mittschiffs, wobei jeder sein Ende eisern festhielt und um Webeleinen, Jungfernblöcke und ähnliche Hindernisse herummanövrierte, Dokan an backbord, Aravan an steuerbord. Als sie an der Hauptschleuse ankamen, waren Arlo und seine Helfer bereits wieder da und hatten das Kreuzsegel ausgerollt.

»Arlo, zu mir. Ihr anderen, holt noch drei Taue«, befahl Aravan, und die Besatzungsmitglieder rutschten über das eisige Deck zu den Spinden, um sie zu holen. »Festhalten, Dokan!«, rief Aravan dem Zwerg über das Schiff hinweg zu, während er und Arlo das Tau rasch durch die Öse in der unteren linken Ecke des Segels zogen und verknoteten.

»Herr Käpt'n!«, rief einer der Menschen, der hektisch die Kurbel der Bilgenpumpe auf dem Mitteldeck drehte. »Sie sinkt!«

Die treibende *Eroean* bekam in der eisigen, nebligen See langsam Schlagseite.

In diesem Augenblick kamen Hogar und Hegen mit dem zweiten Tau angelaufen, ein Mann steuerbord, der andere backbord und im Nebel nicht zu sehen. »Arlo, zieht dieses Tau durch die mittlere untere Öse und verknotet es!«

Kaum waren sie damit fertig, als Artus und Dask mit dem dritten Tau angelaufen kamen. Während Arlo ein Ende durch die rechte untere Öse zog und verknotete, befestigten Aravan und die drei anderen Besatzungsmitglieder - Geff, Jon und Jamie - drei Taue an den drei oberen Ösen des Kreuzsegels.

»Wir dichten das Leck mit dem Segel ab«, rief Aravan. »Geff, Jon, Jamie, wickelt jedes Tau zwei Mal um eine Speiche« - er zeigte auf die Stellen - »und zwar da, da und da.

Ihr Männer an der Bilgenpumpe, geht nach backbord und helft den Männern dort.«

»Aber, Herr Käpt'n«, rief einer der Männer an der Pumpe, »sie sinkt, wenn wir nicht pumpen!«

»Sie sinkt schneller, wenn wir nicht tun, was ich sage!«

»Tut, was der Kapitän befielt!«, brüllte Jatu durch den Nebel. Der schwarzhäutige Mensch tauchte soeben auf dem vereisten Deck auf.

Aravan wechselte in Begleitung Jatus rutschend und schlitternd auf die Backbordseite. »Wickelt die Taue um die Speichen, und dann zieht sie an, bis sie straff sind.«

Dokan, Jatu und Dask nahmen jeder ein Tau, und Hogar und die beiden Männer von der Pumpe verteilten sich auf die drei. Rasch waren die Taue gestrafft, und das große Seidensegel lag jetzt glatt und flach am Rumpf an, und zwar so, dass sich der obere Rand direkt unter der Reling und der untere über der Wasseroberfläche und oberhalb des Lecks befand. »Und jetzt«, rief Aravan, »lasst auf der Steuerbordseite langsam nach, während wir hier auf der Backbordseite anziehen. Arlo, sagt Bescheid, wenn das Segel über dem Leck liegt.«

»Aber, Herr Käpt'n«, rief Arlo, »ich kann das Leck im Nebel nicht sehen!«

»Jatu«, zischte Aravan, »bleibt hier und befolgt meine Befehle. Ich gehe nach steuerbord.«

»Aye, Kapitän«, grunzte Jatu, während Aravan im Nebel verschwand.

Aravan beugte sich über die Steuerbordreling und ließ eine Laterne an einem Tau herab. »Also, an steuerbord langsam nachlassen und an backbord ziehen!«, rief er. Das Segel glitt am Rumpf der *Eroean* entlang langsam ins Wasser. »Weiter so!«

Das Kreuzsegel glitt tiefer.

»Weniger jetzt an den Bugleinen und etwas mehr an den Heckleinen!«

Als das Segel wieder ausgerichtet war: »Jetzt wieder gleichmäßig nachlassen und anziehen!«

Ein regelrechter Kampf begann, als das Segel sich über das Leck schob, und das eindringende Wasser die Seide durch das Loch zu drücken versuchte. Menschen und Zwerge zogen mit aller Kraft an den Tauen, und das Segel legte sich über das Leck und wurde dabei vom Wasserdruck fest gegen den Rumpf gepresst. Wären Jatu und die beiden Zwerge – Dask und Dokan – nicht gewesen, wäre das Unternehmen gescheitert und das Segel in den Laderaum gedrückt worden ... doch die Kraft dieser drei erwies sich als entscheidend, denn sie konnten dem brutalen Wasserdruck widerstehen, und als das Segel mittig über dem Leck lag, wurden die Taue festgezurrt und verknotet. Unten im Laderaum wurde aus dem Donnern des hereinschießenden Wassers ein Tosen, dann ein Rauschen und schließlich ein Plätschern. Aber der Laderaum stand halb unter Wasser, und Menschen und Zwerge litten gleichermaßen unter der Eiseskälte, die ihnen die Wärme raubte, sodass sie kaum noch aus den Fluten steigen konnten, denn wenn sie sich nicht aufwärmten, würden sie an Unterkühlung sterben.

Die Pumpen-Mannschaft kehrte zur Mittschiffspumpe zurück, und mit den Mannschaften an der Bug- und Heckpumpe konnten sie nun mehr Wasser herauspumpen, als eindrang.

Aravan wandte sich an die anderen, die alle erschöpft und unterkühlt waren und auf deren nasser Kleidung sich Eis bildete. »Geht nach unten, zieht Euch trockene Sachen an und wärmt Euch auf. Jatu, diese Reparatur ist nur vorläufig. Sobald Ihr könnt, sucht Euch Männer, die noch Kräfte übrig haben, und zieht mehr Taue um das Schiff, damit wir das Segel noch sicherer verankern können. Sucht Bokar und schickt ihn zu mir in die Kajüte. Und wenn Ihr geeignete Ersatzmänner findet, lasst die Pumpmannschaften ablösen.«

Als Aravan den Kajütgang betrat, hörte er Rux in Alamars Kabine winseln. Beim Eintreten fiel sein Blick auf eine düster dreinschauende Jinnarin. Aylis war gerade dabei, ein Tuch zu befeuchten. Alamar lag auf seiner Koje. Der alte Magier rührte sich nicht, und seine Haare waren mit Blut verklebt. Rux witterte das Blut und die Bestürzung seiner Herrin und begann zu winseln. Tokkofiguren lagen überall auf dem Boden verstreut.

»Ach, Aravan«, rief Jinnarin. »Alamar ist gegen die Wand geschleudert worden.«

»Ist er ...?«

Aylis sah auf. »Er atmet, und sein Puls ist stark, aber er hat einen Schlag gegen den Kopf bekommen.« Aylis wusch den Hinterkopf ihres Vaters ab und entfernte das Blut.

Aravan trat neben Alamar. »Jinnarin, holt Fager. Ich weiß nicht, wo er ist. Wenn er kann, soll er hierher kommen.«

Jinnarin sprang auf Rux' Rücken, und der Fuchs lief zur Tür hinaus.

Aylis wusch das letzte Blut ab, obwohl aus einer Platzwunde am Hinterkopf noch etwas nachsickerte.

»Ich hole Verbandszeug, *Chieran*«, sagte Aravan und verließ die Kabine. Augenblicke später kehrte er mit Verbandsstoff und einer Heilsalbe zurück. Aylis nahm ihm beides ab und trug die Salbe behutsam auf. Dann faltete sie einen Druckverband und fixierte ihn mit einem Stoffstreifen, den sie ihrem Vater um die Stirn band.

Bokar betrat die Kabine. Er wandte sich an Aravan und sagte: »Kapitän?«

»Bokar, Eure Drimma werden sich rascher erholen als die Menschen. Ich möchte, dass Ihr eine Mannschaft zusammenstellt, die das geborstene Holz wegschneidet und das Leck repariert, bis wir zu einer Werft segeln können.«

»Zu einer Werft?«

»Aye. Der nächstgelegene Hafen ist Arbor in Gelen.«

»Aber, Kapitän«, grollte Bokar, indem er sich mit der Faust auf die Handfläche schlug, »wir verlieren Durlok, wenn wir das tun. Und ich wette alles, was ich besitze, dass er hinter diesem Vorfall steckt.«

Aravan schüttelte den Kopf. »Bokar, wir haben Durlok bereits verloren, ob er dafür verantwortlich ist oder nicht. Wie die Dinge liegen, kann die *Eroean* ihm nicht folgen. Mit dem Leck im Rumpf können wir kaum Fahrt aufnehmen. Und wenn er gefährliche Gewässer ansteuert, wird die provisorische Reparatur nicht standhalten.«

»Kruk!«, knurrte Bokar. Nach einem Augenblick sagte er: »Meine Châkka werden beim nächsten Glasen bereit sein. Ich stelle eine Mannschaft zusammen, und dann reparieren wir das Schiff so weit, dass wir nach Gelen fahren können.«

Aravan nickte. »Sucht Finch. Er wird Euch sagen, was getan werden muss, aber sorgt dafür, dass er selbst nicht in dem kalten Wasser herumläuft. Ich will nicht, dass er an Unterkühlung stirbt. Teilt die Drimma in mehrere Arbeitsgruppen ein, und lasst sie in kurzen Schichten arbeiten, denn nicht einmal Euer robustes Volk kann der Kälte dieses Ozeans lange widerstehen. Ich werde mich zu Euch gesellen, sobald ich kann.«

Als Bokar ging, kehrten Jinnarin und Rux zurück. »Fager kommt gleich, Aravan. Er behandelt gerade die Männer, die unten im Wasser waren.« Die Pysk betrachtete Alamar. »Irgendeine Veränderung?«

Aylis schüttelte den Kopf.

»*Chieran,* hier kann ich nichts ausrichten, unten aber eine ganze Menge. Ich komme wieder, sobald ich kann.«

Aylis sah Aravan an und nickte.

Unter Anleitung von Finch dem Zimmermann arbeiteten die Zwerge in kurzen Schichten im eiskalten Salzwasser des überfluteten Laderaums. Sie sägten oder schlugen die geborstenen Planken ab, und während die Mannschaften an den Pumpen den Wasserspiegel stetig senkten, wurden neue Bretter zugeschnitten, in das Leck eingepasst, vernagelt und schließlich die Nahtstellen kalfatert. Bis zum Vormittag war die *Eroean* so weit repariert, dass sie wieder bedingt seetüchtig war, obwohl die Frage blieb, ob die Reparaturen auch schlechtem Wetter standhalten würden.

Erschöpft sanken Finch und die Zwerge in ihre Kojen, während Aravan und die Schiffsoffiziere den Schaden mit Quartiermeister Roku begutachteten. Der kleine Jingarier murmelte empört vor sich hin, während er die Inventarlisten mit dem aktuellen Bestand verglich und die Verluste abstrich. Während die Bilgenpumpen nach wie vor ihre Arbeit taten, wateten sie durch den Laderaum.

Ein Großteil des Proviants war durch das Meerwasser verdorben, vor allem das in Säcken oder Kisten verstaute Essen, wohingegen die in Fässern untergebrachten Vorräte größtenteils unversehrt waren. Sämtlicher Stoff war vollkommen durchnässt und würde eine Salzkruste haben, falls er je wieder trocknete. Andere Güter befanden sich in schlechterem oder besserem Zustand, je nach Art und Lagerungsmethode. Manche Dinge waren weiter oben und außer Reichweite des Salzwassers in Regalen verstaut gewesen und vollkommen unversehrt. Andere waren vollkommen untergetaucht und hatten das Wasser dennoch gut überstanden, wie zum Beispiel der Balliste-Feuerball, den Bokar aus dem Wasser fischte. Nach einer oberflächlichen Untersuchung erklärte er ihn für kampftauglich und warf ihn ins Wasser zurück. Die Lanzen mussten jedoch eingesammelt und getrocknet werden, weil sich sonst die Schäfte verbiegen würden.

Der Besichtigungsrundgang endete vor dem reparierten Leck, durch das wenig Wasser einsickerte, und Aravan sagte. »Das reicht, um nach Gelen zu segeln, sobald Wind aufkommt, obwohl ich meine, dass wir das Kreuzsegel an Ort und Stelle lassen sollten für den Fall, dass etwas Unvorhergesehenes geschieht.«

»Das fühlt sich an, als hätte ich mir das Hirn aus dem Kopf geschlagen«, verkündete Alamar, während er seinen Hinterkopf betastete. Der Alte zeigte auf sein Brustbein. »Meine Brust schmerzt auch.«

Jinnarin seufzte. »Ich fürchte, daran bin ich Schuld, Alamar.«

»Daran, dass meine Brust schmerzt?«

»Ja«, erwiderte sie. »Wisst Ihr, als wir durch die Kabine geschleudert wurden, seid Ihr gegen die Wand geflogen, und ich habe Euch getroffen.«

»Ihr habt mich getroffen?«

»Na, ich konnte ja nichts dafür, Alamar. Ihr wart im Weg.«

Alamar sah die winzige Pysk an. »Ihr habt mich getroffen!«

»Es tut mir Leid, Alamar. Ich konnte nichts dagegen machen. Außerdem, wäre Euch lieber, Ihr hättet mich getroffen? Dann wäre ich nämlich nur noch ein nasser Fleck an der Wand.«

Alamar musste unwillkürlich grinsen. Jinnarin kicherte.

Plötzlich wurde der Magier jedoch wieder ernst. »Das muss Durloks Werk gewesen sein. Ich muss in den Laderaum und selbst einen Blick auf den Schaden werfen.«

»Er steht noch unter Wasser, Alamar.«

»Dann sobald das Wasser abgepumpt ist.«

»Rux und ich gehen gleich nach unten. Wir geben Euch Bescheid, wenn es so weit ist.«

Alamar erhob sich und ging zu einem Bullauge. Während er nach draußen lugte, sagte er: »Geht und fragt Aylis, wann sich der Nebel lichtet, und wann wieder Wind aufkommt. Je eher wir nach Gelen kommen, desto eher kann das Schiff repariert werden. Und je eher das Schiff repariert wird, desto eher können wir uns wieder an die Verfolgung Durloks machen.«

»Aber wir haben ihn verloren, Alamar, meint Ihr nicht? Ich meine, wer weiß, wo er sein wird, wenn die *Eroean* repariert ist?«

Alamar wandte sich vom Bullauge ab, und in seinen Augen stand Verbitterung. »Wohin er auch verschwunden ist, Pysk, ihm *muss* Einhalt geboten werden.« Der Alte stapfte zu seiner Koje und ließ sich müde darauf nieder. Schließlich sagte er: »Nun geht schon und fragt Aylis, wann wir wieder segeln können.«

Jinnarin fand Aylis an Deck. Sie stand mit Aravan an der Reling, starrte in den nebelverhangenen Himmel und sammelte ihre Energie.

»Caelum in futura«, murmelte sie Seherin und beobachtete, wie alles außer dem Eisnebel verschwand und Stunden in wenigen Augenblicken verstrichen – der graue Tag raste vorbei, die Dämmerung war nur ein kurzes Flackern vor dem Dunkel der Nacht, doch dann wirbelte der graue Nebel davon, und Sterne tauchten am Himmel auf, und schließlich brach ein klarer Tag an, wobei hier und da eine Wolke über das Blau des Himmels raste. Dann endete ihre Vision.

»Irgendwann heute Nacht klart es auf«, sagte sie, nachdem sie aus den Tiefen ihrer Vision zurückgekehrt war. »Aber am heutigen Tag hält sich der Nebel noch.«

Aravan wandte sich an Jinnarin. »Heute ist der dritte Jultag, und heute Nacht ist die Längste Nacht des Jahres, die Wintersonnenwende. Heute Nacht brechen wir auf einem angeschlagenen Schiff nach Gelen auf und unterbrechen die Verfolgung Durloks des Schwarzmagiers. Kein gutes Omen für das kommende Jahr, was, Jinnarin?«

Jinnarin erschauderte, doch nicht wegen der Kälte. »Ach, Aravan, ich hoffe wirklich, dass es kein böses Omen für Farrix ist ... und auch für sonst niemanden.«

Aravan warf einen Blick auf Aylis und wandte sich dann wieder an Jinnarin. »Aye, Winzige, das hoffe ich auch. Trotzdem, heute ist die Längste Nacht, und ich werde das Ritual tanzen. Hättet Ihr Lust, mir Gesellschaft zu leisten?« Er sah Aylis an. »Du auch, *Chieran*?«

»O nein, Aravan«, antwortete Jinnarin. »Rux und ich werden so feiern, wie mein Volk es seit dem Anbeginn seiner Geschichte tut.«

»Ich kenne die Schritte nicht«, sagte Aylis lächelnd, »aber ich würde sie gern lernen.«

Der Blick des Elfs wurde sanft. »Du brauchst sie nicht zu lernen, *Chieran*, denn ich werde dich hindurchführen.«

So kam es, dass in der Nacht des dreiundzwanzigsten Dezembertages wieder Wind aufkam und den Eisnebel verwehte, bis die Sterne wieder am Himmel funkelten. Während die Menschen in die vereiste Takelage kletterten und die Segel entrollten, und während die *Eroean* langsam Fahrt aufnahm und in südwestlicher Richtung nach Gelen fuhr, wurden auf dem Deck des Elfenschiffs drei Rituale zur Feier der Wintersonnenwende begangen.

Aravan und Aylis vollführten gemeinsam das Elfenritual mit seinen Tänzen und Gesängen.

Auf dem Achterdeck verneigten sich Fuchsreiterin und Fuchs vor den sechs Kardinalpunkten – Norden, Süden, Osten, Westen, Oben, Unten. Rux duckte sich, und Jinnarin stieg auf, wandte sich den Sternen zu und breitete die Arme aus, als wolle sie den ganzen Himmel umschließen, während Rux sich langsam drehte, sodass seine Reiterin die gesamte Pracht des Himmel sehen konnte. Während Rux langsam seine Drehungen vollführte, sang Jinnarin für Adon ein Lied, obwohl ihr Lied keinen Text hatte. Doch die Melodie war so schön, dass sie zwischen den Sternen zu schweben schien.

Auf dem Vordeck sangen Bokar und die Châkka-Krieger für Elwydd und erneuerten so ihre uralten Gelöbnisse der Ehre und und der Bindung und des Glaubens. Der Waffenmeister hob Gesicht und Hände zum Himmel und rezitierte die große Châkka-Litanei im Wechsel mit den einmütigen Antworten der versammelten Châkka-Krieger, all das natürlich auf Châkur, der verborgenen Sprache:

[Elwydd –
– Lol an Adon ...]
Elwydd –
– Tochter des Adon
Wir danken Euch –
– Für Eure sanfte Hand
Die uns gab –
– Den Atem des Lebens
Möge dies sein –
– Das goldene Jahr
In dem Châkka –
– Die Sterne berühren.

Und während Elf und Magierin, Pysk und Fuchs sowie ein zwergischer Kriegstrupp alle auf ihre Weise ehrerbietig die längste Nacht des Jahres feierten, wandte sich die angeschlagene *Eroean* nach Süden und verließ die Gewässer, in denen der Schwarzmagier lauerte.

Finch kam in die Messe und brachte ein Stück Holz mit. Er trat zwischen die Schiffsoffiziere und reichte Alamar das Stück Mahagoni, einen Splitter aus dem Leck. »Wie Ihr mir aufgetragen habt, Meister Alamar. Dies hier stammt von der Einschlagstelle.«

Alamar, dessen Kopf immer noch verbunden war, befingerte das Holz und murmelte, *»Quis?«* Nach einem Augenblick sagte er: »Wie ich es mir gedacht habe, es war Durloks Werk.« Er reichte Aylis das Stück. »Was kannst du damit anfangen?«

Die Seherin nahm das Holz sagte: *»Patefac!«* Sie keuchte und ließ das Stück fallen, doch dann beruhigte sie sich schnell wieder und sagte: »Ein großer dunkler Schnabel, der mir entgegenkam.«

»Ha!«, grollte Bokar. »Wie wir es uns gedacht haben – eine Ramme!« Fager schüttelte den Kopf. »Lady Aylis hat es einen *Schnabel* genannt. Es könnte auch ein Ungeheuer gewesen sein.«

Alle Augen richteten sich auf Aylis, und Jinnarin fragte: »War es ein Ungeheuer, Aylis?«

Aylis hob die Hände und drehte sie. »Ich weiß es nicht. Ich habe nur einen dunklen Schnabel gesehen, der vorwärts schoss ... unter Wasser, glaube ich.«

Fager wandte sich an Aravan. »Herr Käpt'n, was hat Euer Stein entdeckt?«

Aravan berührte das blaue Amulett. »Nur Gefahr, Fager. Vielleicht war es ein Wesen, vielleicht aber auch eine andere Bedrohung.«

»Höchstwahrscheinlich aus der Neddra«, sagte Alamar. »Jemand oder etwas, das von Durlok geschickt wurde ... oder mit ihm reist, glaube ich.«

Jatu sah Bokar an. »Ich schließe mich Bokars Ansicht an. Es war eine Ramme. Vergesst nicht, dass Lobbie und ich Trommelschlag gehört haben. Was könnte es anderes als ein Schiff gewesen sein?«

»Aye«, stimmte Bokar zu und ballte bestätigend die Faust. »Das Schiff des Schwarzmagiers. Und irgendetwas auf dem Schiff hat Kapitän Aravans Stein kalt werden lassen.«

Jinnarin wandte sich an Aravan. »Was für ein Schiff könnte uns rammen und dabei selbst unbeschädigt bleiben?«

Frizian antwortete: »Eines, das dafür gebaut wurde, Lady Jinnarin.«

»Vergesst nicht, dass es zurückgesetzt hat«, sagte Jatu. »Das würde bedeuten, dass es eine Art Galeere ist.«

»Galeere?«, fragte Jinnarin. »Ist das eine andere Art Schiff als unseres?«

Aravan stützte die Hände auf den Tisch und beugte sich vor. »Aye, Jinnarin. Eine Galeere ist eine Schiffsart mit Segeln und Rudern. Manche haben große Unterwasserrammen, die vorne aus dem Bug ragen. In der Schlacht rudert die Besatzung mit voller Kraft auf ein anderes Schiff los, sodass es die Ramme unter der Wasserlinie trifft und ein Leck schlägt, wie es bei uns der Fall war. Dann rudert die Mannschaft die Galeere zurück, bis sie sich vom Feind löst, und das Meer erledigt den Rest und versenkt das getroffene Schiff.«

»Aye«, fügte Jatu hinzu. »Und eine Trommel wird benutzt, damit die Ruderer den Rhythmus halten, und wir haben eine Trommel gehört. Und das Platschen – was kann es anders gewesen sein als die Ruder, die ins Wasser tauchten, als die Galeere zurücksetzte, um uns absaufen zu lassen, hm?«

Fager schüttelte den Kopf. »Ich habe noch immer meine Zweifel. Welche Mannschaft könnte Tag für Tag hundertfünfzig Meilen weit rudern? Ich meine, so weit auseinander lagen die Wolken, richtig?«

»Vielleicht hatten sie ... magische Hilfe«, sagte Frizian, der dabei Alamar ansah. »Wäre das möglich?«

Alamar zuckte die Achseln. »Dafür würde man eine Menge astrales Feuer brauchen.« Aylis nickte bestätigend.

Stille kehrte ein, dann sagte Aravan. »Vielleicht war es eine Galeere, aber das sind Schiffe alter Bauart, die heute nicht mehr benutzt werden. Die letzte habe ich vor der Küste von Chabba gesehen, und die sank gerade, weil sie von einem Schiff aus Sarain in einem ihrer häufigen Kriege in Brand gesetzt worden war. Seitdem weiß ich von keiner Galeere mehr.«

»Nun, Kapitän«, meinte Bokar mit grollender Stimme, »das mag sein, wie Ihr sagt. Aber ich glaube, dass mindestens noch eine Galeere mit einem oder mehreren Grg an Bord auf den Meeren unterwegs ist.«

Zwei Tage später segelte das Elfenschiff mit der Morgenflut des sechsten Jultages in den Hafen von Arbor in Gelen ein. Die Nachricht verbreitete sich wie ein Lauffeuer, und Leute von nah und fern kamen, um das Wunder mit eigenen Augen zu bestaunen. Jeder konnte sehen, dass die *Eroean* beschädigt war, doch ihr Kapitän brachte sie nicht in ein Trockendock der dortigen Werften, denn keines war groß genug, sie aufzunehmen.

Vielmehr legte das Schiff an, und die Besatzung lud die verdorbene Fracht und einen Großteil des Ballasts aus. Dergestalt erleichtert und mit Taurollen und Stoffballen als Puffer zwischen Schiff und Pier wurden Taue an den Masten angebracht, und mit ihrer Hilfe wurde es auf die Backbordseite gehievt, sodass die Steuerbordseite hochkam, bis die beschädigte Stelle aus dem Wasser ragte. Dann begannen Aravan, Finch und die Mannschaft mit der Reparatur, und Zwerge und Menschen eilten geschäftig auf der Steuerbordseite herum und halfen ihrem elfischen Kapitän und dem Schiffszimmermann.

Es gab keinen Zweifel daran, dass dies ein bemerkenswertes Ereignis war, denn die Arboriter strömten in Scharen zum Hafen. Auch unbeschädigt hätte die *Eroean* diese Massen angezogen, denn das Elfenschiff war wahrlich legendär.

Gute Güte, daran wird man sich lange erinnern, was? Ich meine, da liegt das Elfenschiff hier bei uns im Hafen!

So eines wie das gibt es auf der ganzen Welt kein zweites Mal.

Und dann hat es noch solche Schlagseite, was soll man denn davon halten?

Hat wahrscheinlich gegen Seeungeheuer gekämpft, was meint ihr?

Wohl eher gegen Piraten.

Die hätten sie alle getötet, wenn es Piraten waren, oder?

Die hätten sie auch alle getötet, wenn es Ungeheuer waren.

Jetzt seht euch das mal an. Ein silberner Boden!

Und kaum eine Muschel daran.

Aber habt ihr gesehen, wer Räume in der Sturmlaterne *bezogen hat? Zwerge, und zwar reichlich, bis unters Dach. Jetzt frage ich euch, seit wann segeln Zwerge auf Schiffen?*

Zwerge? Die müssen das Schiff ja nicht selber segeln. Das sind Krieger. Was glaubt ihr, wer die Piraten getötet hat, hm? Die Zwerge natürlich! Die bilden die Armee des Elfenschiffs, wisst ihr das denn nicht?

Ja. Aber habt ihr nicht gesehen ... der Kapitän hat auch einen Magier an Bord. Es heißt, er hätte mit seinem Vertrauten, einem Fuchs, Räume in der Blauen Meerjungfrau *bezogen. Zusammen mit dem Kapitän und seiner Braut und noch ein paar anderen aus der Mannschaft.*

Die Braut des Kapitäns ist eine echte Augenweide, was?

Ja, aber der Fuchs, habt ihr gesehen, der sah nicht so aus, als würde ihm die Leine gefallen.

Mir ist danach, mal einen Blick in die Meerjungfrau *und in die* Laterne *zu werfen und selbst zu sehen, was da los ist.*

So schwatzten die Zuschauer, während die *Eroean* auf die Seite gelegt wurde und die Reparaturarbeiten an ihr begannen.

»Ha! Dieser Fuchs ist ja ein wunderbarer Vertrauter«, fauchte Alamar, der Rux in ein Zimmer in der *Blauen Meerjungfrau* zog. »Da hätte ich lieber einen großen Stein. Der Stein würde wenigstens nicht rückwärts ziehen.«

Der Magier schlug die Tür hinter sich zu, stellte seinen Rucksack auf den Tisch und ließ die Leine fallen. Als er bemerkte, dass er frei war, setzte Rux sich auf die Hinterbeine und funkelte den Magier an, dann ging er rückwärts durch das Zimmer in dem Versuch, sich die um seinen Hals befestigte Leine über den Kopf zu streifen. Alamar öffnete den Rucksack, und Jinnarin kletterte heraus, sprang vom Tisch auf den Stuhl und auf den Boden und rief dann Rux zu sich. Während sie die Leine löste, sagte Jinnarin: »Rux würde einen hervorragenden Vertrauten abgeben, was immer das ist und was sie auch tun.«

»Ha!«, bellte Alamar, wobei er sich setzte und trotzig die Arme vor der Brust verschränkte.

Jinnarin löste den Knoten in der Leine und nahm sie Rux ab. Der Fuchs setzte sich und fing an, sich heftig zu kratzen, als sei die Leine um seinen Hals voller Flöhe gewesen.

Jinnarin kletterte wieder auf den Tisch und wühlte in Alamars Rucksack herum, um den Kamm zu suchen. »Sagt mir, Alamar«, murmelte sie mit gedämpfter Stimme, »was ist ein Vertrauter ... und was tut er?«

»Nichts, was Ihr verstehen würdet, Pysk. Aber eins kann ich Euch sagen: Er lässt einem keine Ratten auf die Füße fallen.«

Jetzt verschwand Jinnarin völlig in dem Rucksack. »Was habt Ihr mit meinem Kamm gemacht?«

»Ich habe ihn nicht gestohlen, falls Ihr das mit Eurer Frage andeuten wollt.«

»Ah, hier ist er ja«, sagte Jinnarin und tauchte wieder aus dem Rucksack auf. »Hattet Ihr je einen Vertrauten, Alamar?«

»Einmal«, murmelte er. »Eine Eule.«

Jetzt funkelte Jinnarin den Magier an. »Das hätte ich mir denken können! Ihr hattet eine Eule! Eine mörderische Eule!«

»Wovon redet Ihr, Pysk?«

»Von Eulen, Alamar. Von Eulen. Wisst Ihr denn nicht, dass es Zeiten gab, in denen sie versucht haben, uns zu töten?«

»Versucht haben, Fuchsreiter zu töten, Pysk?«

»Ganz genau.«

»Aber nicht *meine* Eule«, verkündete Alamar.

»Woher wollt Ihr das wissen?«

»Ich *weiß* es einfach, Pysk.«

»Pah«, schnaubte Jinnarin, während sie auf den Boden sprang. Sie kämmte Rux' Fell dort, wo die Leine gesessen hatte. Nach einer Weile sagte sie: »Wirklich, Alamar, ich wüsste gerne etwas über Vertraute.«

Der Magier funkelte sie an.

»Ganz ehrlich, Alamar.«

Nach einem Augenblick entfaltete er die Arme und drehte seinen Stuhl zu ihr um. »Angesichts der vielen Studien, die wir Magier betreiben, führen wir ein recht einsames Leben. Aber jemanden, der Tag und Nacht plappert, können wir ganz gewiss nicht brauchen. Dennoch vertreibt einem ein Gefährte die Einsamkeit, vor allem ein nützlicher Gefährte. Ein Lehrling ist eine Art Gefährte – jemand, mit dem man reden, dem man etwas beibringen und dem man Aufträge erteilen kann, und wenn seine Erfahrung zunimmt, kann man sogar Ideen mit ihm diskutieren. Aber einen Lehrling anzunehmen, ist eine schwerwiegende Verantwortung, und wenn man keine Zeit hat zu lehren, nützt es dem Lehrling nichts, und dann könnte man auch gleich einen Dienstboten beschäftigen.

Ein Vertrauter ist eine andere Art Gefährte. Man kann mit ihm reden, obwohl die meisten nicht antworten können, oder wenn sie es tun, sind die Antworten kurz, und lange Gespräche sind selten. Trotzdem sind sie nützlich, denn sie erledigen Dinge für einen, wenn man weiß, wie man sie dazu auffordern kann ... und wenn es in ihren Möglichkeiten liegt. Aber meistens sind sie ein zweites Paar Augen und Ohren und ab und zu eine zweite Nase, die uns in Zeiten der Gefahr beschützen. Und jene von uns, die wissen, wie man es macht, können den Vertrauten zum Spionieren aussenden und mit seinen Augen sehen, mit seinen Ohren hören, mit seiner Nase riechen, mit seinen Händen fühlen und mit seiner Zunge schmecken. Das alles ist jedoch nicht ungefährlich, denn wenn dem Vertrauten etwas zustößt, während er dergestalt mit den Sinnen des Magiers verbunden ist, ist auch der Magier davon betroffen ... und umgekehrt.

Wenn sich der Magier – oft für lange Jahre – mit seinem Vertrauten verbindet, werden sie mehr oder weniger Teil voneinander, und wenn dann der eine oder der andere stirbt, hat das enorme Konsequenzen. Sowohl Magier als auch Vertrauter versinken in so einem Fall in tiefe Melancholie. Wenn der Vertraute stirbt, ist es so, als habe der Magier einen Teil von sich verloren, und manchmal kann es sehr lange dauern, sich davon zu erholen. Wenn andererseits der Magier stirbt, zieht sich der Vertraute oft in die Einsamkeit zurück, verweigert die Nahrung und stirbt an etwas, das man nur als gebrochenes Herz bezeichnen kann. Das ist ein Vertrauter, meine Liebe.«

Jinnarin sah Alamar mit Tränen in den Augen an und fragte leise: »Was ist mit Eurer Eule passiert, Alamar?«

»Sie ist gestorben.« Alamars Blick war ein wenig glasig. »Ich habe danach keinen anderen Vertrauten angenommen.«

Tränen liefen aus Jinnarin Augen. Sie drehte sich um, lehnte sich mit dem Kopf an Rux, legte ihm die Arme um den Hals und verharrte eine ganze Weile in dieser Haltung. Schließlich richtete sie sich wieder auf und setzte ihr Kämmen fort. Nach einer Weile sagte sie: »Es tut mir Leid, dass ich Eure Eule Mörder genannt habe.«

Alamar sah vom Tokkobrett auf. »Was habt Ihr gerade gesagt?«

»Dass ich letzte Nacht wieder meinen Albtraum hatte«, antwortete Jinnarin.

»Denselben Traum? Ohne jede Veränderung?«

Jinnarin nickte und lächelte dann, da Aylis ihre Brücke über Alamars Abgrund zog. »Schütze deinen Thron, Vater.«

Alamar senkte den Blick und blinzelte zuerst Jinnarin und dann Aylis an. »Aha! So ist das also, wie? Ihr zwei macht gemeinsame Sache, um mich abzulenken, richtig?«

Aylis und Jinnarin sahen den Alten mit unschuldiger Miene an. Dann fingen beide an zu lachen.

»Aha! Das habe ich mir gedacht!«

Immer noch lachend, stand Aylis auf und streckte sich.

Nach einem Moment der Überlegung legte Alamar seinen Thron auf die Seite. »Sag deinem Aravan, er soll mich bei Gelegenheit besuchen, Tochter. Dann werde ich ihm etwas über deine Heimtücke erzählen.«

»Das werde ich Vater, falls er je hierher kommt.« Aylis seufzte. »Er hat die *Eroean* seit unserer Ankunft vor zwei Tagen noch keinen Augenblick verlassen.«

»Nun, Aylis, er hat eine Menge zu tun und ...«

»Das weiß ich, Vater. Trotzdem, er und auch die anderen brauchen Ruhe und auch einmal eine warme Mahlzeit und ein heißes Getränk und vielleicht sogar etwas Unterhaltung.«

»Aber sie müssen fertig sein, bevor das Unwetter kommt, also in, was hast du gesagt? Sechs Tagen?«

»Sieben Tage vom Zeitpunkt unseres Anlegens. Also heute in vier Tagen. Am zwölften Jultag – Neujahr – erreicht es uns, spät in der Nacht.«

»Also gut. Dann in vier Tagen. Aber die *Eroean* muss wieder seetüchtig sein, wenn das Unwetter kommt, richtig? Außerdem bekommen sie durchaus warme Mahlzeiten, heiße Getränke und Ruhe.«

»Ja, weil der größte Teil der Mannschaft in Schichten arbeitet, Vater. Aber Aravan nicht. Nur er kennt die Geheimnisse des Öls, das sie in das Holz reiben. Nur er weiß, wie die schwarze Abdichtmasse hergestellt wird. Und nur er kennt die Geheimnisse der Sternsilberfarbe ... oder auch des Dunkelblaus, was das betrifft. Nur Aravan. Und deswegen muss er ständig da sein, also bekommt er kaum Ruhe und ganz gewiss keine Unterhaltung.«

Alamar grinste. »Und was würdest du vorschlagen, wie er unterhalten werden soll?«

Alamar konnte sich nicht mehr ganz rechtzeitig ducken, um dem geworfenen Kopfkissen auszuweichen.

Und unten im Hafen, wo das Elfenschiff lag, wurden Löcher mit einem Silberbohrer gebohrt und Holznägel eingepasst, denn kein Eisennagel zierte den Rumpf des Elfenschiffs.

Zwei Tage später war die Reparatur des Schiffs beendet, und die Winden, welche die Seile hielten, die wiederum das Schiff auf der Backbordseite hielten, wurden gelockert, sodass sich das Schiff langsam aufrichtete, wobei die Ankerwinden als Bremsen dienten. Der Ballast wurde wieder eingeladen, und der Laderaum wurde mit frischem Proviant gefüllt. Quartiermeister Roku überwachte das Verladen der Waren, die er in den vergangenen Tagen von vielen zufriedenen Händlern gekauft hatte. Schließlich wurde das Schiff aus dem Dock geschleppt und ging im tieferen Wasser des Hafenbeckens vor

Anker, denn wenn es zu nah an der Kaimauer lag, konnte es in dem bevorstehenden Unwetter leicht dagegenstoßen, und das sollte nach Möglichkeit vermieden werden.

Und endlich kam Aravan in die *Blaue Meerjungfrau*, fiel ins Bett und schlief zwei Tage lang.

Am Abend des zwölften Jultages – Neujahr – setzte leichter Schneefall ein. An eben diesem Abend wurde im Schankraum der *Blauen Meerjungfrau* ein großes Fest gefeiert, an dem die gesamte Mannschaft des Elfenschiffs, ein Magier und eine Magierin, ein Rotfuchs sowie ein in der Dunkelheit am Ende der Treppe lauernder Schatten teilnahmen. Es wurde gesungen und getanzt, und Lobbie spielte auf seiner Ziehharmonika und Rolly auf seiner Flöte, während Burden dazu die Trommel schlug, und wie sie es auch schon während des Bordfests getan hatten, stampften Menschen und Zwerge im Takt dazu mit den Füßen und klatschten in die Hände, und Kapitän Aravan und Lady Aylis tanzten wild dazu und lachten einander voller Freude an. Die Châkka sangen Marschlieder, und die Wörter der Texte klangen hart und stark. Dann sorgte Alamar dafür, dass die Luft bunt glitzerte und erzeugte sonderbare Klänge wie von einem Windspiel. Und dann spielte Kapitän Aravan auf der Harfe und sang anrührende Lieder, die Herzklopfen verursachten und das Blut in Wallung geraten ließen. Aylis sang dazu mit klarer, lieblicher Stimme, und als ihr Gesang endete, war kein Auge mehr trocken. Während Zwerge und Menschen unten vor der Treppe Wache standen, sodass kein Städter nach oben gehen konnte, erklommen doch viele Besatzungsmitglieder die Stufen und setzten sich oben in die Dunkelheit, wo sie scheinbar Selbstgespräche führten, mit der Luft scherzten und sich mit den Schatten Leckerbissen teilten.

Als das Fest endete, waren bereits die frühen Morgenstunden angebrochen. Draußen war der leichte Schneefall in ein

Unwetter übergegangen. Es war der zweite Januartag, und die zwölf Jultage waren damit vorbei.

Der heulende Wind tobte die ganze Nacht und auch noch am Morgen. Aravan und Aylis lagen in der Wärme ihres Bettes, und der Elf hielt die Seherin in den Armen. Fahles Licht drang durch das Fenster, und Schnee wurde gegen die geriffelten Scheiben geweht. Irgendwann am späten Vormittag stützte Aravan sich auf einen Ellbogen, und seine saphirblauen Augen betrachteten Aylis' Züge.

»Was?«, fragte sie, da sie sein forschender Blick erstaunte.

Er grinste. »Ich zähle die blassen Sommersprossen auf deiner Nase und deinen Wangen.«

»Es sind elf«, sagte Aylis.

»Elf?«

»Genau.«

»Nun, meine bezaubernde *Chieran*, ich zähle aber fünfzehn.«

Aylis riss die Augen auf. »Tatsächlich? Wo denn?« Sie sprang aus dem Bett, holte ihren Silberspiegel und huschte damit rasch wieder aus der Kälte unter das Laken. Aylis hob das polierte Silber und schaute hinein.

Aravans Grinsen wurde breiter. »Und nun habe ich bewiesen, dass du von uns beiden nicht der Einzige bist, der einen Spiegelzauber wirken kann, *Chieran*, denn jetzt sehe ich in diesem silbernen Rund *meine* wahre Liebe.«

Aylis brach in Gelächter aus. »Du bist ein Gaukler, mein Lieber, ein Taschenspieler.«

Aravan fiel in ihr Gelächter ein, und sie packte ihn, setzte sich auf ihn und hielt ihn mit ihrem Körper fest. »Gestehe, Schurke, sonst werde ich ... werde ich ...!« Aber dann küsste sie ihn und küsste ihn noch einmal, und aus Gelächter wurde Zärtlichkeit.

20. Kapitel

DIE SUCHE

Winter, 1E9574–75
[Die Gegenwart]

»Natürlich könnte ich jeden Feuerball so aussehen lassen, als ob es zehn wären«, schlug Alamar vor. »Dazu brauche ich nur den Äther zu beugen und das Licht zu teilen. Durlok würde sie nicht alle zur Explosion bringen können, bis der richtige das Schiff trifft.« Doch dann schüttelte der Alte den Kopf und knurrte: »Aber wie Ihr schon gesagt habt, Pysk, könnte er auch einfach Gebrauch von seiner Magiersicht machen und so den Trick durchschauen.«

Während der Wind rund um die Taverne heulte, und der Schnee gegen die Fenster schlug, saß Jinnarin da und überlegte einen Moment in aller Ruhe. »Es scheint ziemlich schwierig zu sein, einen Magier zu täuschen, was, Alamar?«

Der Alte warf sich in die Brust und zeigte darauf. »Jedenfalls ist es schwierig, *diesen hier* zu täuschen«, verkündete er.

Jinnarin hob die Augenbrauen. »Ach?«

Alamar nickte nachdrücklich. »Das ist etwas anderes, als Sterbliche und einfältige Fuchsreiter und dergleichen zu täuschen. Wir Magier sind außerordentlich auf der Hut vor Fallen. Schließlich haben wir den großen Vorteil, das astrale Feuer sehen zu können, und dadurch sind wir allen anderen Wesen überlegen.«

Jinnarin sah den Magier mit unschuldig geweiteten Augen groß an. »Ach, Alamar, ich bin ja so froh, dass Ihr mir das verraten habt.« Sie machte einen Schritt vorwärts und nahm eine Tokkofigur. »Stein zerschmettert Thron«, sagte sie, indem sie die Figur auf Alamars Thron fallen ließ. »Ihr habt verloren.«

Zuerst huschte ein Ausdruck der Überraschung über Alamars Gesicht, gefolgt von missmutigem Zorn. »Ihr habt mich schon wieder abgelenkt, Pysk! Das ist Betrug!«

Jinnarin sprang auf und baute sich vor dem Magier auf, die Hände in die Hüften gestemmt. »Ach? Betrug, ja? Wenn das Betrug ist, Alamar, schlage ich vor, dass Ihr einen Weg findet, wie Ihr Durlok genauso ›betrügen‹ könnt!«

Alamar drohte der Pysk mit der geballten Faust. »Wenn Ihr keine Frau wärt, und nicht so klein, würde ich Euch auffordern, mit mir nach draußen vor die Tür zu gehen!«

»Und wenn Ihr nicht so alt und klapprig wärt, Alamar, würde ich Euch beim Wort nehmen!«, konterte Jinnarin.

Sie standen schäumend da und funkelten einander an, und plötzlich fing Jinnarin an zu lachen. »Ihr seht aus wie ein Fisch auf dem Trockenen, Alamar«, gluckste sie.

Der Magier musste unwillkürlich grinsen. »Pysk, wenn ich ein Fisch auf dem Trockenen bin, dann seid Ihr eine gestrandete Krabbe.«

Zu Jinnarins glockenhellem Lachen gesellte sich Alamars Kichern.

Nach einer Weile fiel der Blick des immer noch lächelnden Magiers auf das Tokkobrett. Dann nahmen seine Züge einen nachdenklichen Ausdruck an. »Vielleicht habt Ihr sogar Recht, Pysk. Vielleicht betrachten wir die ganze Sache aus einem ganz falschen Blickwinkel.«

Jinnarin hob eine Augenbraue. »Soll heißen ...?«

Alamar legte die Fingerspitzen zusammen. »Soll heißen, dass wir, anstatt Durlok frontal anzugreifen, vielleicht einen

Weg finden sollten, ihn abzulenken. Und wenn er in die falsche Richtung schaut, schleichen wir uns an und werfen ihm einen Stein aufs Haupt.«

»Nun, Kapitän?«, fragte Jatu. »Wohin geht die Fahrt von hier aus?«

Bokar stand am Fenster der *Blauen Meerjungfrau* und lugte in das Unwetter, das nun bereits den zweiten Tag tobte, aber langsam nachließ. Er drehte sich um und grollte: »Ich sage, wir segeln nach Norden und halten nach weiteren Wolken Ausschau. Das ist unsere einzige Möglichkeit, die Fährte des Schwarzmagiers wieder aufzunehmen.«

Die anderen in Alamars Zimmer – Jinnarin, Aylis, Alamar, Aravan, Frizian und Jatu – sahen Bokar an, und Frizian überlegte laut: »Glaubt Ihr, er lauert noch irgendwo da oben im Nordmeer?«

»Da sieht man das Nordlicht«, antwortete Bokar. »Wenn wir das Nordlicht finden, finden wir wahrscheinlich auch den Schwarzmagier.«

Jinnarin seufzte. »Aber wer kann sagen, dass wir auch Farrix finden, wenn wir den Magier finden?«

Aylis schüttelte den Kopf. »Das ist unsere einzige Spur, Jinnarin: Farrix wollte den Wolken auf den Grund gehen. Durloks Schiff war da, wo eine Wolke niedergegangen ist. Das ist alles, was wir haben, um eine Verbindung zwischen den beiden herzustellen.«

»Wenn Durlok tatsächlich hinter den Wolken steckt«, mischte sich Aravan ein, »könnte er sich in den elf Tagen, seit wir gerammt wurden, an die siebzehnhundert Meilen von seiner letzten Position entfernt haben.«

Alamar überschlug die Rechnung im Kopf. »Das würde voraussetzen, dass er hundertfünfzig Meilen am Tag zurücklegt.«

Aylis nickte. »So weit waren die Wolken auseinander, Vater.«

Frizian trank einen Schluck von seinem Tee. »Wenn er siebzehnhundert Meilen entfernt wäre, und wir wüssten, wo er ist, könnten wir ihn bei günstigem Wind in einer Woche oder in zehn Tagen erreichen ... aber ich glaube nicht, dass er so lange auf einem Fleck bleiben würde, selbst wenn wir wüssten, wohin wir segeln müssen. Nein, dann wird er schon wieder woanders sein.«

»Ich bin derselben Ansicht«, sagte Jatu. »Wenn andererseits Durlok stattdessen unter dem Nordlicht kreuz und quer durch das Nordmeer segelt, ist Bokars Plan vernünftig. Wir sollten dann Stellung entlang des Kurses beziehen, den wir zuletzt gefahren sind.«

Bokar entgegnete mit grollender Stimme: »Es widerstrebt meiner Natur, irgendwo Stellung zu beziehen und zu warten. Ich sage, wir fahren die Route ab, bis wir eine Wolke sichten. Ich würde lieber zu ihm kommen, als darauf zu warten, dass er zu uns kommt: Beim letzten Mal hat er uns dabei leckgeschlagen.«

Aravan entrollte eine Karte. »Ihr nehmt also beide an, dass Durlok nördlich von Rwn zwischen dem Westkontinent und Thol im Osten hin und her segelt.« Mit dem Finger zog Aravan die Route über die Karte, die ziemlich genau dem Verlauf der Grenze zwischen dem Westonischen Ozean und dem Nordmeer folgte.

Jinnarin sah genauer hin. »Augenblick, Aravan. Farrix hat die Wolken südöstlich von Rwn niedergehen sehen. Könnte Durlok mehr als einem Kurs folgen?«

Aravan rieb sich das Kinn. »Aye, Lady Jinnarin, das könnte er wohl. Vielleicht hängt es davon ab, wo das Nordlicht zu sehen ist. Was sagt Ihr dazu, Meister Alamar?«

Alle Augen richteten sich auf den Alten. Alamar hob die Hände. »Er könnte tausend verschiedene Routen haben«, antwortete er verdrossen. »Ich weiß ja nicht einmal, was er überhaupt vorhat! Aber was es auch ist, es wird keinem etwas nützen außer ihm selbst, das ist eine Tatsache!«

In diesem Augenblick öffnete sich die Tür, und der Gastwirt platzte mit einem Tablett mit Gebäck und noch einer Kanne Tee herein. »Da bin ich, und ich habe Euch ...« Er brach ab, als sein Blick auf Jinnarin fiel, und dann stand plötzlich ein Schatten mitten auf dem Tisch. »Herrje! Ist das ...?«

Jatu trat rasch zwischen Tisch und Gastwirt und versperrte ihm die Sicht. »Ich nehme das, Herr Orgle.« Der Gastwirt versuchte an Jatu vorbeizuspähen, aber der schwarzhäutige Mensch stand ihm im Weg und nahm ihm das Tablett ab. »Recht vielen Dank, Herr Orgle.«

»Arfusel Arapp!«, sagte Alamar laut, während die in Schatten gehüllte Jinnarin den Tisch verließ und außer Sicht glitt. »Ahem!«, räusperte er sich laut. »Diese Illusion ist nun verschwunden. Ich zeige Euch eine andere. *Flores rosae pendete!*« Plötzlich schwebten überall in dem Zimmer rosa Blüten.

Orgle riss vor Staunen die Augen auf, während er, von Jatu dazu genötigt, langsam rückwärts den Raum verließ, wobei er sich den Hals verrenkte, um mehr sehen zu können, doch ohne Erfolg. »Meister Alamar, Ihr seid ein Wunder, mehr gibt es dazu nicht zu sagen! Mit Euren funkelnden Lichtern und Eurer schönen Musik auf dem Fest und den Schattenspielen und schwebenden Blumen und alles, wenn Ihr für Kost und Logis nicht zahlen könntet, würde ich auch diese Illusionen dafür nehmen.« Als er durch die Tür ging, rief er noch: »Natürlich müsstet Ihr sie vorführen, wenn zahlende Kundschaft da wäre. Die würden dann nämlich zum Essen kommen und danach noch reichlich trinken, wenn Ihr hier seid.« Jatu lächelte, dann sperrte er ihm die Tür vor der Nase zu, legte den Riegel vor und trug das Tablett zur wartenden Gruppe.

Der Schatten löste sich auf, und Jinnarin stieg wieder auf den Tisch und fragte aufgebracht: »Wann fahren wir?«

Am nächsten Tag traf man auf der *Eroean* Vorbereitungen, den Anker zu lichten und die Segel zu setzen, und praktisch die gesamte Einwohnerschaft von Arbor folgte den Zwergen aus der *Sturmlaterne* und der Mannschaft aus der *Blauen Meerjungfrau* zum Kai. Die Stimmung war festlich, beinah wie bei einer Parade. Die Städter redeten und lachten mit der Mannschaft und grinsten über Alamar, der sich mit Rux abplagte. Im Hafen stieg die Besatzung in wartende Boote, die sie zum Elfenschiff brachten. Als alle an Bord waren, blieb die Menge noch und schaute zu, wie die Seidensegel gesetzt und der Anker gelichtet wurden, und das Schiff majestätisch mit der Morgenflut aus dem Hafen glitt. Männer wie Frauen machten ihrem Erstaunen beim Anblick des stolzen Schiffs mit *Ohs* und *Ahs* Luft. Lange standen sie da und beobachteten es, und manche liefen sogar am Ufer entlang, um noch einen letzten Blick darauf zu erhaschen, bevor es endgültig verschwand. Schließlich war das Elfenschiff verschwunden und segelte auf seiner geheimnisvollen Fahrt nach Norden, und die Bewohner von Arbor kehrten zu ihren Häusern und Arbeiten zurück. Noch Jahre später redeten sie von der Zeit, als das Elfenschiff in ihrer Stadt angelegt hatte, und das zu Recht, denn es war im Kampf mit tausend furchtbaren Ungeheuern beschädigt worden, und gab es denn einen besseren Ort für Reparaturen?

Schweißgebadet und nach Luft schnappend, schoss Jinnarin in ihrem Bett kerzengerade in die Höhe, da ihr noch der Schrecken ihres Albtraums in den Gliedern steckte. Während sie sich verstört umsah, ging ihr auf, dass sie sich in ihrer Kabine unter der Koje befand und der alarmierte Rux neben ihr stand. »Alles in Ordnung, Rux. Alles in Ordnung«, sagte sie mehr zu ihrer eigenen Beruhigung als zu der des Fuchses. »Er sendet mir immer noch den Traum, und dafür können wir wirklich dankbar sein.« Sie lächelte Rux an, drehte sich um ... und schlief kurze Zeit später wieder ein.

»Adon misereatur«, sagte Aylis.

»Möge Adon sich erbarmen«, übersetzte Aravan.

»Cui bono?«, fragte sie.

»Wem nützt es?«, erwiderte Aravan.

»Alis volat propriis.«

»Sie fliegt auf ihren eigenen Schwingen.«

»Virtutis fortuna comes.«

»Das Glück ist der Begleiter der Tapferkeit.«

»Ach, Liebster, du lernst schnell«, sagte Aylis. »Aber jetzt möchte ich, dass du dich mit mir in der Sprache der Magier unterhältst.«

Aravan nickte und sagte dann: *»Amor vincit omnia, et nos cedamus amori ...«*

... und das taten sie dann auch.

Frizian betrat das Ruderhaus und betrachtete im Schein einer Laterne die Abstufungen auf dem Astrolabium und dann eine Karte. Er stellte das Gerät beiseite, zog sich die Handschuhe aus, nahm ein dickes Buch und blätterte langsam Seiten um, die alle Zahlentabellen enthielten. Bei einer hielt er inne, folgte mit dem Finger den Einträgen nach unten und verharrte bei einem. Vor sich hinmurmelnd, schaute er wieder auf die Karte und nickte bestätigend. Er zog sich wieder die Handschuhe an und ging zurück auf das Deck, wo eisig kalt der Winterwind wehte. »Nach meiner Schätzung sind wir jetzt auf dem Breitengrad, wo wir gerammt wurden, Herr Käpt'n.«

Aravan warf einen Blick auf die Sterne am Himmel. »Nah genug daran, Frizian. Nah genug.«

Frizian schüttelte neidisch den Kopf. *Keine Karten, keine Tabellen, er weiß es einfach!*

»Wohin dann also, Herr Käpt'n?«

Aravan holte tief Luft und sagte: »Nach Westen. Wenn der Schwarzmagier auf dieser Linie hin und her fährt, finden wir ihn wahrscheinlich westlich von hier.«

»Warum, Herr Käpt'n?«

Aravan zeigte nach steuerbord. »Knapp vierhundert Meilen östlich von uns liegt Land, Frizian, aber im Westen liegen über zweitausend Meilen Meer. Also gibt es im Westen fünfmal so viel Ozean wie im Osten. Wenn der Schwarzmagier also auf diesem Kurs hin und her segelt, würden wir ihn fünf von sechs Malen im Westen antreffen, wenn das Schicksal unvoreingenommen ist.«

»Aber ist das Schicksal jemals unvoreingenommen, Herr Käpt'n?«

Aravan seufzte. »Manchmal glaube ich, nein, Frizian. Manchmal glaube ich, dass die Herrin des Schicksals das unbeständigste Wesen von allen ist.«

»Unbeständiger als der Ozean, Herr Käpt'n?«

»Vielleicht, Frizian, vielleicht. *Akka!* Manchmal glaube ich, sie sind ein und dasselbe.«

Frizian nickte, dann wandte er sich dem Achterdeck zu und zog den Schal vor seinem Gesicht herunter. »Reydeau!«, rief er. »Pfeift sie nach Westen!«

»Aye, Herr Frizian«, kam Reydeaus Antwort von achtern.

Die Rahen wurden geschwenkt und das Ruder gedreht, und das Elfenschiff glitt auf Westkurs durch die Nacht.

Unter Deck im Zwergenquartier saß Jinnarin bei den Kriegern und hörte ihnen dabei zu, wie sie sich auf Châkur unterhielten, der geheimen Sprache. Mit ihren abrupten Anfängen und Endungen klang sie rau und hart, und es kam ihr so vor, als beginne alles mit einem *b* und ende mit einem *k*, obwohl es tatsächlich nicht so war. Châkur war eine alte Sprache, die ihre Wurzeln in der Zeit hatte, als die Zwerge noch nicht lange auf Mithgar gewesen waren … oder vielmehr *in* Mithgar, denn diese Sprache eignete sich ganz besonders für die Benutzung in unterirdischen Höhlen, wo Hall und Echo andere Sprachen oft bis zur Unkenntlichkeit verzerren. So saß Jinnarin da und lauschte den Gesprächen der Zwerge – ohne Zischlaute, Gemurmel, Undeutlichkeiten, Untertöne und Verkürzungen klang jedes Wort scharf und kristallklar, obwohl sie kein einziges davon verstand.

»Verratet mir doch, Kelek«, fragte sie schließlich, »wie es kommt, dass Zwerge auf der *Eroean* segeln.«

Der schwarzhaarige Zwerg strich sich den Bart und sah sie mit im Schein der Laterne funkelnden Augen an. Es kam ihr so vor, als wäge er ab, ob er ihr antworten solle oder nicht, obwohl er auch über die Antwort selbst nachdenken mochte. »Ihr haltet es für merkwürdig nicht?«

Jinnarin nickte. »Offen gestanden, ja. Ich hatte immer gedacht, Zwerge lebten unter der Erde.«

»In der Erde, nein, in den Bergen, ja.«

»Aber *in* den Bergen, nicht auf ihnen, richtig?«

Kelek neigte bestätigend den Kopf und fügte hinzu: »Es war schon immer so, dass die Châkka im lebendigen Gestein gewohnt haben.«

»Wie sind dann die Zwerge, das heißt einige Zwerge, Seefahrer geworden?«

Kelek nickte, dann erhob er sich, ging zu einem kleinen eisernen Ofen, wo er sich eine Tasse Tee eingoss und sich erbötig machte, Jinnarins winzige Tasse nachzufüllen, doch sie schüttelte den Kopf. Kelek kam zum Tisch zurück, setzte sich, trank einen Schluck und stellte seine Tasse ab. »In der Zeit meiner Vorfahren – und vielleicht sogar in meiner eigenen, bevor ich in jenem vergangenen Kreislauf gestorben bin – vor gut dreitausend Jahren kam Aravan der Elf in die Roten

Berge und suchte Tolak auf, der zu dieser Zeit DelfHerr dieser Kavernen war. Und als er ihn gefunden hatte ...«

Der Châk vor dem Tor beäugte den hochgewachsenen Elf argwöhnisch. »Ich soll Euch zu Lord Tolak führen. Und Ihr heißt ...?«

»Aravan. Alor Aravan von den Meeren. Und Ihr seid ...?«

»Ich bin Barad, der Hauptmann der Torwachen.«

»Nun denn, Hauptmann Barad, geht voran.«

Nachdem er Aravan angewiesen hatte, alle etwaigen Waffen bei seinem Pferd zu lassen, führte Barad Aravan über den breiten Vorhof aus poliertem Granit und eine breite Treppe zu einer weiteren ebenen Gesteinsfläche empor. Als sie die großen Eisentore passierten, nickten die grimmigen Châkka-Wachposten ihrem Hauptmann zu und präsentierten ihre Axt, als wollten sie ihre Bereitschaft kundtun für den Fall, dass dieser Elf Ärger machen sollte.

Sie verließen den hellen Sonnenschein des Hofs und betraten die schattigen Hallen der Châkkafeste und einen langen Korridor, der vor einem weiteren Eisentor endete. Baran fiel auf, dass Aravan nach oben schaute und die Löcher in der Decke betrachtete, durch die der Tod herabregnen würde, falls es einem Eindringling gelingen würde, die Außentore zu stürmen. Dann glitt Aravans Blick weiter über die Wände, die Schlitze aufwiesen, durch die Armbrustbolzen fliegen würden. »Hervorragende Verteidigungsmaßnahmen, Hauptmann«, murmelte er in das laute Hallen ihrer Schritte.

Hauptmann Barad antwortete nicht.

Hinter dem zweiten Tor wurden die Hallen durch phosphoreszierende Châkka-Laternen erhellt, und in deren blaugrünem Licht wanderten sie durch Gänge, treppauf, treppab und vorbei an langen Abgründen links und rechts. Hallen und Korridore kreuzten sich und kreuzten sich wieder und zweigten von dem Gang ab, dem sie folgten. Millennien waren in ihre Konstruktion geflossen, und wäre Aravan nicht in Begleitung gewesen, hätte der Elf sich schon bald in diesem Labyrinth verirrt. Doch schließlich gelangten sie zu einer Tür, die in den Thronsaal führte, wo Hauptmann Barad Aravan zu warten aufforderte. Durch eine Öffnung sah Barad Lord Tolak auf dem Thron sitzen. Etwas tiefer auf dem Podium und ein wenig seitlich von ihm saß eine schlanke, von Kopf bis Fuß durch Schleier verhüllte Gestalt. Es war eine Châkian, Erien, Tolaks Eheweib. Als Barad den Elf ankündigte, erhob Erien sich graziös und glitt aus dem Raum, und Barad sah, wie Aravans Augen sich weiteten, als er die Gestalt der sich zurückziehenden Frau erblickte, denn Außenseiter bekamen Châkia nur selten zu Gesicht.

Als sie durch ein Portal hinter dem Thron verschwunden war, führte Barad Aravan in den Saal und bezog dann Stellung an Tolaks Seite – der Hauptmann hielt sich bereit, falls Tolak ihn brauchen würde und auch, um Aravan zurück nach draußen zu führen, wenn seine Audienz beendet war. Tolaks Schutz war ein Châk in der Blüte seiner Jahre, und an seinem Thron und somit nah bei der Hand lehnte seine doppelschneidige Axt mit Eichenschaft. Tolak selbst war, wie alle Châkka, zwischen vier und fünf Fuß groß, und seine Schultern waren breit – um die Hälfte breiter als die des Elfs. Er hatte kastanienfarbene Haare und trug braunes Leder unter seinem schwarzeisernen Kettenhemd – und war damit fast genauso gekleidet wie Barad, obwohl der Hauptmann außerdem noch einen Metallhelm mit einem Drachen als Helmzier trug. Tolaks Miene drückte schroffe Neugier aus, da er sich fragte, welches Anliegen den Elf in seine Domäne geführt haben mochte.

»Lord Tolak«, sagte Aravan mit einer Verbeugung.

Tolak erhob sich. »Alor Aravan«, sagte er und erwiderte die Verbeugung. »Es kommt nicht oft vor, dass Elfen in die Châkkafeste in den Roten Bergen kommen. Und wenn sie es tun, wollen sie normalerweise Eisen oder Stahl kaufen. Doch mir ist zu Ohren gekommen, dass Ihr nicht gekommen seid, um Handel zu treiben.«

Aravan lächelte breit. »Nein, Lord Tolak. Ich bin vielmehr gekommen, weil ich um Hilfe bitten möchte.«

Tolaks Augen weiteten sich. »Elfen brauchen Hilfe? Von den Châkka? Ist Euer Volk in Not?«

Aravan lachte. »Nein, Lord Tolak. Nur ich bedarf der Hilfe, nicht mein Volk, die Lian.«

»Ah«, sagte Tolak und zeigte auf einen Nebentisch und Stühle. »Das muss ich hören.«

Während sie Platz nahmen, ließ Tolak einen Gong ertönen, und ein Châk kam mit einem Tablett und servierte Tee. Sie lehnten sich zurück und tranken einen Schluck, und dann sagte Tolak: »Also, was hat es mit Eurem Gesuch auf sich?«

Aravan stellte seine Tasse ab. »Lord Tolak, ich bereise nun seit zwei Millennien die Meere, und den größten Teil dieser Zeit habe ich auf allen möglichen Schiffen verbracht und etwas über ihr Wesen gelernt – von den Dhauen Gjeens bis zu den Drachenschiffen Fjordlands, von den Karacken Arbalins bis zu den Dschunken Jingas, von den in Leder gehüllten Kanus Rwns bis zu den Eichenschiffen Gelens und den Schilfbooten Khems. Ich bin auf Küstenhändlern gefahren, auf Piratenschiffen, auf Walfängern und noch mehr ... ich war auf allen. Und überall, wo ich war, habe ich auch in Schiffswerften gearbeitet und so viel über den Bau jeder Art von Schiff in jedem Land gelernt, wie mir eben möglich war. Ich habe viel gelernt, und obwohl ich weiß, dass es noch viel mehr zu lernen gibt, glaube ich dennoch, dass die Zeit gekommen ist.«

Tolak sah Aravan über den Rand seiner Tasse an. »Die Zeit wofür?«

»Die Zeit, mein eigenes Schiff zu bauen.«

»Und warum seid Ihr deswegen zu unserer Châkkafeste gekommen? Braucht Ihr Beschläge, die wir für Euch schmieden sollen?«

Aravan lächelte Tolak an. »Nein, Lord Tolak. Ich brauche viel, viel mehr.«

Der DelfHerr stellte seine Tasse ab. »Was wollt Ihr also von den Châkka?«

»Lord Tolak, ich möchte, dass ein Kriegstrupp der Drimma mit mir durch die Welt zieht, um das zu finden, was ich brauche, um ein Schiff zu bauen, wie es die Welt noch nie gesehen hat und auch nie wieder sehen wird. Weiterhin möchte ich, dass die Drimma mein Schiff bauen, wenn wir alles benötigte Material beisammen haben.«

Tolak sah Aravan an, als habe der Elf den Verstand verloren. »Alor Aravan, wir sind keine Seefahrer! Wir sind die Châkka! Wir leben im lebendigen Gestein! Was verstehen wir vom Schiffbau? Seid Ihr ein Narr, so ein Anliegen vorzutragen?«

Aravan lachte. »Wenn ich ein Narr bin, dann der klügste von allen, denn niemand ist besser geeignet, mich bei dieser Mission zu begleiten, als die Drimma – Krieger, die unvergleichlich sind. Was ich suche – äußerst seltene Hölzer und Öle und Seide –, ist über die ganze Welt verstreut und nicht leicht zu finden und noch schwerer zu erlangen. Und wenn alles beisammen ist, eignet sich niemand besser, mein Schiff zu bauen, als die besten Baumeister der Welt: wiederum die Drimma. Bei dieser Aufgabe bitte ich um Eure Hilfe, Lord Tolak, denn darin ist Euer Volk unvergleichlich.«

»Und wir sollen das ganze Schiff bauen?«

»Bis auf die Segel und die Takelage, Lord Tolak. Die werden von Elfen gefertigt.«

»Und was bietet Ihr den Châkka der Roten Berge für diese Hilfe an?«

»Vier Dinge, DelfHerr: Erstens, ich werde Euch dafür mit Gold und Edelsteinen bezahlen, obwohl das die geringste der Bezahlungen ist. Zweitens, Ihr werdet beim Bau meines Schiffes eine Menge lernen, obwohl ich Euch zur Geheimhaltung verpflichten werde, und Ihr ohne meine Erlaubnis kein zweites Schiff dieser Art bauen dürft. Dennoch wird das so erworbene Wissen Euch auch beim Bau anderer Dinge nützlich sein, Dinge, die sowohl kostbar als auch selten sind. Drittens wird die Suche selbst sehr viel Wissen erbringen, Wissen über die unerforschten Gebiete der Welt, Wissen, aus dem Handel und Nutzen erwachsen werden, wenn Ihr nur die Gelegenheit dazu ergreift. Und viertens, das Abenteuer an und für sich, die Suche, das Erforschen fremder Gestade, und obwohl dies manches Mal auch Gefahren bergen mag, halte ich dies für den besten Lohn überhaupt, vor allem für jene mit starkem Herzen und kräftiger Hand, die mit mir durch die ganze Welt ziehen werden.«

Tolak nickte und fragte: »Was wird gebraucht, um dieses Schiff zu bauen?«

»Spezielle Hölzer für Rumpf und Decks und hohe, gerade Bäume für die Masten, Öl zur Behandlung der Hölzer, eine besondere Masse zum Kalfatern, um alles abzudichten, Seide für die Segel und Taue, Sternsilber für eine besondere Farbe als Anstrich für den Kiel, Kobalt für eine besondere blaue Farbe als Anstrich darüber, eine besondere Legierung, die nicht rostet, für Anker und Beschläge und noch viel, viel mehr.«

»Sagtet Ihr, Sternsilber soll als Farbe benutzt werden?«

»Aye. Für den Kiel.«

»Sternsilber ist zu kostbar, um es in eine Farbe zu mischen!«, wandte Tolak ein.

»Nicht für dieses Schiff, DelfHerr.«

Tolak dachte kurz nach. »Wie viel werdet Ihr brauchen?«

»Ein Pfund, mehr nicht.«

»Ein *Pfund*? Ein ganzes Pfund?«

»Aye. Ich habe die Formel von Dwynfor dem Schwertmacher.«

»Und wo wollt Ihr das Sternsilber herbekommen?«

Aravan zeigte vage nach Norden. »Vom DelfHerrn Durek in Drimmenheim.«

Tolak nickte und fragte dann: »Und wo sollen wir diese Werft errichten? Wir können es schlecht vor unseren Toren bauen, denn es wäre ein langer Stapellauf, wenn wir es täten.«

Aravans Gelächter hallte durch die Châkkafeste. »Aye, in der Tat ein langer Stapellauf, wo das Meer über zweihundert Meilen entfernt ist und der Argon hundertfünfzig. Nein, DelfHerr, nicht hier vor Euren Toren. Vielmehr kenne ich eine geheime Grotte in der Thellbucht. Eine, die man niemals finden würde, wenn man nicht wüsste, dass es sie gibt, und selbst wenn man von ihrer Existenz weiß, ist es beinah unmöglich, sie ohne Hilfe zu finden.« Aravan berührte einen kleinen blauen Stein, der an einem Lederband um seinen Hals hing. »Ich hatte Hilfe.«

Tolak warf einen Blick auf Hauptmann Barad, der die ganze Zeit geschwiegen hatte. »Nun, Barad, was sagt Ihr dazu?«

Barad warf einen Blick auf Aravan und sagte dann zu Tolak: »Ich habe nur eine Frage, DelfHerr, und die lautet: Wann brechen wir auf?«

Jinnarin sah Kelek an. »Das ist die Geschichte? So sind die Zwerge auf die *Eroean* und auf das Meer gelangt?«

Kelek nickte. »Aye. Und es war ein großartiges Abenteuer. Es hat über zweihundert Jahre gedauert, alle Dinge zu bekommen, die für ihren Bau nötig waren. Und dann hat der Bau an sich noch einmal zwölf Jahre gedauert.«

»Und das ganze Schiff ist von Zwergen gebaut worden?«

»Nein. Die Elfen haben die Segel und die Takelage gefertigt. Ein paar Menschen haben auch geholfen. Aber Kapitän Aravan und die Châkka haben alles andere erledigt.«

»Menschen? Menschen haben auch mitgearbeitet?«

Kelek nickte und lächelte dann. »Als sie fertig war, hat einer der Menschen sie voller Ehrfurcht angesehen und gesagt: ›Sie wird tausend Jahre überdauern.‹ Wir haben gelacht, wir Châkka. Und als er gefragt hat, warum wir lachen, haben wir gesagt: ›Tausend Jahre? Nein, Mensch, nicht nur zehn Jahrhunderte, sondern viel, viel länger.‹«

»Sagt mir eins, Kelek, woher wisst Ihr das alles?«

»Weil Hauptmann Barad einer meiner Vorfahren war, Lady Jinnarin.«

Jinnarins Mund bildete ein *Oh*, doch dann fragte sie: »Dennoch, das ist lange her ... jedenfalls für einen Zwerg. Ich meine, in drei Jahrtausenden könnte die Geschichte doch eigentlich in Vergessenheit geraten oder doch zumindest entstellt worden sein.«

Kelek schüttelte den Kopf. »Nein, Lady Jinnarin, sie ist und bleibt wahr. Die Geschichte wird von Vater zu Sohn weitergegeben, da wir alle mit Kapitän Aravan gesegelt sind. Er nimmt nur selten jemanden auf, dessen Vorfahr nicht auch schon auf der *Eroean* gesegelt ist. Und wenn wir alt werden, setzen wir uns an Land zur Ruhe, während er immer weiterfährt und unsere Söhne unsere Position an Bord des Elfenschiffs übernehmen.«

Jinnarin zog ein langes Gesicht. »Nur Söhne? Keine Töchter? Nimmt er keine Töchter auf?«

Kelek fuhr auf. »Es wäre undenkbar und unverzeihlich, wenn er eine Châkian aufnähme!«

»Schön, aber wie ist es dann mit Frauen anderer Rassen?«

Kelek dachte einen Moment lang nach, dann hellte sich seine Miene auf. »Ich kann mich erinnern, dass er mindestens eine Frau aufgenommen hat. Eine Waeran, glaube ich.

Ja, eine Waeran. Sie nennen sich selbst Wurrlinge in der Gemeinsprache. Ein kleines Volk« – Kelek hielt die Hand vielleicht drei Fuß über dem Boden – »wenn auch nicht so klein wie Ihr, Lady Jinnarin.«

Jinnarin seufzte. »Eine Tochter ... und alle anderen Söhne.«

»Söhne und Söhne von Söhnen und Söhne von Söhnen von Söhnen, und so geht es immer weiter durch die Reihen der Abkömmlinge jener, die schon zuvor auf seinem Schiff gedient haben. Er folgt einer bewährten Tradition.«

Jinnarin nickte bedächtig mit dem Kopf und hob schließlich eine Hand. »Treue«, sagte sie.

»Bis zum Tod«, erwiderte Kelek.

In den kurzen Tagen und langen Nächten segelte die *Eroean* nach Westen, direkt in die vorherrschenden Winde, sodass sie kreuzen musste. Manchmal war das Wetter brutal, und stürmische Wand wirbelten Eis und Schnee umher und sorgten für einen gewaltigen Wellengang. Meistens war das Wetter erträglich, wenn auch immer kalt. Eis bildete sich auf der Takelage und überzog die Segel, und die Mannschaft hatte alle Hände voll zu tun, die *Eroean* segeltüchtig zu erhalten, da sie vereist war, die Laufrollen an den Flaschenzügen klemmten und die Taue und Leinen steif wie Holz waren. Trotzdem legte sie an einem normalen Tag gut hundertvierzig Meilen Luftlinie zurück, obwohl die gesegelte Strecke wegen des Kreuzens über zweihundert Meilen betrug.

In den eiskalten Nächten, wenn das Nordlicht zu sehen war, standen Jinnarin, Aylis und Alamar Wache auf dem vereisten Deck und beobachteten das gespenstische Lichtspektakel am Himmel. Doch bisher hatten sie noch keine Wolken auf das Meer niedergehen sehen.

Fünfzehn Tage, nachdem sie den Westkurs eingeschlagen hatten, sichteten sie Land voraus. Sie hatten die Grenze des Westkontinents erreicht und bisher weder eine Wolke noch ein anderes Schiff, noch eine Spur des Schwarzmagiers entdeckt.

»Ausgucke nach oben«, befahl Aravan, und Rico läutete ein Glockensignal, woraufhin dick vermummte Männer die Takelage erklommen und in die Krähennester unter den Mastspitzen stiegen.

Sie segelten weiter, und die gesichtete Halbinsel kam näher und nahm den Horizont ein. Aravan trat an die Steuerbordreling, wo sich Aylis und Jinnarin zu ihm gesellten. Alamar und Jatu folgten ebenfalls. Aylis bückte sich, hob Jinnarin hoch und setzte sie in ihre Armbeuge, sodass sie etwas sehen konnte. Das Land kam beständig näher.

»Haltet scharf Ausschau!«, rief Jatu den Ausgucken zu. »Ob Schiffssegel, Bewegung an Land oder auf dem Wasser – gebt Bescheid!«

Jetzt war die Küstenlinie in der Ferne zu sehen.

»Fertigmachen zum Wenden, Jatu«, sagte Aravan.

»Aye, Kapitän«, erwiderte der Mensch. Er drehte sich um und rief Rico denselben Befehl zu.

Bokar gesellte sich ebenfalls hinzu.

Aravan betrachtete die öde Halbinsel und sah nichts außer einem kahlen, felsigen Strand, der von Wellen gepeitscht wurde, und blattlose Bäume im Winterkleid dahinter. »Was sagen die Ausgucke?«, wandte er sich an Jatu.

Nichts!, riefen alle drei nach unten.

»Kruk!«, knurrte Bokar.

Jinnarin seufzte. »Was jetzt, Aravan?«

Aravan wandte sich an die Pysk. »Jetzt kehren wir um und fahren die Strecke in entgegengesetzter Richtung ab.«

»Wohin, Aravan? Ich meine, wir sind den größten Teil der Strecke abgefahren und haben weder Wolken noch Durlok gesehen. Also frage ich, wohin jetzt?«

Aravan zeigte nach Osten. »Wieder zurück, Jinnarin. Bis nach Thol, wenn nötig.«

Bokar umklammerte die Reling, sodass sich seine Handschuhe spannten. »Und wenn wir diesen Schwarzmagier nicht finden, Kapitän, was dann?«

Aravan holte tief Luft und sah den Zwerg eindringlich an. »Dann müssen wir es anders versuchen, Bokar. Wie, das kann ich jetzt auch nicht sagen.«

Der Elf wandte sich an Jatu. »Lasst wenden, Jatu. Wir fahren vor dem Wind nach Osten.«

»Aye, Kapitän«, erwiderte Jatu. Er bildete mit den Händen einen Trichter um den Mund und rief nach oben: »Ausgucke nach unten!« Dann wandte er sich zum Ruderhaus. »Lasst wenden, Rico. Wir gehen auf Ostkurs.«

Während Rico die Mannschaft an Deck pfiff, gingen Jatu und Aravan in Richtung Ruderhaus, und Bokar verschwand wieder unter Deck.

Aylis setzte Jinnarin ab, und die Pysk und Alamar gingen nach achtern. »Kommst du mit, Tochter?«, fragte der Magier.

»Gleich, Vater.«

Jatu rief Rico die Befehle zu, die der Bootsmann mit der Pfeife an die Mannschaft übermittelte. Die Segel an achtern wurden eingeholt, und Klüver und Fock wendeten das Elfenschiff im Zusammenspiel mit Boder am Ruder. Es drehte nach backbord, bis der Bug nach Osten wies. Auf Jatus Anweisung wurde das Ruder ausgerichtet, während die Mannschaft die Rahen schwenkte und die achteren Segel wieder setzte. Kurz darauf blähten sich die Segel im steifen Rückenwind, und die *Eroean* nahm rasch Fahrt auf.

Jatu wandte sich an Rico. »Sehr gut, Rico. Lasst die Segel austrimmen und holt alles an Fahrt heraus.«

»Aye, Herr Jatu«, antwortete Rico und pfiff wieder die entsprechenden Befehle, aber diesmal ging er nach vorn, um diese letzten Korrekturen an der Stellung der Segel persönlich zu überwachen.

Bei diesem Wendemanöver hatte Aylis gedankenverloren dagestanden, ohne ein Wort zu sagen oder auf die geschäftigen Crewmitglieder überall ringsumher zu achten, und als das Schiff schließlich auf Ostkurs lag und schneller wurde, hob Aylis schließlich den Kopf, straffte die Schultern und ging mit einem entschlossenen Funkeln in den Augen zielstrebig nach achtern.

21. Kapitel

DÜSTERE AUSSICHTEN

Winter, 1E9574–75
[Die Gegenwart]

Tag und Nacht segelte das Elfenschiff vor dem grausamen Winterwind. Flanken und Decks, Masten, Takelage und Segel waren mit Eis und Reif bedeckt. Die *Eroean* war nach Thol unterwegs, jenem eisigen Gefilde aus wehrhaften Burgen, Hochmooren und zerklüfteten Felstürmen, über die ständig ein kalter Wind peitschte. Langhäuser mit Grasdächern gab es dort, vereinzelte Fischerdörfer an den Kieselstränden und gewaltige dunkle Wälder, die bis weit ins Landesinnere reichten. Thol war von Jägern, Bauern, Fischern, Händlern und Piraten bevölkert wie auch Jütland im Süden und Fjordland im Osten, und seine Langschiffe waren ganz ähnlich. Aber die Mannschaft des Elfenschiffs war mit ihren Gedanken nicht bei der Bevölkerung Thols und ihrer Lebensweise. Vielmehr suchte sie jemand anderen, jemanden, der vielleicht auf einer Galeere auf See war, jemanden, der weitaus gefährlicher war als die Bewohner Thols. So segelte die *Eroean* ostwärts durch das Nordmeer – oder vielmehr an der nicht genau bestimmten Grenze zwischen dem Nordmeer und dem Westonischen Ozean entlang –, dem Schwarzmagier auf der Spur ... jedenfalls glaubten die Männer das.

Hundertfünfzig Meilen legte sie pro Tag zurück, mehr oder weniger, je nach der Stärke des Windes, der manchmal stark blies und manchmal kaum. In den eisigen Tagen kletterte Ausguck um Ausguck in die Höhe, da sie einander rasch ablösten, denn niemand konnte der furchtbaren Kälte lange trotzen. Sie beobachteten das Meer und hielten Ausschau nach anderen Schiffen, obwohl sie kein einziges sahen.

Die Nacht wurde auf Wache und in Erwartung des Nordlichts verbracht. In manchen Nächten war das Naturschauspiel zu sehen und in anderen nicht, während es in manchen verborgen blieb, dann nämlich, wenn es schneite. Wenn das Nordlicht nicht zu sehen war, blieb die *Eroean* den ganzen folgenden Tag auf Position, da sie nicht zu weit fahren und Durlok in der Nacht unbemerkt passieren wollten, um nicht das Risiko einzugehen, eine achtern niedergehende Wolke am nächsten Tag zu verpassen. Doch wenn das Nordlicht zu sehen war, liefen sie am nächsten Tag ostwärts, um hundertfünfzig Meilen weiter Stellung zu beziehen.

In dieser Zeit erlebte Jinnarin ihren Albtraum nur dreimal und in unregelmäßigen Abständen.

Zweitausendvierhundert Meilen und zweiundzwanzig Tage nach der Umkehr vor dem Westkontinent sichteten sie Land, und es war so, als seien sie in der ganzen Zeit allein auf dem Meer unterwegs gewesen. Sie hatten keine Spur von Durlok gesehen, kein Schiff, keine Wolke, kein grässlich verstümmeltes Opfer und auch sonst keinen Hinweis auf Aktivitäten des Schwarzmagiers.

Und als sie am frühen Nachmittag in die Küstengewässer Thols einliefen, rief der Bugausguck plötzlich: »Rauch an Land! Rauch an Land! Voraus, backbord!«

Bokar starrte lange und eingehend nach vorn. Hoch oben auf einer Landzunge war ein steinerner Turm zu erkennen. Aus dem Turm stieg Rauch auf und wurde vom Wind landeinwärts geweht. »Das könnte Durloks Werk sein«, grollte er und rief dann: »Rico, pfeift den Kriegstrupp an Deck!«

Der Bootsmann läutete die Glocke und blies die Pfeife, und Aravan trat neben Bokar. Während das Schiff sich der Küste näherte, sagte er: »Das ist der Turm von Gudwyn der Schönen, jedenfalls hat er vor langer Zeit so geheißen. Etwas unterhalb davon liegt Havnstad, eine Handelsstadt – für Fischer, Händler, Kaufleute und Handwerker.«

Mit den an Deck eilenden Zwergen kamen auch Jinnarin und Aylis und kurz darauf Alamar. Jinnarin kletterte auf den Vordersteven und betrachtete den rauchenden Turm und die Hafenstadt unterhalb davon. Nach einem Moment fragte sie: »Wenn das Durloks Werk ist, wo ist dann sein Schiff?«

»Gute Frage, Jinnarin«, murmelte Aylis. »Ich sehe nur Fischerboote und ein paar Handelsschiffe vor Anker liegen. Keines liegt am Kai, und ganz sicher keine Galeere.«

»Vielleicht hat Durlok sein Schiff mit einem Zauber getarnt«, mutmaßte Jinnarin.

»Visus«, flüsterte Aylis und schüttelte einen Moment später den Kopf. »Nein, Jinnarin, alle Schiffe sind, was sie zu sein scheinen.«

Aravan nickte. »Die Schiffe liegen vor Anker, weil sie dort überwintern. Dies ist nicht die gesamte Flotte, denn viele sind zur Überholung auf den Strand gezogen worden ... zum Beispiel werden die Drachenschiffe für die Frühlingsraubfahrten ausgerüstet.« Während er sprach, wanderte Aravans wachsamer, abschätzender Blick vom Turm zur Stadt zu Schiff und Küstenlinie.

Alamar schaute lange auf den schwelenden Turm. Schließlich sagte er. »Das ist nicht Durloks Werk, denn der Turm wurde nicht zerstört, er brennt nur.«

Bokars Augen weiteten sich. »Der Schwarzmagier hat die Macht, einfach so einen steinernen Turm zu zerstören?«

Alamar nickte und fügte hinzu: »Er hatte sie, als ich ihm zuletzt begegnet bin. Wahrscheinlich ist er jetzt noch mächtiger.«

»Pah«, knurrte Bokar. »Das müsste er auch sein, wenn der Turm von Châkka errichtet wäre.«

»Rico!«, rief Aravan. »Segelt zum Hafen und nehmt sie aus dem Wind, aber haltet Euch bereit, jeden Augenblick wieder Fahrt aufzunehmen.«

Dann wandte Aravan sich an Bokar. »Waffenmeister, geht an Land und findet heraus, was vorgeht. Wählt die Drimma aus, die Euch begleiten sollen.«

Bokar nickte und sagte dann: »Mit Eurer Erlaubnis, Kapitän, nehme ich Jatu ebenfalls mit.«

Aravan lächelte. »Ich verstehe. Ihr wollt ein freundliches, vertrauenswürdiges Gesicht in Eurer Mitte haben, um die Städter einzulullen, jemanden, der sie vor den Verwüstungen der wilden Drimma schützt, aye? Und nachdem er sie vor ihnen gerettet hat, wird er sie fragen, was vorgeht. Habe ich Recht, Bokar?«

Bokar grinste. »Wie Ihr Euch gewiss erinnert, hat es in Alkabar gut funktioniert. Die Eingeborenen hätten sich beinah Knoten in die Zunge geredet in ihrer Eile, ihm alles zu erzählen, während wir Châkka lediglich abseits gestanden und unsere Äxte befingert haben. Und jene, die zeitweilig unsere Ladung gestohlen hatten ... vielleicht sind sie immer noch auf der Flucht.«

Aravan lachte und rief Jatu.

Außer Jatu wählte Bokar neunzehn Châkka aus, die ihn begleiten würden, und drei Gigs wurden zu Wasser gelassen. Die *Eroean* segelte in die Hafeneinmündung und drehte in den Wind, und die Boote wurden zu Wasser gelassen, in denen es von Zwergen mit Armbrüsten, Streithämmern und Äxten wimmelte, während Jatu mit seinem Streitkolben bewaffnet war. Sobald die Gigs unterwegs waren, schlug das

Elfenschiff einen Dreieckskurs ein, wobei jede Seite des Dreiecks ungefähr eine Meile lang war.

Es war spät am Nachmittag, als die Gigs wieder in See stachen, und bei Sonnenuntergang trafen sie mit der *Eroean* zusammen. Bokar und Jatu kamen mit den Zwergenkriegern an Bord, wo Aravan, Alamar, Aylis und Jinnarin sie bereits erwarteten. Jatu schüttelte den Kopf. »Es ist eine Fehde, Kapitän, mehr nicht. Der Jarl von Klettstad ist letzte Woche mit seinen Kriegstrupps übers Land gezogen und hat sie belagert. Und gestern, als sich der Jarl von Havnstad ergab, hat der siegreiche Jarl den Turm angezündet. Er raucht immer noch.«

»Es hat also nichts mit Durlok zu tun?«, fragte Aravan.

Jatu schüttelte den Kopf, und Alamar nickte bei sich, da sich seine eigene Vermutung bestätigt hatte.

Doch um ganz sicher zu gehen, fragte Aylis: »Wissen sie etwas über ihn oder sein Schiff ... oder über die Wolken?«

»Nein, Lady Aylis, das tun sie nicht«, erwiderte Jatu, um dann hinzuzufügen, als er Jinnarins betrübte Miene sah: »Es tut mir Leid, Winzige, aber das Leben geht ungeachtet unserer Suche weiter. Wir hätten zwar gern, dass sich die ganze Welt um unsere Anliegen dreht, aber das tut sie nicht.«

»Ich weiß«, sagte Jinnarin mit einem Unterton, der ihre Enttäuschung verriet. »Aber unsere Unwissenheit macht mir schwer zu schaffen. Ich hatte mich an die Hoffnung geklammert, dass wir hier vielleicht einen Hinweis entdecken würden, irgendetwas, das uns zu Farrix führen würde, aber wir haben nur eine Fehde entdeckt.«

»Befindet sich die Stadt noch im Krieg?«, fragte Aravan.

»Nein, Kapitän«, antwortete Jatu. »Sie haben Tribut gezahlt, um in Ruhe gelassen zu werden. Der Jarl von Klettstad ist nach Hause zurückgekehrt.«

Während die Gigs an Bord genommen wurden, sagte Aravan zu Rico: »Wir segeln in den Hafen und werfen Anker,

Rico. In guter Entfernung von der Stadt, aber im Schutz der Landzunge. Stellt doppelte Wachen auf, und sollte sich jemand nähern, gebt Alarm.« Dann wandte er sich an die anderen. »Lasst uns Frizian und Fager holen und Kriegsrat halten, um die vor uns liegenden Möglichkeiten durchzusprechen.«

»Ekelhaft!« stieß Bokar auf dem Weg zur Messe zornig hervor.

»Was denn?«, fragte Jinnarin.

»Dass er sich ergeben hat«, erwiderte der Zwerg.

Jinnarin warf einen Blick über die Schulter auf den schwelenden Turm, von dem immer noch Rauch zu den aufgehenden Sternen aufstieg. »Der Jarl des Turms? Aber er ist noch am Leben, oder nicht? Er wurde verschont, neh?«

Bokar nickte und sagte dann: »Aber er hat seine Ehre verloren.«

»Ist es nicht besser, sich zu ergeben ...?«

»Sich ergeben ist ein Ausdruck, den es in der Sprache der Châkka nicht gibt!«, schnauzte Bokar.

»Aber ich meine dennoch, Bokar, dass es besser ist, zu überleben und später weiterzukämpfen, als ...«

»Ich sagte«, grollte Bokar, »sich ergeben ist ein Ausdruck, den es in der Sprache der Châkka nicht gibt!«

Jinnarin verstummte, und sie gingen schweigend weiter zur Messe.

Im unsteten gelben Licht der schwankenden Laterne entrollte Aravan eine große Karte vor den anderen und beschwerte die Ecken mit Gewichten, damit sie sich nicht wieder aufrollen konnte. Auf der Karte war ein großer Bereich des nördlichen Teils der Welt dargestellt, der sich vom Breitengrad der Krabbe im Süden bis zu den polaren Gefilden im Norden und von den Küstengewässern des Westkontinents bis knapp hinter die Ostgrenze des Borealmeers erstreckte. Auf die Hände gestützt, betrachtete Aravan die anderen, die sich rings um den Tisch versammelt hatten und deren Schatten im Raum dahinter langsam hin und her wanderten.

»Reden wir über Durloks Möglichkeiten und überlegen dann, ob wir ihm irgendwie folgen können.« Aravan trat zu einem Wandschrank und entnahm einer Schublade einen bescheidenen Beutel. Nachdem er wieder zum Tisch zurückgekehrt war, sagte er: »Lasst uns zunächst alle Orte aufzählen, an denen er sich befinden könnte, und ich werde sie dann markieren.« Er öffnete den Beutel entnahm ihm einen kompletten Satz Tokkofiguren aus Jade und Elfenbein, Feuerstein und Obsidian, Kristall und Turmalin, Malachit und Bernstein und noch mehr. Jinnarin riss die Augen auf und schaute unwillkürlich zu Alamar, denn diese Spielfiguren waren sehr viel wertvoller als diejenigen, welche sie benutzten. »Nachdem wir die Orte markiert haben«, fuhr Aravan fort, »reden wir über die Vorzüge jeder einzelnen.«

Der Elf nahm eine Figur – ein Schiff aus Elfenbein – und stellte sie ins Nordmeer. »Er könnte noch immer seinem früheren Kurs folgen.«

Aravan sah Bokar an. »Er könnte an Land gegangen sein«, sagte der Zwerg, indem er mit dem Finger auf die Karte zeigte, und Aravan stellte eine Burg aus Jade in das Reich Thol.

Jatu sagte nichts, sondern nahm ein Obsidianschiff und stellte es ins Borealmeer.

Alamar zeigte auf den Westonischen Ozean südöstlich von Rwn, und dorthin legte Aravan eine ovale Figur aus Feuerstein.

Frizian wählte das Polarmeer, das mit einem Adler aus Malachit markiert wurde.

Fager sagte, »Der Westkontinent«, auf den eine Mitra aus Karneol wanderte.

Aylis wirkte, als sei sie tief in Gedanken versunken, und obwohl sie lange auf die Karte starrte, schien sie die Zeichnungen darauf gar nicht wahrzunehmen. Plötzlich wurde ihr bewusst, dass alle Augen auf sie gerichtet waren, und sie stellte rasch einen Onyx-Thron in den Ozean westlich von Atala.

Jinnarin war als Letzte an der Reihe, und sie nahm eine Burg aus Kristall, wanderte zum Rand der Karte und stellte sie mit den Worten auf den Tisch: »Vielleicht ist er in sein Kristallschloss auf der Insel im hellgrünen Meer zurückgekehrt, wo immer das auch sein mag.«

Aravan sah nacheinander seine Gefährten an. »Lasst uns nun über jede Möglichkeit und deren Vorzüge reden.« Er zeigte auf das Elfenbeinschiff, dass er ins Nordmeer gestellt hatte. »Überlegt, ob Durlok wohl seinem Kurs treu bleibt und zwischen Thol und dem Westkontinent hin und her pendelt.« Der Kapitän schaute gespannt von einem zum anderen und wartete auf Bemerkungen.

Frizian räusperte sich und sagte dann: »Ich glaube nicht, Herr Käpt'n. Wir haben diese Route lange und gründlich abgesucht. Wäre er dort gewesen und hätte Wolken herabgezogen, hätten wir wohl inzwischen etwas davon mitbekommen – entweder hätten wir sein Schiff oder die Wolken entdeckt.« Frizian sah Jinnarin an, die zustimmend nickte.

»Andererseits«, warf Fager ein, »gab es einige Nächte, in denen wir das Nordlicht nicht gesehen haben – weil schlechtes Wetter war oder es keines gab.«

»Trotzdem«, erwiderte Frizian, »das ist niemals zwei Nächte hintereinander vorgekommen, und wenn es vorkam, haben wir die Position gehalten und sind einen Dreieckskurs gefahren, bis das Nordlicht von der Position aus wieder zu sehen war. Und dann bedenkt, über welche Entfernung die Wolken zu sehen sind ...« Alle Augen richteten sich auf Alamar.

Der Alte nickte. »Wenn Durlok noch auf dieser Route fahren würde und eine Wolke herbeigerufen hätte, würde Jinnarin sie bemerkt haben. Erinnert Euch, die erste, die sie gesehen hat, war über zweihundert Meilen entfernt. Ha! Sie hätte die Wolken ganz sicher gesehen, davon können wir mit Sicherheit ausgehen!«

Jatu schüttelte langsam den Kopf. »Das mag sein, wie es will, aber der Ozean ist riesig, und der Schwarzmagier hätte uns leicht bei Tag passieren können – und ganz sicher bei Nacht –, ohne von uns bemerkt zu werden. Und wenn er keine Wolke gerufen hat, während wir in Reichweite waren, tja, dann ...«

Alle verstummten, und nach einem Moment fragte Aravan: »Hat sonst noch jemand etwas zu der Frage zu sagen, ob er noch auf dem alten Kurs segelt?« Er ließ den Blick über die Anwesenden schweifen, doch niemand sagte ein Wort. Dann zeigte Aravan auf die Jadeburg in Thol. »Hat Durlok sich ins Inland gewandt, als er das Reich Thol erreicht hat?«

Alamar warf einen Blick auf Bokar und studierte dann die Karte. »Es wäre möglich, dass Durlok gezwungen ist, auf einem bestimmten Kurs zu bleiben, um Wolken einzusammeln. Man weiß von sehr viel seltsameren Beschränkungen, denen gewisse Zauber unterliegen, wenn sie funktionieren sollen.«

»In diesem Fall«, sann Aravan, »würde er einen Ankerplatz für sein Schiff brauchen, und an dieser Küste wimmelt es von Buchten und Fjorden. Es wird lange dauern, sie alle abzusuchen.«

»Aber, Herr Käpt'n«, warf Frizian ein, »vielleicht hat er das Schiff fortgeschickt und ist allein oder mit einem kleinen Gefolge gelandet und landeinwärts marschiert.«

Jatu zeigte mit dem Daumen hinter sich in Richtung Havnstad. »Vergesst nicht, dass die Einwohner dieser Stadt in der letzten Zeit keine Galeere und auch kein anderes Schiff gesehen haben. Und wäre Durlok gelandet, hätte es ganz gewiss jemand gesehen. Diese Stadt liegt tatsächlich dort, wohin sein Kurs ihn ungefähr geführt hätte.«

Alamar schüttelte den Kopf. »Er ist ein Magier, ein Schwarzer zwar, aber eben doch ein Magier. Und wenn er unbemerkt landen wollte, hätte er das auch geschafft.«

Frizian seufzte. »Angesichts unserer Position und des Datums, als er uns gerammt hat, könnte er mittlerweile längst tief in dieses Reich vorgedrungen sein, wenn er direkt zur Küste gefahren und dort gelandet wäre.«

Wiederum kehrte Stille ein. Aravan fragte nach weiteren Kommentaren, und als keine kamen, sagte er: »Nun gut, überlegen wir nun, ob Durlok im Borealmeer sein könnte. Was sagt Ihr?«

Bokar betrachtete die Karte. »Es liegt zwar nicht auf dem Kurs, aber der Schwarzmagier könnte sich nach Nordosten gewandt haben und an der Küste entlang und an der Insel Leut vorbei ins Borealmeer gesegelt sein. Das würde ihm weitere« – Bokar schätzte die Entfernungen ab – »dreitausendsechshundert Meilen Ozean geben, über denen auch das Nordlicht zu sehen ist.«

Aravan spitzte die Lippen. »Das Wetter im Borealmeer ist um diese Jahreszeit noch unbeständiger als im Nordmeer, und dort toben verheerende Stürme und Unwetter, die Schiffe leicht ins Verderben reißen können.« Er wandte sich an Alamar. »Würde Durlok so etwas riskieren?«

Alamar zuckte mit gereizter Miene die Achseln.

Frizian sagte: »Außerdem liegt dort der Sog des Großen Mahlstroms bei den Todesinseln, aber jeder Kapitän, der etwas taugt, kann dem von Kraken heimgesuchten Strudel leicht ausweichen.«

Niemand am Tisch hatte noch etwas hinzuzufügen, also zeigte Aravan auf das Oval aus Feuerstein südöstlich von Rwn. »Was ist damit?«

»Dort hat Farrix die Wolken gesehen«, sagte Jinnarin.

Fager sagte: »Es gibt ein altes Sprichwort: Der Dieb kehrt oft an den Ort seines Raubes zurück. Und wer kann bestreiten, dass dieser Durlok wie ein Dieb in der Nacht kommt? Aber dessen ungeachtet hat Farrix dort, wie Lady Jinnarin schon sagte, mehr als eine Wolke herunterkommen sehen.«

Jatu beugte sich ein wenig vor. »Andererseits haben wir fast einen Monat an der Südostküste Rwns vor Anker gelegen, und in der ganzen Zeit ist nicht eine Wolke in der Nähe heruntergekommen. Als Lady Jinnarin schließlich das Schauspiel entdeckt hat, waren die Wolken auf einer Linie nördlich von Rwn.«

Alamar nickte, fügte aber hinzu: »Ich wiederhole noch einmal, Zauber unterliegen eigentlich immer irgendwelchen Beschränkungen. Es könnte sein, dass in dem Jahr, als Farrix die Wolken gesehen hat, nun ja, dass der Südosten von Rwn eine der wenigen Stellen – oder vielleicht sogar die einzige – war, wo die Bedingungen es gestatteten, sie herunterzuholen.«

»Verdammt!«, rief Bokar und hieb mit der Faust auf den Tisch, sodass die Tokkofiguren erbebten. »Wohin wir auch schauen, es ist immer dasselbe, nur *vielleicht, könnte sein* und *weiß nicht*!«

Frizian nickte bestimmt, da er dem Zwerg von ganzem Herzen zustimmte, und zeigte auf den Malachitadler im Polarmeer. »Hier Käpt'n, wo das Polarmeer eisfrei bleibt, ist es um diese Jahreszeit noch schlimmer als im Borealmeer. Und trotz der Tatsache, dass das Nordlicht dort sehr stark ist, hat der Waffenmeister doch Recht, und ich sage, dass es mit dem *vielleicht* und *könnte sein* des Polarmeers auch nicht besser oder schlechter steht als anderswo – vielleicht etwas schlechter, wenn ich darüber nachdenke.«

»Aye«, sagte Fager. Er zeigte auf die Mitra aus Karneol. »Und was sich über Thol sagen lässt, könnte man auch über den Westkontinent sagen.«

Aravan schaute auf den Tisch und dann zu Aylis. Die Seherin wirkte immer noch abgelenkt und sehr nachdenklich. *»Chieran«*, sagte er, dann noch einmal lauter: *»Chieran.«*

»Was denn?« Sie merkte auf und sah sich um. »Ach, mein Onyx-Thron.« Sie streckte die Hand nach der Figur aus. »Ich habe die Figur hierher gestellt, weil das Licht in dieser Jahreszeit weiter nach Süden reicht. Ich glaube, Farrix hat Durlok auf einer anderen Route gesehen, auf einer, die südlich von Rwn verläuft. Ich dachte mir, dass Durlok vielleicht zu einer neuen Route übergegangen ist und wir ihn deshalb nicht auf der Nordroute gesehen haben, weder ihn noch die Wolken.«

Rings um den Tisch wurde Zustimmung gemurmelt, doch Jatu fügte hinzu: »Trotzdem ist dies alles nur Spekulation, Lady Aylis, wie alles, was bisher gesagt wurde. Dennoch scheint Eure Vermutung eine Spur plausibler zu sein als die anderen.«

Aylis hob abwehrend eine Hand. »O nein, da bin ich anderer Ansicht – der plausibelste Kurs ist der, den Jinnarin vorgeschlagen hat.« Aylis zeigte auf den Tisch, und alle Augen folgten ihrem ausgestreckten Finger zu der Kristallburg abseits der Karte am Rande des Tisches.

»Also glaubst du, dass Durlok den Schwanz eingekniffen hat und in sein Versteck zurückgekehrt ist, Tochter?«

»Ich glaube nicht, dass er den Schwanz eingekniffen hat, Vater, aber eines weiß ich: Wir könnten noch eine Ewigkeit über die Meere segeln, ohne Durlok *jemals* zu finden. Aber wenn wir sein Heim finden könnten ...«

»Sie hat Recht, Kapitän!«, Bokar stimmte der Seherin zu. »Der beste Ort, einen Geier zu fangen, ist sein Nest.«

»Und da werden wir auch Farrix finden«, fügte Jinnarin hinzu. »Jedenfalls glaube ich das.«

Alamar wandte sich an Aravan. »Sagt mir, mein Junge, habt Ihr herausgefunden, wo es ein hellgrünes Meer gibt?«

Aravan lächelte darüber, von Alamar *mein Junge* genannt worden zu sein, obwohl sich niemand daran zu stören schien, denn Aravan sah nicht älter als vier- oder fünfundzwanzig aus, während Alamar wie ein Greis wirkte. Doch in Wirklichkeit war Aravan der weitaus Ältere ...

Aravan ging zum Kartenschrank und holte mehrere Mappen heraus. »Keine Stelle ist sonderlich vielversprechend«, sagte er, während er eine Karte entrollte, sie auf die bereits daliegende legte und an den Ecken beschwerte. Er zeigte auf eine Stelle. »Hier haben wir ein grünes Meer in den nordwestlichen Ausläufern des Großen Golfs, aber dort gibt es keine Inseln.«

Aravan entrollte eine zweite Karte und legte sie auf die anderen beiden. »Hier im Avagonmeer sind die Steininseln, die von Piraten bevölkert werden. Das Wasser in der Gegend ist aquamarin. Aber ich weiß von keinem Kristallschloss darin. Außerdem liegen die Inseln dicht beisammen. Sie sind aber durch ein labyrinthartiges Netz von Kanälen getrennt und sind viel dichter zusammen als die dunklen Flecken in Jinnarins Traum.«

Eine dritte Karte wurde auf den Tisch gelegt. »Das ist das Sindhumeer. Hier und hier sind hellgrüne Gewässer, die Inseln umgeben, aber diese Inseln sind besiedelt, und dort verkehren Handelsschiffe und Kauffahrer. Auch dort gibt es kein Kristallschloss.«

Auf der vierten Karte zeigte Aravan auf eine Inselgruppe nach der anderen. »Das ist das riesige Helle Meer, wo es ganze Ringe von Koralleninseln gibt. Sie haben weiße Strände und klares Wasser, aber sie sind alle flach und mit Palmen bedeckt. Keine passt zu der felsigen, zerklüfteten Insel, die Jinnarin und Aylis beschrieben haben.«

Aravan entrollte eine fünfte Karte. »Hier haben wir den Raman-Archipel am Rande des Jingameers. Das Wasser ist hellgrün. Aber auch diese Inseln sind alle wohlbekannt, und an keiner der Küsten steht ein Kristallschloss.

Es gibt natürlich noch viele weitere Archipele, aber keines ist von hellgrünem Wasser umgeben.

Daher scheint keiner der von mir beschriebenen Orte der richtige zu sein, denn keiner entspricht in allen Punkten dem Traum.« Alamar räusperte sich. »Ich wiederhole noch einmal, dass Träume irreführend sind. Es könnte sein, dass die Gewässer nicht wirklich hellgrün sind. Es könnte sein, dass das Kristallschloss für etwas ganz anderes steht. Es könnte sein, dass die Insel überhaupt keine Insel ist, sondern ein Ort an der Küste eines Kontinents oder sogar tief im Inland.«

Bokar knirschte frustriert mit den Zähnen. »Noch mehr *könnte sein, vielleicht* und *weiß nicht.*«

Alamar schüttelte den Kopf. »In der Tat, Zwerg. Wir brauchen weniger Spekulationen und mehr Informationen.«

Aylis holte tief Luft. »Ich bin ganz deiner Meinung, Vater, und deshalb muss ich noch einmal in Jinnarins Traum wandeln.«

»Was?«, entfuhr es der entsetzten Jinnarin.

Alamar sah sie mit weit aufgerissenen Augen an, und Aravans Gesicht nahm einen grimmigen Ausdruck an.

»Ich sagte«, erwiderte Aylis, »dass ich noch einmal in Eurem ...«

»O nein, auf keinen Fall«, unterbrach Jinnarin.

»Tochter ...«

»Chieran ...«

Aylis hob die Stimme und übertönte die anderen. »Das ist die einzige Möglichkeit!«

Jinnarin marschierte auf dem Tisch auf und ab. »O nein, Aylis. Ich habe bereits eine Person getötet. Ich will nicht das Blut einer weiteren an meinen Händen haben.«

Aylis streckte den Arm aus und versperrte ihr den Weg, und die Pysk blieb stehen und schaute zu der Seherin hoch. »Jinnarin, Ihr seid nicht verantwortlich für Ontahs Tod. Vielmehr war es Durlok, der ...«

»Es ist mein Traum!«, schrie Jinnarin.

»Nein, ist er nicht«, widersprach Aylis energisch. »Es ist eine *Sendung*! Wessen Sendung? Farrix', oder zumindest glauben wir das. Aber Durlok hat etwas getan, das sie in einen grausamen Nachtmahr verwandelt hat. Wie? Das kann ich nicht sagen, aber er steckt so sicher dahinter, wie er hinter den Wolken und dem abscheulichen Opfer steckt, das wir gefunden haben. Also, Jinnarin, nehmt diese Schuld nicht auf Euch, sondern bürdet sie demjenigen auf, der sie rechtmäßig verdient hat – dem Schwarzmagier.«

Jinnarin wandte sich mit flehentlichem Blick an Alamar. Doch Alamar schüttelte nur den Kopf, obwohl sein Gesicht völlig weiß war. »Ich kann sie nicht daran hindern, Pysk. Ich werde es nicht einmal versuchen. Sie ist ihr eigener Herr, und ich wollte es gar nicht anders haben. Was sie vorschlägt, ist gefährlich, aber sie hat Recht. Wir können nur mehr Informationen sammeln, wenn sie noch einmal in Eurem Traum wandelt. Wenn sie es nicht tut, werden wir Durloks Pläne vielleicht nie ergründen.«

»Durlok ist mir völlig egal!«, rief Jinnarin. Sie fuhr herum und wandte sich an Jatu.

Der große schwarzhäutige Mensch hob die Hände. »Wenn sie nicht in Eurem Traum wandelt, Winzige, finden wir Euren Farrix vielleicht nie.«

Tränen traten Jinnarin in die Augen, und sie wandte sich an Aravan.

Einen scheinbar endlos langen Augenblick sah er sie an, und seine Miene war eine Maske der Freudlosigkeit. Schließlich sagte er etwas, und seine Stimme war nur ein Flüstern. »Die Wahl liegt allein bei Euch und bei Ihr, Lady Jinnarin. Kein anderer kann sie für Euch treffen. Nur Ihr könnt wählen, ob Ihr es zulassen wollt. Aylis wird nicht ohne Eure Erlaubnis in Eurem Traum wandeln.«

Im flackernden Licht der Laterne wandte Jinnarin sich an Aylis. Während die Schatten langsam hin und her wanderten, schaute die Fuchsreiterin die Seherin lange und eindringlich an. Schließlich nickte die Pysk. Einmal.

Mit einem Seufzen stieß Aylis den Atem aus, den sie, ohne es selbst zu bemerken, angehalten hatte. »Gut. Ich werde gehen.«

Bei diesen Worten fiel Jinnarin auf die Knie, begrub ihr Gesicht in den Händen und weinte, als sei soeben ihre ganze Welt untergegangen.

Lesen Sie weiter in:

Dennis L. McKiernan: **Elfensturm**

DANKSAGUNG

Anerkennung und Dank spreche ich Daniel Kian McKiernan aus, ohne dessen Hilfe es das transkribierte Altgriechisch als Sprache der Schwarzmagier niemals gegeben hätte; Judith Tarr, ohne die das als Sprache der anderen Magier benutzte Latein äußerst mangelhaft gewesen wäre; und Martha Lee McKiernan für ausdauernde Unterstützung, sorgfältiges Lesen, Geduld und Liebe. Außerdem gehen mein Dank und meine Anerkennung an all jene, die mich während der Entstehung dieses Buchs ermuntert und unterstützt haben – ihre Namen würden leicht ein oder zwei Seiten füllen ... und es würde mir trotzdem noch gelingen, einige auszulassen.